于敏文集

第十一卷 小说·风雨入华年（下）

CFP 中国电影出版社
2019 · 北京

编委会

第十一卷目录

小 说·风雨入华年(下)

八四　自己探寻到的路是最能坚持下去的路

阮令之回来了。

李恂是从肖兰云那里知道的。丈夫本来告诉她，不出七天，一定归来。没想到一去半个多月。她知道丈夫为朋友的事去的，也隐隐约约知道那位洪老师为什么关进了大狱。她知道丈夫除了教书、画画之外，也干些别的事。丈夫没有向她说明，她也不敢多问，但是也隐隐约约知道，弄不好也有可能像洪老师那样下大狱。和阮先生成亲，是她万万没想到的幸福。从喜日子以后，她的心里总在甜甜地笑，这笑太满了，因而不断地从眉梢眼角流露出来。特别是阮先生（她不管是当别人的面还是当丈夫的面，都称阮先生。阮令之不许她这么叫他。她什么都可以听从，只这一点不能听从）。他拿小兰当亲生女儿一样，她的幸福里又有感激的成分。她已经饱尝了死一个丈夫的痛苦，如今她最怕阮先生有什么闪失。那样她宁可一死了事。她现在发福了，脸色红绋绋的，显得年轻了，更俊俏了。

李恂盼阮先生回来也盼了很久，相信他对于时局会清楚得多。他请兰云带口信回家，晚上他一定去拜望。

下班之后，李恂顺路先到了章家。明秀和玲玲四只眼睛看他吞下一碗肉丝挂面，四只眼睛又送他出了大门。然后两双眼睛对视着。这双眼睛说：你看，留不住了。那双眼睛也说：你看，留不住了。李恂很知道这一对异姓姐妹的心意，可是有什么办法？他已经下决心要离家出走，童年和少年时期朝夕共处的伴儿只能撒手不管，千丝万缕的感情的线也只能忍痛扯断。世上的树有开花也结果的，有只开花不结果的。不结果的花倒有很多是美艳的、香气沁人的。

小兰和小芸正在院子里跳方格。小兰见了李恂，高兴地笑着，向屋里大声叫："爸爸，先生来了。"

阮令之迎出来，满脸含笑地和李恂握手。两人互相打量着。

"阮先生你怎么又瘦又黑了？"

"一言难尽。"

"洪老师出来了吗？"

"也是一言难尽。"

一大一小两朋友出了院门，来到往常来过的山坡上，坐在茸茸的草丛里。已经到了阳历十月中旬，傍晚有些冷了。在萋萋的杂草里，野菊花正盛开。黄色、白色、紫色的小花一簇簇、一丛丛，映着最后一抹夕阳。城市上空的烟尘迷离。茫茫的大海已经变成灰色，传来阵阵的潮声。周围是忙乱的蛩鸣。

李恂用期待的目光看定阮令之颧骨突出的瘦脸，又像是他从前穷醉潦倒时的模样，但是眼光奕奕，不像那时的蒙眬。他详详细细地向李恂讲述了外出的经历。

他到省城，正赶上"九一八"事变激起的浪潮。各校学生游行，请愿，这与全国各地是一样的。毫无结果，也是和全国一样的。抵制日货，搜查日货，学生的爱国心怎能抵得过奸商的狡诈。实际上抵制日货只是一句空口号。改头换面的日货还是畅销无阻。商人正好拿冒牌的国货大发国难财。只要有利可图，什么卖国不卖国，亡国不亡国。从塞得鼓胀的腰包里掏出几文，投入为救济难民而张开的袋子里，学生就在他胸前插上一朵小红花。光荣得很呐。这些救济款究竟有多少落在难民头上，只有鬼知道。为富不仁加为富卖国，这就是当今的文明。

洪老师早就服刑期满了。费了很大周折，送了人情，监狱却说没有这个人。

“啊，他被害了!”李恂失声说，带着哭音。

“你别着急啊。”

又费了不少周折，又送人情，才打听清楚，押解到南京去了。

“这不就完了吗?”

“完了倒简单呐。”

怎么办？只好南下。浊浪滔天的黄河，波流浸灌与海相若的长江。受苦受难的大好河山啊！铜墙铁壁般的万里长城，天堑金汤的长河大江，没有挡住蒙古人和满族人。那是中国人自己的改朝换代。现在不管是天险要塞，不管是崇山峻岭，都挡不住日本的飞机大炮。“楚虽三户，亡秦必楚”，现在可不是那个时代了。民心不死，民气极高，民力可用，不幸当局多年来一直是误国，殃国，卖国。这时候正有三十万大军围攻江西的苏区。果真是内战内行，外战外行。

既然人押解到南京去了，乐得南下，去领略一下六朝的遗迹。石头城果然是龙盘虎踞。登上紫金山，在中山陵上回头一望，真是“惟见长江天际流”。锦片似的江山，真的会成为和服木屐的安乐窝吗？明孝陵前，石人石马石驼都安然无恙。六七百年的岁月都没有磨损这些历史的证物。荒草迷离，松柏苍凉，不由得想起《桃花扇》里的《哀江南》：“山松野草带花桃，猛抬头，秣陵重到。残军留废垒，瘦马卧空壕，村廓萧条，城对着夕阳道……”到了雨花台，不能不慷慨悲歌。从 1927 年以后，不知有多少青年志士、时代的精英在这里就义。玲珑晶莹的雨花石实在是血染的。

又费了许多周折，又走了不少的门子。洪老师也不在南京。

“啊……”李恂惊呼，下面的话堵塞了，他以为洪老师身遭不幸了。

“别急，洪老师还和咱们一起绕日运行。”

人活着，可是转移到苏州去了。

上有天堂，下有苏杭。洪老师究竟在天堂中的地狱，还是地狱中的天堂，天晓得。不用说，又是奔走，又是人情，焦急万分地等了几天，才得见了一面。

“他怎么样？他是什么样？熬煎得不是人样了吧？”

“有鼻又有眼，有四肢五官，怎么不是人样。头剃光了。人嘛，本来是圆顶方颐。皮包着骨头，但是精神蛮好。他说宁愿在省里的监狱，也不愿在这里。在省里，人身不自由，精神还多少有点自由。可以买通看守，偷偷买些书刊进来。在这里，身体和精神双重不自由了。这里只允许读三民主义，还常常有所谓的学者来宣讲主义呐。狗屁不通。不过吃的比省里稍好些。南方一色是大米，虽然粗粝，也有沙子，究竟比半生不熟的高粱窝窝和苞米饼子好下咽些。”

“他的刑期不是满了吗？”

“加刑了。说他不安分，向同狱的人宣传赤化。完全不是那么回事。欲加之罪，何患无辞。谁赤化？造成赤地千里的是国民党。回想起我站在孙中山陵墓前面，俯瞰着郁郁苍苍的石头城，不禁为他老先生叹息。‘革命尚未成功，同志仍须努力。’他的同志正起劲地卖国发财，发财卖国。民族主义的注脚是民族危亡，民权是老百姓无形的枷锁。现在不是爱国和抗日都没权吗？民生主义的注脚则是百业凋敝，民不聊生。长江的洪水泛滥，哀鸿遍野。”

“那洪老师还要关多久？”

“这可就不好说了。什么时候反省好了，彻底悔悟，放弃自己的理想，皈依三民主义，什么时候出来。”

“我×他祖宗！”李恂一下子跳起来，气恼得嘴里喷出泡沫。

“坐下，坐下……我还没向你讲讲天堂的见闻呐。在灵岩山下，我看见了韩世忠的碑。当今之世，韩世忠、岳鹏举辈在哪里？当年错把杭州当汴州，照现在的样子下去，有朝一日，一定会错把瀛洲当神州。噢，对了。上海的报纸还没到这里吧？我在火车上买了一份，上面有一篇亘古未有的奇文……”

天黑下来了。山脚下起了岚气。城市里万家灯火。海和天已经融成了混沌的一体。阮令之请李恂进了房间。画案空着。小兰在画案的一角做功课。兰云已经为他们沏好了茶。以往的洞现在成了温暖的家。带灯伞的电灯照亮粉白的墙。李恂心里暗想，这洞室也经历了一番沧桑。添置了一张茶几和几张椅子，可以分宾主而坐了。阮令之从带回来的衣物中抽出一份报纸，找到那篇奇文，指着让李恂看。

原来是八行书的信纸缩印成锌板，是当今中国第一“伟人”的手迹：

救国之道在和平统一
御侮之道在守法奋斗
统一为和平之基
守法为奋斗之本
望我全国同胞
共同一致努力于
和平统一守法自强二语
以达救国御侮之目的永为
中华民国双十节之誓词共矢勿渝
中华民国二十年双十节

蒋中正

李恂看完，冷笑一声，气哼哼地把报纸扔在地上。“大小军阀横行霸道，枪杀爱国学生，此之为和平。大片国土拱手送给日本人，此之为统一。把人统统关进监狱，像洪老师那样，就都守法了。”

“洪钟正是因为不承认他那个法，才关进去的。关进去了也还是不承认他那个法。”

“阮先生，我实在受不了了，我想走。”

这出乎阮令之的意料，很惊奇地看着李恂。“你干得好好的，要到哪儿?”

“我不是干这一行的材料。兵不厌诈，商也不厌诈。当初那位宗先生说我要 in，进入，得三年。已经一年多了。我 in 不了。要 in，就得违反我的本性……”

“噢，是吗?你的本性是什么?”

“我说不清楚。我的同学说我是个蜗牛，背一个壳子爬呀爬呀。一点不错。这个壳子我背够了。要是我自己比成一条鱼，在这一潭死水里快要憋死了。我得换换水。”

阮令之听到这里，不禁放声笑了：“不是死水，是搅得乱七八糟的烂泥水。全中国都是一样，你到哪里去?”

“我从一湾烂泥水换到另一湾烂泥水，也好嘛。”

阮令之很能理解他的苦闷，这是这一代青年的时代的苦闷。他既然下决心要出去闯荡，也好。问他打算什么时候走。李恂说有些事情要安排一下。所谓事情，其实是他辗转反侧，一时难于解决的问题，而这些是不能向阮令之讲，要讲也没法讲清楚的。他说南下的时候一定找机会去探望洪老师。最后阮先生只说了一句，要他三思而后行。

像往常一样，阮令之送李恂出来，慢慢走下坡道。分手的时候，他说还要想办法弄钱。再办个人画展，显然是不合时宜的。这年月，谁还有心思、有闲钱买一个无名画家的画呢。弄钱，当然还是为了营救洪老师出狱。在黄金面前，大人物口口声声的法也会折腰。阮先生和洪老师这种深厚的友谊，很使李恂感动。这其实不是寻常的友谊。维系在他们之间的是生死与共的关系。这是李恂不知道，即便知道了也不能完全理解的。

李恂的本性的确是他说不清楚的不安定的灵魂。唐旻的来信使不安定的灵魂更不安定了。他想要走，其实还没下定最后的决心。在这海滨的城市降生，在这里长大成人，这山、这海、这草木、这浪花、这市声，无一不是让人眷恋的。还有人，从小一起长大，一言一动一颦一笑都深印在心上的人。骚动的心猿意马尽管奔驰，一旦真的要悬崖撒手，怎样扯断这九折回肠？和阮先生的一夕谈促使他下了最后的决心。最难解决的不是什么有形的事物，是他自己的心理状态。要走，能不告诉培真和向真吗？能不告诉贞月和梅倩吗？都好说，不好说的只有一个贞月。怎样向她开口说明呢？一定要走，按贞月的性格，她即便是最伤心也不会表露出来。她一定脸上含笑、眼泪滚入胸腔送他出门的。这正是李恂最最没法解决的大难题。他不知道贞月心里的变化。她的终身不嫁的决心早已动摇。这变化和梅倩、湘文大有关系。她们的俏语娇音不断地在她的耳边絮叨。水滴石穿，何况贞月的心本来不是岩石。

李恂回到家里，坐在书桌前面，双手托脸，发了好一阵子的呆。他的面前有一个斯芬克斯。难题是一个圆圈。这圆圈其实是他自己画的。他在这圆圈里兜来兜去，找不到出口。阮先生要他三思。三十思也不止了。他终于拿起笔，给同学写信。

……谢谢你赏我的雅号：斯耐尔先生。我称你什么呢？称威尔特豪斯（野马）先生吧。我首先告诉你，斯耐尔先生不久要变成威尔特豪斯了。我决心打破蜗牛壳，决心南下。你那个地狱之门既然已经打开，我乐于闯进去烧炼一番。这里用得着《神曲》里的话：这里必须根绝一切犹豫；这里任何怯懦都无济于事。

你还记得我们争论过什么是人生吗？你说人生是梦，我说人生是人生。我们还曾想用拳头解决这个问题呐。幼稚是可笑的，但是天真和童心是可贵的。从那以后，你离去了。我遭受了家庭的不幸。不幸倒是我的大幸。要不然我就不会睁开双目，苦苦地追索：我活着，为什么？我读了不少书，包括那翻译得像天书一样的书。我生吞活剥地吞下去，当然造成消化不良。人生的方程式我至今还解不开。我的环境里是些什么人，你很清楚。牧师、教民、商人、小市民。市侩气冲天，让人窒息。侍奉上帝的人与其说为了来生，不如说为了今世。我身旁的老板就是一个代表人物。他待我蛮好，可惜我和他格格不入。这些人和我们的父辈一样，他们人生的最高目的是发财，包括推销日本货的国难财在内。我已经知道了一些发财的诀窍，但是我不会运用，也不想运用。我宁愿受一辈子穷，也不想敲着算盘过日子。

从你的信上看，你是幸运的，或者说幸福的。你身边有知心的友人，男的和女的。我则是孑然一身，无可告者。有一位阮先生，是洪老师的知交，正在为坐牢的洪老师奔走。他是我唯一的可以推心置腹的人。这话也只是在一定限度内说的。我猜想他是康敏尼斯特，或者是与康敏有某种关系。他没有向我讲，我当然也不好问。他之不向我讲，一定是有原因的。也许是洪老师不让他向我讲，这自然也是我的瞎猜。不管人生究竟是什么，我相信人生的路要自己探寻。没有引路人也罢。自己探寻到的路是最能坚持走下去的路。

我很羡慕你的才华和活动能力，这方面我是远远不如你的。你能在千百人面前或者谈笑自若，或者振臂高呼。我呢，只能默默地背着自己的十字架。我若不自知，何苦来为人所知。我实在不知道，你在你的朋友面前把我之为我描绘成什么模样。自知其拙而藏拙，不是比强自表现要好吗？你极口称赞的上官女士，我甘愿在她面前三鞠躬，执弟子礼。至于那位卢女士，你的好意我只可敬谢不敏。咱们先讲好，我去了，你若是恣意而行，我要翻脸的。我是狗尾巴草，迎风摇曳，自有乐趣。我变不成凌霄花的。我虽然不相信命，但是我注定了要坎坷一生。我是俗人，但是不会媚俗。你想有什么福祉会降临我身呢？

从来信的日期看，你写信的时候，还不知东三省已沦于日寇铁蹄之下。从上海报纸看，各界都有所表示，有所行动。上海学生赴京请愿的消息已登出，但尚不知结果怎样。其实结果是可以预见的。有蒋某人的双十节告国人书在。曰镇静，曰守法，曰和平，曰统一，当今最高的当权者已经定好了调子了。他用的不是指挥棒而是指挥刀。学生跳只管跳，叫只管叫，如果出了调，就是躁动，就是不守法，就是受赤党煽动，就是破坏统一，就是造反。这不是明摆着吗？

空话和废话讲了这么多，该收住了。请为我准备一榻之地吧。既然要出家，不了的尘事还该了一了，当然了也不了，不了也了。行程定时，必电告航次。有劳码头上相迎，以免我这土老儿在十里洋场的花花世界迷失方向……

八五　最瞧不起中国人的竟是中国人自己

生活的惯性，正如绕日而行的地球，是不可改变的。时局的大动荡引起最初的不安过去了。学生们奔走号呼，本来寄希望于国民政府的出兵抗日，失望了。一般人寄希望于国际联盟，失望了。白山黑水之间，正有抗日义勇军兴起。人们又寄希望于义勇军。各校学生分头向各界募捐，希望借此有助于英雄们。清澈的眼光向那些肯解囊的人致敬，柔嫩的手指把一朵自制的小红花插在仁人君子的胸前。人们又在想："日本人大概不会过山海关吧。"在这一希望或幻想中，三千里江山已经划出中国的版图。你再也不会想到，古老残破的长城又成为人们心目中的一条防线。感谢上帝，时局的动荡没有引起金银比价的大波动。宗约瑟放心了。丝光棉线的订单已经发了出去，国外的订货单也陆续来了几张。生意人嘛，有了交易等于有了活命的水。只要每天有洽谈生意的营营嗡嗡声，这声音自然压过千里之外的枪炮声。

中秋之后，天朗气清，不冷不热，是一年中最宜人的季节。宗约瑟的深夜祈祷显然上达天国了。他那阴沉的脸色像天空一样开朗了。秋季的鱼汛早已开始。晚了吗？没有，还能赶得上。一直晒在后院的渔网又有了用武之地。商行的饭桌上差不离每天都有鲜鱼摆在大盘里。

前院、中院、后院的花草大部分枯萎了。爬上墙的藤蔓也都蔫黄了。只有雏菊和江西腊开得茂盛，黄色和紫色的笑脸迎人。枯枝败叶当然要清除掉。院子里忽然显得空旷了许多。培真每年下种的时候欢天喜地，此后就每天守候着，等着嫩芽出土，等着开花结果。这里是她的整个世界。眼前她亲手培植的要连根拔掉，她的心情也就似乎到了世界的末日。

小豆豆已经没有看海的兴趣了。他已经咿咿呀呀地向世界发出召唤或抗议。两条摇摇晃晃的小腿开始迈步了。自从上次挨了爸爸的训斥，培真不敢到办公室来。可怜的小姑娘不知不觉有了一个心上人。她不懂这是怎么一回事，只有心心念念地老想着这个人。见不到，心里就发空，发慌。愈是身子不自由，心里愈是自由地幻想。她每次抱着弟弟来到前院，总是心慌意乱，她很想看见他，又很怕看见他。她和小六子一起清除枯枝败叶的时候，很希望他出来帮一手。她不时地眼巴巴看看公事房的门窗，听见打字声，心里跳着，可是他一直没出来。她常常不自觉地把拔出来的枯枝又插回到地里。小六子又笑她："插回去也活不了了。旧的不去，新的不来嘛。"她听了心里打一个冷颤：人也是旧的去了新的来吗？

感情愈是深藏，也就愈烧得炽烈。培真只能用这纯真的毫无杂念的感情滋养自己，根本不想会有什么结果。

培真每次到前院，李恂是知道的。一种矛盾的心情在折磨他。他也是很想和她在一起，又很怕在一起。他在她身上已经越出常规。他不后悔，但很是内疚。他怕，不是为自己，倒是担心那个不近情理的、乖戾的父亲。既然已经决心离去，千万不能再碰撞这天真的小姑娘的心了。他相信日子一久，小姑娘的心会渐渐冷下来。将要离去的事，他不想直接告诉她。为他传递消息的将是向真。

他刚刚收到从上海购得的几本英文原版书。三块银圆才能换得一美元，而每一块银圆都是他的血汗钱。他爱书成癖，每一本都工工整整地包上封皮。书是他孤寂生活中的最好伴侣。书是他追索人生意义的门径。书是他省吃俭用买来的。这都是他爱书如命的原因。他正在踟蹰不定，走，书是不能全部带走的。那么带哪几本呢？真是哪一本都不舍得扔下。正当他漫无目的地翻书的时候，小六子忽然闯进来。

“先生，先生……”他急切但是小声地叫着。李恂转身看见小六子惊惶的脸色，等他说下去。

小六子又走到门前，向外面探视了一下，转身来到李恂的身边。“先生，棉线我看见了……”他小声神秘地说。

李恂一时不知他是什么意思。“棉线，什么棉线？”

“前些日子丢掉的棉线啊。”

“啊，是吗？你在哪里看到的？是怎么回事？”

“在孙先生的箱子里……”

今天上班以后，孙先生接到银行的电话，要他去核对透支的账目。他的卧室在账房的内套间，这间小屋平常很少有人进来，只有小六子每天来扫地和除尘。孙先生临出门，让小六子帮他把被褥、毛衣之类拿到外面晒晒。他的床头一向有一只小木箱，上面挂着一只铜锁。孙先生走了以后，小六子照吩咐动作起来。在清理床上床下的时候，他的头碰在小木箱上。他知道孙昌家有些见不得人的画片，是不是藏在箱子里呢？他注视着木箱的时候，忽然看见木箱的缝里露出一条一两寸长的白线。这正是从英国进口的漂白丝光棉线。这种线是市面上没有的。他心里一动，轻轻向外拉这条线，拉出了一尺多长，不敢再拉了。这有点蹊跷。他想起行里丢失棉线，差不点逼死人命的事。怎么办？把线头扯断，装没事人一样吗？不！不能白白放过这个姓孙的。声张出来吗？那么箱子里究竟有多少棉线？如果只是一些零头，岂不是和姓孙的结下仇恨，这饭碗不就砸了吗？他相信李恂，所以马上跑来，告诉了他。

李恂听了将信将疑。想想年前发生的事。如果真是姓孙的偷了，他过年回家为什么不带走？这么一个狡黠的人又怎么露出了马脚？李恂跟小六子悄悄来到套间，试着拿线头向外抽，很快抽出一小团。宗先生不在，李恂不能独断，也很不想参入这种事，就让小六子先去向宗师母报告。

宗师母对于商行的事一向不闻不问，听了小六子的话，倒犯愁了，不管不好，管吧，那么很明显，宗先生知道了一定不会放过这个人，那这个人就完了。她的好心肠使她想的是，怎样把事情弄清楚，又不要毁了这个人。《圣经》上说："要宥恕你们的敌人，为他们祈祷。"何况这人还不是什么敌人。但是好心肠的培真在一边听了，却想的和妈妈不一样。她一向厌恶账房先生。他是羊群里的一只狼。不打跑这狼，羊还有安生的日子吗？她替妈妈出了个主意，先把木箱搬到后院来，打开看个明白。宗师母果然叫小六子照办，但是木箱搬了来，她又改变了主意。没有钥匙，怎么打开木箱？劈开倒容易。如果里面不是整包的棉线，怎么说？如果姓孙的抵赖，又怎么办？她和培真看了抽出来的一小团，确实是进口的棉线无疑。

"为这点东西，差点害死一个人，真可恨啊！"女儿说。

妈妈点头不语。她吩咐小六子，孙先生回来，叫他立刻到后院来。

孙昌家听说老板娘叫他，他急忙往后院跑。宗师母从来没有直接叫他办什么事，如今忽然叫他，他不免觉得奇怪。但是叫他，一定有事要他办，这显然是一种信任，他自然又很高兴。他经过中院的时候，看见培真抱着小豆豆往前院走。他笑嘻嘻地向小豆豆招招手，意思自然是讨好姐姐。培真板着冷冷的脸，没有理他。他没有在意。这小姑娘一向就是这么呆愣愣的。他笑嘻嘻地进了老板娘的房间，看宗师母正坐在方桌边，也是板着冷冷的脸。在她的身旁，在方桌上，他的小木箱，啊，木箱，正摆在那里。箱缝里露出了白线。他明白了，顿时打个冷颤，从头顶冷到脚心。完了，完了！他的两腿一软，扑的双腿一弯，跪在地上。

“宗师母，求你开恩，开恩，我再也不敢了……”

善良的女人见不得这副可怜相，倒有些心慌意乱了，也正因为善良，她可以帮助受苦受难的人，却不能容忍这种偷偷摸摸的行为。她定定心，站起来，不动声色地要孙昌家起来，把箱子打开。账房先生已经瘫软在地上，可是狡黠的本性使他想好了应付的办法。他必须装出最诚心的悔恨，苦苦哀求这位好心的老板娘。如果她能压下这件事，不告诉宗先生，最好。这大概很难。如果她告诉宗先生，也得求她说情，不把这事声张出去。如果女工们知道，光用眼珠子也能把他挖死。更不要说在同行业中传扬开去，那他不但在这里砸掉饭碗，在这城市也混不下去了。眉头一皱，计上心来，这对于他也还嫌太慢。他必须在一秒钟之内想好对策，而他果然也想好了。宗培真不在跟前，对他是十分有利的。

他仍然跪在当地。“宗师母，我该死，我应该……”他哆哆嗦嗦地说。这倒不是装出来的，他清清楚楚看见自己在一个深坑的边上。“我求你看在主的面上，宥恕我这一次。我从来没有干过这种事，以后再也不敢了……”这个一向不信主的人眨眼间变成了最虔诚的基督徒。

宗师母虽然心里为这人难受，却还是冷冷地板着面孔，要他打开箱子。孙昌家哆哆嗦嗦从地上爬起来，哆哆嗦嗦地拿出钥匙，打开小木箱。里面不是成捆的棉线，是零散的线扎，约有二十多扎，夹在杂乱的衣服中间。宗师母严厉地要他讲明白是怎么一回事。

孙昌家讲的究竟几分是真，几分是假，只有上帝知道。他说这种棉线市面上没有，因为只有出口的花边、绣花之类才用得着。家里人贪图这线结实好看，要他弄一点。是他一时糊涂藏起了一包。事情闹出来，他害怕了，却又不敢说。过年回家的时候，他不敢全带，怕露相，不成想……

宗师母已经听得很不耐烦。你既然害怕了，把棉线放回原处不完了吗？还说家里人怎样怎样！自己干了坏事，还推给女人，这是宗师母最恨的。她从自己的心地着想，她不相信女人有这种坏心肠。她看孙昌家的可怜相，本来想为他掩盖一些的。因为愈听愈有气，不再怜悯他了。她要他把棉线留下，把箱子搬回去。

完了，完了！孙昌家察言观色，知道没有打动这个好心女人的心。他已经全身瘫软得像一堆牛粪一样了。他抱着箱子走到前院的时候，听见小豆豆在咯咯笑个不停。培真和李恂面对面站着，把小豆豆从这人怀里抛到那人怀里，逗得他乐飞了。那么乐，哼！孙昌家恨他们，但是不敢正眼看他们。

孙昌家走过去以后，培真向李恂撇撇嘴唇，说："坏蛋！"李恂没有任何反应。他正有自己的难题还不知道怎么解答呐。刚才他是因为打字太久，到院子里舒展一下的。正好培真抱着弟弟走来。他不能不理她。他来到她身边，接了小豆豆，高高地举在半空。小豆豆笑，姐姐也开心地笑。她有多少天没有和他在一起了啊。她的深沉的目光盯着李恂的眼睛，似乎在问他，在倾诉，又似乎有点怨望。可怜小姑娘心里的火山没有出口，她只能在小弟弟的欢笑中得到一丝安慰。李恂感觉到她身上的变化。她长高了些，覆盖着额发的宽宽的前额更光洁了，她的眼窝好像更深，她的嘴唇的曲线更鲜明。这冰凉的嘴唇这时天真无邪地笑着。很快要离开了，他不敢再向她表示一丝热情。这感情的线是很细的，但是有很强的黏着力。剪不断也只得下狠心剪断。

这天晚上八点多钟，宗先生来到洋公事房。他已经要小六子通知孙昌家，要他八点半来见他。宗约瑟听妻子讲了孙昌家的事，十分生气。想不到他一向信任的人竟然干出这种事，而且嫁祸给女工，差一点使一个女工丧命。他最不能忍受这种违反十诫的行为。按他的本意，他要孙昌家立刻卷起铺盖滚蛋。前一刻宗师母打发孙昌家抱走木箱之后，看着棉线出了半天神。孙昌家那可怜巴巴的模样还是引起她的慈悲之心。她劝丈夫不管怎么发落他都行，只是不要断了他的活路。

宗约瑟气过一阵之后，也有他自己的考虑。洋公事房有李恂在，这小青年是可以信靠的，是他的一个膀臂。孙昌家管账，一向也是小心谨慎，从来没有出过差错。叫他滚蛋，一句话就够了。但是他走了，眼下到哪里抓一个可靠顶用的账房先生？只要他认错，小辫子抓在别人手里，他自然更要小心翼翼地干活。宗约瑟渐渐从气头上冷下来，想重重地训斥他一番，仍然留用他。日后找到合用的记账先生，再辞退他也不晚。

孙昌家听说老板叫他，灵魂早已吓得出壳了。他觉得浑身冰凉，冷得打颤儿。他哆哆嗦嗦进了办公室，低头站在门边，等着落到头上的打击，呼吸都停止了。

“你坐。”宗先生不动声色地说。

孙昌家向前蹭蹭，战战兢兢地坐在椅子边上。

“银行透支的事情，他们是怎么说的？”

他没有想到宗先生先问这个。一个等待处决的人最怕延宕时间。“啊……”他竭力克制心里的恐慌，“他们说以后的透支要改成抵押透支。”

“岂有此理！多少年的老户，我们从来是有信用的，还要什么抵押。你是怎样答对的？”

“我说了，就是照宗先生的意思说了。他们说不是不信任，很抱歉，这是伦敦总行下来的命令。我心里寻摸，是不是和时局有什么关系。”

“日本打中国，中国人倒跌价了？这算个什么世道，算个什么世道！抵押我有，要多少，有多少。这口气我咽不下去。太欺负中国人了！”宗先生的爱国心盎然勃兴，他愤愤不平。在这样的情况下，孙昌家的事实在是微乎其微。

“他汇丰银行一向是老牌子压人。东方汇理呢？”

“汇理银行也是一样，也要抵押。”

“也不通融？”

“外国银行都是串通一气的。”

“那么中国银行？你问了吗？”

“也要，更不能通融。”

“你应当据理力争。全市有几家大商行肯和中国银行来往？不但外国人眼里没有他们的地位，在中国人的眼里，除了咱们几家小门小户，有谁信托他们。”

“他们说，今后是不是还办外贸的信托业务，还说不定呐。”

宗约瑟跳起来：“连中国银行都不相信中国人，要这个中国干什么？亡国，亡国，干脆亡国算了！”他气咻咻地挥动两个拳头，似乎要把所有的银行都打个粉碎。做生意必须自由地挥动双臂，好像音乐指挥一样。现在双臂要被捆扎起来，这是不能忍受的。没有资金周转的自由，自由贸易岂不是一句空话。

眨眼工夫，宗约瑟翻阅了他心里的账本。他说要多少抵押有多少，这其实是一句大话。他心里也明白，孙昌家是知道他的底细的。宗先生心里的账虽然精细，但只是一个大纲。细目则是在孙昌家每天翻烂了的账本上。商行的三进院落是租用的。宗约瑟早就想自己修建一所新式的楼房，可是一则怕招眼，二则也还没找到合适而又廉价的地皮。他没有可以当抵押的不动产。他经营的进口和出口商品都是随手过，所以也没有存货当抵押。外汇他手里是有的，而这是他在外汇比价上运筹帷幄的资本。如果当作抵押，等于是自缚手脚。他这时才真正感受到，日本人千里之外的炮火与他直接相关联。要是亡国，他也决不亡于日本人之手。

怎样从当前的困境里挣扎出来，这成了他第一要考虑的。相比之下，孙昌家的偷拿棉线只是小事一桩了。

宗约瑟竭力使自己冷静下来，又坐回到他的圈椅上。“好吧，你先去吧。”

孙昌家从椅子边上站起来，可是不敢动。他还在等待判决。

宗约瑟疑问地看着他。“嗯？”

“宗先生，我干了错事，我请求你……”孙昌家吞吞吐吐地说。

“啊，宗师母告诉我了。魔鬼引诱你，你没有经受住。你认了错，是真心认错吗?”

“嗯呐，我真心认错。”

“你是真认错，假认错，”宗约瑟用食指向上一指，说，“他知道。你能瞒过世人，但是不能瞒过他。圣经上是怎么说的‘就是你们的头发，也被数过了’。你先去吧，你的事以后再说。只要真心悔改，主就能宽恕你。上帝是仁慈的。”

孙昌家再也想不到，一场灭顶的灾难就这样轻轻地过去了。他心里说：“阿门!”但是快乐不能露在脸上。他装得恭恭敬敬地听完宗先生的福音，弯着腰，躬着背，踮起脚尖一步步蹭到门外，不知不觉浑身汗津津的。

外面是秋末清冷的夜。满天星斗里大概正有一颗福星照在他的头上。孙昌家活过来了。他抬起轻快的腿，向他的小屋走去。他本来以为要滚出这间小屋的，可是如今，这小小的天下仍然由他当万岁。

八六　剪不断理还乱是离愁

出乎李恂的预料，他的辞职不能不拖后几天。孙昌家的丑事暴露在大太阳下面了，他已经没有脸面再混下去，不能不自动放下端了上十年的饭碗。他的离去给宗先生造成一些困难。一个账房先生是每天都不能少的。不管宗约瑟是一个怎样的人，他待李恂是好的。所以李恂不忍得马上向他辞职。

孙昌家得到宗先生的赦免，的确是感激涕零。他庆幸自己的好运气，打定主意今后将功赎罪。不幸女工们第二天都知道了。先是小六子悄悄地告诉了朱芸娘。“啊，好小子，原来就疑心是他捣的鬼，果不其然！这样的人宗先生还可怜他，还不拿棍子赶他滚蛋?”她的舌头有了发挥威力的机会，不出一小时，全工房的女工就都知道了。这天上午，她们几乎没有好好干活。三三两两的交头接耳，商量报仇的办法。她们最有力的武器是眼睛和舌头。

当初为了女工出入方便，宗先生原想在中院开一个侧门。孙昌家认为不合适。这样后院成了前院，门户不严紧，因为宗师母住在后院，库房也在后院。让女工们统统走前门，差不多在伙计们的鼻子下面走过去，等于是一种监视。这监视的职务执行得最好的自然是孙昌家。他从来不吝惜自己的视力，总是从柜台里面用眼睛吞吃这些脂粉佳人。他再也没有想到，这些长头发的会给他造成苦难。

第二天，也就是他被赦免的次日，做贼心虚的他不敢在柜台里露面了。这天下班之前，女工们已经约好，要用眼珠子挖他。用嘴呸他。他没有露面，愤怒的女工没有得到宣泄的机会。第二天一早上班，他们经过柜台前面的时候，故意放慢脚步，大声地互相问答。“哎，天杀的，昨天我家里失盗了！”“丢了什么？”“还有什么好丢的，棉线呗。”“什么棉线？”“这还用问吗？咱们家里还能有别的棉线吗？”“真该死！是谁这么缺德？”“一定是个老娘们儿，老爷们儿哪有偷针摸线的。”“可不，老爷们都是偷鸡摸狗。”嘻嘻嘻，哈哈哈……川流不息的女工走过去，川流不息的嘲骂声一句句像刀子一样扎入孙昌家的心窝。他只有忍气吞声。到了第三天一早，女工们更玩出新花样。最使孙昌家不能忍受的是两件。一是一个会描花的女工，也许就是肖兰云，在一张纸上画一个三角脸的人，脖子拴一条棉线，吊在一个算盘上。这张画是女工过完以后，孙昌家从柜台里面的地上拾起来的。另一件是两个扔在地上的臭鸡蛋。

孙昌家气得两夜不得合眼。他恨不能把这些女工一个个都掐死。气过一阵，又十分悲哀。一口气忍下去吗？忍是能忍。像他这种人，扔一根啃剩的骨头给他，他也能活下去。但是他心里十分清楚，他在女工中间积怨太多了，她们决不会善罢甘休，很难说她们还会玩出什么更歹毒的把戏。他疑心女工已经把事情张扬到外面了。他洽谈生意的时候，接受送来的货品的时候，他觉得每一双眼睛都在嘲骂他，每张脸都露出轻蔑的神色，每张嘴都在撇嘴唇。他晚上结账的时候，两眼发花，两手哆嗦，脑子也不管用，下笔就出错。他打熬不住了，就算是个金饭碗，他也不能捧下去了。

这天下午，宗约瑟从海上回来。孙昌家请他留步。宗先生要小六子把渔网送到后院，晾起来。他进了账房，就势坐在账房先生的宝座上。孙昌家弯腰拱背，站在老板面前。

“宗先生，我觉得我应当辞职……”他声音发哽，眼里含泪。

“唔，是吗?”宗先生当然明白，他为什么干不下去了。这事已经传开，连李先生都知道了。今天在海上的时候，李先生问过他，以为这种人最好打发走算了，而且答应为他介绍一个老成持重的。既然他自己辞职，比开除他更好。为了体念他十年的辛苦，宗先生要他把月薪支到年底。至于“花红”，因为没到年底结账的日期，只好亏他了。他要孙昌家把应当交代的一切账目准备好。

当天晚上，大先生宗约翰回家的时候，告诉妻子，弟弟要他暂时接管孙先生的账目，他已经答应了。这位宗师母听了，心里很有点别扭。有钱的弟弟平日看着哥哥受穷，没有一点亲骨肉的情分。帮他染头发，完全是出苦力的活儿，弄得两只手黑不黑，红不红，衣服上斑斑点点。现在用得着了，可又说是暂时的。不过她一向是听丈夫的，既然丈夫同意，她也不好再说别的，只用一声叹息呼出心里的不平。

宗向真不像妈妈那么有涵养，一听爸爸说完就炸开了：“爸呀，不是我说你，你就不应当同意。也不想想，多少年没拿那支毛锥子了，还能拿得动吗?银钱方面的事，不担干系吗?要是出了差错，你怎么办?”

听着女儿这刀子似的嘴，宗约翰嘿嘿一笑，摸一把满下巴的胡子楂儿。“你叔叔有了难处，我能看着不管吗?又不是长远的。他找到驴我就卸磨，也不过十天半月的事。能出什么差错?你也忒小看爸爸了。想当年我……”

“你也是老板，也是前呼后拥的。”向真嗤了一鼻子。“得了，好汉不夸当年勇。不是女儿小看你，是你小看自己。要是我，我就把两只手摊开，要他看看，说：这么一双黑爪子能拿得你千金之笔吗?姓孙的一肚子坏水，你那么信任他。好嘛，你自己种的苦瓜自己去吃。”

“真儿，不许那样和爸爸说话，没大没小的!”妈妈申斥女儿，但是用了极溺爱的口吻。

“还不都是你惯的!”约翰笑眯眯地瞅妻子一眼。女儿教训老子是家常便饭，老子吃得蛮可口呐。

正当一家三口在这种特殊情况下享受天伦之乐的时候，忽然有人在外面敲门。向真急忙去开门，真是又惊又喜。

“是你?”

“是我。”李恂答应着，跟向真进了屋子。

向真刚才拉长的脸眨眼间变圆了。自从学生游行以后，李恂没有来给她补课。说实在的，她也没心补课。

李恂向宗约翰和宗师母问了好。老两口自然欢喜不迭地还礼，让坐，叫女儿沏茶。三言两语之后。老两口用眼睛互相招呼，退到他们自己的房间去了。

向真刚才皱起的眉头已经舒展开，眼睛里的火气也已经变成温柔的水波。好多天没有这样在灯下对坐了。她那微微扬起的眉梢更好像飞起来，两颊也不自觉地起了红晕，话音也柔和了。谁要是不能领会这少女的爽朗的美和坦率的柔情，才真是一个傻瓜呐。

“姓孙的滚蛋，算他聪明。再不滚女工要活剥了他。”她说。

“这没什么好说的。我来，是为你补最后一课。”

“最后一课?”疑云顿时罩上了向真的脸。

“是啊，你那课本的最后一课不正好是《最后一课》吗?”

“噢，这，我早在中文课本里学过了。而且，我刚刚学到第二十几课，为什么要跳到后面?”

“因为我是最后一次为你补课。”

“怎么，为什么?”向真托着脸颊的双手放下来，她忍住想要跳起来的冲动，脸上的红晕变成煞白，含笑而微微眯起的眼睛瞪大了。李恂的话像一声闷雷，轰得她脑子里嗡嗡地响。这真是太出乎她的意料了。

“你不是干得好好的吗?”她又问。

“我干不下去了。”

“我叔叔不是很信靠你吗？”

“是，不错，他待我很好。”

“那么？”

“问题在我自己身上。”

“什么问题？”

“你不觉得我们中国人也到了上最后一课的时刻了吗？”

“那你走到哪里还不是一样？”

李恂觉得一时没法和她讲清楚自己的心境。他不是傻子。他早已感觉到面前这位姑娘的真情实意。他喜欢她的爽朗、坦诚、灵透、活跃。他很看重她这份情谊，不过他从来没有往深一层想。他只能向她说明，他在这闭塞的环境里快要憋死了。眼睛看的，耳朵听的，没有一样不使他觉得俗不可耐。他从小就对于商业贸易一类事没有兴趣。上那个洋学堂是父亲的主意。给宗先生当下手是为了糊口。人如果填饱肚子就睡大觉，岂不是和猪一样吗？中国有什么出路？青年人有什么出路？有谁能回答？人活在世界上究竟有什么用处，有什么意思？他决心离开这市侩气冲天的地方，出去看看外面的世界。哪怕穷死饿死，哪怕当流浪汉，也比背一个蜗牛壳子爬呀爬呀强。

听着他的叙说，向真的心一阵阵往下沉。这人看来是走定了，无可挽回了。这一年多，她在自己内心培养起来的嫩芽，眼见得要枯萎了。她虽然钟情，虽然坦直，但是她很要强，她不能在还摸不透对方心情的时候，贸然说出存在深心的一句话。她已经在忍受生活的贫困，今后还要忍受心灵的贫困。好吧，就算是上帝的安排吧。

“这么说，你下决心了。”

“早就下了。”

向真双目炯炯，直盯在李恂那英俊又有些女性的柔和的脸上。“你一走，就剩下我一个人了。”

“怎么是你一个？你有父母，有叔叔婶婶，有培真，还有同学。”

“什么都有，也什么都没有。”说了这一句，向真忍不住心头的酸楚，声音哽咽，两眼也泪盈盈的了。

“这我了解。”李恂同情地用安慰的声调说。

“了解？你真的了解？”

“真的。”

向真相信这话是真的。只这一句话，也不枉她一片真心。虽然如此，于实际又有什么益处。

她长吁了一声：“可惜我是穷人家的女孩。”

“你怎么又说这话？难道我是富户的儿子？不是说过吗？你是富有的，精神上富有的。”

向真忧伤地点点头，可是又立刻摇头：“不同啊，男的女的不同啊。如果我是个男的，我马上挎起小包包，和你一起出门，天南海北，海枯石烂都不怕。”其实她心里要说的是：“我宁可和你一起出走。哪怕海枯石烂……”

她的明显的惜别情绪，她发自肺腑的长吁和语言，都深深打动李恂。他不敢更多地向她敞开自己的心胸，这会徒然引起她更大的不安。他想起那天傍晚在海边上，他为天狗当说客的时候，向真的突然爆炸。现在他明白了，确信了，她对他有着一种超过友谊的感情。不管怎样，他必须忍心割断这理不清的线。

“我们补课好吗？”

“好吧。”

向真翻开书，翻到第四十课，读了两行就呜呜咽咽地读不下去了。“算了，先生，不读了好吗？那时是德国打进了法国，现在是日本打进了中国。要是日本军舰开来，登了陆，我们真的要上最后一课了。”

但是她眼前伤心的不是这国家大事，而是她自己的命运。纯洁的心灵，热烈的感情，美好的幻想，都只是一场空。眨眼间她忽然通心冰凉，一直冷到心底里。她有点恨眼前这个男人。走就走你的吧。向真是个穷女子，但绝不是一个弱女子。

两个人默默地对坐了一会儿，都找不出应当说的话。

已经九点多了。李恂只好告辞。向真送他出了门，大胆地挽起他的肘弯，要送他一段路。他不能推开这分别前的好意。昏黄的灯光照出两个一会儿在前，一会儿在后，一会儿变长，一会儿变短的影子。潮声阵阵。晚落的树叶悄悄地飘落下来。

“你还来我家吗？”

“唔，来，我有几本书要送给你。”

“噢，对了，《红楼梦》我还没有还给你呐。”

“你保存吧，若是见到好版本，我另买一部送你。”

“别，不用，我就要这一部最好。什么时候女人能公开地看《红楼梦》就好了。”

“噢，我差点忘了。我要走的事，请你和培真说一声。”

“你直接告诉她有多好。”

“她这些日子很少到前院来，怕她爸爸说她。”

“我那个叔叔啊……”

向真把要说的话咽回去。和李恂分手之后，她很快回到家里，没有把李恂要离去的事告诉爸妈。她说要复习刚才补的课，很快回到自己的屋子，关了门。她坐下，双手捧起面颊，看着对面没有他却会永远有他的影子的空位子。没声的热泪流下来，滴在桌面上。她为什么掉泪？为她自己？不是。为她的穷家？不是。为即将离去的人？不是。什么都不为。她心里郁闷、孤寂、凄冷，她第一次尝到无法排遣也无可告诉的苦恼。而在同时，刚强的向真又在嘲笑软弱的向真。有什么好哭的？“云散高唐，水涸湘江”，天地也要废去，人的悲欢离合值得几何？她拿手抹掉泪水，可是泪水更多了。她木木然坐在那里，想了很久，又好像什么都没有想。想不出任何答案，只知道明天还要照老样子打发日月。

李恂回到家里，妈妈告诉他，章婶在南方不服水土，很快要回来。姨奶奶说要出国观光，正在准备，动身的日子还没有定。李恂只淡淡地应了一声，就回了自己的屋子。

宗向真虽然没有直接向他表露什么，李恂却也深深受到她的感情的冲击。他有些后悔。早知这样，不如不当面告诉她。连向真都是这样惜别，那么贞月、梅倩她们又会怎样？梅倩还好说，和她一向是纯真无邪的友谊。和贞月可不这么简单。从小耳鬓厮磨，一旦分手……“好比两个泥人儿，将他们来打破。再塑一个你，再塑一个我。这时节，我里面有了你，你里面有了我……”小时候，两个人不止一次背诵过，不止一次这么想过：要是真的能做到，有多好啊。如果不是他早已下了决心，和月姐只能是同胞姊弟般的感情，不能越过一步，那么现在，他会紧紧握住她的手，说：月姐，咱们走，离开这个闷死人的地方，哪怕是天涯海角，海枯石烂……

“人啊，人啊，有生如此，不如无生……”他无法排解心里的矛盾，只能这么无声地呐喊。

他把杂乱放着的书分类整理了一下。想了想，决心只带一本刚刚拿到的英译《战争与和平》。上海有的是书，要什么现买就是了。他挑出几本送给向真的。一本《大卫·考柏菲尔》，一本《天方夜谭》，都是国内出版的带注解的英文书。一本《现代世界观》，一本《基督教之基础》，这两本他都附一张字条，注明不要让她父亲，特别是她叔叔看见。再有两本是《儒林外史》和《镜花缘》。他把这六本书包好，捆扎好。他不想再到向真家去了。书只能求小六子悄悄送给她，并且附上一封为了不能面别而道歉的短笺。

他下半夜才上床，在迷离惝恍的乱梦里翻腾到快天亮才睡稳了。

凌晨五点多钟，商行的门轻轻地开了。一个背着小包包的人影走出来。夜色可以掩盖孙昌家的狼狈相，但是不能掩盖他痛恨女工的心。饭碗是这些婆娘给砸碎的。他才不以为拿一包棉线是偷盗呐。世人有哪一个不偷盗？臭娘儿们的小拿小摸还少吗？没逮住她们就是了！有小偷，有大偷，有披挂褴褛、明火执仗的强盗，有衣冠楚楚、一脸斯文的强盗，如此而已。

初冬的夜是冷的。孙昌家的心也冷极了。昏黄的街灯罩在冷雾里。冷冷清清的马路上只有他一个孤魂。他要赶到小码头，搭摆运的小木船回到家乡的渡口，再步行回村。他眼前看见的是荒凉的村落，是土屋顶上因风飘舞的海草。他现在已经和这飘摇不定的海草一样了。他那握笔杆的细嫩的手，看来要因为拿起十多年不拿的锄把子而变得粗硬了。孙昌家决不甘心。他还要想法子回城，当然必须在他的坏名声被忘记的时候。

八七　不敢尽情表露的感情也许是最黏着的感情

宗约翰接替了孙昌家，从第一天起就是早来晚走。不管女儿反对，弟弟的事就是他自己的事。他戴上花镜，拿起沉甸甸的笔杆，拨弄涩巴巴的算盘珠。的确是生疏了，但是他有耐心，有钻研的劲头，他相信自己能胜任。在向真的妈妈想来，账房先生是高人一等的，应当像个先生的模样。她连夜为他赶制了新棉衣，脱掉了染得斑斑点点的旧夹衣。

新账房先生上任，是女工的一大福音。她们虽然没有机会和大先生直接来往，却早已知道，他是一个厚道的、善心的人。他一定不会克扣她们的工钱，不会刁难她们，有什么紧急的事要请假也好通融。她们上工，经过柜台外面，不用低头，不用害怕有什么贼眼吞食她们了。她们都抿嘴向他笑笑，年纪大些的，像朱芸娘、肖兰云，还点头向他问好。约翰也从柜台里面向她们点头，从花镜里眯起眼睛笑笑。

李先生要给宗约瑟介绍一位管账先生，说是年纪四十来岁，老成可靠。宗先生怕他弄一个人来当内线，说他哥哥刚刚接手，马上换人不好，过一阵子再说。同时他又想，你弄内线来，不也正好当我的内线吗？看谁有本事就是了。以牙还牙嘛。这话圣经里可没有，不过宗约瑟在这方面不是胶柱鼓瑟的人。

今年冷得早，雪来得也早。刚刚交十一月，已经下了两场大雪。院子里和外面街道上，都堆了大雪堆。办公室生上炉火了。海潮声、风声、鸽子的咕咕声、烟囱里的呼哨声，常常和打字声相应和。温斯顿又来信，说因肾结石住院开刀，短期内不能来华了。宗先生很高兴，这样正好使李先生死心，不用怕他插一脚了。

天寒浪大，宗先生不能出海。按他的本意，这时节正是上大头鱼的汛期，不过要冒险到深海里去。老渔民有言："要吃大头鱼，就不怕风浪险。"宗约瑟不怕，有上帝保佑他，可是宗师母怕。小豆豆是她的护身符，她不怕表示自己的反对意见。丈夫为了小宝贝儿子，不能不听从。他现在每天上午到办公室，处理日常事务，下午还是出去。不能打鱼，不妨找渔友一起讲渔，一起回忆海上生活的奇妙。

李恂辞职的念头拖了半个月，不能再拖下去了。

窗外是阴沉的天空。细小的雪粒子打在窗玻璃上。窗上蒙着水气和淡淡的冰花，看不见外面了。这天上午，宗先生一进办公室，李恂就从他的圈椅里站起来，迎着他。

"宗先生，你还记得我那个同学吗？"

"哪一个同学？"宗先生抬眼看看他，不明白他为什么忽然问这个。

"去年夏天，你还让他进来的。"

"噢，唔，记得记得，蛮洒脱的小后生。怎么样？"宗约瑟坐在他的写字台前，抬眼看定站在一边的李恂。

"他到南方去了。"

"怎样？"宗先生开始犯疑了："你们是不是有什么约会？"

"不错，我想到他那里去。"

"哦，到他那里去，当然可以。你想去多久？"

"我想去了就不回了。我应当辞职。"

宗约瑟心里一沉："啊，辞职？你坐，咱们好好谈谈。"

李恂坐在转椅上，一面观察宗先生的反应。“这事我想了好久了，因为行里人手缺，我不好意思说，可是现在……”

“唔，唔！”宗约瑟想起他为大表兄的事辞过一次，是不是心里还存下什么芥蒂？也想起当时自己为这事冒过火。他当然很不愿意这个得力的帮手离去。

“你不是对我有什么意见吧？有什么话你说好了。”

“没有，宗先生，真的没有。你一向待我很好，我很感激。”

“这话不说。当初你来的时候，我问你的人生宗旨，你不是说做工吃饭吗？怎么，现在变了？”

“没有变。我进那个学校，是父亲的意思。当时我小，渐渐不喜欢那一行了。我来的第一天，你说要 in，干了一年多，我始终 in 不了。我辜负了你的善意，我不是那个材料。”

宗约瑟显出一种苦笑。看来这个小青年要走的心是下定了。“那么你想干什么？”

“我说不出。我只想找机会多读几本书。我知道得太少了，碰到什么事都想不开，解不开。你问我想干什么，我的确回答不出。”

宗约瑟忍不住咯咯地笑了：“我看你的书念的不少了。半部《左传》安天下。书读多了有什么用。”

“各有各的想法。有的人说世事练达皆学问，有的人主张行万里路，读万卷书。”

宗约瑟无可奈何地点点头：“你对于当前的时局是怎么个看法？”

“宗先生你暂时可以放心做生意。据我看，日本一时还不会打过来。日本鬼，日本鬼，他的确是很鬼啊。他现在要是鲸吞中国，会立即和英、美、法等国冲突起来，这对他不利。所以他现在是蚕食。我看过一份日本侵华的历史资料，从明朝万历二十年，他一步步、一步步来，步步逼紧。清朝开国，国势强盛，他没有办法。从清朝末年，他又逼紧上来了。东三省他是拿定了，但是要稳一稳阵脚。那边的义勇军打得蛮好。日本有时候似乎退一退，那是骗人。

他得观望一下，中国怎么样，英、美怎么样。中国政府他不放在眼里。他担心的是中国政府向英、美出卖更多的利益，引着英、美和他对抗。反正鲸吞是他的目的，蚕食是他随机应变的手段……”

李恂故意侃侃而谈。你不是说读书没用吗？不读书怎么能知道这些。半部《左传》安天下？可笑！你是想用一部圣经迷住世人的耳目。宗约瑟默默地、很有兴味地听着，觉得这小青年蛮有头脑，没有把他看错。

“你要读书，还不容易。我可以添一个人，你招呼一下就可以了。”

“宗先生你要是用人，我介绍一个好不好？我的同学王家声，英文水平比我还好，人也实在可靠。”

“唔，这个，再说就是了。”宗约瑟看他去意已定，勉强留是留不住的，不禁叹一口气。他很惋惜，这心情是实在的。李恂也感觉到了。

“这样吧。你年纪轻，没有经过世事，出去阅历一下也好。你也先别说死，或三个月，或半年，你出去走走。要是支架不开，想回来就回来。我和你舅舅是多年的朋友，我拿你是当子侄看待的。你工作细心，诚朴，这我喜欢。”

李恂相信他的话，不过心里不免暗笑。蒙你称赞。正因为诚实，才 in 不了，才干不了这一行。他既然这么说，也确实是好意，同意了对父母、对舅舅也都好说话，减少阻力。

“好，就是这样。我感谢你的好心。”

“你舅舅会不会反对你出去？”

“我想不会。舅舅本来要出钱供我上学的，是我自己不上了，我想还是自食其力好。舅舅家里也是一大家人口，乡里乡亲的也常常向他求帮。舅舅一向听我的。”

李恂再也不会想到，他的辞职以形式上的妥协而实现。鱼游向大海，再不会自投网罗了。宗约瑟想的可不一样。他十拿九稳，这小青年一定碰得头破血流，免不了浪子回头。他准备像新约全书里浪子回头的故事，张开双臂欢迎他回来。有一句心里的话宗约瑟没有讲："你还讲念书，你纯粹是给那些书害了。你如果还没有走上歧途，可是已经在岔道口了。"他偷偷翻过这小青年的书，看不懂，但是知道都是异端邪说。他怀疑过他是赤色份子，细细地观察，又觉得没有什么过激的行动，天天上下班是循规蹈矩的。他曾经有一个模糊的心愿，因为不成形，所以连宗师母都不知道。宗约瑟是善于从长远着想的。可惜培真还小，要不……那么将来儿子长大，继承他的事业，就会有一个得力的膀臂。

宗约瑟和李恂谈完，要他通知他的同学。如果愿意，可以来试试，代替他几个月。合则留，不合则去，不勉强。又要李恂把应当交代的事准备一下，最好办完了眼前一批货的出口手续再离开，李恂当然愿意善始善终，好离好散。

宗约瑟离开办公室以后，李恂一时安不下心干什么。要交代的事他早已准备好，随时可以交出去。转眼看看办公室的一切，都已经是那么熟悉，闭着眼睛可以摸到的。原来是多么厌烦这个蜗牛壳子，如今要走了，又觉得有些流连。流连什么呢？现在已经蒙上一层水汽和薄薄的冰花的后窗跟前，似乎还留着培真和小豆豆咯咯的笑声。他不经意地冒犯过这个小姑娘，现在要不要向她表示歉意呢？可是他不觉得后悔，深心里也没有什么歉意可说。培真那温柔而深沉的眼神，她的天真的笑，她喂鸽子的时候，向天空仰望鸽子翻飞的时候，那稚气而动人的神情，还有，她的头发的气味，她那冰凉的嘴唇，这一切回想起来都是那么纯真和自然，是一生都不会忘记的。但是这一切都注定不会有什么结果。一个悖谬的父亲，一个像修道院一样的家。有什么办法帮助她改变这个环境吗？没有。一点办法都没有。在这一点上他是软弱无力的。不敢尽情表露的感情也许是最黏着的感情。不管多么生机盎然的幼芽，没有阳光雨露也只会枯萎。就让它枯萎吧。

正当他想得出神的时候，李恂听见开门声。他回头，不由得猛地从椅子上跳起来。啊，是培真。

“你要走，为什么要走？”培真劈面就问，眼睛睁得大大的。李恂已经几天没见她了，冷丁看去，她好像消瘦了一些。一件新蓝棉衣更映衬得脸色煞白。李恂经她这么一问，竟然不知怎样回答才好。

“你怎么知道我要走？”

“听我爸爸对妈妈说的。”

“我走三几个月，宗先生没说吗？”

“说了，你真的还要回来吗？”

“这里是我的故乡，我怎么能不回来。”

“我问的是不是回这里，这里……”培真指指他面前的写字台。

李恂的脸上发热了。不能欺骗这个小妹妹，但是又怎么向她讲清楚呢？他眼睛里露出歉意，没法直截了当地回答，只能不着边际地说：“我啊，总要回来的。”

“我不信，你说的不是实话……”培真直盯他，眼神里好像有怒意，也有怨恨。“我早知道你要走，早知道……”泪花蒙住她的眼睛。她竭力忍住冲上心头的酸楚。这个在她心里温暖了这么久的人真的要走了，可是不先告诉她。是瞧不起她吗？是薄情吗？是坏心肠吗？她必得弄弄清楚。“你走了我怎么办？”她终于忍不住，泪水流下了脸腮。

培真的突如其来，是李恂完全没有想到，因而是完全没有精神准备的。他心里有些慌乱，实在没法回答她的问题。“你听我说……”他想拉她的手。

培真缩回手，“不要碰我！”

“你来，有人看见吗？宗先生走了吗？”

“我不怕！”培真仍然用怨望的眼神看定他。“我什么都不怕，你走我也走……”

“你到哪儿?”

“和你一起。”

看她那不顾一切的神情，李恂知道她不是说着玩的，也不是怄气的话。这个小姑娘看似柔弱，可是她拿定主意，却也有不怕死活的勇气。眨眼间他想起屠格涅夫笔下的罗亭。在这个小姑娘面前，他岂不是要扮演一个罗亭的角色吗?他很觉得内疚，但是没有能力，也没办法改变她的处境。“这怎么可以……”他吞吞吐吐地说。

“为什么不可以?”培真泪流满面，但是强忍住哽咽，不由自主地扑到他的怀里，打着冷颤。“完了，完了，主不会宽恕我，我宁可入地狱……”

这使李恂非常尴尬。拥抱她不是，推开她不是，只好任她依偎在胸前，感受着她感情的激动和身体的颤抖。“你冷静，冷静点，别这样，我有话和你说……”

培真抬起泪眼，深深地看进他的眼睛。这个人是走定了，那么萌动的心意要落空了。在这死井一样的院子里，给了她一丝光亮和温暖的是这个人，让她心里时时发热的是这个人，她梦里常常见到的是这个人。没有他，她活着有什么意味?只要他向她说一句，他的心是不变的，她就等他回来，一年、两年、八年、十年……一句话就能使她放心让他走。她虽然嘴上说也走，心里却十分清楚，是不应当拖累他的。她张开嘴唇，不是用声音，而是用眼神提出了这个问题。

李恂看出了她要问什么。他走，很可能是萍踪浪迹，沦落天涯，怎么可以用假话来回答她的真情。她那期待的眼神是不可抗拒的，依在胸前这微微发抖的身子也是不可抗拒的。他不由自主地，几乎是盲目地低下头吻了她一下。这嘴唇不是冰冷的，却是灼热的。他立刻觉得铸成了大错。培真一时闭上眼睛，但是立刻醒悟了，战战兢兢地离开他的胸前。她的泪水干了。啊，他还是他，他没有变。

李悔竭力使自己冷静下来。“你既然来了，咱们就好好谈谈吧。”他让培真坐在自己的转椅上，他则退到打字机前的小木椅上。“你放心，我不管走到哪里，都忘不了你。”

这诚恳的语气使培真镇静了些，但是她还是压不下心里的酸楚。“我要是个男的就好了。”一句话出口，又忍不住眼圈儿一红。“我问你，这里你干得好好的，不干了，你想去干什么？”

“这个我现在回答不出，只能走着瞧。我也问你，你想让我做个什么样的人？”

培真这时冷静下来，沉思地摇头。“你自己说吧。”

“我说不出来。我现在只能说我不想当什么样的人。”

“你说。”

“你愿意我去做官，刮地皮，欺压老百姓？”

培真摇头。

“你愿意我像你父亲那样，整天想的是怎么发财？”

“不，要是人有了钱心肠就变硬了，我宁可受穷受苦。”

“你大伯父心肠很好，可是老好人，什么事都做不成。你愿意我当这样的人？”

培真摇头。

“你想没想过，你父亲要是做国王，你将是最受苦受难的公主。”

“这是什么意思？”

“现在他让你圈在大院里，那样，不就圈在深宫里了吗？身体的不自由还不是最可怕的。最可怕的是心灵的不自由。我现在的确回答不出我要做一个什么样的人。正是为了要弄明白这一点，我才下决心要走。我不想当一只猪。一个人填饱了肚子就不管别人的事，这和一只猪有什么两样。我要是像你一样，整年整年地圈在这个院子里，对我有什么好处，对你又有什么好处？”

他爱这个女孩吗？爱。他爱她那覆盖在额发下面，那宽宽的光洁的额头，那黑亮清澈的大眼睛。最使他倾心的是她带点稚气的天真，她的坦诚，她对他的信任。他现在没法回答这种信任，这正是他最内疚和不安的。家庭对她从小的拘管，养成她的胆怯、拘谨，甚至于使她丧失了少女的活泼。这是她的缺点也正是她的不幸。但是这些都不是她的天性。只应当爱护她，同情她，只可惜没有任何办法让她解脱。唯一能使她发挥天性的办法是离开这个家。他知道，只要他说一声，她会跟他一起到天涯海角……啊，天涯海角！这时他冷丁想到向真。姐姐是痛快淋漓的，妹妹是缠绵幽深的。对她们都不可有一丝一毫的损害。天地可以废去，这个信念绝不能废去。可是事实上他是不是已经损害了她们呢？

"是没有什么好处……"培真沉思地说，"我只求你一件事，你出去以后，你的地址想办法让我知道。"

李恂明白她的意思。他没法直接给她写信。他答应了她的要求。他想可以通过阮先生和肖兰云向她传递信息。

"你走，告不告诉向真？"培真忽然问。

李恂的脸上不由得一热。该怎么回答才好呢？"你说告不告诉她？"

"告诉，为什么不告诉。"

培真的坦诚更使李恂内疚于心，他又是不经意地说了假话。

"你会不会忘记向真？"培真认真地问。

"不会忘记。"

"啊，对你好的你都不会忘记……"培真的眼圈又一红。她没有想到自己会有嫉妒心，这很不好。于是又补了一句："我愿意你对什么人都好。"

"我总不能对坏人也好啊。"李恂故意这么说，想使谈话的空气轻松些。

"经书上说，要爱你的敌人，为他们祈祷。"

"我知道这句话。耶稣可是从来没有说过法利赛人的好话，大概也不会为他们祈祷。我想他也不会为撒旦祈祷。”

听了这话，培真不由得打了一个冷颤。这是亵渎神灵！她忍不住一阵心里刺痛。她原是想说服他，让他相信上帝，至少不要嘲笑经书。时至今日，她没有能做到。她一定还要为他祈祷，但是这话没有说出来。

李恂看培真的脸上变了颜色，知道是为什么。要走了，何必使她心里不安呢。“我是说着玩的，你别当真。我已经说过，最重要的是心灵的自由。信什么，不信什么，都是你的自由。我尊重你的自由，别怪我胡说八道。”

“我才不怪你呐，我从来都不怪你……”这话自然包括很广的范围。她说完，想到过去和刚才和他的亲近，羞得脸红了。

培真去了以后，李恂更加安不下心干什么。他仰在圈椅上，看着冬天的太阳照满南窗。水汽聚成水珠，拉着长线落下来，好像一滴滴泪水。他不由得自怨自艾，也嘲笑自己。离开家，竟然像是过五关那么困难。唐旻是说走就走，决不会这样牵牵连连的。有一关是他最怕过又不能不过的。审视自己的内心，最难的不在贞月，而在自己本身。他的心里已经不像一年之前那么洁洁白白的了。有什么勇气面向月姐那清清白白的眼睛？他双手抱头，一时陷入无法排解的苦恼之中。

培真离开办公室，走向后院的时候，只觉得脸上发热，浑身无力，心里麻木。她从来没有机会和李恂在一起谈这么多话。这多么好啊。真是从来没有过的幸福，带苦味的幸福。他要走了，他要走了。她不管天塌地陷，一定等他回来。回来又怎样呢？她没法设想，也硬不去想。反正她心里已经有了这个人，再也容不下别人就是了。

她回到后院的时候，妈妈正在逗弄小豆豆玩儿。她说有点头昏，回了自己的小屋。她的心里很不安，竟然生平第一次定不下心祷告。李恂那俊秀的眉毛和眼睛，他那高高的身影，都还在她的眼前。他那低低的动人的声音，还响在她的耳边。

傍晚，向真来了。婶婶告诉她妹妹不舒服。她立即来到培真的小屋。她来，是想告诉妹妹李恂要走的事。她看见培真正跪坐在床上，两眼直直地望着蒙了水汽的窗子，竟然没有听见姐姐进来。这小丫头愣愣出神的事是常有的。向真拍一下她的肩膀。培真一惊，转眼看见冻得通红的脸腮和鼻子头，竟然好像分不清是谁。向真拉下大毛围巾，扔在床上。

“你这小傻丫头，又发的什么傻呀?”

“姐姐，我头晕，好像坐在船上，忽悠悠，忽悠悠……”她扑在向真的怀里，忽然涌出的泪水沾满姐姐的双颊。

八八　要一封空前但不绝后的信

郑贞明又去澳大利亚了。在大半年的时间里，他跑遍了北平、天津、上海、广州，结果是没有多大收获。日本的进攻影响很大。一切商务活动，像他这样在国内没有根基又没有后台的人，再能干也没法施展。他现在对于中国，对于中国政府，是双重的失望。这样一个腐败无能的政府，内部还那么争权夺利，互相倾轧，闹得工业、银行业、航运、海外贸易等等，凡重要部门都掌握在洋人手里。身为中国人，在中国的土地上，办事真难啊。在澳大利亚总还有些老关系，还可以找到求生的门路。当然，在国势日蹙的情况下，所有的海外华人也只能是受气包。

贞月虽然舍不得感情融洽的嫂嫂，可还是劝她跟哥哥一块走。妈妈有一种很矛盾的心情。她原来是极希望儿子能留下，如今留不住，也不好耽误他的前程。儿子若是带媳妇走，她没什么说的，心里可也是割舍不得。这样像亲生女儿一样贴心的媳妇天下有几个？不能让贞月老留在家里。女儿已经够苦的了，应当让她找到一个可靠的女婿。妈妈和湘文都属意于李恂，这已经不是一天的心意了。她让湘文多次探听贞月的口风，听到的都使她的心里发凉。

湘文是下定决心不跟丈夫出去。如果贞明坚持要她走，她不会有第二句话。使她把苦恼憋在心里，一点也不向婆婆和小姑透露的是贞明并没有这样说。她在给贞明整理衣物，夏天晾毛料衣服的时候，从一件西装上衣里摸出一个开着口的硬壳信封，里面是一张外国美女的照片。蓬蓬松松的卷发披在双肩上，额角上也挂着小小的发卷，笑着的双眸闪出诱人的魅力。真是一个美人儿。这张照片使她心里刺痛。倔强的天性压下了她的悲痛。丈夫对她很好，但是敏感的湘文也早已感觉到，她和丈夫之间有一层永远也捅不破的薄纸。她不懂丈夫的行当，也没有兴趣。每逢丈夫向她讲他的发财宏图，讲得眉飞色舞，她装得很有兴味地听着，但是淡漠的眼色掩盖不住淡漠的心。不能说同床异梦，因为湘文没有自己特别的梦，只是入不了丈夫的梦。这张美人照片说明一个事实，丈夫和人家还是藕断丝连，至少是感情上的。让他一个人回去追寻旧欢好了，能破镜重圆更好。她自己宁愿独守空闺，打发日月。她才不屑和一个外国歌女，一个朝三暮四的女流争风拈酸呐。照片的事她没有向贞月讲，当然更不会向婆婆透露。留下来服侍婆婆，陪伴待嫁的小姑，是有力的正当的理由。贞明自然也乐得这样。湘文的幸福是短暂的，但是她今生今世已经有过了。

贞月几天不见表弟的影子，忽然见他来了，喜得眼睛里潮润润的。忙让他坐在书桌前的椅子上，一如往日。又忙着捅旺炉火拿烧在炉子上的开水沏了新茶。李恂两肘支架在桌子上，捧着两腮看月姐为他忙活。这是他从小看惯了的，不以为意了。只见她穿一件驼色的哔叽驼绒旗袍，外罩一件印度红色的毛衣，耳轮上还是挂着珊瑚珠耳环。月姐忙完，仍然像往常一样坐在桌旁的椅子上，亲切地含笑端详他。这个弟弟是她从小看大的，是看不够的。他真的成人了，更显得一脸英气，上嘴唇已经有黑胡子楂了。时光啊，岁月啊，这么无情地悄悄地流去了。

两个人都沉在几天不见又相见的喜悦里，一时竟都不说什么。日常的客套话他们一向不说。哪里有同胞姐弟讲客套的呢？

李恂是下决心来过月姐这一关的。可是怎么样提起这话头呢？

“月姐，你怎么还是带这耳环？你还拿我小时的幼稚和胡闹当真啊？为什么金耳环放着不带？”

“我本来就不爱那黄澄澄的东西，沉甸甸，有什么好。要不是妈妈说，我连这一对都不想带。男子汉为什么在耳环上做文章，要拿姐姐的耳环定人生大计？”

湘文又像往常一样，来传姨妈的话，要表弟留下吃晚饭。现在是下午四点多，窗子的上部只留下淡淡的一抹阳光了。湘文去了以后，李恂说大表哥走得急，也没来得及送他。说到这里，他切入了自己的话题。

“我要是出行，我就很不希望有人送我，特别是亲人。”

“为什么？”贞月扬起眉毛。

“脑子里留下日常相处的印象有多好，何必留下分别时那勉强装出来的笑脸。”

“你一脑门子怪想法！”贞月瞄他一眼，抿嘴一笑。她喜欢的却正是他的不经之谈和怪诞之想。“这么说呀，你要是出国，我就非送你不可。”

“国我是不出，家我可是要出了，当然不是当和尚。”

贞月以为他是戏言，看他的神情这么庄重，又不像。她犯疑了。

“怎么，你要走？”

“是，我辞职了。”

“啊，真的？”

“真的。”

贞月含笑的脸变了颜色，半晌没有说话，只是微微点头，紧紧地盯视着弟弟。她心里一震，觉得突然，立刻又觉得一点也不突然。她早已想到，弟弟在那种地方是不会长久的。

“姨妈和姨父知道吗，同意吗？”

“我只告诉他们出去三个月。宗老板是这么和我说的。以后再慢慢告诉他们，省得麻烦。”

贞月低头沉思一会儿，又抬眼深深地看入李恂的眼睛。“那好吧，你走。你太天真，书呆子气。你不像大哥。他行，他是这块材料。他整天地盘算，谋虑，所有的活动都是为了一个目的，发财。他打网球，也是为了联络感情，不光是为了运动。人家越夸他能干，他越得意。你呢，你整天想的是什么？什么是人生啊，一脑门子笔墨官司。”

一席话说得李恂笑了。“月姐，你说我是书呆子，不错。我最不能忍受的是一个人光顾自己，不管别人。我恨黄金。这发光的东西不使人美，只使人丑，不使人相亲相爱，只使人分崩离析。世界上为黄金而谋杀的满眼都是，有的流血，有的不流血。我们需要一个智能者多劳的社会，现在则是智能者多取的社会，不义地多取。中国向何处去，我向何处去？我说不出。‘自反而缩，虽千万人吾往矣。’这句话很好。可是我不知道自己是不缩还是缩。不知道，不知道，不知道！我要找到答案。种种样样的答案，书里有的是。我信，也不信。我不想让别人牵着鼻子走，我要自己寻找。自己找到的路，披荆斩棘，是最可靠的路。月姐，我不能不离开这死沉沉的地方。哦，对了，我的同学给我一封信，你看看好吗？”

“我不想看，你扼要说说吧。”

李恂只着重讲了一点。同学几次劝他抛开背上的蜗牛壳子，这比喻很恰当。既然早就无意于做生意发财，又何必在这里虚耗光阴。生计的问题他没有太多考虑。带上一点钱，够维持大半年可以了。坎坷的路，荆棘的路，车到山前必有路，总不至于无路可走。

贞月默默地听着，越听心越往下沉。没有理由阻拦他，拦也拦不住，况且也违反她自己的本性。只好听他自己去闯就是了。要不是妈妈在堂，哥哥又远涉重洋，她会和他结伴同行，看看外面的世界。

“你可知道，背蜗牛壳的不只你一个。我又何尝不是背着蜗牛壳子在爬。梅倩也背着一个。你走吧，姐姐赞成。姐姐人不去，心跟你去了。剩下我一个，和湘文和妈妈相依为命……”贞月脸上笑着，心里却在流泪。她不能在这时候向弟弟表示软弱。

“我明白，月姐。这一切我都想到，都知道。我人走了，心也还是留在你身边。生我者父母，知我者月姐。”

“那么你呢，你知道我吗？”贞月亲切地盯着他，脸上微微一红。

这倒把李恂问住了。他当然是知道的，可是要明明白白用一句话说出来，却很难。“你和别的女子不一样。”他说。

“每个人都不一样。你可知道姐姐的心？”

“我当然知道。”

“好了，别说了。姐姐当然知道你知道。”贞月的眼圈红了。

李恂心里一闪念，他也许一生铸成一个大错，无可挽回的大错。

“如果时局再坏，梅家大概也要移到南方的祖籍去。如果日本来这里逞凶，我和妈妈和湘文也想法躲出去。实在没有活路，就去找大哥。几百万军队光打内战，不打日本人，总不能靠小姑娘和老太太打出山海关吧？”贞月一面说，一面苦笑。

李恂讲了他对时局的看法，正如他对宗约瑟讲的。贞月一面听，一面点头，表示同意。她从抽屉里取出首饰盒子，打开，取出她的金耳环和一对金手镯。“刚才我说了，这些黄澄澄的东西我不喜欢，留着没用。你拿去，以备不时之需好了。”她说着，用一条小手帕包起来，推给李恂。

李恂又推给贞月。“不，月姐，我用不着。我想过，我带什么当念想儿呢？你的照片我有，都是从前的。你有今年的，请给我一张。还有，我有个想法，说出来你别笑。”

“姐姐什么时候笑过你。”

“我想，你从来没有给我写过信。你给我一封空前的信好不好？

不用长，只写几句鞭策我的话，当我的座右铭。”

贞月倒真的笑了。“说你一脑门子怪想法嘛。该不是绝后的吧？空前而不绝后，是吗？”

李恂也笑了：“来日方长。”

“好吧，我答应你，不过有一个条件。”

“只一个？”

“一个足够了。不许现在看，离开以后再看。”

“啊……”

“不同意？”

“行，我同意。”

李恂没有想到，他以为最难过的一关却顺利地通过了。晚饭以后，他匆匆向姨妈告辞出来，冒着夜晚的寒风，又急匆匆来到梅家。他原想很简单地向梅妈妈和梅倩说明一下南下的事就行，却不料在这里倒碰到一个难题。

自从日本侵占东北以后，这两个多月梅倩一直心神不安。她每天都细细地看报纸，看地图，十分关心时局的变化。她自以为是死过一次的人，什么都不怕了。最使她心里熬煎的是爸爸和妈妈。梅先生虽然还是瘫痪，行动不便，可是神志清醒多了。神志不清倒还好办，必要的时候想法转移就是了。外面发生的一切，梅倩都没有告诉爸爸，也不让妈妈向他说。能无缘无故地搬动吗？用什么理由瞒过爸爸，使他相信搬动是必要的呢？如果把实情告诉他，他的精神和心理一受刺激，病一定会加重，说不定……爸爸近来时常引颈长叹，叹得梅倩心痛难忍。她知道他为什么叹气。从青年时代就怀抱理想，立志要使祖国成为蚕桑大国，苦学了一生，努力了一生，苦心经营了一生，落得一场空的结果，心底的郁结能不借长太息而呼出吗？

梅倩也是和往常一样，等李恂向妈妈和爸爸问了好，就请他来到自己的房间。冬月走了以后，梅家请了一个中年妇女来帮忙。这位何嫂给他们送来茶水和糖果，退了出去。房间还是老样，只是桌子上堆满报纸和地图之类，还有杂乱放着的《明史纪事》。炉火红红，屋子里暖煦煦的。灯光下梅倩显得苍白些。她穿一件紫红毛衣，外面是起花缎的丝绵坎肩，下面是法兰绒长裤，这使她看来更轻俏。

“梅姐，你怎么忽然对明史有了兴趣？”

“这，可怎么说好呢？我觉得现在的情况，很有点像明朝末年。大敌压境，可是贪官污吏横行，朝纲不修，大将误国，人心惶惶，农村破落，工业衰败，民不聊生，一派亡国的光景。那时明朝亡给满清，是中国内部的改朝换代。现在亡国，可真是要亡在异国的铁蹄之下了。”

“哎，梅姐，像你这么忧国忧民的当今有几个……”

“我是有花木兰和圣女贞德的心，没有她们的本领。”

李恂再也想不到，当梅倩听他要离去的时候，怔怔地看定他，半晌，忽然双手掩面，哽哽咽咽地哭了。他摸不透是怎么回事，不免心慌意乱，急忙站起来，走到她的身边，双手扶在她的双肩上。“梅姐，梅姐，你是怎么了？我这又不是去充军。”

“不，不，对不起……你坐下，坐下。”

李恂退回到椅子上。梅倩拉出手帕，擦擦泪水，竭力装出笑容。“你别见笑。女人是水做成的，所以泪多。我孤零零一个，心里闷得慌，又不好向妈妈说什么。只有贞月差不多天天来，和我一起说说笑笑，散散心。你忙，不好常常去麻烦你。人大概就是这么一种动物，没饭吃的时候像狗一样到处打食，吃饱了就自寻烦恼。最苦恼的是无可告者。现在又加上一层：国事日非，却是无能为力。我要是早知道你走就好了。索性和你一起南下，先去看看老家的情况，老屋旧居还能不能住人。必要的时候，好让爸爸妈妈移过去。据我看，小日本一时还不会打过来。他那一套把戏是再清楚不过的。总要先制造一个什么事件，找个借口，气势汹汹地闹得你神经紧张，然后又往回缩一缩。你刚松一口气，他一夜之间就枪炮齐鸣，然后得寸进尺。”

梅倩也和贞月一样，从来对李恂是视同手足，亲密无间，但又不完全一样。她从来没有，也没有机会和李恂剖心而谈。要强的性格使她从来也不显露自己的软弱。今天李恂说要走，一句话牵动了她郁积的悲苦，不能自制地掉下泪珠。几滴泪水洗不尽她的种种悲苦，她只能强自咽下去，换上笑容。她的话正好碰到李恂的心上，深深地打动了他。

“梅姐，你说的一点不错。无可告者，无能为力，也正是常常引起我啮指之痛的。每个人都选择自己的路，选择各有不同。有的是‘磨顶放踵，以利天下’，有的是‘拔一毛以利天下，不为也’，有的是‘不若相忘于江湖’。要是闭上眼睛什么都不看，只想成家立业，娶妻生子，这条路很轻便，可是我不想走，我偏要和自己过不去。屈原是天问，我是人问。我就是要问问，人究竟是个什么东西，生下来究竟要怎样？现在举目四望，我只觉得有生如此，不如无生。想到这一层，我宁可选一条荆棘满途的路走走。梅姐，你说这是盲目行动吗？”

梅倩先是默默地听着，心里暗暗点头，很后悔从前没有和他这么敞开胸怀的交谈。听他这么一问，沉思了一下，然后眼光明亮地注视着李恂。“从小得小失，从小我说，是盲目；从大我，从大得大失说，不是盲目。”她一句一顿地说，又补上半句：“一点也不是。”

这话燃起了李恂心头的火，他猛然站起来，一步来到梅倩跟前，抓起她的两只手，用力地摇着。“我的好姐姐，我的好姐姐！”他竭力压下想拥抱她和亲吻她的冲动。

两个人的眼睛里都蒙上泪花，同时又竭力使自己冷静下来。心和心的相通，还有比这更幸福的吗？两个人自然又有所不同。李恂是初生的犊儿不怕虎，一脑子幻想。梅倩可是饱经忧患，满心的沉重之感。她让李恂吃茶，又把糖果盘子推给他，一面问：“你走，和你表姐说了吗？”

“说了。”

“她怎么说？同意？”

“同意。哎，说实在的，贞月从小像亲姐姐一样待我，我真不舍得离开她。你，梅姐，也像我的亲姐姐一样，我也不舍得离开你。现在我不能不忍痛离开。两位姐姐都是我的神明，你们的灵光永远在我的眼前。我是不敢为非作歹的。米粮要过筛子，筛下来的稗子通通要拿去烧掉，这是《圣经》里的话，是比喻只有好人才能进天堂。我当然不相信这些鬼话。借用这个比喻，我在人世间不能是一粒稗子，必得是一颗籽粒，一颗种下去能开花结果的籽粒。我现在还是一粒稗子。能不能变成一颗籽粒呢？我想试试。”

“看你说的，你怎么是稗子。”

“是稗子，里面是空的。里面空的东西都很容易漂在水面上。我不愿意漂在水面上，宁愿沉下去，沉下去……”

已经晚上九点多，梅倩不能不催他快回家。从海面上来的寒风正呼呼地扑着窗子。海潮的吼声也更加猛烈了。

梅倩送出李恂，关好铁门。这大概是旧历的十月半。在清明净亮的天空里，一轮圆圆的寒月正静静地照临人间。院子里的雪堆闪射出蓝莹莹的光。她在寒风里独个儿站了好久。这灼热的心要是冻成冰块有多好啊。

第二天傍晚，贞月来了。梅倩留下她过夜，打发何嫂去给郑妈妈送了口信。两个人坐在炉子旁边，都烤得脸上红扑扑的。炉子上煮着莲子和小枣，满屋子是甜香的气息。两个人谈天说地，可是都有意避开李恂要离去的话题。两个人都知道对方很喜欢这个大孩子，也都清楚对他那种如同手足的眷恋之心，都不愿拨弄惜别的心弦。梅倩开了留声机，唱片放出《梅花三弄》的悠扬的曲调。她们吃罢莲子，梳洗完了，都没有睡意。两个人对面横倚在床上，枕头垫得高高的，默默地对视着，各自听着自己的心音。

梅倩用胳臂肘支架起半个身子，靠近贞月。“月，有一句话我必得问问你。你表弟要走了，那句话你说了没有？”

“哪句话？”贞月在梅倩的逼视下半闭起眼睛，明明知道她问的什么，却故意反问。

“装什么糊涂，都和你讲过一千遍了。”

“这样的话你为你自己去说。”

梅倩伸手，在贞月的脸腮上狠狠地拧了一下。“死丫头！你如果辜负我的心，你得下十八层地狱。”

“我不入地狱，谁入地狱。”贞月说着，勾起满心的酸楚，眼圈儿红了。

梅倩长叹一声：“你们两个不成双成对，是天地间一大缺陷。”

“我不是也和你说一百遍了么。如果前面是一个深坑，我说，李恂，跳下去，他会毫不迟疑地跳下去。可是他待我像同胞姐姐，他根本不会往这方面想。”

“他既然这么百依百顺，你就要他往这方面想。”

“不，我不能，我不能勉强他。真奇怪，一辈传一辈，老猫非得屋上睡不可吗？为什么两个情投意合的就非得配对不可？清清白白，不陷入柴米油盐不是更好？”

“去！你们两个可真是一对宝贝。他一脑门子超时代的怪想法，你也是一脑门子的超时代。”

“那么你，你呢？”贞月也支架起半个身子，直问到梅倩的脸上。

梅倩倒在枕头上，仰面看着贞月晶晶莹莹、闪着泪光的眼睛。她明白，贞月说是这么说，心里不是毫无矛盾的。不光是同胞手足之情，还有不愿拖累表弟的心意在阻碍她。这看来是不能改变的了，真是天下一大憾事啊。她伸出一只胳臂，勾住贞月的脖子，把她搂在怀里，脸贴着脸。“岁月在变，人也不能不变。我希望你有一天能改变你的怪想法。至于我，要是有一个情投意合的，我就跑到他那里去。难道二十世纪三十年代的女性，还不及卓文君开通不成？”

“你不是很爱李恂吗？你跑去好了。”

梅倩又在贞月脸上拧了一下。“你再说！”她把贞月搂抱得更紧。“天生是你的，我这女丈夫决不夺人之美……”她在贞月脸上连连吻了两下。贞月感觉到她脸上的湿润，梅倩也感觉到贞月脸上的湿润。

“窗外寒风凄凄，室内炉火熊熊，如此良夜何！”贞月说着，从梅倩的怀抱里挣扎出来。“起来，起来，沏上新茶，噢，有酒吗？咱们何必作儿女态。咱们浅斟低唱，纵谈古今，打发一个冬宵怎么样？”

这话引起梅倩的兴致。她起来，捅旺了炉火，披上一个大披肩，轻手轻脚地开门出去，很快捧回一个大托盘，里面有一瓶大宛香，一小碟火腿片，一小碟盐笋豆，一小碟渍青梅和竹筷酒杯。她把酒瓶推给贞月，然后又开了床灯，又找出几支准备断电时用的蜡烛，统统点上。屋子里登时大放光明，照得两朋友容光焕发。去吧，无限的烦恼和无谓的伤感。青春、活力、美好的憧憬的光又跳动在她们的眼仁里。

梅倩举起杯子：“冬宵一刻值千金。今夕何夕，得此良伴。小时候都喜欢过家家。咱们今晚上就过家家，洞房花烛。我比你大，就是你的天。来，亲爱的，干！”她调皮的眼光看定贞月。

贞月举起杯子：“等一会儿咱们赛歌，谁赢了谁是丈夫。”她笑嘻嘻地瞄着梅倩。

“不，谁输了谁是丈夫。”梅倩知道自己弹琴行，要说唱歌，她比不过贞月。

“鬼！先饮酒再说。”

她们对饮了一杯，于是唱起学生时代的歌，声音压低，怕吵醒隔壁的梅妈妈。歌曲是最好的回忆媒介。她们一个接一个唱，一会儿又停下来，共同回忆一件件学生生活的往事。当时的同学已经风流云散，保持经常来往而且情同姐妹的只有贞月和梅倩。

“等等，梅姐。”

“不叫梅兄我不理你。”

“别闹，我有正经事和你商量。你说李恂一脑子怪想法，一点不错。你猜怎么着。说了，要我给他写一封空前的信，当他的座右铭。咱们两个一起给他写，那多有意思。”

“不，他求的是你，不是我。我可以帮你当参谋。在信的末尾附上一句话，签个名，这倒还可以。”

“好吧，听你的。还有，他动身之前，还会来的。咱们灌他几杯，像今天这样痛痛快快玩上半个晚上总可以。”

梅倩愉快地同意了。两个人把椅子挪到书桌前，并排坐下，铺开信纸。

“不能长篇大套，千言万语只可凝缩成几句简练的话。”

“正是。”梅倩点头。

两个人一句一字地推敲，写完了信。贞月署了一个姐字，下面画了一钩新月。

梅倩果然在信末赘上了一句：“临行细叮咛，意恐迟迟归。”也署了一个姐字，下面画了一朵梅花。

八九　茫茫的大海，茫茫的视线，茫茫的心境

轮船的汽笛长鸣。船身抖动着离开了码头。在送行的人群中，只有阮令之一人是送李惝的。别的人李惝都再三地辞谢了。他宁愿孑身出行。他现在挤在船舷的人堆里，不停地向阮先生挥手。阮先生的影像渐渐模糊了。海岸线模糊了。飘着烟霭的城市模糊了。城市背后的远山，白茫茫银装的山峦，模糊了。那里正是每年人们游春赏花的胜地，是梅倩中弹倒在血泊中的地方，也模糊了。家，家乡，生我养我、留下我跳踉奔驰的足迹、我欢乐辛酸的心迹的家乡，别了。

前一天压下一场鹅毛大雪。李惝原以为冒风雪而出征，倒也是壮我行色的。不想一夜狂风吹散漫天的乌云，捧出一轮大太阳。开船的时候正有红霞满天。大群的海鸟绕着桅杆翻飞上下，啾啾地唱着。李惝站在微微颤抖的甲板上，眼光落在浴满夕阳的形形色色的人身上。他们也都在仰望染红了的长天，俯视红波荡漾的海水。人丛里有一个高个青年，头戴绒线圆帽，围一条很长的围巾，正在向旁边的人指点什么。李惝心里一动。这人好像在哪里见过，可是一时想不起来。也许只是一种错觉吧。船行渐渐加快了。激起的浪花向四外滚去。耳边响起呼呼的风。怕冷的人都进了舱房。李惝是第一次搭海轮，冷他也不想离开甲板。海的变化是他从小熟悉的，但是像这么四大皆空，茫茫无际的景象还是第一次收入他的眼底。茫

茫一色的天和海渐渐褪去红色，变成灰色。神秘的黑幕正从东方慢慢升起。直到有人招呼吃晚饭他才进了船舱。

所谓穷家富路，他买的二等舱，俗称为官舱。官舱的食堂里只有两三张方桌，却还没有坐满。有些旅客因为晕船，一进房间就卧在床上，动也不敢动。这些人当然是不来就餐的。饭菜很丰盛，鸡鸭鱼肉都有。李恂的同桌正好有那高个青年。他这时去掉了绒帽和围巾，面目看得清清楚楚的了。啊，这不正是在司令部门前的学生群中据理高呼的人吗？这人当然不会知道饭桌上正有人在观察他。当他的视线碰见李恂的眼睛时，他点头微微一笑。李恂也报以点头一笑。他们互通了姓名。

吃完饭，茶房递上热毛巾。李恂一面擦着，请景岳先生留步。他们退到一张空着的方桌前。茶房为他们送来两杯茶水。李恂向他讲了在司令部门前见过他，表示了敬仰之意。他说当时千百人中只有景先生一人不畏强暴，仗义执言。景岳则说匹夫之勇不为勇。

“敢问你是到南方求学？”

“不是，是访友。”李恂说。

“我也是访友，能不能访到还难说。大半年未通音信了。”

他告诉李恂，那天学生散了以后，他被盯梢，第二天就被捕了。说学生闹事是他煽动起来的，要他招供。大刑倒没用，巴掌、拳头、皮带赏了不少。宁波同乡会来保他，说他一向是一个正正派派的中学教师。正德中学也来了几十个同学，要求见他们的老师，声言如果不放，他们就集体入狱。司令部已经招得人言纷纷，怕学生再起来游行，不好收拾，第三天就放了他，但是有一个条件，不许他再在本市露面，他只得到一个县城的中学混了几个月。现在则是先回宁波老家看看。如果能在南方谋得一个教席或别的什么营生，就不回北方了。李恂也告诉景先生，他的洪老师正在南方坐牢，也想找门子去探望他。

说起来，景先生和洪老师竟然是同学。景岳刚上一年级，洪钟已经是四年级。洪钟不一定认得景岳，但是景岳认得洪钟。

“你这位洪老师，是学生会里的活动分子。演说的口才很好，功课也特棒，一手好大字，笔走龙蛇，轮到写标语口号的时候少不了他。当时有几个女同学围着他转。”

李恂心里暗笑，想不到看来板板正正、不动烟酒的洪老师还交过桃花运呐。真是不可想象。

“你的洪师母是不是史岫岚？”

“我不知道有这么一位女士啊。”

“这就怪了。当时的校花，众目所视。好多男同学围着她转她都不理睬，只紧跟着洪钟。”

“唔，是吗？我只听说洪老师有家口在乡下，但是我从来没见过，是真是假也不清楚。也没有问。是不是因为洪老师是穷学生，她才……”

“那倒不是。当时各大学里，‘五四’时代的余风尚在。门阀观念是受鄙视的，特别在左倾青年中间。公子哥、大小姐是有，他们在同学中间鹰视虎步的却不多。史岫岚是名门淑媛，在学生活动中是风云人物。两个人都是当时全校议论的佼佼者，都认定他们会比翼双飞的。如果你说的乡下女人是事实，可见洪钟是不弃糟糠。他大概是一心一意干他的事业，这样的人不入地狱谁入地狱。”

两个人虽然年龄相差有六七岁，可是谈得很投机。李恂问景岳的通讯地址，他以萍踪浪迹为答。李恂心下也就明白，不好多问了。他告诉李恂，可以去探望洪老师，但是要小心，千万别给他添麻烦。据他分析，洪的案情不会很重，否则命早保不住了。他说当今的政治犯都是这一时代的精华，肩膀上扛着自己的头，同时也扛着国家民族的命运。他看看周围没人，小声对李恂说，不能指望蒋介石打日本。他第一次围剿苏区失败了。现在赶修公路，筑碉堡，调集五十万大军，要第二次进攻红区。长江两岸哀鸿遍野，东北三省炮火连天，都不在他的眼下。

“好吧，晚安，我还要到甲板上吹吹寒风。”景先生说。

李恂本来也是想上甲板看看夜景的，但是心里一直有一件重要的事。和景先生分手，他立即回了自己的舱房。

他刚刚坐在自己的床位上，就有一个茶房笑嘻嘻地进来，捧着一个搪瓷大托盘，问先生夜里有什么吩咐，要不要宵夜。李恂知道他其实是来讨茶钱的，就摸出一元银洋，放在托盘里。穷小子这时也只好装阔大爷。茶房鞠躬谢谢，退出去，轻轻掩好舱门。

李恂急忙打开床头的皮箱，从叠着的衣服里摸出一个信封，打开。这是月姐给他的空前的一封信。

恂弟：

话多了是废话，但是姐姐可也没有金声玉音。流动在心中的溪流权且浓缩成几滴淡水。原谅姐姐一向清贫。你不会与世浮沉，不会入鲍鱼之市而变味，不会在冲天的俗气中变成市侩。姐姐相信。

你苦学，追求，孜孜不息。姐姐也喜欢，也赞成。相信你还会向上攀登，永不止步。

你不是庸人。从来就不是。但是姐姐也不愿你成为超人。只希望你成为对人类社会有用之人。你已经是了。

你自己不满足。姐姐也希望你永不满足。

“不夷不惠，可否之间”，这个之间是个什么东西？可以有不同的解释。愿你不孤芳自赏，目无凡尘；也不随波逐流，泯没自我。画虎不成，未必是犬；刻鹄不成，必然类鹜。“行百里者半九十”，这是名言。顺水行舟，一下千里，雄风满怀，固是飘然欲仙；逆水行船，历尽艰辛，日有所进，也不失为忍辱负重的英豪。也许后者更为难能可贵。

姐姐只求你一件：不因顺利而盲目乐观，不因挫折而灰心丧气。“车到山前必有路”，这是好话。万一没有路，不要义无反顾。姐姐张双臂欢迎你回来。韬晦养时，古有明鉴。愿你凌空高翔，但是不要成为断线的风筝。

姐姐正仰望云天，等待衔书的鸿雁。

姐姐同你一起长大。小时的幻影美丽如彩虹，逝者如斯不可回了。只要与你一起绕日而行，姐姐也就心满意足了。

李恂一连读了三遍，越读越压不下心里的波澜，实在是又喜悦又酸辛。看了梅倩的附言，看了她和贞月的署名，他激动得泪花满眼，不住地喃喃："知我者月姐，知我者月姐……"她的语言极平淡，但是言之谆谆，用心良苦。他当然不会知道，月姐和梅倩关于他议论了许多，怀着这一时代少女的最美好的柔情，爱得愈深，愈出之于平淡。他小心地收好信，关上皮箱，一点睡意都没有，也想到甲板上看看夜景。

甲板上已经空无一人。景先生也已经不在了。夜风更大了。船身破浪前进的时候，已经不像白天那么平稳，正在不停地颠簸。极目四望，只是茫茫的黑色混沌。"起初，神创造天地。地是空虚混沌，渊面黑暗。"他想起《创世记》里的第一句话。那么他现在正是进了太初的世界。当他的眼睛渐渐习惯于黑暗的时候，看见翻滚的波浪里正有破碎的金色光点。他知道这是船上灯光的反射。仰视天空，啊，他从来没见过这么密密匝匝的星星，简直是拥挤在一起，又向四外无边的天宇散开。如果每个人真的有一颗命星在天上有多好。他想指定一颗为自己的命星，但是一眨眼又认不出来了。那么是命中注定漂泊天涯了。人也只能迷失在人海里，正如一颗星迷失在星群里一样。置身于这汪洋无际的天海之间，人显得是多么渺小啊。他还想仰望天宇，可已经冻得难忍了。

船舱里很热。他仰卧在床位上，却不想就寝。收不拢的回忆之马使他十分清醒。正是昨天晚上，他向月姐和梅倩最后一次辞行。她们备下葡萄酒、水果、甜食，说要和他痛痛快快地玩半个晚上。李恂从来没见过她们两个这么快乐。炉子烧得都快红到炉皮铁板了。她们都只穿着紧身的毛衣，又唱，又说，又笑，好像忘乎所以了。他也跟上说笑，一杯杯饮着葡萄酒。他还是第一次今宵有酒今宵醉，不过更多的用惜别的目光看着两位姐姐。飘逸如新柳拂风的是梅倩，她倒很像天淡云轻中的朗月。端庄如亭亭芙蓉的是贞月，她倒很像疏影傲霜的梅花。她们的快乐也感染了他，但是他也清楚，这是惜别情绪的别样的流露。一时间他有些后悔。在她们中间不也可以了此一生么，又何必亟亟然离家出走？这心情很快又打消了。这融融乐乐的屋子也还是一个蜗牛壳子。她们饮了酒，再加屋子热，两个人的脸颊都绯红了，似乎多少有了些醉意。梅倩想出一个点子，用背旧诗当酒令，要多少切合当前情景的，背不出来的罚酒。

李恂先说了："抽刀断水水更流，举杯消愁愁更愁。"

梅倩说太颓丧，要罚。贞月为他讲情，说的是多多少少切合就行嘛。梅倩斜她一眼，说："你就是护着他！"

贞月说的是："烽火连三月，家书抵万金。"

"啊，人还没走，就盼信了。不行，也得罚。"梅倩拿起酒瓶。

李恂又为贞月讲理。

"啊，你们姐弟两个结成同盟，来欺压我一个是不是？"于是她说："相见时难别亦难，东风无力百花残……"

贞月和李恂同时叫起来："不要这么颓丧的，罚！"

梅倩畅快地笑了。"说的是吧，你们联合向我进攻。好，你们要雄壮的，我给你们背诵岳飞的《满江红》。"

"不要不要，"贞月说，"这首词传唱千古，壮则壮矣，可惜没有多少神韵和意境。"

"那好，我另来。"

贞月和李恂一起起哄："不行，先饮了酒再说。"

梅倩故作慨叹状："看来今儿晚上我是少数，我认命了。好吧，我认罚。可有一条，接下来是贞月。"贞月歪头想了想，念道："幽壑鱼龙悲啸，倒影星辰动摇，海气夜漫漫……"

李恂现在闭上眼睛，回想昨晚上隐含辛酸的欢乐。刚才在甲板上看见的正好是倒影星辰动摇，海气夜漫漫。那些情景，回想的时候真像是变幻的梦境。父亲破产以前，他过的是童话一般的梦幻的生活，这些都将在记忆里渐渐淡去。近一两年所见所闻所经历，真是处处悲痛，事事辛酸。他不由得想起了明秀和玲玲。

两个小姐妹听他要走的时候，都哭了。明秀表示了一个心愿，希望他花半天工夫带她们两个重游小时候到过的地方：踏青的东山坡，赏花的南山隈，拾贝壳的海滩，有着吓人的怪象的大庙……这些地方都留下了多么奇妙美丽的回忆。他答应了却没有实行，因为时间来不及了。这将是他一生为她们抱歉的事。至于她们的将来，他想都不敢想。不会有什么好命运落在她们的头上。玲玲到了出嫁的年龄，章婶一定随意打发她出门，说不定还会从她身上捞几个钱。明秀呢，啊，他更不敢想。如果章婶硬逼她，她也许会……啊，不敢想。至于麻姑姑……

他见到麻姑姑的时候，她当然还不知道侄儿过两三天就要南下。他踏着深雪，来到雪埋了半截的小村子。麻姑姑比以往更高兴更热情地接待他。一进门，她就忙不迭地让他坐上热炕，说你姑夫刚刚出去，一会儿就回来。他心里很吃惊，怎么不声不响地给他找了一个姑夫。“宁挑高郎，不挑高房”，麻姑姑这么说。那么一定是她满意的了。不过他一下子又觉得和这个从小待他像亲妈妈的人生疏了。过了一会儿，这位姑夫果然回来了。他一见就不太顺眼。青缎的瓜皮小帽，长棉袍外面是充礼服呢马褂，完全是一个小买卖人的派头。啊，这个高郎。他一定是听麻姑姑讲了许多，所以一见面把这侄儿夸得一阵冷，一阵热，坐也不是，立也不是。他不由得想起小时候章婶关于麻姑父的戏谑。他装出笑脸，熬煎了一个多小时。麻姑姑送他出来的时候，他把章奶奶让他带来的钱塞在姑姑手里。这是他最后一次替奶奶送钱给她。以后这差事落在谁身上，他就不知道了。麻姑姑让他带话给奶奶，以后不必给她送钱了，她自己能将就着过下去。他走出很远，回头看看。麻姑姑还站在村外的雪地里，远远望着侄儿的身影。他鼻子一酸，涌出热泪。同时也觉得可以放心了。麻姑姑总算有了自己的归宿。不管这郎高不高，她自己满意就好。

他催自己快睡下，想明天一早起来看海上的日出。脑子里一条条扯不断的线却使他宁静不下来。正是今天下午，他一切准备停当，再过两个小时就要离开这个养活了他十八年的家了。这时父亲在妈妈屋里吼叫起来。他的出走一直没有直接向父亲说。一切都由妈妈转告父亲，这是惯例。他在自己房间里听得清清楚楚，父亲骂他怪僻自是，从来不听大人的话。干得好好的，偏要自己去栽跟头。全国那些大码头，哪一个老子没到过。那里三教九流，哪一行不是毁人的。又不懂人情世事，又不看眉眼高低，又那么迂阔，脑瓜子不会转弯儿，能有个好吗？又听见妈妈在劝说，要他小声点，别吵得邻里皆知。父亲的恼恨，他是知道的，没想到临行前他这么发火。他忍耐着，不断地看看表。只觉得时针太慢了。一走了事，别的都不想理论了。妈妈来到他的屋子，眼睛里转着泪花，要他离家的时候去和他说一声。他听从了。当他见到老子的时候，老子正躺在那里吸鸦片。他叫一声爸爸，说要走了。爸爸忽地坐起来，拿烟枪往烟灯上一砸。玻璃罩碎了。他一轱辘翻身起来：“你走，走吧，你出了这个门就别回来。”为了妈妈，他什么都没说，退了出来。

船舱里热。他思前想后，心里乱糟糟的更热。他看看表，已经下半夜三点多。他想索性不睡了，免得误了看日出。海风更大了。吼叫着的巨浪簸弄着船身。轮机的轰轰声更加扰人。他虽然不晕船，这时船身的摇动却也使他头晕。他想起小时听爸爸说的沉船的故事。如果这只船也触礁沉没，那么……也好。投入海的怀抱，解除一切烦恼。

不想睡，反而蒙蒙眬眬睡着了。忽然有脚步声和说话声惊醒了他。从小圆窗射进来淡青色的光。啊，晚了，晚了，看不见日出了。

他本来是和衣而卧的，于是一翻身跳下了床位，急忙往甲板上跑。

甲板上已经有了几个人，当然都是有兴致看日出的。风已经停了。海水这时是深灰色。船身犁出的白色浪花喷着长长的泡沫向后飞去。极目所视，东边海天相接处还是灰沉沉的。是阴云吗？那么日出看不成了。站在船舷上的人更多了。人们指指划划，叽叽喳喳。海风掠过耳朵。茫茫无边的大海雾气蒙蒙。渐渐的，天边好像有一道白线在竭力挤开那浓重的灰云，在一点点扩大那裂缝。灰云好像不甘心被挤破，也在竭力地往下沉压。大自然在搏斗。白色终于渐渐宽了，而且变成了绛红色。这绛红色在吃力地颤动着。人们被这天边的变化所征服，不再说什么了。都凝目向着天边。天真的亮了。刚才人们还只是憧憧的影子，现在已经是轮廓分明。站在李恂身旁的是一位少女，也许是少妇，用一条大围巾把头和脸包得严严实实的，只留下两个眼睛。她不经意地问李恂，到底能不能看见日出，显见得是等得不耐烦了。李恂没有回答，只伸手指指东方。绛红的颜色又变了，先是朱红，后是橘红，而且扩大了范围。但是灰色始终没有全部退去，像一条无限长的带子隔开海和天。

太阳露出一个红边了。人们忽然兴奋了，骚动起来，变换着位子，似乎这样能看清楚些。舷边的人更多了，互相拥挤着。他们的舌头也都活泼起来。但是太阳刚刚露出半个脸就被那一条灰云斩断了。太阳好像在跳动，在挣扎，竭力往上挤。灰色的带子一直不退让。红通通的大太阳的圆脸被他切成了两半。东边的天宇完全红了，海面也变红了。灰色的云带眨眼间变成了霞光万丈的彩虹一般的飘带，在海天之间飞舞着。太阳终于露出了全部圆脸，已经高高地离开海面了。人们已经不能正眼看它。它的威力正布满人间。每一个人顿时感受到它的光和热。

李恂转身四下看看，没有见到景先生。吃早饭的时候也没有见到。他很后悔没有问清楚他的舱位。满船的人到哪里去寻他呢？只好等船到岸的时候再说吧。

九〇　一个目的，两种行径

唐旻接到李恂南下的电报，十分高兴。他从电话上问了船期，知道还有两天才到岸，有充分的时间为朋友的到来做好准备。

他已经完成了“脱毛”的过程，就是说，已经完全能适应大都市的生活方式。没有规律和章法的生活就是生活。他睡得很晚，起得也很晚。他每天奔奔波波，好像很忙。要问他忙了些什么，他可又说不出来。业余剧团本来是业余的，散了以后，各奔前程，也无所谓业余了。他已经学会了挥霍，不幸手头常常拮据，远不及在北平用钱那么方便。

他学会了饮酒。不是一般的酒，而是外国酒，烈性酒，什么科奈克、金酒、伏特加之类。他喝酒，都是偷偷一个人在小店里喝，不让人知道，特别是不敢让上官知道。用他自己的话说，喝酒是烧烧他灵魂的痛苦。他善于和朋友们来往，显得开朗而且随和，可是心里却有很深的孤独感。如果是在荒岛上的孤独，像那个鲁滨逊，那么每天胼手胝足，为了生存下去，他的孤独感会消除许多。在几百万人的大都市的孤独感是很难消除的。到了南方，连他自己也说不清为什么，他更加迷恋上官。上官可是下了决心，只能和他保持朋友和姐弟的关系。这决心已经是不可动摇的。他酒渴欲狂而又囊空如洗的时候，不免把衣服送入墙上画了大“当”字的门里去。

上官在城市边沿的一所中学里教书，教的是初中英语。教书只是她的权宜之计，她无志于此。办业余剧团的时候，她是活跃分子，也被朋友们视为好演员，有多方面造诣的好人才。在舞台上啼啼笑笑，无非是借此消消心里的郁积。她从来不说心灵的创伤之类的时髦调调，也非常厌恶一些同龄人的无病呻吟。她虽然不过二十五六岁，痛苦的生活经历已经在她的心上挖下一条深谷，这深谷是很难填平的。照她的才气和姿容，要找一个如意郎君没有一点困难。嫁人吗？成家吗？在她看来是可笑可悲的，特别是现在。在这国家民族危急存亡的关头，她根本不考虑个人的问题。学生们的每次游行和每一种爱国活动她都参加了。在天真、活泼、无邪的少年学生中间，她觉得心情畅快。学生们也都喜欢她，特别是女生，常常挤到她的宿舍里说说笑笑。生活和心绪安定使她丰腴了许多，脸色有了红润，看来比以往更绰约宜人。

她对唐旻还是像过去一样的亲切和关心，只是竭力使两人的关系正常起来，不是为自己，而是为了她心爱的唐旻。在对方那么真诚的爱慕面前，她有时不免心旌动摇。她和他在一起的时候那些记忆，那些荡魂动魄的往事，是永远也不会从心头抹掉的。使她下决心悬崖勒马的是卢雁。

卢雁很爱唐旻，上官在北平的时候早已知道，也知她对自己有过猜疑和嫉妒。若论相貌和才气，卢雁自然比不上唐旻。唐旻既然明白地表示过不同意，上官也不好勉强他。日子长了，特别是南下以后，上官发现自己对卢雁的看法和判断都失之片面。这个女孩子算不上是出众的美人儿，但是那一双活泼有神的大眼睛，特别不管是生气或是高兴的时候都那么直盯着你的神采，还是动人的。因为受过运动训练，她的身段、体型，动作的敏捷，都使她有一种矫健和挥洒的风度。起初，上官觉得她有些浮躁，有些浅露，有时又不免有些小姐脾气，对她不喜欢的人有些傲慢。上官本来以为，“剃头挑子一头热”终究不会有什么结果，以为卢雁的性格属于旷达、开放的类型，她大概不至于一棵树上吊死。想不到她那么坚持不放，那么死心眼儿，这倒使上官颇受感动。她也渐渐发现卢雁许多优点，是她过去没有注意，或者因为偏向唐旻而必然忽略的。

这位姑娘看似疏忽，实则心思很细密。剧团里很多人的家世、经历，各个人之间的相互关系，卢雁都一清二楚。她喜怒都形于颜色，但是心里的天下是一片晴明开朗，从来不记念别人的小嫌。她待所有的人都真诚，包括她看不上的某些人。她胸无城府，不存心机，也肯于急人之所急。她虽然为唐旻分心，可是学习得很好，英语的水平已经不低于唐旻，口语的流利更是唐旻所不及的。这一点很出乎上官的意料。她本来以为达官贵人家的小姐上大学不过是一种点缀，或者是和高贵门第攀亲的一个条件。最难得的是她外表显得什么都不介意，感情上却是那么纯真、坚执、专一。

唐旻住在一条大马路尽头的一条小街上，距上官的学校不远，步行也不过三十分钟。他想常常去看上官，又怕去。去了而不能畅所欲言，不能像在北平那么亲昵，实在是无法排遣的苦恼。他有时约卢雁同去，她总是痛快地答应。后来几乎习以为常了。卢雁的学校可不算近，但是她只要接到唐旻的电话，只要没有课，她不出一小时准到唐旻的住处。她出了校门，必须先走一段，然后搭电车。为了节省时间，她常常是用人力车代替步行。

李恂南下的事，唐旻早已和上官、卢雁讲过多次。现在接到电报，他想以此为理由去看上官。上官如果能同意陪他到码头，那他可以在朋友眼里比现在高出三尺。他给卢雁去了电话，她的回答是马上就到。

阳历十一月末的南方，天气不算太冷。一早一晚和天阴的日子，也还是凉风习习。卢雁每次到唐旻这里来，不敢刻意装扮，怕他拿冷冷的眼光看她。但是女孩来看心爱的人，又怎能不稍稍修饰一番。不敢浓妆，只得淡描眉毛，淡抹嘴唇，轻粉扑面；不敢华衣美服，只得简衣素装。

她半个多小时就赶到了，用她练就的轻捷的双腿跑上楼梯，进了唐旻的亭子间。唐旻正仰面躺在床上，听见熟悉的脚步声，跳起来迎着她，见她胸部在起伏地喘气，请她坐下休息一会儿。

“啊哟哟，”卢雁不坐，双手捧在胸口，“就在这个小窝里接待你的朋友啊。”

“有什么不可以。再添一张床不是绰绰有余吗？古人的同窗好友还睡一张席子呐。”

“那干脆亡国算了。四万万人都睡席子，像日本人一样。”

“你别忙。现在大家都还是醉心于西洋，买西洋货，穿西洋装，吃西洋饭。照目前这么对日本畏惧苟安，总有一天，最时髦的是东洋的一切。”

这时前楼的胖阿姨已经听到卢雁的声音，为他们送来两杯茶水。她很喜欢这位活泼开朗的小姐，不只因为她平等待人，从来不摆小姐的款儿，还在过节的时候，拿三元两元塞在她的手里。她每天来给唐旻送开水，拖地板，不是房东的指示，却是卢小姐的吩咐。这是唐旻不知道的。

卢雁谢了娘姨。娘姨去了以后，她像每次来的时候一样，要替唐旻整理桌子和床上的衣物。“幸亏有一个娘姨来帮你拖拖地板，否则你这里简直成了……”

“牲口棚，猪窝。”

卢雁乐了，笑出两排整齐的牙齿，两眼脉脉地盯住唐旻。唐旻却装着看不见。“没有叫猪窝的，都是叫猪圈。”她笑着脱去黄色的薄呢大衣，露出银灰色的哔叽夹旗袍。她斜眼瞥瞥唐旻，见他没有评点，放心了。

“我说小姐，不要劳驾了好不好。你要是不休息，咱们就开路好不好。”

“不好不好。我不愿意离开的时候，脑子里留下一个乱七八糟的印象。”

“这么说，是为了你自己，不是为了我。”唐旻调侃地说着，坐在木板椅子上。“那就悉听尊便。”他倒是很喜欢看卢雁那又轻快又麻利的动作。

卢雁把书桌上一张报纸里吃剩的碎面包、花生米皮、香肠衣之类拢成一团。“呐，超人，劳驾，扔到楼下去。”

唐旻只得服从。

卢雁是有意支使他出去。听他下了楼梯，她伸腿从床下勾出两个酒瓶子，故意塞在被褥底下，意思是给他一个无声的告诫。这样的把戏她已经玩过两三次了，看来毫无效果。好心的姑娘虽然直率，可是不敢当唐旻的面说什么，怕他嫌她唠叨，生出反感。可怜多情而苦心的姑娘啊。

卢雁很快整理好屋子，穿上大衣。现在轮到她催唐旻开路了。

“要不要先给上官去电话，免得她出去。”唐旻说。

“我已经给她电话了。你快穿衣服吧。”卢雁看他穿的旧西装上衣。“就穿得这么单薄？”

“我就是这样，可以了。”

“外面阴天，可冷呐。”

“我一点也不觉得冷，北方佬嘛。”

卢雁瞥他一眼，微微一笑。她早已知道他的大衣到哪里去了，只是不便于说破。“那好，咱们快走。”

上官已经买下香蕉和橘子，沏好了茶水，在学校的宿舍里等他们。卢雁总是人不到声先到。上官迎出门口，让他们进来。宿舍是里外两间小屋子，外面一间的门透风。上官在这一间放洗沐用具和其他杂物。里面一间成了她的卧室兼书房兼会客室。这屋子和她北平的住处有如天壤之别，但是朴素而整洁。一个中学教师还能有什么更好的住室呢？乐道安贫嘛。里间除了一桌一椅一榻一凳之外，没有别的。她让卢雁坐在椅子上，卢雁偏脱下高跟鞋，上了床，靠在床头上。唐旻已经在木凳上落座。上官只好坐在椅子上。

唐旻说了李恂的行期。

“好吧，你朝夕盼望的朋友来了，你这孤魂有伴儿了。”上官为他们倒茶水，请他们吃水果。卢雁掰下一个香蕉，扔在唐旻的手里，自己却抓起一个橘子。

“是啊！”卢雁接上说：“有了伴儿，该不搭理咱们了。”

唐旻慨叹一声：“上官姐，你听听，杀威棒先打下来了。我敢吗？”

“什么敢不敢，凭良心罢了。”卢雁一撇嘴唇。

“好吧，先别斗嘴。”上官微笑地看看卢雁那半认真半开玩笑的模样。“说正经的，你是不是换一个宽绰一些的屋子。”

“用不着。那里我也住惯了，和房东家也熟了。”

“也好。今天是星期五，后天正好是星期天。我很想和你一起去迎接你的贵宾。雁儿，你呢？”

“我听你的。”卢雁说着，眼睛却溜在唐旻的脸上，见他没有异样的表示，又补上一句：“我当然应该去。听他讲了那么多，我倒想早点看看，究竟是实在的，还是他把人家理想化了。”

唐旻的脸上微微一红，知道卢雁这话是有弦外之音的。他曾不止一次当卢雁的面夸李恂，又说一定为她介绍，希望他们成为好友。上官当然也知道，也听出了卢雁的话音。

“不错，这和我想到一块去了。都说情人眼里出西施，这是从男人方面说的。从女人方面说，应当是情人眼里出潘安，出相如，出李白，出岳飞了。朋友和朋友之间该怎么说呢？”

“出俞伯牙，出蔺相如，出……哎，还有杜甫。他不是说‘白也诗无敌’，还说‘夜梦常见之’？”卢雁说着，故意缩缩身子。瞟一眼上官，“哟，你这屋子怎么这么冷呀。上官姐你不觉得吗？”

上官会意，微微一笑。“我倒不觉得，看唐旻的样子倒有些瑟瑟缩缩的。”

“没有的话。”唐旻无意中挺挺胸脯。

两位姑娘看他装强的样儿，忍不住都笑了。

上官向他伸出一只手。“行了，这里不是舞台，不用你表演，也不用你唱。拿来吧。”

唐旻不知所以然地一怔。“什么拿来？”

“当票！”上官一字一顿，眼光紧盯住他。

唐旻脸一下子红了，可是尽力装得没事人一样。“你说什么，当票？我哪来的当票？”

上官脸色一沉。“当面扯谎！这是弟弟对姐姐之道吗？再装，我不理你了。对不对，雁儿？”

“对！”可是她看见唐旻的尴尬样儿，又说：“我哪里知道什么当票不当票。”

其实最先知道唐旻跑当铺的不是别人，正好是卢小姐。是剧团的人看见，当作新闻告诉了卢雁。卢雁不敢当面问，就告诉了上官，并且要求她一定保密，千万别向唐旻透露是她说的。

上官一直盯住唐旻，手也一直伸在他面前。

“你从哪里找到的包打听？”唐旻自我解嘲地说：“当票嘛，哎，我也不能随身带着啊。”

“那好，坦白了咱们从宽发落。对不对，雁儿？”上官缩回了手。“什么时候给我？”

“啊，后，后天……”

上官和卢雁看他红着脸，无地自容的样子，忍不住同时纵声而笑。

“行了，好了，你彻底成熟了。”上官含笑睨着他，俏皮地说：“你进当铺的时候心跳不跳？”

“第一次好像新兵上战场，后来嘛……”

“后来就轻车熟路了。”卢雁也放心地打趣说。

“好吧，这件事不再提了。以后我这里开当铺，当什么请送来好了，价格从优。”上官笑嘻嘻地说完，忽然轻轻叹息一声，换成庄重的脸色。“你们两个来得正好，我正有一件又麻烦，又不能不处理的事，想和你们商量一下……”

原来她接到本家族长辗转寄来的信。她的妈妈，也就是大夫人，死了。遗产的事必须她回去办理。大夫人没有子女，那么全部家产的合法继承人只有上官一人。据她的猜度和分析，大夫人的娘家和上官的族人都想染指，都不会善罢甘休。从法律的观点看，事情很简单，但是法律没有明码实价。两方面都会攀亲援宗，各显身手，在上官身上大做文章。文章怎么作，当然没法预知。上官已经多年不回故乡，那边的人事变化完全不摸底细。大夫人的体己和一切细软之物，如珠宝、金首饰、贵重的摆设之类，一定早已被她的娘家人席卷一空。至于动产、不动产的契约、文书之类，是否还妥善地保存在本族的近支手中，也还不清楚。对立的双方一定各自向上官套近乎。一边是同姓同宗同支，另一边是所谓亲娘舅、表兄弟姐妹之属。在这样的对垒中，本宗本支会站在上官一边是一定的。至于他们会玩什么把戏，也难于猜测。上官原想撒手不管，让他们去斗，能坐收一些渔利则收，收不到，甚至于一文也收不到，也就算了。落得个心安理得，心灵洁净。转念一想，家道中落，成百上千的元宝不会有，但是房产、田产、榨油厂的资本，也许还有什么动产的契约等等，合计绝不会是小数，这又何必拱手送给那些不相干的崽子们。拿到手干什么不好？一部分捐献给义勇军也行，当作业余戏剧活动的经费也行。自己留下一部分，出国观光或者帮助朋友深造也行。她已经想好了，应当立即回乡一行，晚了会生出更多的枝节。她的意思是请唐旻为他代课，等她回来再另作打算。

唐旻和卢雁像听奇闻轶事一样听完上官的述说，都想不到关于遗产会有这么多纠葛。

“上官姐，你应当先请一位律师。”卢雁以为她的建议最合理。

上官微微一笑，呷着茶水。“暂时还用不着。我何必让他敲竹杠。”

唐旻想的却更深一层。外国电影和小说里，有多少因为争夺遗产而谋财害命的事例啊。他担心的是上官的安全。“不，上官姐，你一个人回去无论如何不行。我一定得陪你去。”

上官看他的眼神那么严肃，不由得放声笑了：“你去做什么？当我的保镖？你会拳击？给你一支手枪，你能打中吗？”

“至少可以有一个人和你商量商量嘛。”卢雁插进来。她很赞成唐旻和上官同去。她有她的想法。这样一方面证明她是信任唐旻的，另一方面也给上官一个机会为她当说客。至于什么遗产不遗产，她才不以为意呐。

“对，一点不错。”唐旻因为卢雁支持他而非常高兴。他想的也不是什么遗产，而是有机会和上官日夕相处。“代课的事好办。我的同学来了，正好。他的水平比我高得多。”

上官只觉得好笑。这一对宝贝的玲珑心肝，她早已透视得清清楚楚。“好吧，这事以后再说。你们大概不会逼我做城下之盟吧。先打个谱儿，晚饭怎么办？”

“我请客。”卢雁说。

“我不想走路。”上官说：“这样好不好，咱们就近吃点东西。完了还回我这里来。罚唐旻去取当票，我求校役去赎回来。一天比一天冷了，穿得这么单薄，病了是你自作自受，可我们要跟上受连累。”

唐旻急忙鞠躬，又作揖，装出诚惶诚恐的模样。“请高抬贵手，宥了我吧。我自己去赎就是了。”

“恭敬不如从命！”这一次卢雁可是为上官帮腔。

唐旻没好气地瞥了卢雁一眼，可是姑娘假装没看见。

饭后，唐旻果然去取了当票，回到上官的宿舍。上官接在手里，查了一下，不多不少，整整是十一张。一件毛呢大衣只当了两元，幸亏还没有过期。当两元实际上当时就先扣下两角的利息。算起来，现在去取，得用四元多。多么黑心肠的盘剥啊。

卢雁要留下过夜。晚上九点多的时候，唐旻一个人走了。

卢雁留下，是想求上官一定带唐旻回老家走一趟。

当初大家南下以后，业余剧团维持不下去，散了伙。上官到中学任教。卢雁时常来看她，也不时地留宿。上官也乐得有这个伴儿，乐得听她张长李短的喋喋不休。有一天晚上，她们漫谈了很久。卢雁很担心日本人打进北平，她就无家可归了。这倒还不是她最怕的。在时局这么大动荡的情况下，人事变迁很难预测，她很希望不失机会地和唐旻的关系明朗起来，这样纵使天陷地塌她也就不会只身飘零。她带来葡萄酒，沙丁鱼罐头，油焖笋之类，和上官共酌。她的酒量怎比得上上官。上官看出她有心事，故意劝她多饮了两杯。酒酣耳热之际，卢雁把自己的九曲回肠统统倒了出来。她拉上官和她并肩坐在床上，勾住上官的脖子，吻她的脸腮，把热泪沾满女伴的脸上。她诉说过去对上官的看法不对，以为她老谋深算，在各方面的人面前买好。她把上官的坦诚看成了权术，把她的宽容看成了藏奸，把她历经沧桑而后的恬淡看成了世故。总之，她很后悔，很长时间正反颠倒，是非颠倒，本应当体贴她，爱护她，反而冷淡她，嫉恨她。她对不起她，从今以后，要像亲姐妹一样对待她，一辈子不改变，一辈子不离开她。

上官被卢雁的真诚深深地打动了。她强忍着心里的酸楚，满眼含泪，但是强笑着安慰她。她说从来就是理解卢雁的，从来也没有怪她。人和人之间的心灵相通不是一朝一夕的事。经过曲折和磨难的友谊反而是最牢固可靠的友谊。她索性点破了卢雁和唐旻之间的感情纠葛，并且告诉她，曾经多次劝说唐旻，甚至于疾言厉色地说过，不要自误，更不要误人。这情况是卢雁以前不知道的，听了，更是抱住上官的肩膀，头埋在她的怀里，呜呜咽咽地诉说衷肠。

“你说奇怪不奇怪，上官姐，我已经不理解我自己了。我一向自以为什么事都拿得起，放得下。不知怎的在这件事上竟然放不下。我为什么变得这么死心眼儿。他固然风度好，很体面，可不见得就是天下少有的美男子。他固然很聪明，有才智，也不见得就是个大天才。他正派，也不一定是了不起的正人君子。他看来会有出息，可也未必就成为国家社会的栋梁。我图他个什么？我崇拜他什么？马路上，学校里，我哪里抓不到一个男人？可是不知为什么，我心里老是放不下他，老想着他，想摆脱也摆脱不开……”

上官很懂得一个少女初恋的滋味，真正是“才下眉头，又上心头”，是“剪不断，理还乱”。她很同情这个作茧自缚而且愈缠愈紧的少女。她也勾住她的脖子，吻她的脸颊，要她放心，一定竭尽全力玉成她。从这天夜里起，上官默默地下定决心，一定严拒唐旻那种黏性的缠绕，虽然从她深心的感情说，这是不容易的。不要自误，也不要误人的话，也正好用到自己头上。

上官原来是很希望唐旻深造的。良玉不琢，多么可惜。他的英语虽然有了不错的基础，离成熟还远着呐。他既然原来是学海外贸易的，她希望他攻读国际经济专业。时局如此，国事如此。她知道他安不下心求学，只好由他去了。这个不安的灵魂之所以不安定，有很大成分是由于她的不冷不热。她下不得狠心对他冷如冰霜，当然也不能像从前那样对他温存。如果玉成卢雁，她的深心里的结也就解开了。她也知道他的酗酒也有她的原因。几次严厉地告诫他，都没有用。没想到他会去跑当铺，可见他手头拮据了。要想资助他，又怕刺伤他的自尊心。她现在寄希望于李恂的到来。听唐旻讲同学的好处讲了那么多，已经有了好印象，但是究竟怎样，还得以目睹为准。但愿这位同学能改变唐旻当前这样疏放的行径。

今儿晚上，卢雁留下，目的是劝上官同意唐旻陪她一起北上，一则的确有一个人可以遇事商量，再则……她不说上官也明白。两姐妹商谈的结果，一是上官答应与唐旻同行，二是请李恂到中学为她代课。

九一　服水土是眼下第一要义

唐旻怕耽误，提前赶到了码头。轮船早已进港。码头上渐渐挤满了人。搬运工，客栈兜揽生意的，在人群穿行着乞讨的流浪者，形形色色赶来迎接亲友的人。华衣美服的，衣衫不整的，倩丽的，丑陋的，应有尽有。香风和臭气同时飘散在周围。嬉笑和喧哗一起飞扬在蒙蒙的细雨里。

轮船终于靠岸了。轰轰隆隆地抛锚了。

唐旻已经看见了李恂。他站在中层的舷边，正伸长脖子向岸上张望。他当然很难看见人堆里的唐旻。唐旻已经看清楚，李恂穿的是华丝葛驼绒夹袍，头上深灰色礼帽。这学不学，商不商，官不官的样子实在可笑。应当为他“脱毛”，当然不是像堂兄对自己那样。

当舷梯和跳板都放好的时候，唐旻竭力推推搡搡，在人群里挤上船去。李恂很担心他的电报没有送到，或者唐旻临时有事不能来。他愈是想看清楚，愈觉得眼前乱纷纷，一个面孔也看不清楚。啊，大城市的混乱！他一手提一个行李包，一手提一个中等大小的皮箱。有一个不相识的人说是某客店的，伸手来抓他的皮箱。他用皮箱把那人推开，可是接着又有一个人来抓他的行李包。他回头，却正好是唐旻。

两个人相视而笑，也顾不上寒暄。唐旻引着李恂，穿过乱纷纷的人丛，下了梯子，来到岸上。李恂还微微有点眩晕。似乎码头也还在晃动。他想象中的唐旻一定是更加洋气和阔气，实则不然。不过是一身半旧的西装，很长的头发没有修剪。李恂想大概时兴是这样。

一辆出租汽车载着他们驰过外滩，折入南京路。李恂从车窗向外看，只觉得乱纷纷，挤擦擦，闹嚷嚷，忙奔奔，响叮当。人流、伞流、车流，在蒙蒙细雨里使人目不暇接。这就是大都市啊！他没有想到有名的南京路竟然是这么狭窄，这么拥挤。他问唐旻，“五卅惨案”究竟是在哪一带发生的。唐旻说整个南京路也就是这么一段，心想这老夫子可真迂阔，当前还有谁想什么“五卅惨案”。

他告诉李恂，上官和卢雁两位本来是要来接他的，临时有事，没有来，但是今天一定会见到，因为已经约定一起给他接风。李恂连连说不敢当，不敢当。唐旻又说上官不久要回原籍办理遗产的事。她有意要恢复业余剧团。现在正可以上演一些鼓励民心，提高民气的戏。

“你怎么样，有志于此?”

“啊不!”李恂连连摇头，“我哪里会演戏。人家一看我，腿肚子都打哆嗦。”

话说得这么认真，招得唐旻笑了。“你可以翻译些剧本什么的，如果能发表，还可以有些稿费。”

“再说吧，我唯命是听就是了。”

汽车拐来拐去，李恂已经迷失了方向。没想到朋友住得这么远。他先看见马路上的红头阿三，也就是高大的印度巡捕，又看见矮矮的安南巡捕。这里当然是法租界了。亡国之人就只好替人家站岗放哨，还显得蛮神气呐。中国若是亡了国，岂不也要到东京、大阪去干这活儿。印度人红布缠头，那么中国人岂不是要戴上瓜皮小帽么。

亭子间，啊，这就是闻名已久的亭子间。这么一间方方的小屋，前墙后墙各有一窗。窗外不是浩渺的海，不是青翠的山，不是蔚蓝的天，只是前楼后楼的墙壁。这时是下午四点多。外面因为小雨而阴晦，屋子里就更暗了。在海滨的空旷里住久了的李恂，一进来就觉得窒闷。屋子里已经对面摆下两张床，占去了差不多半个房间。还有一桌一椅一脸盆架。这样已经没有多少转身的余地。书桌下面有一对铁哑铃，还有一具扩胸的弹簧。他问房金多少，回答是每月八元。李恂不禁吐吐舌头。在故乡，八元至少可以租到四间很像样的正房。没法比了。光秃秃的墙上没有任何装点，只在靠里面的床头墙上，有一张外国女明星的照片。是斜角挂的，这大概是时兴的挂法。看那签名，是玛琳·黛德丽。一定是唐旻最崇拜的女星喽。那蓬松的长发，那细长而上扬的眉毛，那含笑因而特别娇媚的眼神，的确是美。好眼力！可是照这样的在中国哪里去找呢？这女人的长长的睫毛和深深的眼窝，使他眨眼间想起了梅倩。这家伙，是不是还没忘情于梅倩呢？眼下却不好问的。

一个扎着围裙的年轻女人送来开水瓶。见了李恂，直着眼睛上下打量，满脸堆笑，向唐旻说："耐格朋友好体面格，请用开死。"她把开水瓶放在桌子上，出去的时候，又回身打量李恂，向他笑笑。李恂也笑着向她点头还礼。这女人眉眼倒很俊秀，可惜脸面太平，胖的像个发面饽饽。

"嗬，一见钟情，她爱上你了。"

李恂红了脸。"你少胡说！"

唐旻告诉他，这是房东家的女仆，当地称为娘姨。每天她来拖拖地板，送送开水。也得付些钱。房东是一家书店的老板，全家住在前楼。他的妻子是苏州的佳丽，娇小玲珑，可是人很大方。年节都要请到他们家进餐，这种好心和周到反而使人心里不安。

"这里的人情风俗可是和咱们家乡大不一样。你得习惯习惯，服服水土。这里没有人日出而作，日入而息。都是日上三竿在梦乡，华灯深夜搓麻将。当然工人和苦力除外。我知道你一向厌烦小市民，嫌恶市侩气。对不起，这里是市侩气的汪洋大海……”

正说着，听见楼梯上有急促的脚步声。唐旻看看李恂，说：“卢雁来了。”

话音未落，已经有一位小姐站在门口。短发，烫了几个大波纹，笑得闪光的大眼睛，脸颊显得有些宽，涂了唇膏的嘴里笑出雪白的牙齿，黄呢薄大衣，棕色的高跟皮鞋。像一阵轻风，她进了房间，一面说着：“对不起，有失远迎，请原谅……”她高声地说着笑着，实在是可爱的开朗。

唐旻为两个人介绍了。李恂慌忙站起来，握握她伸出来的手。“啊，不敢当，不敢当。”

“下雨，你没有淋湿？”唐旻问她。

“雨伞我扔在楼下了。”卢雁一面脱下大衣，露出蓝花呢的西装上身，和驼色哔叽的百褶裙。她把大衣扔在床上，就势坐下，顺手拉开电灯，同时瞥一眼洋美人的照片，唇边浮上冷笑。“你知道吗，他迷上这位黛德丽小姐了，当然，是一张照片。”她纵声而笑，瞥一眼唐旻，又移眼盯住李恂。“真是闻名不如见面。这些日子，唐旻每天都在讲你，我听得耳朵里都起茧了。看来你们两个好像两兄弟，有点相像。不说相貌，还有气质。”

“当然，当然！”唐旻被调侃得有些发窘，急忙接上说，“都有点土气，是不是？不过我这位老同学是文质彬彬，不像我这么粗鄙。”

“不！”李恂抢着说：“我可是个木雕泥胎，不像唐旻那么神采飞扬。”

“哟，你们两个这是自谦啊，还是互相吹捧啊。”

三个人同时开心地笑了。笑声中上官飘然而入。

三个人都站起来迎着她。

李恂着实一惊。这飘飘欲仙的体态，这安详宁静的面容。她也许不及贞月的秀美，不及梅倩的俏丽，但是她有让人一见就觉得可亲可敬的风度。她长发披肩，脸显得有些瘦削，但是双目闪出犀利的光彩，好像一下子就把人看透。她脱下浅灰色的夹大衣，里面竟是一身男装，深米色的上衣和长裤，浅脸的纹皮高跟鞋。她实在是苗条极了，轻俏极了。唐旻接了她的大衣，放在另一张床上。她也就和卢雁并肩而坐，一面端详着李恂。

“好，好，应当是这个样子。”

“请解释，这话是什么意思？”卢雁转脸问上官。

“不是这样子，能配做唐先生的同学和好朋友吗？”

“你这是背面敷粉，一击两鸣，更高人一筹。”卢雁说。

小屋里充满了欢乐的笑声。

上官现在想的是，喜欢秀逸、潇洒、温柔、敦厚的女孩子一定会爱这个李恂，爱得死呀活呀的。至于喜欢旷荡、豪迈、英俊、有大男子气概的女孩子都会缠住唐旻不放，像卢雁。

“哎，女士和先生们。”卢雁站起来，“人世难逢开口笑，这很好。可是嚼舌头填不饱肚子。咱们是不是该实行民生主义了？”她说着，顺手拉上官站起来。

唐旻拿上官的大衣，帮她穿上。李恂也学样，帮卢雁穿上大衣。

一行四人来到街上。从小街走到大马路上的时候，街灯和霓虹灯早已亮了。雨早已停了。寒冷的潮气袭人。这一带是城市比较偏僻的地方，汽车和行人都不多。湿漉漉的马路映出霓虹灯的虹彩。他们来到一家白俄开的餐馆。这是唐旻和两位女友常常光顾的地方。

胖胖的俄国女老板讲一口流利的中国话，见了常客，热情地让到楼上。客人很少。她让他们来到靠窗口的桌子，拉屏风隔成一小间。这种俄式西餐很实惠，六角大洋可以有一汤二菜，外加面包、咖啡、水果。酒类当然是另外付钱。

李恂冷眼旁观，发现唐旻已经很会摆谱儿。他不要这种六角一餐的，虽然其中有上十种菜可以随便点。他要了菜单，专挑最俏的点，说是为了给朋友接风。两位女友只能知趣，不能当李恂的面说别的，只请他少要酒。酒要的不多。两杯法国葡萄酒是给女士们的。李恂声明他不会吃酒。为了照顾朋友，唐旻为他要了一杯白兰地。他自己要了一杯白马牌威士忌和一瓶伏特加。女老板很喜欢这位慷慨的顾客，时不时向他飞一个媚眼，忘记自己已经是半老徐娘。俄国自然是没有徐娘的。她接去女士们的大衣，送来刀叉和小冷碟，显得十分殷勤。

一餐用了两个多小时。上官看李恂有些怕生，有些腼腆，就引他谈谈海边的风土人情。卢雁在一边听着，时不时也插问几句，一面却紧盯着唐旻的酒杯。她知道唐旻要借题发挥，拿为朋友接风为名大饮一通。上官当然也明白，但是她更知道唐旻的脾性。他的饮酒是带有表演性的。越是人面前，他越要逞能，越劝他少饮，他越要多饮，所以最好的办法是不干涉，要他尽兴。

唐旻半瓶伏特加灌下去，身上热了，脱去了上衣，只穿一件衬衣。他喝酒也是洋式的，不是一口一口，而是拿杯子直脖子一口灌下去。他肠子热了，话也多了。先是撸袖子，敲盘子叫老板，向她抱怨菜汤里的牛肉不新鲜，又是大虾炸老了。老板娘看出他有了几分醉意，只得顺着他说，请他原谅，下次一定叫厨师小心在意。李恂几次用眼睛向上官和卢雁示意，请她们催他快吃完，快离开。他看唐旻意兴正浓，身子倾向上官一边，语无伦次地说着，有时又夹带一句英语，也不怕冷落了卢雁。他也就更多地尽力搜索枯肠，问卢雁学校的情况。他心里很觉得别扭。和贞月、梅倩在一起的时候，是很随便和自然的。在这里，他简直不知道应当怎样应酬，小心翼翼地怕说错了话。幸亏卢雁是不拘小节的，和他谈得倒满畅快。

唐旻喝下一瓶伏特加，真的醉了，大骂起国民党的不抵抗。日本人说不定已经在他的家乡登陆，说不定他的老子娘已经没命了，说得声泪俱下。幸亏时间已晚，已经没有什么食客了。上官请老板娘打电话叫一辆出租车。李恂架起唐旻，两位女友也帮着，好不容易扶他歪歪斜斜地下了楼，上了汽车。

三个人又合力把唐旻连扶带拖，进了亭子间，扶他上了床。这时候唐旻已经昏睡过去。两位女友看看他已经安静下来，料想没事，向李恂叮咛了几句，告辞去了。

李恂和衣仰卧在床上，听着同学醉中的鼾声和毫无意义的喃喃。船身颤动的感觉一直还没有消除，再加喝了一杯酒，有些蒙眬却不能入睡。这是新生活的第一天，以后的日子怎样打发呢？唐旻的生活方式已经变得和学生时代完全不同了。说要服水土，难道这种颠颠倒倒的生活就是水土？这样的水土他一辈子也服不了。本来是想和他好好商谈一下，筹划一下，而他现在竟然烂醉如泥。两位女士大概已经看惯了，不以为意了。他不由得想起了阮令之。当初他是一位醉仙，经过一次大坎坷，变了，变得很有作为，也很有抱负了。是不是人都要经过一次蜕变呢？那么自己怎么样？先服水土？然后再蜕变吗？一会儿，他又拿上官、卢雁和贞月、梅倩作比较。她们都各有特色，但都是女中佼佼者。眼前的这两位比远方的两位，可能文化教养要高得多，大城市化的程度也高得多，从他们的服饰，从她们的谈吐，都可以看出来。但是他觉得自己和贞月、梅倩精神上、心灵上相通的更多些。

李恂纷纷乱乱地想着，刚刚有些蒙眬的睡意，唐旻却醒过来了。为什么身子底下有什么硬东西呢？唐旻伸手，从褥子底下摸出一个空酒瓶。他知道这是卢雁的鬼把戏。他以为李恂睡沉了，就轻轻地起来，蹑手蹑脚地到楼下走了一趟，带回一盆凉水，轻轻地把头在冷水里泡了一下，拿毛巾擦干。李恂早已清醒了，躺着看朋友这一切动作。他是不是每天都要这么夜游一番呢？唐旻擦完脸，歪歪头看见朋友正眼睁睁盯着他。他笑了。

“对不起，我很少喝醉过，今天是例外。”

“我看你是彻底服水土了。我可是不行。”

“别忙啊，来日方长嘛。”唐旻说着，从桌子底下拿出扩胸弹簧，比量着。“喂，你看卢雁怎么样？”

“我看很好。人开朗，大方，热情。”

“好眼力。我没有说错吧？你们两个郎才女貌……貌嘛，当然比不上梅倩，大概更比不上你的表姐。”

李恂从床上跳起来，沉下了脸：“你再胡说！我看她两眼一直溜在你身上，可是你尽歪着身子，和上官扯淡。我怕冷落了卢雁，可我哪里有词啊……”

唐旻睨着李恂笑起来，扔开弹簧，又拿起哑铃。

“我希望你安静一会儿，行不行？”李恂欠起身子，“你要是不睡，咱们就好好谈谈。我一肚子问题想问问你。”

“明天不行吗？”

“不行。我不想睡，我看你也睡够了。”

“那好。”唐旻放下哑铃，又回到床上，双手抱膝坐着。“你有什么打算，先说说好吗？”

李恂拖着木椅，来到唐旻床边，坐下。“什么打算？我可不是来逛大马路，吃酒，和女朋友一起扯淡的。我是一个死板的人，这你知道。我更多是想听听你的。蜗牛壳我是抛开了。你比我灵活得多，况且又来了这么久。”

“你先随便说说你的想法。想法总该有吧。然后咱们再商量。”

“想法嘛，我想的最多的是看看外面的社会。咱们家乡太闭塞，这不必说。这两年，中国社会性质啊，中国社会史啊，吵吵嚷嚷的挺热闹，可是那些文章我越看越不懂。哀莫大于心死。我说哀莫大于无知。最好有什么半工半读的地方……”

“这可不是读书求学的时候。各大学乱糟糟的，今天游行，明天请愿，毫无结果。已经有四五百人组织了义勇军，要出关，可是当局种种阻难，就是走不了。”

“这我知道。报国无门，但是祸国殃民有方。我才不相信读书救国之类的胡说八道呐。可是求知还是必要的。我也瞎想过，能到工人中间做做文化工作也好，从底层看看这个社会究竟是个什么东西。当然最好能当个记者，记者能接触到各种社会层的人；当然不是那种刺探阴私，专敲竹杠的记者。你早就知道，我最高的志愿是当一辈子学生……”

唐旻耐心听着，心里摇头，却不露在脸上。如果把李恂比成一块璞玉，他真的还没有经过雕琢。他离开学校，进了商行，可以说是进了社会，可是他一直封闭在那个公事房里，打交道的是信函和打字机。他还仍然是个书呆子，迂夫子。他必须先“脱毛”，否则在这里是待不下去的。他那些听来很好的想法没一样是行得通的。自己当然不好给同学泼冷水。

“很好，很好，这一切想法都很好。不过你先得服服水土。咱们可以和上官她们好好计议一下。”

李恂从鼻孔里冷冷一笑：“上官好像是你的九天护国娘娘。”

“是又怎么样？”唐旻认真地说，“你不知道她的好处。你要是和她接近，了解她，你也会爱她的。”

“我现在就爱她了。”李恂故意激他，却装得一本正经。

唐旻不由得一愣：“真的？刚才吃饭的时候，你到洗手间去，她说对你的印象很好……”他拿朋友的话信以为真，丝毫不掩饰自己的嫉妒。

李恂放声笑了：“我没有兴趣找一个小妈妈去谈情说爱。”

这句话很刺伤了唐旻。他红了脸，却不发作。

李恂看在眼里，知道话说得过分了，急忙打圆场：“我是说着玩的，你别在意。人各有志，各有所好。燕妮不就比马克思大五岁吗？你既然爱她，结婚不结了吗？”

唐旻长长地叹口气。“结婚？在北平的时候，有百分之十的可能性，现在连千分之一也没有了。这些事情，我本想过些日子再和你谈。你困不困?”

李恂摇摇头。

唐旻在床上往李恂的椅子跟前蹭蹭。“你知道吗,我痛苦极了,我痛苦极了……”

于是他原原本本地讲了他怎样认识的上官,怎样在一起翻译剧本和演戏,怎样生病住在她那里,怎样在思想感情的极度混乱和矛盾中冒犯了她。和宫婉宜的关系,他没有详细讲,只说她是一个非常善良、非常温柔、非常能体谅人、非常能忍受不幸、非常能自持、又非常能自我牺牲的女性。他说他深深地损害了她,深深地内疚于心。他感情激荡的时候,曾经向她求婚。她当然只能拒绝,不拒绝将来也很难有好结果。这样也好,心里永远保留着最美好的印象,但是回想起来还是心痛难忍。太对不起她了,她受的伤害太深了。她也许会和别人结婚,但是不会有真正的幸福。她不应当那么实心实意地爱我,这是人世间永远也没法弥补的缺陷。讲到这里的时候,唐旻从胸膛里发出悲哽声。

“这些事上官知道吗?”

“知道,你不是说她是我的九天护国娘娘吗?我怎么能向她隐瞒。”

“她怎么说?”

“她一切都能理解,都能谅解。这也正是我最痛苦的原因。”

已经到了下半夜。屋子里变得很冷了。李恂上了唐旻的床,拉一条毯子披在两人的肩上。倒真是患难与共咧。

听着唐旻的痛苦的诉说,李恂很同情他。同时也理解,为什么卢雁那么钟情于他却得不到他的响应。是什么东西,是人体中的什么细胞或者液汁使得每个人都这么自寻烦恼?他不由得想起了贞月,因而又联想到了宗培真。她们是清白的,他也是清白的。但是他是不是也用另外的形式在伤害着她们?这也是他没法回答的问题。

唐旻下了床，从床下搜出两个酒瓶子，晃了晃，是空的，一滴也没有了。他又拿起了哑铃，比量着。“我用酒，用运动，用遛马路来驱除我的痛苦。没用，没用……”

李恂听着，心里十分压抑，却什么也说不出。无聊，无聊！他很想改变这窒闷的气氛，可是毫无办法。忽然有一件事闪上心头。

“你在北平的事都讲完了吗？”

“完了。”唐旻举起哑铃。“当然我不讲细节。要讲，三天也讲不完。”

李恂微微一笑，故意瞥他一眼。“真的全讲了？”

“全讲了。”

“没漏掉什么？”

“漏掉的只有细节。你还是个童男子吧？难道床上的事还得讲？爱情的结果必然是那么回事。”

“得了，我不想听你的《金瓶梅》。你仔细想想，是不是漏掉一个人？”

“胡扯！”唐旻转脸看看朋友，看见他眼睛里跳动着调皮的光。难道他真的还有所闻吗？他双手一软，哑铃掉在地板上，砰的一声。

“啊哈，我从小是一个胡扯的人吗？”

“那么你说是谁？”

“问你呀。”

“算了，你别诈人了。”

“那么，一定要我点破？”

“随便。”

“有一位将军的夫人，你该不会忘记吧？”李恂仍然调皮地笑着。

唐旻放心了。这个老实的朋友果然是在诈他。“你可以做当今的文豪了，想象力那么丰富。”他开心地笑了。

李恂收了笑，故意发一声长叹："哎，落花有意，流水无情……"

唐旻听了，心里有些发紧。他心里是有鬼的。难道他真的知道些什么？

"算了吧，别打哑谜好不好？"

"你自己的事，你不说，我怎么好胡扯呢？这个人还活着，我也就没法像李少君那样替你招魂。"

"你越说越玄了。"

"好吧。我虽然不能招魂，可以摹形。你听有几分像那朵落花。这个女人嘛，没有上官那么苗条，也没有卢雁那么爽朗。不过身段婷婷，很有风韵。最大的特点是因为饱经患难，眉宇间好像总是笼着愁云。还有一个更大的特点是出污泥而不染，沦落风尘而不自弃，钟情于人而不求回报……"

"好了，好了，你别说了。她怎么会是将军夫人？"

"你对我不忠实，倒要我对你忠实，天下宁有此理？"

唐旻举起双手："好好，我投降。可恨我那个堂兄，都是他干的好事。"

于是他讲了和沈茜茜认识和接近的全过程。这一次没有省略必要的细节，否则不能证明自己是在无可奈何中误入烟花柳巷的。

"可是你怎么会知道她？听你的口气是见过她。她怎么成了将军夫人？"

李恂心里暗笑，你着急了吗？我可是不着急。他故意先从认识冬月说起，说了阮令之的画展，冬月的失踪，记者的消息，一直说到怎样在司令的别墅里送画并和她相见，最后才说到她和冬月的潜逃和毫无音讯。

"她说不定是到南方寻你来了，这可比当今流行的佳人才子小说更富于传奇性和浪漫色彩。"李恂调侃地说着，含笑盯住唐旻，看他有什么反应。

唐旻傻愣愣地站在那里，两眼直直地望着窗外的黑暗，忽然用拳头捶打自己的脑门："该死，该死，我真该死……"他竭力使自己冷静下来，又问："她怎么知道我在什么地方？"

"你是舞台明星啊。报纸上有你们演出的消息啊。消息里有你的赫赫大名啊。人家是朝夕思念，处处留心啊……"

"好吧好吧，我求求你，别拿我寻开心好不好？"

"我一点也不开心，我倒是很为这个天涯沦落人担心。噢，不是一个，还有一个小冬月。如果她们落入虎口，或者是火坑……我真想找到那些混账王八蛋，和他们拼命。"

唐旻想的可不一样。如果茜茜真的找到头上，按她的人品和性格，一定是不会给他出难题的。可是他将怎样向上官说明呢？他现在很后悔没有早早地向上官倾诉这一切。只有事到临头再说了。

"我诚心诚意求你，老同学，这件事求你一定不要和上官说。"

"要是我说呢？"

"那……咱们就断交。"

李恂忍不住又笑了。"你不是一个外交专家，倒是一个断交专家。如果让你去和日本办外交就好了。省得这么不死不活，不阴不晴，向日本大弯腰，向国际联盟摇尾巴。断交，痛快，断交！"

唐旻也笑了。"如果能打听到她的下落就好了。"

"怎么样？"

"想一切办法帮助她。"

"哎，下落，下落……等等梅小姐的信再看吧……最好你们再演戏……"

"为什么？"

"再登广告啊，再发消息啊，那人家……"李恂睨唐旻一眼，抿嘴一笑，没有说下去。

九二　混乱的生活就是当代最正常的生活

天刚刚放亮，李恂就醒了。看看唐旻，他正四仰八张地睡得很沉。因为睡得太少，李恂觉得头脑昏沉，再闭上眼，却睡不着。这是他生平第一次离家远行。家他并不牵挂。他固然心心念念的是贞月、梅倩、培真她们，但是很奇怪，昨晚和唐旻谈了沈茜茜以后，他最放心不下的是丁冬月。在他认得的所有女孩子中间，这个瘦瘦的小姑娘实在是最不幸的了。她现在在哪里？姓齐的那帮人的黑手是不是还会逮住她？不可知的灾难比可知的更加使人不安。

他平躺在床上，向窗外看看。如果在家乡，一抬眼可以看见天空。这里却只能看见墙壁，灰色的墙壁。远处传来叮叮当当的电车声。啊，听不见那从小熟悉的海声了。他轻轻起来，轻轻从皮箱里取出信纸信封。

他写了一封简单的平安家书。给贞月的信也没什么多话可讲，只说朋友要他先服服水土，可是这白黑颠倒的生活恐怕很难习惯。信末添了向梅倩和湘文致意的话，请月姐拿这信给她们看看。当然没有忘记向两家的长辈请安。也给向真一封短笺，告诉她暂时没法通信，因为是否住在目前的地方尚不一定。

唐旻还一直在梦乡，有时说一两句毫无意义的梦话。李恂不想惊醒他，穿好衣服，拿了信，轻轻地出了亭子间。来到马路上。虽然凉气扑面，却不觉得冷。只有三三两两的行人。满眼灰蒙蒙。是雾？是烟？这里大概不会有海滨那旷朗晴明的天空。他在马路拐角处把几封信投入邮筒。

他转到大马路上。远处的霓虹灯还亮着。一辆电车叮叮当当地开过去，车里没有什么人。他沿着电车路往前走了一程，到了电车的终点。沿路的店铺都还关着，只有卖香烟和零物的小店刚刚开门。再往前，柏油路没有了。前面是煤渣铺的路。一带长长的竹篱笆挡住一处施工的现场，里面正有打桩机在轰鸣，震得近处的地面在抖动。原来这里是昼夜不停的。他想起码头上那些装船和卸船的苦力。呼喊着劳动号子，无昼无夜震动着海湾的是苦力。这里，一清早震动着大地的也是苦力。他想起一篇题曰《劳动万岁》的文章。不错，天南海北，这些人都没什么服水土不服水土的问题。

顺着竹篱笆再往前走，一种奇特的景象扑入他的眼睛。有两个卖吃食的担子停在篱笆边，周围都有几个食客。离开吃食担不远，有两个人在大模大样岔开双腿，向着篱笆在小便。啊哈，这倒是大都市里的小风景。只可见怪不怪。为了满足好奇心，也为了填填肚肠，他走近吃食担，要了一碗馄饨。可比家乡的馄饨差多了。那多么实在，而这多么清汤寡水。

他在外面走了很久，从薄明一直到天亮。煤渣路的尽头已经是田野。除了很少的几棵松树，别的树木都脱光了叶子。田埂里积着水。有的田里长着一种不怕冷的蔬菜，深绿的大叶子铺开在地面上。两条闪出寒光的铁轨穿过田野，向迷迷蒙蒙的远处驰去。他不能判断这是通向何处的线路。灰吞吞的云遮没了太阳。这里是一个荒凉、寂寞、阴冷的世界。他再也不会想到，他到大都市的第二天一早看到的是这样的风光。

回到亭子间的时候，他看见唐旻已经醒了，正躺在床上吸烟。

“你一早到哪儿去了？”

“到了世界的尽头。原来我们住在城市的边沿。”

“不是边沿，房租你付得起吗？”

娘姨送来开水。还是那句话：“先生请用开死。”又是直盯着李恂笑笑，笑得他一个冷颤。

“看来她非常喜欢你。”唐旻用英语开玩笑。

“不要胡说八道！”李恂也用英语回敬他。

唐旻扔掉烟头，起床了。他懒洋洋地穿上毛衣，拿洗漱用具出了亭子间，下楼去了。这时那个娘姨又拿来拖把，要擦地板。李恂坐在床上，翘起双腿，让出空间。娘姨却不立刻动作，还是像看动物园的动物那样有兴致地盯着他。“先生，奈弗要客气格，有衣服拿把阿拉打打。”李恂告诉她没什么要洗的。她于是动作起来，一面擦地板，一面偷眼看看这位先生。这个乡巴佬是小气还是大方？能不能从这个人身上挤出三元两元呢？当然是用正正当当的劳动和服务。

唐旻回来的时候，娘姨已经去了。

“你今天有什么计划吗？”他问李恂。

“我能有什么计划？听你的。”

“白天上官和卢雁都在学校。今天是不是各处走走？有几个地方不能不看。城隍庙，那里可以说是一个奇特的展览会。大世界，人们都去看哈哈镜。其实三教九流、野鸡、扒手、白相人、小瘪三，应有尽有，比哈哈镜还哈哈镜。还有外滩公园，从前是华人与狗不许入内的地方。现在华人升格了。不过咱们先得到房东家浸一头，然后我和你去看几个朋友。”

李恂自然是无可无不可，一切听从朋友的安排。

房东的起居室内暖气扑面。房东先生去书店了，只有房东太太在家，正坐在炉边的椅子上打毛线。果然是一位娇小玲珑的江南佳丽，一口苏州话。她站起来，让客人们坐，一双俊秀的眼睛打量着这个新的房客，一面喊娘姨侍茶。两朋友寒暄了几句，立刻告辞出来了。

走下楼梯的时候，唐旻用肘弯碰一下李恂。“怎么样？是不是很美？我看她对你很有兴趣。”

李恂气得用拳头擂一下唐旻的肩膀。“再胡说，咱们断交！”

“好好，不说。你是君子，谨小慎微的君子。”

“那么你是假冒伪善的君子，法利赛人。”

他们来到大马路上。这时车马行人都很多了。商店都开了门，又都响起大减价的喇叭。这是真正的市声。他们等电车的时候，唐旻问：“你说老实话，你想不想女人？”

“想。”

“有没有想到床上去？”

“怎么，想女人就一定想到床上？”

“为什么不？从前剧团里有一个人说，他想女人想到不可开交的时候，就想光有一个圈那样的东西就行。你说可笑不可笑？”

“什么可笑，可恨吧！”

“这可是个好人，乐善好施。可惜他走了，要不我给你介绍一下。”

“我不想认识这种人。”

“你得了。他说是那么说，可是对女性十分尊重，当然，也很会献殷勤。他要是不说呢？你能知道吗？可见人呐，心里、口上、行动，是很不一致的。”

“我不喜欢心口不一的人。”

他们不能再争论。电车来了。

唐旻引他上了三等。这时已经十一点多，车上十分拥挤。唐旻又引他往前走，进了头等车。啊哈，这倒很有意思，一辆电车也分成两个世界。那边有热烘烘的人腥气，这边却是一阵香气扑人。这里有空位子。他们坐下。男士们衣冠楚楚，女士们粉面朱唇，都显得俨然不可侵犯的样子。他们当然不会是富有之家，因为富人都有自己的汽车。唐旻从刚才的谈话引申开，又在大发议论，并且用眼睛向李恂示意，要他看看周围的乘客。

“心口不一，内外不一，是我们时代的一大特色。军政要人和大流氓，大富翁与大骗子，社会名流和洋奴猪仔，名门淑媛与卖淫妇，都是巧妙的结合，都蒙上一层皮。你有杨二郎的三只眼睛也看不清楚。”

“那就剥开皮来看。”

“不能剥。剥开就煞风景了，就没有这花花世界了。”

李恂没有想到去的地方有这么远。电车已经拐了好几个弯，他已经转向了。街景是一片乱纷纷，闹嚷嚷。一闪而过的商店橱窗里好像琳琅满目，形形色色大减价的幌子在楼上招展。

两人下了电车，在熙熙攘攘的人群里又走了很长的一段路，才到了。唐旻引朋友走上四层的楼梯，推开一扇门。李恂愣在门口了。这大概是一间前楼的屋子，比亭子间大得多。房间里有三张床，一张方桌占据了中央的位子。有一张床是空的。另两张上各有一人。一个还躺在被子里吸烟。另一个刚刚坐起来，光膀儿穿一件背心，正在大伸懒腰。

“小子们，可真勤快。起来，起来！”唐旻走过去，把他们的被子扯到一边。“老大呢？”

这两个见除了唐旻，还有一位不相识的客人，都急忙穿衣服。这时有一个高身量的青年从门外进来，手里拿一个空洗脸盆和毛巾，看来是刚刚出去洗脸的。

“来来，我给诸位介绍一下……”

李恂一时记不住他们的名字，只可先记下他们的相貌。从外面进来的是一个瘦长个子，深眼窝，烫发，后来才知道是自然卷曲。刚才在床上吸烟的那个是圆脸盘，细目方口，矮墩墩。第三个是一个小白脸，细声细气，颇有些女性气，后来知道，从前演戏，缺少女的跑龙套，就由他男扮女装，有的男观众错把假凤当真凰，还给他写情书呐。

这几个新朋友是见面熟，根本也不问李恂是怎么个来由，只顾嘻嘻哈哈地说笑。这里真是另一个天下。人好像是无忧无虑的人，也是昼夜颠倒的人。这时已经是中午十二点多了。他们显然都没有用早餐。

唐旻建议大家先去吃午饭。矮墩墩不赞成，说先打五百分，赢的一方请客吃饭。大家轰然同意。唐旻要李恂上阵，李恂说不会，只可观战。

四个人分好了扑克牌，一面吸烟，一面打牌，一面说笑和叫嚷。

“唐旻，你今天夜里别走了……”

“对，有好看的你看。”

“什么?”

“居高临下，对面三楼有西洋景。”

“活春宫图。”

“嗬，一定是一对野鸳鸯。”

“一定，急的连窗帘都忘了拉上。”

“男的床上功夫真过硬……”

“得了得了，说这些干啥!”小白脸打断矮墩墩。

“你小子一面偷看，一面手在下面动作。”

“哈哈哈……”

“你小子净胡吣!”小白脸变成个大红脸。

“那女的也不善，够劲儿。”

“哈哈哈哈……”

五百分在拉锯，打了一个多小时还没有结束战斗。李恂已经看得毫无兴趣，离开方桌，在屋子里走动一下，从窗口向下看蚂蚁似的人群。他在小白脸的床头看见一本书，拿起看看，是法文的。翻翻里面的插图，猜想是都德的《磨坊书札》。

战斗终于结束了。赢的一方是卷头发和矮墩墩。关于到哪里去吃中饭，又发生了争论。中餐还是西餐？广东菜还是江苏菜？俄式还是法式？那么拈阄吧，拈的结果是大排骨盖浇饭。

“便宜了这两个家伙。”

“先把钱亮出来，看有多少，再说。”

卷头发和矮墩墩都从衣袋和裤兜里掏出纸票子、银角子、大铜圆，凑在一起才四元多。这够吃什么呢？于是小白脸摸出了一把银角子。唐旻掏出了两元。李恂也拿出两元，但是被卷头发推回了。

“不管怎么说，你今天是客人，下不为例。”

说说笑笑的五个人来到街上。他们已经习惯于在人群里穿行。李恂只得紧紧跟在他们身后。

这一条偏僻的马路上没有像样的饭馆。什么什么菜都是空谈，最后还是吃的大排骨盖浇饭，这些人好像没酒不下饭。矮墩墩出面干预，只许每人喝一小杯白兰地，剩下的钱还要去看一场电影。

关于看什么电影，又发生了一场争论。小白脸主张去看《城市之光》。别人说看过了。小白脸说只最后一场戏就值得看三遍。卷头发要去看《蒙特卡洛》。唐旻问李恂想看什么。李恂说《西线无战事》。“没劲，比小说差多了。”唐旻一定要他去看《蓝天使》，是黛德丽主演的。李恂想起亭子间墙上那张照片，只得同意了。唐旻说已经看过两次，这一次是舍命陪君子。于是五个人只好三分天下。

舍命陪君子的唐旻不但没有舍命，电影开场不久他就睡着了。李恂是第一次看这位女明星的戏，的确是动人、迷人、惊人，实在是天生的尤物，勿怪乎唐旻那么崇拜。他心里恍然大悟。勿怪乎朋友那么迷恋上官。上官当然也远不及这个黛德丽的魅力，但是她的眼神，她的颊骨，都多少有些相似的地方。终究也不过情人眼里出西施罢了。

从电影院出来，已经是下午四点多。在黑影院里，李恂一时沉没在艺术的享受中。来到街上，他的心一时又和这阴沉沉的天空一样阴沉。唐旻说今天别的地方都来不及去了，因为上官和卢雁很可能到亭子间来。他问李恂对于电影的印象。李恂说很好，但是他没法评价。影片里展现的生活是十分陌生的。老教授居然能向女演员求婚，而女的居然同意嫁给他。这简直是难于想象的。女演员最后另有所欢，抛开老教授，这是必然的。那么老教授悲惨结局不是咎由自取吗？一点也引不起人的同情心，只觉得他可笑。创作者究竟要告诉人们什么？当然，他看的时候，完全没有想到这些，完全被角色迷住了。

唐旻听了，忍不住拍拍李恂的肩膀笑起来。这很像是村塾的学究在评价《红楼梦》，不过他没有说出来。他向朋友说了黛德丽的生平和主演过的影片，她在好莱坞的影星中所占的位置，又讲了导演在当今的电影世界中所享的盛名。他讲得兴致勃勃，李恂却听得漠漠然无动于衷。他现在心里只有一种情绪。这么白白地浪费了一整天，多么可惜啊。这就是当代的大城市生活吗？这么说来，混乱无章的生活就是现代的正常生活了。

九三 女人的命运就是卖

——被卖、自卖、零卖、整卖、贵卖、贱卖

这种奔忙而无所事事、没规律即规律的生活，看来唐旻已经完全适应，好像鱼在水中一样了。李恂可是时时觉得窒闷，不能不浮出水面，呼吸一下空气。几天来他都是一早起来，沿煤渣路走到篱笆外面，吃一碗馄饨，再走到田野的铁路附近，向空茫茫的天边眺望，深深地呼吸。天已经晴了。蔚蓝的天空也还是照临这里的大地。每天晚饭，唐旻总要喝烈性酒，理由总是他必须烧烧他的神经。他带出的钱原来以为至少可以维持半年。照现在这样的挥霍——当然是一个穷汉眼光看的挥霍——如果没有补充，两个月也未必能应付。散漫地用钱，看来唐旻也习惯了。正所谓今朝有酒今朝醉。而他唯一的办法还是写信向老子要钱。

李恂当然不知道，像唐旻这样的青年，在这个大城市里正不知道有多少。当初在业余剧团演出的时候，唐旻和同伴们都是非常刻苦，常常是连天连夜赶排节目，演出的时候睡后台，饥一顿饱一顿。不管谁有了钱，大家都慨而慷之。没有钱，又都勒腰带。散漫的不规则的工作养成他们散漫的不规则的生活习惯。

他一直想到姨奶奶家去看看。姨奶奶已经出国，他是知道的，否则他才不会去呐。他告诉朋友要去看看章婶，其实他真正想看的

是珊珊。珊珊离开章家的时候，他没赶得上给她送行，他心里一直觉得很不过意。他想此地的人大概都是晚起，所以磨蹭到九点多才离开亭子间。

他知道姨奶奶家的地址，但是不知道应当怎么走。他索性要了黄包车。原来在这纷纷乱乱的大城市里竟然有这么幽静的马路，有这么雅致的像别墅一样的一处处花园和一幢幢洋楼。黄包车东转西转，转了好半天，终于到了。车夫不多不少，敲了他一元大洋。

高高的围墙里露出雪松的尖顶。来到铁栅雕花的门前，向里可以看见很大的草坪和花坛，还有喷水池。当然草已枯黄，池里也没有水。这么宽大空旷的宅邸里好像没有人。他看见门旁有电铃，按了一下。等了好久，才出来一个瘦瘦的看门人。这人隔着铁栅门打量他一下。单看衣着就是一个等闲之辈，于是冷冷地问他找啥人。李恂说明了来意。这人的嘴像铁门一样的难开，只说太太出国了。李恂又说要看看章家的少奶奶。回答是少奶奶回北方了。

一盆凉水浇头。走嘛，不甘心。好不容易来了，却又不好径直地说要看珊珊。这不更要引起看门人的轻视吗？正当他进退两难的时候，有一个长袍革履的人走到门前。看门人急忙为他开门，向他点头哈腰。这人看见一个青年站在门口，问他有什么事。听说是从章奶奶家来的，脸上立刻堆笑，很客气地请他进了这凡人不得入内的铁门。

这人引着他走过草坪中间的甬路，进了洋楼，入了会客室。大会客室显得空空荡荡。陈设虽然堂皇富丽，却使人觉得死气沉沉。只有一架大自鸣钟的长长的钟锤在慢悠悠地晃动，似乎是有生命的。这人很客气地请他坐在沙发上，自我介绍是太太的一家公司的经理。太太出国，要他来暂时看看家。他问李恂要茶还是咖啡，于是按了召唤仆人的电铃。李恂问章家少奶奶离去，珊珊有没有陪去。这当然是拐弯抹角的问法。回答是珊珊跟太太出国了。李恂心里愕然，怅怅然，只是不好露出声色。是白来一趟了。想要和珊珊叙叙衷曲的愿望落空了。为了礼貌，他不好立刻就走。正当他心神不定的时候，一个女仆捧了茶盘进来。他一眼就看清楚了。啊，是珍珍！

珍珍从来不想他会到南方来，而且，在男客面前，规矩是低着头，不能正面看人家。等她把茶杯送到李恂面前，这人不像一般客人那么大模大样，却是站起来接的时候，她看清楚了。“啊，是你？你啥辰光来的？”

“珍珍，你好。”李恂从她手里接了茶杯。

“哦，你们认得？”经理说。

“从小就认得。”珍珍眼睛发亮，高兴地说。

“是的，我们从小就认得。姨奶奶常常带她到章奶奶家。章奶奶家的规矩，我们从小是兄妹相称的。”

这句话使珍珍顿时高了三尺，眼睛更亮了，笑得也更甜了。

“这好极了。”经理站起来，“对不起，失陪。我还有事。珍珍，你就陪客人好了，留下吃午饭。”然后又转向李恂：“令尊我从前见过。他的事听少奶奶讲了。现在他很好吧？”

“很好，谢谢。”

经理走了。大客厅里剩下两个小人物。两个人互相盯视对方，高兴得张着嘴，却一时不知说什么好。李恂看珍珍似乎长高了些，脸还是圆圆的，却不那么红了；圆眼睛也稳稳的，不像从前那么滴溜溜乱转了。

“可惜珊珊姐走了，”李恂轻轻叹息一声，“不是说姨奶奶不想带她出去吗？”

“姨奶奶啊！”珍珍撇撇嘴唇，“她哪里有个准谱儿，一天三变算少的。你请用茶。”

李恂拿茶杯呷了两口。他看珍珍一直站在身边，请她坐下。

“坐下多没意思，在这冷冷清清、空落落的大房间里。走，咱们外面去。我陪你前后看看。”

他们出了会客室，出了楼门，来到庭院里。这里的天气是出太阳就暖煦煦的。原来楼后面的庭院比前面的大得多。正有两个老妈子在清扫枯枝败叶，还有一个花儿匠拿着大剪刀，在修剪沿着甬路两旁，并且把几处大花坛、假山、水池分隔开的冬青树墙。在阳光下，冬青叶闪出翠绿的光。后院的水池倒有水，很清，映出天光云影。更远一点，院墙里是一排排雪松。正在雪松林前，有用很高的铁丝网围起来的网球场。砖石的围墙，青松和洋槐的树墙，冬青墙。中国富翁不像洋富翁，在自己的国土上还得有一层层围墙把自己圈起来。

李恂心里总是惦记着珊珊。他问珍珍，珊珊愿意跟姨奶奶出去吗？

珍珍瞥他一眼，一撇嘴唇："我就知道，你来，不是看这奶奶那奶奶，就是为了珊珊。你的心里没有别人。你问啊，我偏不告诉你。"

李恂看她假装生气的模样，圆圆的脸腮鼓起来，不由得笑了。"我心里也有你啊。"

"假话！"珍珍又瞥他一眼，可是又高兴地笑了，一笑露出半个缺牙齿。

她伸一个小指头，在李恂面前晃了一下。"这个少奶奶可贪呐。三天两头去逛百货公司，一进去像掉进了大海，再不想出来，恨不能把先施公司搬回老家去。走的时候，大小箱子七八个，还有提包网篮什么的。你看她摆阔吗？可再小气没有呐。我服侍她几个月，陪她去百货公司，大包小裹帮她提提抱抱，帮她洗衣服，烫衣服，送茶送水，差不多成了她的贴身丫头。你猜她临走给我什么？五大元，外加两条小手绢。真想当面摔给她！"

"你们这里上上下下这么多人，每一个人给一点，合起来可也不少。"

"得了吧，你倒会替她开脱。珊珊也气得不得了。只给了她两双丝袜子。”

“珊珊可不是贪图东西的人。”

“哼，珊珊什么都好是不是?”

“你也什么都好呀。”

“假话!”她开心地笑了。“你知道太太本来不想带珊珊出国，你可知道后来怎么又带了?”

“我不敢问呐。”

“你不问我就说。原来太太不带珊珊，是因为姓金的使的坏，还记得吗?就是珊珊扇了一耳光的那个坏蛋。他怕珊珊眼尖，去了对他不方便。后来姓金的和太太吵翻了。你说为什么?那些浑水里摸泥鳅的事儿只有鬼晓得。姓金的去不成了，太太才又带珊珊。我问珊珊，她不肯告诉我，说我的嘴漏风……”

听到这里，李恂畅快地笑了。

“笑啥?”珍珍用白眼珠翻他。

“你自己说说，你的嘴漏不漏风。”

“没有风我能漏吗?”这时她又想起自己的半个缺牙齿，习惯地用手捂一下。

这时太阳照得暖洋洋的。一大群麻雀飞上飞下的在草坪上蹦蹦跳跳地找食吃。草坪边摆着一张张小巧的木椅。李恂坐在一张上，珍珍坐在旁边，紧紧靠着他，不眨眼地看定他。

“我想啊，姓金的想从太太手里挖钱。白相人碰上拆白党，能是个儿吗?”

“你那么伶俐，太太怎么不带你去?”

“我?唏!最不中意的是我。干活她要我伶俐，别的可不。原来是要我跟在她的身边，早早晚晚，要茶要水，梳头洗脚，我都干得挺好。后来不用我了。”

“为啥?”

“怕我的眼睛。哼，我什么看不见。”

“谁叫你生那么一对圆圆的可是又尖尖的眼睛。”

“爸妈给的，我有啥法。”她看看左右，小声说：“老妖婆早就说出国出国，总也不出，是舍不得那个小生。那小生说话细声细气，走路扭扭摆摆，倒像个女的。跟戏班里一个青衣好了，双双飞到别地方去了。老妖精这才下决心出国解闷儿。那些事全在我的眼睛里。楼上原来有小生的一套卧室，和老妖精的卧室门对门。我带你去看看好不好？”

“我没有这兴趣。”

“那就算了。小生口口声声叫她姨妈，半夜就钻进姨妈的门里去。那么哼呀唧呀的，我都听见了。对老妖精，我不敢怎么样。那小子我可真瞧不上。图个什么呀？还不是把手伸进她的怀里，钱！这小子也想支使我，我才不听他呐。他能不恨我？能不告诉他的姨妈？呸！不要脸，真想当面啐他。人面前装模作样，还老想在我身上摸摸碰碰的呐。”

“你怎么办？”

“我就叫，哎呀，拧的我好痛呀！他恨我，一定跟妖婆说我的坏话。”

李恂笑了：“你倒蛮有办法。”

“坏人都不老实，好人都老实。”

李恂点头。

“可是好人都胆小。”

“你怎么知道？”

“你是好人，你就胆小。”

“不碰你的都是好人。”李恂说着，故意捏一下她的手腕。“现在我是坏人了。”

“你不是真心。”

“真心怎么样？”

“我情愿。我要是能和好人有一个小孩，一辈子不嫁人也行。”

“你净胡想!”

“珊珊也这么说。”

“你造谣!”

“造谣的是小狗。我这是跟她学的。珊珊不是什么都好吗?”

李恂听她这么叽叽咕咕不停,这些可笑的事倒使他心里沉重。他想的是珊珊。这么一个清白的、要强的女子,却不能不低首下心地服侍这么一个惫懒货,真真够命苦了。真还不及当个穷工人,苦是苦,心里干净。

“珍珍你这是少见多怪。外国的贵妇人,特别是有钱的寡妇,哪一个没有小情人。玩够一个再换一个。可也不都是玩。也有真情实意,心心相印的。玩玩的倒没有事,真情实意的倒会闹得满城风雨。”

“是吗?”珍珍向他瞪起圆眼睛。“我才不信呐,我看不惯那死不要脸的老风流。老妖婆恨我,口口声声说要卖我。不带我出去,谢天谢地。要是把我卖到外国去,天哪……要卖呀,我自己会卖。女人生下来就是卖,有自己卖的,有被人家卖的,有明着卖的,有偷着卖的,有整卖的,有零卖的。我卖给你,十大元,要不要?嫌贵?五大元。再不,你拿我去卖掉,得了钱平分,够我回老家的盘缠就行,可是我哪里有老家,我的老家在哪里……”她忽然呜呜咽咽地哭起来。刚才这个嘻嘻哈哈,叽叽咕咕的小姑娘变成了泪人了。眨眼间她想起记不清的家破人亡的苦情,好像有刀子在刺她的心。

李恂有些心慌意乱了,急忙抓起她的手摇着。“别,别,叫那些扫地老妈子看见多不好。你听我说,姨奶奶说是说,一定不会卖你。哪里有大富之家卖人的,名声不好听。不会,你放心,不会……”

心宽、好玩、好说、好笑的珍珍一向很少掉泪。见了李恂,好像是见了亲人,勾起了一肚子的酸水和苦水。经李恂这么一劝,她很快平静下来,一面拿手绢擦擦泪痕。“我啊,才不相信他们呐。

给我加个罪名，给捕房去个电话，怎么着还处治不了我。”

“别怕，真有那一天，我想法子救你。我不行，还有好多朋友呐。”珍珍的眼圈又红了，可是没有掉泪。“我知道你好心。珊珊常常想你，说你好，盼你能来。说要是有你在一个地方，就好像有了娘家人，哪怕是讨饭，心里踏实。”

这话引起了李恂心头的酸辛，眼眶里泪蒙蒙的了。“她真是这么说？”

“哪个骗你，不信拉倒。”

“我信，我信，她还说什么？”

“我说你心里就是有一个珊珊，不是吗？”

“可我不是在你身边吗？有我在，你不是也有了娘家人？”

这话说得珍珍心里发热了。她向李恂的身边更靠靠近，小声说：“珊珊想你，我也一样想你。还记得我和你淘气，惹你生气吗？”

“一辈子忘不了。”

“哎，人心啊，真怪。有的那么好，有的那么坏，有的那么狠，有的那么善。”她圆圆的眼睛盯在李恂的脸上，心里暖烘烘的。“哎，你要是能常常来就好了。”她很依恋这个人。他不光长得体面，还能体贴人的心。如果小时候还能不知高低的一起厮缠，现在……哎，人家是什么人，自己是什么人，敢有半点痴心妄想吗？命啊，命啊。

“一点不错。”李恂紧紧握一下她的手，又放开。“在这个世界上，要想出人头地，要想发财，要想发迹，就得心坏、心狠、心硬、心毒。心好、心软、心善、心甜的人只会一辈子倒霉。我问你，珍珍，打个比方，你手捧满满一碗米饭，眼前是一个倒在地上的饿昏了的人，你怎么办？”

“那……”珍珍一转眼珠：“我宁可自己不吃，也全都给他。”

“着呀，这就是了。你就准备受苦受穷一辈子吧。我也是一样。你别指望我有什么大出息。福星、禄星、财星，都不会照到我头上。”

“我什么也不指望，就指望你是我的娘家人，我死也甘心了。”珍珍说了这话，一阵哽咽又冲上心胸，但是她竭力忍住，深深看进李恂的眼睛，向他笑笑。这笑里包含一个少女的全部心意和信任。

太阳早已当头了。李恂再也想不到，在这喧嚣的大城市，竟然有这听不见市声的地方。只有隐隐约约的汽车和电车声一阵阵传来。珍珍留他用午餐，他说同学一定在等他，告辞了。他很不愿在这阔绰但是陌生的地方多待下去。珍珍送他来到街上，看着他的背影远去了，才回到铁栅门里面，回到这冷冷清清而又富丽堂皇的牢房。现在她觉得心里踏实，幸福。她相信这个人，她的娘家人。

李恂乐得在这幽静的马路上独个儿走一会儿。他一点也不觉得饿，已经给珍珍喋喋不休的话喂饱了。他回想在家乡的码头上，和站在船舷边的珊珊的最后一面，她那挥动着的围巾，她那殷殷的向前探出身子的姿影，都会永远留在记忆里。今生今世，何时能再和她相见？她的命运如何？实在不敢想啊。至于珍珍这女孩，这么敢作敢当的，说不定会和什么人胡来。但是可以对她放心。一是她能分辨好人坏人，二是她能保卫自己。别瞧她比小玲玲大不了多少，可是比玲玲有主意得多了。

九四　都是女人安慰他，而不是他安慰女人

李恂在幽静的马路上走了好久，这才发现，这一幢幢别墅式的洋房住的全是洋人。大部分的院墙都是矮矮的，可以看见里面落叶和不落叶的树木，枯黄了的草坪，有水和没水的水池。有些庭院里正有外国小孩在奔跑玩耍。有的洋囡囡坐在精致的小车里，由中国保姆推着晒太阳。这景象使他想起家乡海边那些小洋房。那里的小别墅比这里的可是小巫见大巫了。姨奶奶是继承了洋丈夫的产业，所以住在这华夏的异国里。料想那院墙原来也是矮的，后来为安全加高了。可见洋化的华人不像真正的洋人对自己的安全那么放心。

觉得肚子有些空了，他随便在一家小饭铺吃了些东西。他想一个人多花些时间多选购几本书，因为唐旻不会有耐心陪他逛书店。他先是一家家书店浏览了一下，然后选了十多本书，有《西伯利亚的囚徒》《死因之末日》《由唯心论到唯物论》《法国革命与阶级斗争》等等。又在卖外国原版书的地方买了《汤姆·琼斯》和英译的《包法利夫人》。他兴致很高。这里可真是比闭塞的故乡大不相同。只这一点就是不枉此行。

冬季天短，下午四点多已经灰蒙蒙的了。

他回到住处，抱着一大捆书走上楼梯的时候，听见亭子间里有说话声。是什么人在这里？他不好一下子闯进去，轻轻走到楼梯

口，侧耳听听。

“……我可是不比当年。那时候什么都不懂，碰到事只会自己伤心。现在啊，我总是经历了一些风风雨雨，什么都不怕了。我请教过律师，谁也不能侵夺我的继承权。”

这是上官的口音。

“要是你的本家本族，联合你继母的娘家人，一起对付你一个？”这是唐旻。

“这不可能。狗抢骨头的时候只会狗咬狗。何况这是一根带肉的骨头。正好利用他们之间的矛盾。我已经和律师讲过，拿遗产的一部分捐献给东北义勇军。这个正大光明的题目谁敢反对？”这又是上官。

又听见卢雁的话音：“你大概想得太顺利了吧。人心叵测。你何必这么急。很快放冬假，我们陪你一起去。”

既然是谈的正事，没什么可回避，李恂就进了亭子间。他把书放在地板上，就势坐在书捆上。他想他不知事情的首尾，只可听着就是了。

“你回来得正好。”唐旻站起来，拉李恂坐在床上，顺手拿起书捆，看看书脊上的书名。“好家伙，这里至少有两三种不能摆在外面，碰到查户口的就要打麻烦。”

“书店里公开卖的嘛。”李恂说。

“书店在捕房里有耳目，紧的时候收起来，松的时候摆出来。这么一紧一松，这些书反而成了畅销的。”

“哎哎，好了好了。”卢雁打断他，“先别讲这些没要紧的。请李恂听听上官姐的事，说说他的意见。”

“我是丈二和尚啊。”李恂摸摸自己的头顶。其实这事他听唐旻讲过，只是不知道详情。

卢雁告诉他事情的原委。本来讲好了，由唐旻陪上官回去，现在上官又执意不肯，要单人独马出征，要李恂发表意见。李恂当然不好站在同学一边，也不好站在上官一边，只是笑笑，仍然摸着自己的头顶。卢雁和唐旻都希望李恂投自己的赞成票，但是上官不想让他为难，就补叙了一些情况。据她分析：一，名正言顺合理合法的继承人只有她一个。二，老太婆的体己细软一定已落入她的娘家人之手，这一部分当然是追不回来了。其他动产不动产，都有文书契约，都是经过官府的，也有中人和证人。这些，老太婆的娘家人当然要打主意，可是不敢动，因为有上官家的族长族人在。三是老太婆恶名在外，一向苛刻，本家本族的一定不会偏向大夫人的娘家人。当然，她的娘家人是不是做了手脚，上官家族中的人有没有见利忘义，胳臂肘向外的，这很难说。总之一句话，有利的方面还是多的。

上官述说着的时候，李恂一面仔细听，一面眼睛盯着唐旻，意思是看他的眼色行事。无奈唐旻双目一直盯在上官的脸上，显得越听越不耐烦。

“不管你怎么说，你孑身一人走入虎狼群，我们总不能放心。你说是不是？”唐旻转眼盯住李恂。

“啊，是……”李恂显得有点窘。

卢雁看在眼里，不由得笑了。

上官也微微一笑，瞥了唐旻一眼。“你想请个苏秦、张仪，可人家是三缄其口。”

李恂的脸上发热了，急忙补上一句：“我以为唐旻讲得有道理。”

“有道理吗？”上官问，眼睛看着唐旻，“你是大力士？你是枪手吗？你是律师吗？你能背民法大全吗？有唇枪舌剑吗？”

“你是名演员。我去当你的经理，维护你的利益。”

“胡扯！”

“生活本来就是胡扯嘛。人家蒋某某不是靠大流氓上了台，又拿一个市长的职位换了一个又美丽又有根基的老婆吗？世上胡扯的事多着咧。”

“好吧，好吧。”上官从椅子上站起来，“雁儿，先救救肚肠好吧?”

卢雁说要单独为李恂接风，条件是不饮烈性酒。唐旻知道这是对他来的，说没酒不成敬意。谈判的结果是只要葡萄酒，而且不过三杯。

他们来到一家广东酒楼，这酒楼坐落在热闹的市区。他们要一处安静的地方，于是被引到楼上的一间雅座。这里距大马路较远，但是扰乱人心的市声仍然一阵阵传来。别的房间里的广东食客也在大说大笑，旁若无人。李恂四下看看，这里自然比老家的菜馆阔气得多，那吊灯，那壁灯，那金黄色的壁纸，那带金边的茶具，那悬挂在顶上的花花绿绿的装饰，都使人眼花缭乱，同时让人觉得刺目和俗不可耐。但是菜肴都是上等的，可口的。

唐旻三杯下肚之后，仍不满足。经上官说情，卢雁又为他加了两杯，然后就把酒瓶子放在自己的手下。“你今天绝对不能喝醉，咱们的事还没谈完呐。”

李恂一向不会应酬，特别在生人面前，而这个闹闹嚷嚷的地方也使他心烦，所以他只顾低头用餐。

卢雁看看他，再看看唐旻。后者在开怀畅饮，前者却酒不沾唇。“李先生，你怎么好像一脑门子官司啊，想家了不成?”

李恂脸上微微一红，不得不找借口：“我刚刚到一个世交家里去，当家的太太出国了，和一个小时候熟识的女仆谈了几句。她很为自己的命运担忧。”

“你安慰安慰她嘛。”卢雁说。

“我不会。”

一句话招得卢雁和上官都笑了。

“他呀!”唐旻说：“从来都是女的安慰他。”

李恂的脸更红了，连忙辩解：“都是我姐姐辈的，都对我好。我好像没有什么事需要别人安慰。父亲破产，我很痛苦，只能自己熬煎，别人也安慰不了。”

本来人家是说着玩的。他这么一本正经地一解释，更招来一阵嬉笑。他的脸也更红了，更显得腼腆了。

既然是卢雁发的难，她也就出来救驾："这好办，这个女孩将来实在有了难处，我们大家帮助她。给她找个地方当工人，或者别的什么，或者帮她几个盘缠，让她回老家。"

"她没有老家了。"李恂说。

"什么老家不老家，到处为家不结了。日本要是打入山海关，我也是有家归不得，也成了流亡学生。"卢雁说着，触动了自己衷肠，禁不住一声长叹，眼神黯然。

"好了好了。"上官举起酒杯说："莫谈国事，今朝有酒今朝醉。来，唐旻，我敬你一杯。"

唐旻巴不得这一声，站起来，拿杯子和上官的碰一下，一仰脖子灌下去，却拿空杯子向卢雁照照。卢雁没法，只得又给他斟满。

"你吃了我的敬酒，得答应我一件事。"上官说。

唐旻心里一惊，怕的是上官压他不让跟她去，急忙说："也得先说说是什么事呀。"

"很简单，不费你吹灰之力。我走了以后，请你为我代课。"

"哈，我当了是什么事。有一个孔夫子在这里，你不请，偏偏看中了我这个阳虎。"唐旻指指身旁的李恂。

"噢，我可不行。我站上讲台嘴就张不开了……"他还没说完，觉得桌下面的脚被唐旻狠狠地踩了一下，就没有说下去。转脸一看，唐旻正怒目盯住他。

卢雁早已看在眼里，急忙上阵："让我说句公道话行不行？唐旻是不是跟上官姐走，先不说。这代课的事，恕我直说，不怕唐旻怪我，我的赞成票投给李恂。唐旻早就说过，李恂在学校是高材生，年年是独占鳌头的。"

李恂急忙摆手，脸红到脖子。"好好，不说了，不说了，我唯命是听就是了。"

于是卢雁和唐旻都向他举起酒杯。上官也只得认可，也举起了酒杯。

四个人用罢晚饭，已经是七点多钟。分手之前，上官对李恂说，她明天就和校长谈代课的事，后天就请李恂和他去见校长。代课的期间，他可以住校，也可以回亭子间，都看他的方便。

分手之后，唐旻很高兴朋友帮了他的忙，就陪他看了一场《西线无战事》。

电影散场之后，李恂建议步行回去，就便看看城市的夜景。寒冷的冬夜没有冻结城市的夜生活。亮着彩色灯的酒吧间传出爵士乐，这是李恂在夏天的海滨常常听见的。跳舞场的人出出进进，不是美国水兵，就是高等华人，或者装作高等的华人。唐旻想让李恂进去观光一番，李恂说听见这音乐就头痛，就想起家乡那种屈辱的繁荣。这里也是一样，或者更甚。人群和汽车都在流。各种商店里都灯光通亮，但是只有食品店有较多的顾客，服装店和药店之类则冷冷清清。唐旻引李恂进了一家小咖啡店，这里也冷冷清清。唐旻要了两杯白咖啡和一盘蛋糕。一个女招待送咖啡的时候，居然站在旁边搭讪着说话："两位先生不玩玩吗？"原来这小咖啡店也有一个舞池，不过没有乐队。留声机里正传出狐步舞的舞曲。

李恂抬眼看看她。这个姑娘大约只有十七八岁，眉目很清秀，可惜那涂得像破了皮的嘴唇，那涂黑了的眼圈破坏了她的相貌。他不由得想起了珍珍。她会不会真的被卖掉而且卖到这种地方呢？

唐旻向女的一摆手说："我们还有事。"

"哟，夜晚还有啥事体啊，跳一场不过一元钱。"她说了，又压低声音："我看先生们是正经人，求求你老。一晚上没得开张，我会吃巴豆咧。"

"去吧，去吧，我们真的有事。"

这个姑娘只得沮丧地默默地走开。

李恂悄悄地问："她是不是一个妓女？"

“难说。八九不离十。这种女招待也有不卖身的，可是也有得高价就和人家去开房间的。”

李恂无声地叹了一口气，催唐旻快走。当女招待来收费的时候，李恂照数付了钱，同时拿两元的票子压在一个碟子下面，很快地起身离开了。

来到街上的时候，唐旻嗤了他一鼻子：“你是动情了是不是？你可以回去。我看她还有几分姿色。”

“少胡说！”李恂在朋友的肩膀上擂了一拳。“她今儿晚上也许不会挨骂，因为……”

唐旻又嗤了他一鼻子：“你这种善心毫无意思。她得不到任何好处，反而会引起老板对她的疑心。”

“有什么好疑心的？”

“在这里，任何好心都会引起疑心。你为什么白白地给她钱？你们是不是另有约会？如果另有约会而老板捞不到油水，他能善罢甘休吗？”

李恂听了倒抽一口冷气：“哎哟哟，有这么多学问。社会这本大书念也念不完喽。”

唐旻冷笑一声，没再说什么。

正当李恂和唐旻并肩走着的时候，他忽然觉得有人从后面揪住他的袖子。他一回头，看见一个满脸涂粉的女人。他一惊，急忙用力一甩袖子。

“哟，好凶来唏！”女人在后面说。

李恂急忙向前奔了几步，好像要逃避一场瘟疫。唐旻也急步赶上他，一面失声笑了：“你跑什么，你的善心呢？这也是个女的嘛！”

李恂红了脸，却不理他，只管急忙往前走。

唐旻紧紧跟上他。“对不起，我忘了。应当走马路的那一侧。那一侧没有，这一侧就有。这个女人拉不住客，要挨打的。”

“谁打她？”

“你没留心后面还有个老的吗?”

“唔，好像有一个。”

“怎么办？回去送她几元钱怎么样?”

“再开玩笑我不理你了。”

唐旻看朋友认真了，不敢再逗他玩了。两人走了一阵，唐旻要搭车，李恂却坚持要步行，说索性看看这个鬼蜮世界。

“不怕野鸡拉你了?”

“不怕!”李恂已经从刚才的气闷里解脱出来，“能搏猛兽，不能无变色于蜂虿嘛。”

“吹罢咧。还不及《聊斋》里那个秀才呐。”

“哪个?”

“那个住在荒郊，朋友说有鬼。他说来个男的就杀掉，来个女的就留下。故事你说给我听的，忘了?”

“啊哈，要是真有一个像李女那样又风雅又美丽的真女鬼，我真的要留下她。我怕的倒是人世间那些不是死鬼的鬼。”

夜深了。马路是长的。变化着的交通灯在他前面闪出绿色和红色的光影。他们走了一个多小时才回到亭子间。两个人都仰在床上，都没有睡意。扰乱李恂的是一晚上杂乱无章的印象。唐旻则因为上官不同意他陪去而心烦意乱。他在床上左右翻腾，一声声叹气。

“悠哉悠哉，辗转反侧，老兄你害的什么病?”

“我以为你睡了呐。”

“我的善心在为你痛苦，睡不着。”

“谁知你为哪个痛苦。好吧，睡不着起来谈谈，好吗?”唐旻说着，翻身下床，拿起扩胸弹簧玩弄着。

李恂也起身，拥着被子坐在床上。“我洗耳恭听，说吧。”

“上官本来有点同意我跟她北上的，忽然又变了卦，而且转不过脖子来，我真猜不透她的心思。”

“我可能猜透。”

“你说。”

“怕你那位卢小姐打破醋缸呗。”

“不对，卢雁是愿意我陪她去的。”

“她是欲擒故纵吧？上官那么心思细密的人能看不出来？”

“不对，不对……可是，哎，这些鬼娘们儿，真让人伤脑筋！”

“作茧自缚嘛，春蚕到死丝方尽嘛！”

“别说风凉话，谈正经的好不好。住在四楼的那几个小子，你看见了的。你以为他们愿意那样生活吗？”

“不愿意，谁逼他们不成？”

“你叫他们干什么？原来都是业余剧团的，剧团一散伙，他们流落在这里了。都是上了大学一二年级的。再上学吧，没有钱，找事干吧，毕业即失业的大学生有的是……”

“这与上官的事有什么关系？”

“有关系，有很大的关系……”于是他把椅子拖到李恂床边，坐下，扔开弹簧，点起一支香烟。他说他无志于演戏，倒是对于导演排演有兴趣。他很希望上官能挑头，把业余剧团恢复起来，最好和哪个大学挂上钩。这样大家排戏、演戏之余，至少可以在大学里旁听，一面等待和寻找别的机会。他担心的是上官拿了遗产，一甩袖子向国外一溜，六根清净。她其实未必热衷于出国。她很瞧不起那些出去镀金，徒拥虚名的人，更恨死那些以为美国月亮比中国圆的浮浅之辈。她是很想干一番事业的。她说过，宁愿和中国这条大破船一起沉没，也决不逃上诺亚的方舟。

李恂听到这里，心里不禁一阵发热，忽然抱住唐旻的肩膀，用力摇摇。“好，好，是个有心人。我了解你了，我同情你……”

“你先别激动啊，你语无伦次地说啥啊。你听我说……”

于是唐旻又继续说，“上官有一个弱点。她头脑冷静，但是很重感情，要不然她怎么会自杀呢？她从前和卢雁有隔阂，现在成了好朋友，都好破头了。卢雁劝她带我同去，看来是想向我证明，她非常信任上官。这一点上官当然知道，但是她不完全信任我。”

“那你自己呢，信任自己吗？”李恂盯住朋友。

唐旻躲开他的目光。“我嘛……难说，我太倾向于她了。这一点上官也清楚。她怕在我自寻烦恼的时候丧失自持力，但是她的决心不可动摇。她无论如何都不能和我生活在一起。”

“那你又何必自寻烦恼。有那么一位热情的姑娘等在那里。”

“是啊，是啊，生活就是这么不可思议……其实呢，我这一次是下了决心和上官好好地去，好好地回，决不扰乱她。我已经够使她受折磨了。与其折磨她，同时谴责我自己，不如折磨我自己。你要知道，我要是在她面前表现得软弱，她会瞧不起我，我最终会失去她，失去她的爱，也失去她的友谊。可，这话我怎么能和她直白地说呢？你听明白了么，嗯？麻烦就在这里。因为头脑冷静，她清楚地看到自己的弱点，也看到我的弱点，可是我又没法让她相信我的决心……”

唐旻一面说，一面一支接一支吸烟。虽然后窗打开了，冷空气侵入室内，吹得烟圈儿纷纷乱转，却一时消散不了。一向不吸烟的李恂呛得连连咳嗽。他下床，到窗口呼吸一下清冷的空气，又退回来，站在房间的中央，忽然嘴边含笑，目光炯炯地看定唐旻。

“我有了。”

“有了什么？”唐旻不解。

“你用行动向她证明。”

“废话！”

“我锦囊妙计还没抖开呐。你当刘邦，我当张良。你先说说，事成了，给我什么封赏？”

唐旻以为他开玩笑，看他说得那么认真，又不像。“好吧，封你为王，还钦赐一个王妃，可以吧？”

“王妃你自己留下好了。这是一个条件。”

“什么条件？”

“改变你对卢雁的态度。”

“原来你是一个狗头军师，得了吧。还不知道药方灵不灵呐，就先讨高价。”

“那么你不听？”李恂向他神秘地眨眨眼睛。

“你先说说试试。”

“你这个浪漫派到了节骨眼上反而不浪漫了。”

“什么意思？”

“来，大明星，咱们也逢场作戏，拿耳朵来。”

唐旻听了李恂附耳如此如此之后，一声不吭地沉思了一会儿。“这不是有点冒险吗？”

“欲成大事，必须冒险。”

“可得先和卢雁打个招呼啊。”

“悉听尊便。”

九五　送行的眨眼间变成了被送的

李恂一早就起来，也催唐旻快快起来，因为有约在先，今天上官要带李恂到学校去。八点刚过，上官来了。两朋友刚来得及梳洗完毕，还没有清理房间。

“对不起，扰你们的清梦了。”上官笑吟吟地说，一面脱下黄呢大衣，露出绛紫色丝绒旗袍。她从衣袋里摸出一张纸，铺开在桌子上，向唐旻指点一下：“有劳尊驾，请你照这张单子，帮我买买带回去的礼品。如果这样那样没有的，就请你便宜行事，找找代替的，好吗？”说着，又从小手提包里取出一沓钞票，放在桌子上。

“遵命，遵命！”唐旻拿起单子，溜了一眼。“钱我这里有。”

“你有是你的。这件事是公事公办，懂吗？”

唐旻只得唯唯听命，然后用一张报纸把堆在墙角的香烟盒、水果皮之类的包起来，下楼去了。

这时娘姨捧着一个黑漆托盘，送来三碗热气腾腾的小圆子。“上官小姐，我看见你来了，这么早一定没用早点，阿是？”

上官正从手提包里取出一册课本和一个笔记本，见了娘姨，连忙道谢，又请她谢谢阿洪嫂。

娘姨出去的时候，唐旻正回来，见了食物，皱皱眉头：“谁喜欢这甜腻腻的东西，我一向不吃早点，你们请吧。”

上官瞄了他一眼。“人家是好意嘛。”接着又向李恂说：“这本教科书编得还可以，有不少课文是从名著节选下来的，可以说是标准的英语。教学进度的情况，我书上都有记号。一些应当着重讲解的地方，也作了批注。这个本子是学生的花名册。他们的日常学习成绩，每个人的特点，里面都有记录。这些只供你参考，因为我的观察和判断也可能不对……”

她一面交代着，一面和李恂吃了汤圆。

三个人一同出了住处，在门外分了手。上官特别叮嘱唐旻，要他快去快回，回来就等在屋里。卢雁有电话，要来的。又说买的东西宁多勿少。

她和李恂在大马路上搭电车走了几站。上官又告诉他，学校是属于美以美教派的，教学的水平比较高，在全市小有名气，但是学费也高。学生多半是中产人家的子弟，都很天真活泼，其中有些富家子弟不免有些傲气和娇气。她要李恂放心，她已经和学生打了招呼，告诉他们来代课的也是教会学校出来的。教会学校四个字，在当前中国人的心目中是特别有分量的。

他们下了电车，又坐上了人力车。学校的所在其实是和城市相连的小镇。小镇表面看来也很繁华。各种商店也都贴出了大甩卖、大减价的广告。特别引人注目的是这样的招贴：“本店为爱国救国，全售国货，绝无日货，敬祈顾客鉴察。”

校长在会客室接见了他们。这人四十开外，方脸阔嘴，剪的短发，穿着半新的中山装。这种会见只是例行的公事，客客气气的三言五语之后，他们就告辞出来。

两人从会客室出来，正听到下课铃声。估摸时间，是下了第二堂课。学生们从各教室涌出来，欢笑蹦跳，来到阳光普照的校园里。立即有一个足球从李恂头上飞过去。远处的篮球架下，也立刻有人在抢球。有一个男生先看见上官老师，摇着胳臂大叫一声。立刻有同班学生乱纷纷跑来，围住上官和李恂。上官笑着把几个女生揽在怀里，向大家介绍了李恂，说这就是请来代课的老师。又向李恂指着一个男生和一个女生，介绍男生是班长，女生是课代表。李恂清楚地感觉到，学生们投来的是不信任的目光。也许因为他显得太年轻，也许因为他的穿着很不够洋气。谁知道呢？教洋文而不洋气，不被信任是理所当然的。学生们都用眷恋的目光看定上官，求告她快去快回。这也清楚地看出上官在他们心目中的分量。

两人离开学校，很快地回了亭子间。唐旻还没有回来。李恂接了上官的大衣，请她坐下休息。娘姨早已送来了热水瓶。李恂倒了两杯水，拿一杯送到上官面前。

“怎么样，印象如何？”

“我啊，很怕有辱使命。”李恂沉吟地说。

“你别担心。学生们那种不信任的眼光，我看见了。我刚去的时候，碰见的也是那种眼光。这些调皮的小家伙才不宥人呐。我对他们用的不是攻心战术，是交心战术。我诚心诚意把心交给你们，你们看嘛。上第一堂课的时候，我先拿韩愈开了一刀。”

“这和韩愈有啥关系？”李恂听得有兴趣了。

“《师说》啊。‘师者，传道授业解惑者也’，这话把当老师的捧到天上。我问，谁知道韩愈的老师是谁？都答不上来。我说我也不知道。都知道有个韩愈，大文学家，却不知韩愈的老师是个长子还是个矬子。可见从古至今，总是学生高过老师。我这其实是毁谤古人，抬高自己……”

李恂忍不住笑了。

上官自己也笑了。“我说我不是全知全能的上帝。关于功课，你们什么问题都可以向我提，但是我不敢说都能回答得好，回答得准确无误。我们只可以教学相长……”

“后来呢？”

“他们的眼光变暖了，变亲切了。”

李恂高兴地拍一下大腿。“好，说得好！从前，我和同学们也是用那样的眼光看我们的洪老师……”

可是他来不及多说什么。楼梯上传来很重的鞋跟声。两个人相视而笑，知道卢雁来了。

果然，卢雁一阵风带着冷气进了房间，挺着冻红的鼻子头。“怎么只你们两个，那位老夫子呢？”

“替上官阿姐买东西去了。”

卢雁笑吟吟地点头，脱下呢大衣，顺手往床上一扔。嗬，她里面是鹿皮夹克，咖啡色灯芯绒马裤，长筒高跟皮靴。如果不是高高的胸脯，烫卷的头发，你准会把她认成英武的小伙。这风姿，这神韵，一定会使许多女孩子为之倾倒。

她刚刚坐在上官身旁，没说上三五句话，唐旻就急匆匆跑进亭子间，抱着的提着的是大包小裹。他放下东西，怀里掏出单子，交在上官手里。“请过目，划了记号的都是买到的。”

上官溜了一眼，除了一项女人的小脚皮鞋之外，都齐了。“啊，谢谢，多谢。”

“不敢当。等我喘口气再交账。”

“算了，不够我补，多的算阿姐赏你买香烟。噢，我忘了，单子上的两条香烟，其实是送你的酬劳。”

“我的两条腿那么不值钱啊。”唐旻开玩笑说。

卢雁站起来，郑重地发表声明，她要为上官姐饯行。

唐旻不同意，说他早想过了，还没来得及说，让卢雁抢了先。两个人争论起来，互不相让。李恂出来当和事佬，说他们两个任何一个单独做东，都不合理。应当是三分天下归一统。他说的时候，悄悄地拉一下上官的袖子。上官会意，说她同意李恂的方案。

当卢雁和唐旻争论的时候，李恂看看卢雁，再看看唐旻。多么好的一对儿！两个的性格有些相近，这很好，也可虑。她不会受他的左右，他也不会受她的管束。如果两人结合，卢雁很可能有一阵子软软的甜甜的，但是日子一长，她很可能会变。两个人会各执一端，互不相让。卢雁明显的有一种优越感，大声言笑，常常爱打断别人的话，忽坐忽立，好像一分钟变一个主意，使人摸不准她的谱儿。但是她对唐旻那么专一、真诚、坚持，在当今的时髦女性里也是少有的。她的慷慨恣肆、胸无城府，极易相与，很容易成为推心置腹的朋友，但是她很难成为贤妻良母型的女人。

唐旻看看手表，估算一下时间。现在快到中午了，火车是下午四点十几分开出。那么他们现在就得去饭店，完了立即要出租车回来，拿上东西，立即去火车站。必须余出一些时间买车票和月台票。

一行人还是就近到了那家俄式菜馆，受到老板娘的热情接待。她听说上官要回故乡一行，特地拿来几杯白兰地，和大家碰杯，祝上官一路顺风。进餐的时候，唐旻瞅空子把李恂的妙计告诉了卢雁。喜欢平地起波澜的卢雁听了很开心。

天气晴朗。阳光普照大城市的大洋楼和小板房。四个人虽然各有心事，但是这一阵却都心情愉快。顺利地到了火车站。唐旻抢先去买了车票和月台票。顺利地进了站，上了二等客车。车厢里旅客不多。四个人在一个跨间里落座。唐李二人把包包裹裹都放在行李架上。唐旻告诉上官，她家的地址交给李恂了，请他去拍电报。上官以为唐旻和卢雁有什么约会，随意地点点头。

第一遍开车铃响了。李恂和卢雁站起来，向车厢外面走。唐旻却仍然坐着不动。

“你也下车吧。我会很快来信的。”

“不忙，我再待一分钟。”

上官以为他惜别，也不以为意，只不愿意他冷落卢雁。她用眼光催他，可是没说什么。

这时卢雁和李恂已经在车窗外面。唐旻推开窗子。月台上的两个人同时向上官伸出手。上官左右同时握了，摇着。

“祝你一路顺风。”

“愿你事事如意。”

“谢谢，谢谢。”

这时出行的和送行的都隔着窗子纷纷告别。

第二遍开车铃响了。

上官转身。“你怎么还不下车？”

唐旻微微一笑，从口袋里掏出车票，向上官一晃。原来是两张。

火车外面的卢雁和李恂同时笑了。

火车开动了。

上官刚来得及向车外说：“好啊，你们三个打伙儿和我捣鬼！等我回来……”

火车加速了。唐旻拉下了窗子，转身看着上官又嗔又笑的眼睛。

李恂和卢雁站在颤颤动动的月台上，目送驰去的火车，直到影子消失在远处。

李恂转身看看卢雁略带惆怅的眼神：“送你回学校去好吗？”

“不。”

“回亭子间？”

“不。”

“那……”

“天气很暖，外面走走不好吗？晚饭总还是要吃的。”

“这么人声嘈杂，车水马龙，有什么好？最好有一个清净的地方。”

“你的家乡一定是很清静喽。”

“当然。不但清净，而且一望无际的是茫茫的大海。”

“真可惜我还没见过大海。”

卢雁很愿意和李恂多走多谈一会儿，想从中探听一下唐旻的心迹。李恂略有所感，却还不清楚她的用意。他是生平第一次走在大城市的花花绿绿的大马路上，和这么一位衣饰颇有特色的姑娘并肩而行，感觉到行人向她投来的目光，心里不免有些发毛。应当说点什么呢？他搜索不出合适的词儿。

默默地走了一程，卢雁歪头看看他："你会不会笑，会不会说中国话，嗯？"

"等你教我呐。"

卢雁噗地笑了："想不到老夫子还会讲俏皮话。"她说着，插一只手在他的肘弯里，和着他的步伐。"这样好不好，咱们也去坐坐咖啡馆，然后到公园转一圈，冬天那里一定清净，然后晚餐，然后，如果有好电影就看一场，然后你送我回学校去，看看我们校园的夜色，然后……"

李恂听着一连串"然后"，忍不住笑了："一切我都从命，只是咖啡馆免了吧。"

"为什么？"

"那是一个危险地带。"

"危险？"

"是啊，那些地方有鬼。"

"鬼？"

于是李恂向她讲述了女招待和后来被拉的故事。

卢雁忍不住放声笑起来："夜里才有鬼，白天不怕，鬼也装扮成人样。"

"人鬼难分，不是更可怕吗？"

"没有下地狱的胆气和决心，请你不必活在这个世界上。不过你放心，和我在一起，你就保险了。"

她引他来到一家咖啡店的小楼上。这里的确清净，只有两三个客人。她选了靠墙角和窗边的小台子，向女招待要了咖啡和奶油点心。她两肘支架在台子上，两手捧腮，直盯着李恂，好像要把他看个透。这样的逼视使李恂有些尴尬，却想不出打破这局面的话。

“请问，你对上官的印象怎么样？”

“很好。”李恂确凿地说。

“要具体的。”卢雁的大眼睛一扑扇。

李恂沉吟了一下：“那好，先让我润一润好吗？”他捧起杯子，小口小口地呷着，一面整理思路。

关于上官，唐旻的信里讲了不少。当时他认为，按同学的浪漫气息，他讲的事实中不免有感情的色彩，就是说，有所渲染。亲自和上官接触了几次，冷眼看她的音容笑貌、举止言谈，他理解了同学的深情。上官确是当今一位不同凡响的女子。她不故为矜持，但是深邃；不炫巧弄姿，但是开朗；她大方，亲切，自然，你不知不觉会受到影响。她教养好而不自夸；她待人以诚，处处细心体贴，即如代课这事，她交代得多么详尽而清楚。从学生们那爱慕的眼光里照见她的为人。你想到的她会想到，没想到的她会替你想到，使你在她身边，身心自由，亲如家人。

卢雁听着李恂的印象谈，频频点头。听到后来，忽然眯起眼睛：“你这些话同唐旻讲过吗？”

“没有。我没有必要把心里想的统统告诉人家，今天你不问，我也不会说。”

“你这么夸她，不怕我嫉妒？”

“你不是嫉妒人的人。”

“不，我嫉妒。难道你不知道，所有的女人都有嫉妒心。”

“不过我没有夸大，我讲的只是我自己的所感所想。况且，你们两个是好朋友。真诚的友谊排斥嫉妒心，只会因为朋友的美德而愉快和自豪。真诚的友谊排除私心杂念，就是所谓不分彼此。真正的朋友都会相互做出自我牺牲。俗话说：为朋友两肋插刀，去掉江湖义气的成分，这是一句很好的话。”

“是吗，你确信？”

“是，我确信。”

卢雁眯着的眼睛睁大了，发亮了。李恂关于上官所讲的，她都有感受，不过没有把所有的印象归纳起来，像李恂现在所做的。要不，她也不会对她推心置腹，把和唐旻的纠葛和盘托出。看来对面这个小伙是有头脑的，可信靠的。她想直接问问李恂，唐旻对他讲她自己了没有，一转念，又改变了主意。

“那么，请问，你对我什么印象？”卢雁又眯起眼睛。每当她注意听别人讲话的时候，她的习惯是这样。

女招待来问还要不要添什么。卢雁谈兴正浓，说索性在这里吃点心当晚饭算了。她要了牛奶、面包圈、白葡萄酒、沙丁鱼、火腿，外加红茶和水果。

“嗯，你说呀！”她又双手托腮，眯起眼睛。

“唐旻的信上讲了你好多，我来了，又讲了好多，都是好话。我这位朋友心里藏不住话，你一定都知道了。要问我的印象，《红楼梦》里一句话最合适，你真正是一个水晶心的玻璃人。不过我的意思和书里的不一样。书里说的主要是灵巧、爽利，我的意思是你心无城府，心口如一，坦诚直爽，一切喜怒哀乐都摊开在人的眼前……”

女孩子受到称赞，没有不满心欢畅的。卢雁虽然竭力抑制，心里的花却不由得开在脸上。她觉得有些发热了。

女招待用托盘送来食品，一样样摆下。

卢雁拿起酒杯：“来，咱们为风尘仆仆的人干杯。”

李恂也举起杯子：“为了不显得当面恭维你，我要讲印象的另一面。”

“你讲，你讲。”

“你有时好像有点咄咄逼人的架势，让人招架不了。”

“何以证明？”

李恂笑了：“你看，你这么直问着我，不就是证明吗？”

“哈，老夫子，还挺会以子之矛，攻子之盾呐。”卢雁也纵情地笑了。

他们一面用餐，一面随意谈着。一会儿，卢雁忽然又眯起眼睛。“我可又要咄咄逼人了。”

“请。”

“我想起来，唐旻对你讲过的话，只差一句你还没说。”

李恂觉得奇怪：“是吗？”

“不错。”

“什么话？”

“你猜。”

李恂歪头想想，摇摇头。

“他要给我当媒人，要我出嫁啊。”

“嫁给谁？”

“猜。”

李恂又摇头。

“远在天边。近在眼前。”

李恂的脸登时烧红了。“这个小浪漫派，净想入非非，胡说八道！”他现在有点恨唐旻，这种话，男朋友之间互相开玩笑还行，怎么可以对女孩子说呢！

“他才不浪漫呐。你们家乡的人都是迂夫子……”卢雁的眼睛忽然发暗，变成雾蒙蒙的了。

“好，对，你说什么都不过分。我骂过他，我永远站在你一边。”

李恂这句诚恳的话又使卢雁的眼睛放光了。

晚饭以后，李恂送卢雁回了学校。很大的校园晚上显得特别空旷。楼房的灯光从稀疏的树枝里洒出来。星斗满天。卢雁说这时请他进女宿舍不方便。李恂正乐得在绵软的枯草坪上享受冬夜的寂静。卢雁把手插入他的肘弯，一面并肩走，一面向他提出许多有关唐旻的问题，都是关于他少年时代的情况。逝去了的童年和少年时代，李恂现在回忆起来实在是充满了诗意的欢乐。

在回亭子间的路上，李恂的脑幕上一直浮现出卢雁的身影。这是一个长处和短处都一览无余的姑娘。她对唐旻的感情是纯真的、专一的、可靠的。和上官相比，她当然显得有些浮浅。但是她那种活跃的生命力，李恂觉得所有相识的女性都不能和她相比，也许宗向真可以和她拉平。可惜向真囿于狭小的天地，没见过什么世面。先天的气质没有后天的补益，性格的特色就难于充分地展显出来。他决意在她和唐旻之间起一点黏合的作用。结果如何只有走着瞧了。

他回到住处，走在楼梯上的时候，那位胖姨娘听见了，从前楼迎出来。她说房东太太有点小事请他帮忙，问他能不能马上来，他自然乐于从命。

前楼的起居室里烟气弥漫。正有一台子麻将在鏖战中。西装和旗袍，油头和粉面，有上十个人围住牌桌。除了房东太太见了他，急忙从人堆里站起来，别人都没有注意他的存在。李恂知道，这一局牌可能打到下半夜，也许打到天亮。他差不多每天晚上，当夜深人静的时候，都能听见轻一阵重一阵的噼噼啪啪声。

房东太太请他进了与前厅相连的小书房。她手里正拿着一团毛线和竹针，看来她只在观战。她含笑请李恂坐在沙发上，亲自为他捧来一杯茶，也在旁边落座，一面编织着。她求李恂帮她写一封信，给她在比利时的胞弟，信封必得用英文写。信的内容倒不复杂，只是讲讲家里——苏州娘家和自家的近况，说他的姐夫近日到香港去办印刷机了，问他明年夏天回不回国，要他回国时一定来姐姐家住些日子。房东太太娇小玲珑，和章婶有些相像，只是比章婶年轻得多，也更有风韵，说的是一口苏白，声音圆润悦耳。李恂听完她的口授，说回房间写，信纸信封都是现成的。房东太太看这青年有些腼腆，也就随他去了。

九六　对面谈心可是互不知心

教育主任腰板挺直，两肩端平，头发半白，面含尊严的微笑，一眼就看出是一个老教育家。他引李恂进了教室。学生们起立如仪。他要他们坐下。主任公事公办式地向学生介绍了代课老师，然后向李恂颔首示意，悄没声地退了出去。

李恂立刻觉得所有的眼珠子都向他射来，似乎毫不留情地要射穿他。眨眼间他想起自己当学生时候的调皮，实在好笑。当然是不能笑的，必须装得严肃才行。但是这反而更可笑，于是他忍不住咧嘴笑了。这一笑倒缓和了教室里的紧张气氛。有的男生也向他笑笑，表示了好意。

这种男女合班的座位都是女生在前，男生在后。李恂从学生的名册上已经知道，这个班有四十二个学生，女生略少于男生。

这一课正好是《天方夜谭》的节选。是关于水手辛德巴的冒险故事。这都是他早已读熟了的。为了引起学生的兴趣，他先讲了故事的来源和本书形成的经过。学生听得满有兴味。他说到阿拉伯的“巴札尔”相当于中国宋代的“瓦子”，都是百货川流、能工巧匠各显身手、各种艺人献技斗巧的市场。巴札尔里的口头文学，经过流传加工，后来又经文人整理成书，正如瓦子里的口头文学后来成为话本一样。讲完开场白以后，他就援用母校的教学方法，不领读课文，却是先提问。

一节课的上半时，课堂秩序很好。到了下半时，后排的男生有的已经在交头接耳，挤眉弄眼。李恂心中暗笑，这些课堂把戏他也玩过。他也只能像自己的老师那样，装作视而不见。下课以后，他叫课代表到跟前，问她有什么意见。据她说，她明白先生为什么这样教，是为了培养同学自己钻研的能力，可是她怕同学们不习惯。上官老师就是先讲解课文，然后才提问的。李恂说他既然是代课，也可以照上官老师的教法。女生满意地点头，鞠了一躬，跑开了。这一躬引起李恂的自我嘲笑。本是想当学生的，不料到这里当了先生，哎，命运的捉弄！

教务处的办事员没有安排他在教员备课室，却请他到了校长办公室。校长不在，站起来迎接他的人是一个矮墩墩、面团团、好像北方过年蒸的大馒头。他放下手里的毛笔，笑眯眯地请李恂在对面桌前坐下。“你先生是做大事的，来这里受委屈了。”这人用涩巴巴的嗓音说着，收了笑，可是他不笑也好像在笑。李恂见他向前摊开一沓沓表册，猜想他是学校的文书。对于这种恭维的客套话，李恂不知怎样回答，只是咧嘴笑笑，一面打量这个办公室。这是一间四方形的大屋子，门向西，通到走廊，东西窗对面摆两张书桌，正好是他和文书对面相坐的地方。校长的大写字台在北面窗下，面南。南窗下有一个斜面书架，上面有一本翻开的韦氏大字典。书架旁边有一台打字机。

“校长安排你在这里，你知道为什么？”

“不知道。他没有说起过。”

“你不是席乐理先生的学生吗？”

“你认识他？”

“我？我配吗？”胖文书干笑着说：“我听校长讲的。校长说席先生在外国教育家中很有声望。”

“他是我的校长，并没有给我上课。”

“反正你是他的学生，嘻……”

李恂恍然。原来他被安排在校长办公室是受器重，而受器重的实际上不是他，却是和他毫不相干的一个洋人。他的心里很不是滋味。借别人的名义来抬高身价是他最厌恶的，何况还是一个洋人。

校长回来了，很客气地和他打招呼，坐在写字台前。他问了一句李恂上课的情况，然后告诉他，学校的董事长明天来校，和教师们联谊和座谈，就便传达一下市党部对于本市教育界的期望。请李先生参加这个会，记一下康乃尔先生的讲话，要在校刊上登出来。又请他代写一封英文信，并且口授了大意。李恂心里更不是滋味。离开一个靠别人口授和授意办事的地方，不期然又到一个靠别人口授讨生活的所在。可真是命中注定咧。极端看重独立人格的直到现在还没有独立的人格。既然是为上官来的，不管有多少不痛快，只有权且隐忍。他恭聆了校长的授意，正握笔起草的时候，校长又走了。

从校长一进门，胖文书就挥笔疾书，头也不抬一下。校长一去，他又放下笔，打一个大呵欠。“你工薪和校长谈定了吗？……啊，啊，啊唏……”

“我是帮朋友代课，不想要她的工薪。”

“啊，是这样？……”胖文书显得有些惊奇。

两个女生进来，双双鞠了一躬。都有十六七岁，看来是高年级的学生。一个穿得颇入时，鹅黄的毛围巾上托一个扁平的脸。另一个苗条的身材，穿得很朴素，可是很整洁，使李恂想起了宗向真。文书问她们有什么事。苗条的一个说要和校长谈一件事。今年的新年联欢会，学生会的意见，不能像往年那么办，应当利用这个机会，向社会上做抗日爱国的宣传。胖文书说校长正忙董事会的事，要她们去和训育主任商量。

女生去了以后，胖文书告诉李恂，校长知道这件事。他不想参与，所以推给训育主任。料想主任也会一退六二五，敷衍了事。李恂听了一点也不觉得奇怪，知道凡是与教会挂在一起的比别的学校更持重，不想让学生走上街头。阻拦当然是阻拦不住的。他的母校同学不就冲出校园了吗？可惜他刚刚来，和学生们都不熟，否则他一定给学生会点一把火。

看来校长不在的时候，胖文书只顾呷茶消闲，让毛锥子干在那里。如今对面有一个活人，他正好有了一个扯淡的对象。他说那个漂亮的女生叫刘南芳。她的父亲死了。是她的妈妈给人家当佣工，供她上学。她是三年级的高材生，每学期都考第一。家境贫寒，就好好念书呗，偏不，成了学生会里的活动分子。那个黑不溜秋的扁脸是个娇小姐，父亲是开绸缎店的。念书不行，出风头可是呱呱叫的。她叫丛琳。

“啊哟！”李恂不由得惊叹一声，“你怎么知道得这么详细？”

胖文书拍拍自己圆滚滚的肚子。“嘻嘻，几百个学生的家谱都装在这里面。你可知道，从每一个学生入学，到他们毕业，每年每学期的报表都经过我的……”说到这里，他把圆滚滚的指头伸出来，抓了一把。“嘻嘻，都在这里边。每年恳亲会的请帖，也都是……”他又伸手抓了一把。

听着他那像两片石头磨出来的沙哑的声音，看着他那踌躇满志的模样，李恂很觉得可笑，也十分厌烦。今后要有多少日子看他的馒头脸和拉锯声的喋喋不休呢？但愿上官快回来吧。现在他的脑子里不由得又挤进一个女孩子的印象。他很同情这个刘南芳，如有可能，他一定为她助上一把火。

下午放学以后，李恂来到上官的宿舍。学生住校的很少。教员也多半住在市内。住宿的大概都是那些市内没家的。冬季天短，这时已经有些灰蒙蒙的了。校园里很清静。教员宿舍是一排排平房，很简陋，好处是都向阳。他拿上官留下的钥匙开了门。一床、一桌、两张木椅、两个排满书的书架之外，别的什么都没有了。这么朴素整洁，正合他的心意。他长吁一声，权且在此安身立命吧。一个书架上完全是外文书。好啊。他拉开吊灯，扑了过去。《蒙田全集》《伊里亚特和奥德赛》《雪莱诗集》《莎士比亚全集》《法国大革命史》《英雄和英雄崇拜》《世界史纲》《卡拉玛佐夫兄弟》……有好几种是他没有读过的。好极了！他想他决不会寂寞，日子可以过得很充实。你胖文书空下来不是喝茶扯淡吗？我就低头看书。

学校有小食堂，据文书说，办得不好。他想到外面走走，看看风土人情，找一家干净的小饭馆填填肚子。

不等他出门，就有一个人破门而入，带进一阵冷风。不是卢雁是谁。她胸脯起伏，张口喘气。“啊哟哟，跑死我了，只怕找不到你。没有电报吧？”

“可不，再过三分钟这里就是空屋子。为什么不先来个电话？你也忒心急了。刚走了两天，是不是进了家门还不一定，哪来的电报？”

“是啊，本来是要打电话的啊，让学生会拖住了。我想到不会有电报，可老是担心他们。”卢雁喘息地说着，从手提包里取出一张报纸，啪一声放在桌子上。“你看见了吗？你知道吗？真真是岂有此理，奶奶的！”

这文雅的小姐竟然口出恶声，一定出了什么恼人的事。李恂先是一怔，跟着又笑了。“我两三天没看报纸，什么事？”

卢雁稀里哗啦地翻开报纸，找到要给李恂看的，用小拳头重重地砸了两下。“你看你看！”

这则新闻的标题倒很醒目：

国府明令禁止学生请愿

如有意见表示应用书面陈述

“奶奶的！”李恂也恼恨地说，也攥紧拳头在报纸上砸了两下，可是看见卢雁那气咻咻的模样，忍不住又笑了。“这有什么新鲜，和蒋某人的双十文告一个臭味。别听他这一套。没有青年学生奔走呼号，中华大地不成了一片死寂吗？”

“一点不错。我们学生会正要联络各大院校，一致行动。不许请愿吗？好！就请到你鼻子底下，拼将热血洒在石头城下、燕子矶边。”

“我可是饿了。民族、民权都先别讲，咱们先讲民生吧。这一次让我做东，好吗？”

“好，请我吃烤小鸡。”

既然小姐要吃烤小鸡，只好到西餐馆。和这么一位虽然不是雍容华贵、衣着却也颇为考究的小姐并肩走在马路上，李恂不免觉得自己有点寒碜。幸亏卢雁开朗大方，说说笑笑的好像老相识，这无形中使李恂摆脱了腼腆的习性。这一带虽说是市郊，却仍然是具体而微的繁华世界。在这年关来临的时节，时局又是这么风风雨雨，各商店的大甩卖大减价更显出焦急不安的气氛。形形色色，出奇制胜的大广告也更加耀眼夺目。

当一个黄稣稣、香喷喷的鸡翅膀送进双唇的时候，卢小姐的气也消了，眼睛也亮了。李恂是第一次正面盯视她，这才发现除了鼻翅儿有点宽，她的容貌是没什么可挑剔的。豪爽的气概从她的眉梢眼角倾泻出来。这样一个活跃可爱、赤心相与的姑娘竟然逮不住唐旻，他实在想不透究竟症结何在。卢雁注意到他的目光，向他微微一笑。

“你在给我相面是不是？”

李恂也微微一笑，仍然紧盯住她：“都说眼睛是心灵的窗户，这话大概不错。你的眼睛很美，很和善，我想你的心灵一定很美，也很善良。”

赞美的话是悦耳的。卢雁脸上微微一热，为了掩饰自己，她故意用调皮口吻说：“请注意，我不发奖牌。怎么样，你动心了？”说着，又故意瞄了李恂一眼。

这大胆的戏言使李恂一怔，他也回敬一句：“朋友……”他想说朋友妻不可欺，可这话怎敢出口呢。他因为语塞而脸上发烧了。

卢雁看他的窘样，开心地笑了：“怎么不说下去？要说就痛快说……哦，你别空嚼舌头啊，菜凉了。”

李恂撕下一个鸡翅膀，堵在嘴边，这样免得直接接卢雁的话茬。

“噢，对了，你还没告诉我上课的情形呐。学生很调皮是不是？”

这问话帮助李恂消除了心里的窘迫。他一面大嚼，一面说了上课和校长让他干的事儿。

“怎么能这样！你是代课的老师，不是他雇用的廉价劳动力，他怎么可以随便支使你。”卢雁气不忿地放下刀叉，把盘子推开。“要是我，我掉头就走开。你说我和善？对这样的人我才不和善呐。喂……”她向女招待打个手势：“小姐，请来两杯白兰地。”又转向李恂，眼睛睁得圆圆的。“你别忘了，这里的人脸上笑着，脚下使绊子，都想沾别人的便宜。马善万人骑，人善万人欺，你可知道这话。”

女招待送了酒来。卢雁举起杯子：“来，人家是借酒消愁，我是借酒消气。明天我就去见见这位校长，看他是个什么货色。”

“别别，还有什么可气的。校长听我是席乐理的学生，这还是对我的特殊恩宠呐。”

“席乐理是什么人？”

“William Shearer，美国牧师，我母校的校长。”

卢雁点点头，眼皮一扑扇，一时没说什么。“可……这也不行。我得去问问他，他出几份工薪？”

“别，你知道投鼠忌器的话。有上官在中间，什么都等她回来再说。”李恂不习惯饮烈性酒，瞅空儿把自己的酒倒在卢雁杯子里，卢雁瞥见了，故意装得不理会。

所有刚才的谈话，都不是卢雁来探望李恂的目的。她一鼓作气，极力主张唐旻跟上官回去，可是站在月台上的时候，看见火车慢慢开动，唐旻最后一次向她挥手，然后转身拉下车窗的时候，她就再而衰，三而竭了。对于上官，她是放心的。那个晚上，两个女友心碰心的谈话，使得卢雁深深地理解了上官。卢雁不放心的是唐旻。这家伙好像一匹不上笼头的野马，很难按一定的方向驾驭他。她知道，感情上的事很难指靠第三者的助力。独立不羁如卢雁，她也不屑于乞求别人的帮助。但是李恂至少可以向唐旻施加影响。宇宙可以探测，人的心理可是很难探测。她早已从唐旻那里听说，眼面前这个人读书是很灵的，读书灵的往往于世事不灵。有了一些接触之后，卢雁以为这一个持重有余，灵活则不及那一个；深沉有余，敏锐也不及那一个。这个人在人面前，特别在女孩子面前的腼腆是明显的。这也许是家庭的环境使然。这个人这时正正面盯着她，慢慢呷着刚刚送来的红茶。她进店的时候，已经脱下大衣，现在一杯酒下去，身上和心里顿时热起来，就又脱下上衣，放在椅背上。在乳白的灯光下，紧身的印度红毛衣更衬出她饱满的胸脯。

她再也想不到，这个持重的人忽然向她提出一个冒失的问题："我看你不放心的不是两个人，而是一个人，对不对？"一句话冲口而出，李恂又觉得很不得体，脸上一下子红了。他其实是找不到词儿才这么说的。

卢雁已经看出了他的不安，故意不正面回答他，却说："我需要一个可以推心置腹的人……"说了，故意用挑逗的目光瞥了李恂一下。

李恂很高兴他的冒失话没有引起不良的反应，他放胆了："不知在下是否可以入选？"

"这……"卢雁笑吟吟地瞄着他，"得试用两个月。"

"成。什么报酬？"

卢雁用两个指尖从碟子里捏起一根鸡腿骨，笑眯眯地向他晃一下。

"啊，这我不成了那位带尾巴的忠实奴仆了吗？"李恂故意耸耸肩膀。

“噢不，你别误会，我这是象征性的。”

这个店里的食客虽然不多，但是地方狭小，不便于谈话，特别是涉及微妙心理的话。卢雁敲敲碟子，用手势向女招待示意，要她算账，一面就从椅背上拉下手提包，取出钞票。

“不不，”李恂伸长胳臂，隔小桌压住她的钱包，“说好了的，你忘了？”

“我何必揩你这苦命孩子王的油。”

可是知趣的女招待把账单放在李恂面前，从他手里接了钞票，一面向朝她瞪眼的小姐笑笑：“规矩是这样。噢，小姐先生，外面下雪了。要淋湿衣服的。是不是要一辆汽车？”

“哦，下雪好极了。我们正好踏雪散步。”

“踩雪散步吗？那最好再等一霎霎。雪厚点更好。再添点喝的好吗？”

倒蛮会做生意呐，而且说的也颇有诗意。卢雁又要了两杯葡萄酒和两杯黑咖啡。

两人走出酒馆的时候，街上的行人很少了。商店却还开着门。破唱片从大喇叭里传来沙拉沙拉的“……春水绿如苔，白云快飞开……”在霓虹灯的映照下，五颜六色的雪片儿在眼前飞舞。给冷风一吹，卢雁的醉意涌上来，不自觉地紧靠在李恂的身上，一只手插入他的肘弯。“这一个要是那一个有多好啊。”受到感情熬煎的姑娘这么想着，抬眼看看李恂的侧面。这一个比那一个驯良得多了。朋友嘛，无所谓驯良不驯良；丈夫嘛，自然是驯良的比不驯良的好喽。世上有驯马的学校，可没有驯男人的学校。戏里有《驯悍记》，可写戏的为什么不写一出驯男记呢？

李恂感觉到卢雁靠在身上的分量，知道她有了一些醉意。他小心翼翼地留神脚下，很怕滑倒。自己不怕，怕的是卢雁栽跟头。他不由得想，要是身边是月姐，或是珊珊有多好。肩并肩走在清冷寂静的马路上，踩着窸窸窣窣的积雪。

“你怎么不说话?”卢雁又看看他的侧面。

“我脑子是空的，没有词儿。”

“唐旻说你念书那么多，没有词儿?”

“我属茶壶的，饺子装进去，吐不出来。”

一句话把卢雁招笑了。这一个，闷不出的，倒还幽默呐。“你知道吗，我心里很烦闷。”她说。

“我也是一样。烦闷大概是我们这一代人的通病。”

“我也觉得很孤独。”

“怎么会呢?你有那么多同学，难道没有几个好朋友?”李恂当然知道她为什么烦闷，可是成心往别的话茬儿上引。

“朋友是有，可是朋友和朋友不一样。有的你只能向她打开半扇心门，有的打开一扇、一扇半。能向她开两扇门的一个也没有。”

李恂转脸看看她。灯影里映出她冻得红红的脸腮，鼻嘴里吐出白气。她的眼神显然是忧郁的。这个可爱的姑娘很值得同情。如果在贞月、梅倩、珊珊她们面前，他还能有一点巧言令色的话，在这位还生疏的姑娘面前，他还不能改变自己的木讷。就这么往前走吗?到哪里是头?是不是再送她回学校去呢?怎样打开眼前这尴尬局面?“那么，请问，我的试用期从哪天开始?”他试探着说。

想不到这句半开玩笑的话有了效果。“从今天，从眼前开始。”卢雁的话音里有了欢乐的音调。李恂再转脸看她，她的眼睛又亮了。

正在这时，完全出乎李恂的意料，从灯影里忽然出来三个人。还不等他看清楚，三个人已经扑到他身前，什么话都不说，把他从卢雁身边猛地拉开。六只粗硬的手无礼地把他上上下下、前前后后摸了一遍，最后三个中的一个摊开一只手，意思是让他走路。这时李恂已经看清楚，是三个矮墩墩、黑乎乎的安南人，法国巡捕。

“侮辱，实在是人身侮辱!”李恂气哼哼向靠拢来的卢雁说。

“抄靶子的。你这是第一次吧？”

“殖民地，殖民地，我一天也不能忍受了……”

“怪我怪我，只顾了和你踩雪散步，忘记时间了。太晚了。他们一般十点以前是不会出动的。不过今天奇怪。明明有我在你身旁嘛。也许因为这地方僻静些。”

“我怀疑和时局有关系……”李恂仍然气恨恨地说。

兴致已经完全被破坏了。在这等地方，哪里有什么诗意可寻？为了不再发生意外，卢雁要了出租车，先送李恂回校，然后回了她的校园。

当她进了宿舍的时候，同屋的女生正在做睡前的准备。“你怎么这么晚才回来？疯到哪里去了？你那一位不是北上了吗？哟，看你冻的，两腮桃花，真美！”

卢雁走上一步，搂住她的脖子，却把一只手插进她的肘窝里。女生咯咯地笑了，一面挣扎着：“别闹别闹，有重要的消息告诉你。”

卢雁住了手。“快说，真的假的？”

“千真万确。市学联定了，到南京请愿，你去不去？”

“去去去！”卢雁兴奋起来，脱下大衣，扔在床上。“哪天行动？”

“后天一早。快快休息，贮备精力。”

这时李恂正坐在书桌前面，双手抱头，在痛苦地回想刚才的事。生平第一次受到这样的凌辱，他从气愤转而痛恨自己。当时竟然手足失措，乖乖地让人家全身掏摸。在这等地方，他只是作为一个下等人存在着。如果不是为上官代课，他就马上离开。可是到何处去？到哪里才不是一个下等的、受人宰制的人？回去吗？不！不能再进那个蜗牛壳。决不！待下去吗？低头弯腰的可怜虫有什么存在的价值？没办法。想不出任何出路。一道漆黑冰冷的墙挡在眼前。只有等唐旻和上官回来再说了。他想把近几天的印象告诉贞月，可是脑子里乱糟糟的，换几次信纸都没有写成，最后只好用一纸短笺报个平安。

九七　国亡无日，何不及时行乐

由于给贞月写信，李恂不免浮想联翩，勾起了许多回忆。真想念贞月。有多少新的印象要对她说啊。习惯的潮声，夜夜陪伴他入睡的潮声，这里没有。心灵上的亲人也没有。没有一丝睡意。还不如在静静的校园里走走呐。

起了风。破碎的云块驰过天空。云隙里露出半轮残月和稀疏的星星。月光映着雪光。这很好。让脑子里的野马安静一会儿吧。他独个儿走了很久。

半夜里他给噩梦惊醒了。姨妈家一片火光。让人心惊的呼号四处响着。火光里看见贞月和姨妈在奔跑，披散着头发，脸上有血迹。在乱纷纷逃难的人影里好像也有梅倩和妈妈。他狂叫着追上去，可是火光和人影在哪里？他一脚踩空，身子在跌落，跌落……他失声大叫，叫醒了自己。窗子上白茫茫的，不知是月光还是雪光。

他不迷信，但是这噩梦使他心里发堵，好像压上了一个沙袋。他烦躁不安地在床上翻来转去，一直到天亮。

他刚刚起床，在整理房间的时候，有人敲门。是校役，通知他有电话。他急急地到了教员室。耳机里传来的是卢雁的声音。劈头就问有没有信。听说没有，姑娘炸了："混蛋，一对懒虫！不知道人家为他们担心吗？”

李恂只得安慰她，说完全不必担心。两个人驾一条船，即使有点小风小浪也翻不了。

“你倒心宽，好吧。告诉你，我们明天一早出发，去南京。据说路局方面作梗，不给发车。市党部也在压学联。这些混蛋和笨蛋！这样更激起学生的义愤，非到南京见蒋某人不可，问问他把大好河山到底要批发还是零售……”

卢雁心急口快，一肚子气恼喷向话筒，倒把自己说呛了，连连咳了几声。

李恂忍不住笑了：“哎，小姐小姐，保重保重。像你这样倒叫人不放心呐。可恨我绊住了，否则我一定追随在你们龙尾之后。”

卢雁告诉他，没工夫到他这里来了，请他静待她归来，面叙一切。

因为没有睡好，李恂头脑昏昏沉沉。课排在第一节，他只得强打起精神去上课。据他的观察，学生中有富的，有穷的。说穷，当然还不是贫民。贫民子弟是上不起中学的。富学生和穷学生的区别很明显，不但衣帽上能看出来，神情也各有不同。他担任的课每周十节，原以为轻而易举，其实不然。除了备课、授课，还有学生的作业要批改。把自己的知识传授给别人，引起人家的兴趣，实在是一门大学问。他无志于教学，只想维持到上官回来。很显然，他讲课不及上官。学生已经有不满的表示，特别有些男生是这样。黑板上已经有漫画，画的是上半截男人，下半截女人。他只好装看不见，要值日生把黑板擦干净。因为昨夜失眠，他讲课中间忍不住打一个呵欠。后排的男生里有两三个也学样，引起哧哧的笑声。他想发火，可是竭力克制了。转念一想，他说：“我有一个问题想问问你们，好吗？”

课堂里静下来，所有的眼珠都向他射来，可是没有人搭腔。

“没有反对的，好。我想知道你们的想法，学英语究竟有用没有?”

所有的嘴巴同时吐出声音,说有用没用的都有,但是分不清楚。

“那么,认为有用的请举手。”

举起来的手只有三只,课代表没有举手,这使他惊奇。

“啊,课代表没兴趣,那为什么当课代表?”

女生红了脸,站起来。“他们一哄就哄我上了架子。”

课堂里嗡一声笑了。

李恂也笑了,点头要女生坐下。“不瞒同学们说,我当初也认为学这个没用。很难,舌头不会打弯儿。后来学深了一步,尝到甜头了。我爸爸要我学英语是想要我发财。我不想发财,只想求学。这是个工具,对我很有用。我用它看了不少书,打开了眼界。好比爬山。你怕累,就什么都看不见。爬到山腰,很累,可是山回路转,景色变化,累也值得。咬咬牙爬到山顶,远望天边,俯瞰大好河山,张臂吐气,累也忘了。你们语文课里,学过杜甫的《望岳》吗?”

“学过!”几个声音同时答。

“最后两句记得吗?”

“会当凌绝顶,一览众山小。”课代表答。

“好。他不到绝顶,就看不见群山蜿蜒,尽在眼下的光景。我知道,我教课比上官老师差得多。上官老师很快就会回来,你们放心好了……”

下课铃响了。他只好打断自己的话。后来的事实证明,他似乎已经找到通向学生心里的路。漫画不再出现了。课堂秩序也好了一些。

现在他确实有读书的时间。校刊是不定期的。校长也很少打扰他。这位教育家每天上午来办公室晃晃,处理一下公务,此后就没了影子。他当然不是像宗约瑟那样去下海。这里有的是人海。据胖文书悄悄向他透露，校长正在活动，想换到市内有名的中学去。

有时间读书，可是李恂安不下心。他在焦急地等贞月的信。卢雁去了以后，他特别觉得孤独。他厌恶世俗的应酬，很少和教员们来往，见了面只是点头寒暄而已。一个代课的教员一定是受人轻视的，何况他还有些土气。

学校的图书室很使他失望。他现在对哲学有了兴趣，可是图书室里只有一本《中国哲学史大纲》。上官的书架自然不会有这样的书。他想下午到市图书馆去瞧瞧，就便也去跑跑书店。他知道自己的钱袋子已经瘪了，买书也不敢多买，得留下果腹之资。所有的朋友都不在眼前，如果囊空如洗，只好枵腹从公。学校欠薪已经三个月。即使发薪，他也不想动用，要为上官保存下来。那么必要时只好像唐旻那样进当铺了。进当铺是个什么滋味呢？

从学校去市图书馆的路很远。电车上正有报贩子在兜售报纸。他随意买了一份，坐在晃晃动动的位子上翻了一下。在国内的要闻版上，他不经意地看到一条消息，这消息却使他的心顿时猛跳起来。冷汗浸满他的脊背。他简直不敢相信自己的眼睛，不幸黑字一个个像子弹一样射入他的眼睛。噩梦竟然变成了事实吗？

这条消息简直是自相矛盾！先说昨晨有日舰二艘驶入家乡的海湾，又说日海军陆战队当即登陆，说驻军奉令不抵抗，疾行后撤，又说正严密监视日军之行动。

那么日军开火了没有？没说。市民是否受凌辱和杀害？没说。驻军后撤了多远？不清楚。后撤了可又怎样监视？奇怪，不清楚。噩梦里的影像又出现在他的眼前，竟然显得那么逼真。这是梦，是梦。怎么可以相信梦！眨眼间他似乎忘记了是在什么地方。他猛地站起来。电车的晃动又把他抛回座位。他坐不住了。电车一停他就跳到马路上。

正在闹市。一家大商店的二楼阳台上，正有铜管乐队在大吹大擂。年关大减价的幌子从楼顶一直挂下来。他心慌意乱，脚步不稳，常常撞在对面行人的肩膀上，招来白眼或是骂声。他一切都不顾，他要发一封急电给贞月，要她立即回电并回信，详细讲讲家乡的情况。他打听了好一阵子才弄明白电报局的地址。他渐渐能自持了，也冷静了些。他想如果还通电报，那就证明情况还不至于像梦境那么险恶。那里有许多外国领事馆，因之日本人也许不至于马上就任意行凶蛮。可叹啊可叹！在这东洋人称霸，国家危急的关头，中国人不能指靠自己的政府，却只有仰望西洋人的庇护，正如在这租界里的中国人一样。

他一跨入电报局的门，一抢到柜台前面，劈头问办事员是否通电。得到的回答是肯定的。他绷紧的心弦松开了一点儿。又问那边的情况怎么样？办事员冷淡地摇摇头，只向他指指盛电报纸的木盘子。

他从电报局出来，面向马路上纷纷扰扰的人流，两眼茫茫然，心头也茫茫然。现在他没有兴趣到图书馆，也不想去逛书店。回学校的小屋吗？那岂不也是一个蜗牛壳？在这里，在这现代文明的大都市，照样是无可告者和无能为力。他抱着焦虑不安的心，走下电报局的台阶，来到拥挤的人行道上。夕阳已经沉落在灰吞吞的云海里。楼群的阴影笼罩着人群。他信步往前走，拿不定主意干什么好。一家电影院正散场，马路上更加挤得水泄不通。影院门口的大广告上，聂赫留道夫正把玛斯洛娃横抱在双臂里。这正是她委身于他的场景。啊，《复活》！看吗？

他买了票。亮了灯的大厅里正升腾起带香粉味儿的人群味儿。开映以后，银幕上那些影像，那些场景，映入他眼睛的只是毫无意义的图形和声音。

散场了，他也木木然随着人流流出影院的大门。好像有一个熟悉的面孔在人空子里一晃。谁？去，管他是谁！又有一个熟悉的声音在冲击他的耳鼓，而且正好是叫着他的名字。他回头。一个穿水獭领、戴呢礼帽的人正向他这边挤过来，同时扬起一只胳臂向他挥动。这人的身旁是一个卷发、黑眼窝、血红嘴唇的女人。啊，天狗！可真是巧遇咧。

李恂站住，惊奇地向挤过来的一对儿瞪大眼睛。他忘记了笑，对方可是笑得十分开心。

“家伙，你怎么从地底下冒出来了。来，我给你介绍……”

天狗说了一个名字。在人声嘈杂中李恂没听清。这倒正好。

交谈了几句之后，李恂想分手走开，可是天狗拉住他不放，好像忘记了为宗向真的事曾经大发雷霆。他因为无意中碰见老同学而非常高兴，完全没有留意李恂的冷淡。

“天还早呐。这里不是日出而作，日入而息的地方。来，咱们找个地方叙叙。”

可是女的看出了李恂的一脸阴云，向天狗使着眼色。她本来筹划好了，今儿要敲他一笔的。这个阔少可真是个阿木林！白陪他看了一场电影。既然他执意要和朋友去叙谈，那么好吧，“拜拜！”

天狗早已和她玩腻了，也就由她去了。

李恂被天狗死活硬拉着，走进一家小酒楼。由于生意清淡，酒家见了客人，分外热情。

天狗到这十里洋场已经几个月了。正规的大学他进不了，也不想进。野鸡大学最适合他的需要和口味。出一笔学费，过自由自在的日子，然后就有一张文凭到手。他才不稀罕什么文凭呐。这种大学的文凭其实毫无用处。可是他又必须弄这么一张纸，为了哄老子。老头子才不明白大学还有正规、野鸡之分呐。这张纸可以提高天狗在家里、在本族本宗眼里的身价，又可以当作掏老头子的腰包的法宝。

他看李恂这么拘谨，还是不肯多喝酒，很觉得以老同学之谊，应当好好开导开导他。他既不问李恂来此的目的，也不打听他的现状。在天狗看来，这些都是无关紧要的。他自己已经彻底“脱毛”了，因之有帮助同学进入这一过程的义务。对于当代青年，这是必不可少的，正如洗礼之于基督教徒。他一面向李恂劝酒劝菜，一面讲饭后带他观光观光。

“观光？我早已观光过了。”李恂说。他知道，天狗之成为天狗，至少要有两个条件，一是钱，二是老子纵容他，一切由他。他一向厌恶他的纨绔气。可是人家总是为梅家出过力的啊，所以又不好过分冷淡他。

“在哪里，在什么舞场？”

“舞场？这和舞场有什么关系？大世界、跑马厅、城隍庙、外滩公园，我都去过。”

“嗬嗬，口气还不小呐。”天狗拿起玻璃杯，在灯影里照照，一口灌下去。“跳舞场你去过吗，按摩室你去过吗……”

“那些地方我压根不想去。”

天狗大笑，他有些醉意了。“啧啧啧，我看你还是个童男子吧？”

李恂登时脸红了。在这种地方，这么大声的胡说！幸亏客人很少。这家伙看来比从前更狂放了，犯不上和他认真。人各有志，像他这样的花花公子正不知有多少呐。

“你可别胡来。当心身体！刚才那个女的是什么人？”

“我哪里清楚。我又不是吕洞宾，不想去度哪个牡丹。看电影的时候碰巧坐在一起，问她什么都支支吾吾。你要是碰上这样的女人啊，非陷下去不可。我可是心里有数。”

李恂心里暗笑。

“唅，我和你不一样。”天狗大为慨叹，举手抹一下脸腮说：“这脸子不争气。既然我喜欢的女人一个得不到，我就想法让女人喜欢我。有一出戏里是怎么说的？‘我抛弃了九个女人，十二个女人抛弃了我。’God damn！当然不是喜欢我这个人，是喜欢我的钱口袋。这也是一种喜欢。喂！”他喊堂倌，又压低声音，“跳舞你不去，可真不开眼儿。你还讲十诫不成？对，你是君子，谨小慎微的君子，洁身自好，出污泥而不染。得喽，装什么样啊。我才不相信真有个柳下惠呐。国事如此，家事如此，只可及时行乐耳。喂，伙计……”

李恂以为他要算账，可是伙计走来的时候，他比画着向他要纸笔。

他接着就大发起牢骚。他家在沈阳、大连、安东等地的药店、钱庄等等都完了，光了。在北平、天津的也岌岌可危。老头子十二道金牌要他回去。回去干什么？要拿个媳妇把他拴住。他才不回呐。不自由毋宁死！他已经冲出牢笼，休想圈他回去。他一年才花几个钱？牛身上一根尾巴梢还不到。不花，等着拱手送给日本鬼啊。花老头子的钱是他的爱国行动。比他老子从大烟枪里冒掉强得多。

李恂插不上话，也不想说什么，只耐着性子听他胡吣，想瞅个机会溜掉。天狗拿纸笔写了他的地址和电话，递给李恂，又要李恂的地址和电话。李恂只写了亭子间的地址，故意不告诉他学校的地址。因为不想和他继续来往。

天狗高兴地拿李恂的字条塞进上衣口袋。“久旱逢甘雨，他乡遇故知。喂，伙计，添酒。”

“我一点也喝不下了。”

“酒逢知己千杯少，这才喝了几口。”天狗又向伙计要了白兰地，鸡丁、二冬、鱼片、酥饼、红茶。李恂知道要了也是浪费。没法，只好由他。

“来来，我三杯陪你一杯还不行么……你那椅子上有针扎是不是？啊，有人在等你吧？没有？好！我相信你正人君子。等会儿我陪你去舞厅。给你介绍一个。头等美人儿。放心，是卖艺不卖身的。可是你这么文质彬彬、风流倜傥、一表人才，她说不定一见钟情，心甘情愿倒贴呐……”

李恂看他酒意更重，恐他愈说愈不成样子，向他指指墙上的钟。天狗却不看，只向他一摆手。

“老弟，别忘了，这是个不夜城。好戏都在下……下半夜，黎明是高潮。”

“恕不奉陪了。”李恂挪一下椅子，意思是要站起来。

“老弟，别急别急，等我喝完这杯酒。实话告诉你，这样下去，我要去当共产党，先共老头子的产……”

李恂忍不住笑出声来。

“笑啥？我是当真说的，不共怎么办？中国必亡。与其亡给日本，不及亡给美国。美国没有天皇，美国有自由……”

李恂压下打他耳光的冲动，可是不能忍耐下去了。他推开椅子，忽地站起来。

天狗瞪起蒙眬的醉眼：“怎么，真的要走？伙计，算账。”

两个人来到街上。灯光里飘扬着零零星星的雪片儿。这的确是一个不夜城。闹市区仍然闹闹嚷嚷，使人心烦。李恂想起和卢雁一起踏雪散步的光景。当时虽然有点儿尴尬，究竟还是很惬意的，留下一个美好的记忆。如今和这个惫懒人物在一起，只觉得恶心。他想立即分手，可是天狗把一只手抄在他的肘弯里，箍得紧紧的。

“你又不是名门淑媛，那么守身如玉，有啥意思。我不相信你没有性的需要。那么压抑自己。不是对自己的残酷吗……”

李恂以为他又在劝自己去舞场，急忙打断他。“七情六欲，我什么都有。我不像你。我是饥寒交迫，别的什么都顾不上。你呀，我说，就这么一天天混下去吗？也该有个长远打算吧？”

天狗拉他站定，抬起醉眼盯住他：“好，很好，长远打算，嘻！那么请问，你有什么长远打算？”

李恂无以为答，但是很不愿和他厮缠了。恰好有一辆过路的出租汽车。李恂招手。汽车响着喇叭，在人丛里开到路边。李恂扶天狗来到车旁。天狗以为终于说服了同学，得胜将军似的很快钻进了车门。门砰一声关上。李恂站在车外。天狗在车里猛敲着窗子：“喂喂，等等，等等！”

李悔向司机挥挥手。汽车开去了。他长长松一口气，好像从肩膀上卸下一个大沙袋。

已经快十一点了。学校太远，他想就近回亭子间去。

他刚刚进了门，开了灯，笑嘻嘻的娘姨就来了。“哟，先生，少见呐。你没忘了门儿吧？”她从围裙下面拿出一封信。李悔一看信就高兴得跳起来，连连向娘姨道谢。娘姨见他这么出奇地高兴，心想一定是她的女朋友寄来的，眼风里酸溜溜地瞄了他一眼。

“从来不见你这么高兴。我知道信是哪个写的了。可谁叫你忘了这里啊。你走的第二天信就到了。”

“哪个，哪个？告诉你，是我的姐姐……”

“姐姐？”娘姨将信将疑地瞄他一眼，走了。

李悔急忙拆开信。信写得很简单，只说她、妈妈和湘文都好。妈妈冬天没有犯病。梅家母女也好。她到李悔家看过姨妈、姨父，他们也都好。什么都好，可是关于她的心境却一字不提。他想这信一定是当姨妈和湘文的面写的。接到这么一封渴望已久的信，也还是不能放心。看看发信日期，是一个多星期之前，那时日本兵还没有登陆。他仍然焦急地等回电和回信。

娘姨送来一碗热气腾腾的小圆子，传房东太太的话，请他阳历新年这一天务必回来。太太的娘家弟弟要来，她很想为他们介绍，希望他们成为朋友。李悔当然只能同意，并且表示感谢。

娘姨去了以后，他怔怔地坐在这碗圆子跟前。他不饿。但是盛情难却。街声已经静了。他推开窗子。还飘着疏疏落落的鹅毛片儿。清凉潮湿的空气流进来，但是不冷。从前楼传来竹牌的碰击声。女人尖嗓子的叽叽呱呱时起时落。没有悦耳的潮声，却是这烦人的竹牌声。他又关上窗子，推出这声浪。可是噼噼啪啪的响声仍然隐约可闻。

刚才天狗提的问题又回到他的心头。“你有什么长远打算？”是啊，有什么打算？连短期的打算也还没有谱。等唐旻回来，得和他认真计议一下。像这样一天天混日子，纯粹是浪费青春。如果谈不拢，只好分道扬镳。他不是善于幻想的人，即使这样，离家之前的种种想法一样也不能兑现。怎么办？这时他才清醒地看到，向天狗提出的问题也正是自己最噬心的问题。

忽然响起砰砰咚咚声，这声音显然来自前楼。娘姨猛地推开门。“先生，快来一下，打起来了……”他只得急匆匆跟她来到太太的客堂间。尖嗓子的叫骂声立刻敲打耳膜。哈！这里原来是女儿国。太太，或是少奶奶，或是小姐，分不清。几个女的已经布成一道防线，隔开了两个对骂的女人。舌头的威力正在尽情地发挥。听不清这个大红毛衣和那个鹅黄毛衣说的是什么。来了一个男人，自然起了一点点震慑作用。她们也许由于尊重男权，也许在一个面生的男人面前起了一点羞恶之心。总之，在几个各色毛衣和软缎小袄的缓冲下，两个吵架的被劝住了，当然也还没有忘记白眼珠的威力。

牌局散了，剩下房东太太和李恂。李恂告辞。阿洪嫂或阿洪姐——女客们这样称呼她——请他留步，有一句话和他说。李恂只得在门边的茶几旁坐下。娘姨为他捧来一杯茶，扫他一眼，退出去了。香烟味、香粉味、甜丝丝的汤团余味正飘散在周围。一个带烟筒的炉子烘得屋子很热。阿洪姐在靠近炉子的藤圈椅里落座。她的温柔的目光扫在李恂的脸上和身上，更使他觉得全身发热。

“先生呢？”他问。

阿洪姐轻轻叹了一口气：“他啊，在家的日子少，出门的日子多。”

“噢，是吗？幸亏你的朋友多。”李恂说了这一句，觉得很不得体。这不等于说人家不耐寂寞吗？他的额头上汗津津的了。

“别提。你看，我不打牌，可又不能不接待这些太太们。有朋友，有世交，有先生来往商家的老板娘子。我倒宁愿她们多来几个，免得人手不够，硬拉我上场。烦死人了。赔了酒饭和夜宵倒是小事，三天两头因为下牌、算账吵起来……噢，不讲这些。有一件事我求你。我的弟弟过几天要从老家苏州来。今年十七岁，还净贪玩。见不得人，腼腼腆腆像个姑娘。听唐旻讲，你是好学问，人也实在。我冒昧地请你好好和他——他叫洪元星——好好谈谈。你要是有兴趣，不妨到苏州走走。当然，春秋两季最好。春天的杜鹃，秋天的桂花，满城红，满城香……”她说着，从身边的小手包里取出一张小纸片，送到李恂身边的小茶几上，又回到藤椅上。这原来是一张小巧的名片，仿宋字印的是洪元珍。

“那上面有我家的地址，离开虎丘不远。”

人家这么信任他，他还有什么好说，只能客气地答应下来。苏州，啊！他立刻联想起洪老师。可巧了，都姓洪，也许是同宗呐。不过洪老师现在蹲监牢，不好贸然问人家。苏州他是早就向往的。地上的天堂嘛。天堂里有炼狱，很合乎逻辑。苏州的园林他知道一些，最关心的则是沧浪亭，因为他读过苏子美的《沧浪亭记》，又知道韩世忠住过。

“沧浪亭大概是园林里最好的吧？”

阿洪姐微微一笑：“很小，最小巧不过。好园林可多呐，你亲眼看了才好比较。”

李恂回亭子间的时候过半夜十二点了。他完全没有睡意，只往床上一仰，顺手拉被子往身上一盖，两眼直直地望着天花板，脑子里的马奔驰起来，贞月眼下究竟怎么样了？日本铁蹄下的家乡父老啊，游子的心在牵念你们。宗培真大概又在天天祷告。还有向真，哎，这年头，能带给你什么呢？梅倩要是和他同时南下就好了。很后悔当时没有劝驾。他乱纷纷地想着的时候，总觉得阿洪姐那温柔的目光还扫在他的脸上和身上。要是到苏州去探视洪老师，能不能从她、从她家得到某种帮助呢？可是究竟需要什么帮助，他不清楚。

他不知道洪元珍温柔的眼光里有她心底的酸辛。她确是名门淑媛。她的家庭不幸早已破落了。她的亲事是亲大伯促成的。这个可恨的大伯贪图书店老板的钱，欺骗了侄女。她的亲娘执意要相女婿，却不知道相的是一个漂亮和斯文的调包货。元珍成了亲才知道丈夫比她大得多。人生得也还体面，待她也很好，也很爱后来生下的小女儿。她的要求他没有不答应的，无论是穿的用的。一年一年过去，她才觉得一直摸不透丈夫的心。在这人欲横流的地方，没有一套处世钻营的本领，能支架起一家书店吗？为了应酬，醇酒、女人、舞场，不都是正当的社会活动吗？家花，这是生儿育女，顶门立户的；野花，才是陶性怡情，磨练社交能力的。洪元珍怀疑丈夫有外遇，可是从来不问他。她有一个丈夫，可是没有一个知心人。她生性贞静，有了一个丈夫和一个家，也总算有一个安身立命的地方，正如修女有了一个修道院。她的感情，姐姐的感情，都倾注在弟弟身上，渴望他能成材。娘家已经败落不堪，弟弟的求学用度都是她供给的。使她伤心的是弟弟不能体贴姐姐的心。自从上次请李恂帮她写信，她的慧眼就看中了这个青年。谨饬、持重、不苟言笑、做事认真，连一封极平常的信都是先起了草，让她过目，然后誊清。弟弟要是有这么一个朋友……人家的人品学问不正好是你的榜样吗？果真是长姊比母啊！母性、纯真的爱、殷切的期望，都是没有止境的。

九八　最难解答的问题是范铸自己成为什么样的人

李恂和天狗的不期然相遇，搅扰得他心烦意乱。天狗醉中那句问话：“你有什么长远打算？”一直压在他的心头。眼下竟成了过一天算一天的局面，这是他离家之前再也想不到的。“人生是什么？”几年前唐旻提出了这个问题。现在自己成了个什么人？或者说，要范铸自己成为什么样的人？回答不出。他崇拜大学者、大哲学家、大文学家、大科学家。这些人究竟是什么样的人？不清楚。这些人当初是有什么长远打算？也不清楚。

天狗那句难听的话也刺激了他。问问自己的深心，现在有没有占有一个女人的愿望？这很清楚，没有。更没有天狗那种采到手里就是花的兴趣。是不是没有他热爱和崇拜的女性呢？却又不是。对于从小一起长大的这位姐姐，他确实一直在压抑自己的感情，不使逸出纯真天性的范围。这是定了的。比他大两三岁的梅倩、珊珊，他也是真心的爱慕，止于爱慕而已。进一步说，必要时他可以为她们效劳，做出牺牲。不过这属于道义的范围，却不属于爱情，更不属于世俗情欲的范围。珊珊那头发的香气，她脖子上的粉香，至今想起来还是沁人心肺的。奇怪是他从来没有把珊珊的命运和她的婚嫁联系起来。谁要说女人的命运系于嫁一个什么样的丈夫，他一定会向他的脸上吐口水。啊，培真培真……她现在怎么样了？他记得分手时她的许诺：她要为他祷告。当时他觉得可笑，回想起来又觉得这是无比的深厚的情谊。他爱她吗？是的，爱。可这是从来也没想会有什么结果的爱。他只有深深的歉意和惭愧。没有法子帮她离开那个家，她也不能离开那个家，她是那一池死水里的鱼，经不起河流和海浪冲激的。他很自然地又联想到向真。他忽然觉得心跳。她的心意，现在回想起来再明白没有了。他很喜欢这个女孩。她的开朗、敏锐、活跃，都使他倾心，可是他不能也不敢往深处想了。

也许他什么都想得太实际，因之不像唐旻那样罗曼蒂克。无论怎样，他不能做别样的考虑。总之，他根本不想现在就和一个女人厮缠在一起。他没有成家立业的愿望，只有把头脑填得充实一些的心意。这是实实在在的。

也许他应该成为洪老师那样的人？那么洪老师究竟是个什么样的人？他敬爱他，可是问问自己，又实在不了解他。他为什么入监牢，证之阮令之的话，他最初的猜想是对的。对了只管对了，对这可敬爱的人还只是不清楚。

这岂不是自寻烦恼吗？可能是。

似乎没有一个不烦恼的人。天狗是烦恼的。他要享乐人生，就要有不断的钱流，否则不能尽兴。卢雁也有烦恼。她如果攻入唐旻的心，就不烦恼了吗？不清楚。章婶因为没有儿子烦恼。明秀因为婶娘苛待烦恼。那么梅倩呢？她烦恼的是什么？父病，母老，处境不安？不清楚。珊珊呢？哎，不清楚。月姐，啊，她一定是有烦恼的。是什么？不清楚。最亲近的人竟然也不清楚，多可怕的人生！

这样说，岂不是人生即烦恼吗？怎么可以得出这样的结论？可是事实又的确是这样。不管有多少烦恼，每天的饭总是要吃的。现在则是每天要授课。授课也带来烦恼。要使四十个学生维持必要的课堂秩序，就是很伤脑筋的。他脑子的圈子不能再兜下去了，要上课了。

他上完一节课，来到校长办公室。文书告诉他，教员们在备课室吵得不可开交了。

“为什么？”

“说不清，你自己去听听不好吗？”

李恂来到备课室的门外，听见里面在大呼小叫。他不想陷入人事纠纷，立在门外听听。

“好了好了，求求你们，别瞎吵吵好不好。有什么意思……”这是一个女声。因为人不熟，李恂分不清这是谁。

又有一个女声接上：“他日本举国一致，对付中国。我们呢，上下不一致。上面不一致，下面也不一致。靠几个学生蹦蹦跳跳，有什么用？”

“你这不是和当局站在一条线上了吗？”这是一个男教员。“为什么没有用？‘五四’时候，学生一起来，卖国条约没有人敢签字。”

“那时候不同，究竟还没有大军压境。现在呢，东三省丢了，日本打到了山海关，华北岌岌可危……”

女声打断他：“依你说，该怎么办？”

“该怎么办呢？出兵！我说了顶用吗？”

“你得了吧。”这是另一个男声。“不打则已，一打土崩瓦解，国亡无日……”

“胡说！马占山屡创日寇，打得不是很好吗？”

“他内无粮草，外无援兵，能支撑几天？”

“至少证明中华民族不可侮。”

“对，要向全世界证明，中华民族不可侮。天助自助者。向国际联盟摇尾乞怜顶个屁用。学生请愿，振聋发聩，就是好事，就是不应当禁止。”

“好事好事，可我弟弟昨天晚上病回来了。四五百同学，路局不发车，交涉也没用，在路轨上睡了一夜。这数九寒天，雪花飘飘，我弟弟不病了也不肯回来，是两个同学架他回来的，发着高烧……”

李恂听到这里忍不住破门而入。

“啊，来了一个少壮派，来，讲讲你的高见。”

李恂不理，只问：“在铁轨上过夜，是真的吗？”

“我弟弟都病回来了，怎么不是真的。”

“为什么报纸上没有？”

刚才那个高谈阔论的男声笑了：“你可真天真。报纸有自由吗？登也得晚一两天，得观望观望……”

李恂没有兴趣再听下去。他想的是卢雁。这么说，她一定也没有走成，也在路轨上冻了一夜。现在怎么样了？他想到车站去，亲眼看个究竟。

他又回到了办公室，把学生的作业本收拢，免得失落。一进门，胖文书笑眯眯地递给他一封信。“是平安家信吧？”

李恂接在手里，看是唐旻的笔迹，急忙拆开。该死！信简短的像电文。只说事情有些棘手，但总归有办法的，详细情况在上官给卢雁信中。他把信纸揉成一团，顺手扔在纸篓里，向文书说有急事要到火车站去。他先回了宿舍的小屋里，放好作业本，眼珠子绕房间转了一圈。是不是给卢雁带去一条毯子？转念一想，在这紧急的时刻，婆婆妈妈的实在可笑。

他几乎不知道是怎样赶到车站的。下了电车，已经看见车站附近的马路上人头攒动。他从人空子里挤到车站广场。这里人群更加拥塞。头天的雪已经被人群踩成烂泥浆。他随便问一个人挤在这里干什么？那人只翻了他一眼，什么也没说。这不是明摆着吗？还用问吗？他竭力往车站入口处挤。人们毫不客气地用肩膀用肘弯推搡他。离开车站大门十多步的地方，已经堆起一道人墙，挤不动了。他踮起脚尖，从人们的肩膀上望过去。大门口已经布起一道防线。武装的警察和荷枪的大兵板起面孔堵在那里。李恂心里暗骂，在手无寸铁的民众面前这么威风凛凛。他转身，没命地挤到对面的售票处附近。他想买票进站，踮脚探探，所有的售票口都关着，窗子前面正有厚厚的人堆。听见旅客的怨恨和谩骂声。他的身边有一个礼帽长袍，这人咻咻然：“全是学生闹的，成事不足，败事有余！”

李恂听了十分气愤，忍不住拉起他的袖子，直问到他的脸上："你说什么，你再说一遍！"

"啊，我什么都没说。"这人一翻白眼，一甩袖子，看眼前这小伙一脸怒气，像个学界中人，急忙往人堆里一缩，没影了。

李恂满怀的气恼没处发放，只得心灰意冷地挤出广场，又搭上回校的电车。

他刚走进学校大门，看见男女学生三五成群，正嘻嘻笑笑地向外走。下课了。他们是回家的走读生。他看见和几个女生走在一起的刘南芳，叫着她的名字迎上去。刘南芳抬起美丽的双目，疑问地看看这位新来的、从来没接触过的老师。

"噢，对不起。"李恂不无腼腆地说："你们和训育主任谈妥了吗？"这话问得没有头脑，他又补充说："我说的是新年联欢的事。"

别的女生见老师和刘南芳讲话，都往前走了几步，又站住，回头等着她，一面好奇地听着。

"训育主任说了，只可以在校园里活动，不许到校外去。"

"什么理由？"

"说外面乱腾腾的，怕出事。"

"岂有此理！现在全国都在经历一场大地震，大灾难，哪里有世外桃源。"

刘南芳听这位老师这么仗义执言，刚才的疑问和提防的心情打消了。那几个女生也听见了，又都走回来。围在李恂的身旁。这个新老师合她们的心意。

刘南芳向他靠拢一步，转眼看看周围，小声说："训育主任这个糟老头顶不开窍，又最怕事。"

"什么怕事不怕事。"一个棉衣裹得像炮弹一样的女生插进来，"他是市党部的孙子，怕碰掉饭碗。"

周围的女生都笑了。

"四五百大学生到南京请愿的事，你们知道吗？"

“知道啊，前天就走了。”

“可是他们没走成。不给他们发车。他们冒风顶雪，在铁路上过一夜。我刚刚从火车站回来。”

“他们走了吗?”

“不知道。车站上军警林立，荷枪实弹，别说进站，大门外面都挤得水泄不通。”

“噢，是吗？这可怎么办?”

“应当支援他们，对不对?”

“对，应当支援。可现在放学了，学生会的人也都散了。”

“我明天一早来，报告给学生会。”刘南芳确凿地说。

“你们有什么行动，请一定通知我。我一定跟你们一起行动。”

“行，一定!”刘南芳向这位老师深深地鞠了一躬。女生们也都向他鞠躬。她们去了。刘南芳走出几步，一回头，看他还站在当地，笑着向他挥挥手，转身跑了两步，和同学们走成并肩。她们互相挽起胳臂，在冷雾漫漫的马路上排成一字阵。

多么明亮的眼睛，那红红的脸腮泛出怎样的青春活力。能让她们在敌寇的炮火下……谁保护她们？当局不仁，以学子为刍狗！烦恼、痛恨、无助和无告的情绪撕裂他的心。

他忽然觉得浑身无力。刚才在火车站的拥挤已经耗尽了他的力气。食堂开饭的时间已经到了，可是他什么都不想吃。人生如此，不如无生。不！悲观论、宿命论、苟安论、亡国论，都应当是和他无缘的。他回想起刘南芳的眼光。这美丽的眼睛或许是天真幼稚的，但是没有一丝犹疑徬徨的神色。以年龄论，他和她、和她们是同代人，可是她们更纯粹、更真诚、更能勇往直前，不把成败利钝萦绕在心头。

这时他又想起卢雁。她一定是和同学们在一起，露宿在冰天雪地的路轨上。她该不会冻坏吧。她平日虽然不太装扮，可是十分清洁整齐，现在她一定是蓬头垢面、满身的尘泥了。他总是拿她当娇小姐和目无凡尘的准高等华人。错了，错了！他心里不由得高呼：

伟大的女性！她和她的女同学都是伟大的女性，肩挑着中华民族的希望。由此又痛恨起唐旻来了。有什么理由让人家受感情的折磨。你能做出同样的牺牲？你配吗？好吧，你要是不爱，我爱；你要是不和她结婚，我就向她求婚，只要她同意……哎，这意马心猿，狂奔到哪里去了！

吃饭。为什么让自己挨饿？正当他往食堂走，迎面碰见训育主任擦肩而过。主任皮笑肉不笑地向他点点头，刚要走开。李恂叫住了他。

“主任，请问，学生新年联欢会的事怎么定的？”

“照校长的示意定的。”

老狐狸，不着边呐。

“校长什么意旨？”

“学校的联欢会嘛，当然在学校里。”他翻一眼跟前这一寻根问底的青年，显得不耐烦了。

李恂还是不舍弃：“学生们是要借联欢做抗日宣传，这不是大好事吗？”

“唔，是吗？不错，不错。”主任说着，径自匆匆地走了，一面摇摇头，似乎在说：孺子不可教也。

李恂目送他的后影，悻悻然又骂一句老狐狸。他生平第一次接触这种老教育油子，只觉得是天地间一大奇物。这种锥子也扎不透的人，真弄不清他们是由什么细胞组成的。他当然不会知道，这貌似颟顸的人肚里却包藏着杀机。

食堂已经过了开饭的时间。厨夫和一个小杂役正在清理地面。厨夫含有歉意地笑着，说炉火已经封了，问他是否可以开水泡饭，吃一点小菜。和训育主任的交谈使李恂胸口堵塞。他谢了人家的好意，离开了食堂。天已经昏暗，可还没有亮灯。从前面的校园传来学生打球的呼喊声。寒冷、寂寞、抑郁，他站在一排排教员宿舍旁边，一时不能决定是回房间，还是到街上坐小馆。一种从未有过的孤独感袭上心头。

教员宿舍有些窗子已经亮了灯。他从来没有到什么教员的房间拜访过，当然也没有人拜访他。教员们除在备课室里见面，说说笑笑，有时也引起争论之外，下了课也就各自回到自己的壳子，老死不相往来。寂寞感促使他冒险。他随意敲响一扇门，开门的是一个音乐教师。李恂认得，但是素无来往。

“哦，是你，你找谁?”

“噢，对不起，我走错了门。”李恂赶快转身。他早已瞥见这人屋里有一个小炭炉，门开时煮鸡的气味扑鼻而来。炉子旁边还坐着一个女的。

他信步来到前面的校园。阅览室亮着灯。他信手开了门。只有三五个人在翻阅报刊。女书刊管理员正伏在桌子上，曲肱而枕之，乐已在梦中了。他从报架上随手拿下当天的晚报。漫不经心地翻着。一个个黑字在他的眼前跳过去，他看见的只是一片空白。

啊，这是什么?终于有几行字触痛了他的眼睛。

> 昨有上海学生五百余人，齐集车站，各校均举横幅，标明赴京请愿字样，要求国府迅疾出兵，收复失地。但京沪列车均有路警及军警守护，不许学生上车。几经交涉，仍无结果。国府派员前往，以国府明令不许请愿为根据，告诫学生散去。学生以爱国救国人人有责为理由，不听训告。虽寒风凛凛，毫不退缩，竟团团相依，于铁轨上露宿一夜。闻今早学生已徒步向京出发，后果如何，尚不可知云。

李恂一面看，一面抹抹泪蒙蒙的眼睛。看完，他忍不住重重地一拳砸在台子上。砰!几个阅览者惊奇地转脸看他。女管理员从好梦中惊醒了。“啥事体……”她惊慌地转动眼珠子。

李恂从座位上跳起来，冲出了阅览室。

他回到宿舍，立刻觉得好像进了囚笼。这个蜗牛壳比他故乡的那一个还更像蜗牛壳。他竭力想使自己宁静下来，用的是从前行之有效的办法：读书。他从书架上随手拉下一本，一看，是英译的《卡拉玛佐夫兄弟》。随手翻开一页，没头没尾地看着。

……就是你处处都能碰见的孤独，特别是在我们这个时代。但是这在当前还不会完结，因为还没到时候呐。

当今每一个人都维护其自我，不遗余力地去施展这个自我。但是这样的努力并不能扩展自我，而只能引向自杀，因为人们非但不能实现其自我，却只能陷于完全的孤立。这是由于在我们的时代，人类已经分裂成自我封闭的个体，而每一个人都缩入他自己的巢穴，与世隔绝，向所有的别人隐藏起自己和自己的一切，结果是他远离人们，人们也远离他。而当他孤独的积累物质财富的时候，他会满意地以为自己既有力又安全，这是因为他发疯了，不知道他的财富积累得愈多，他就愈加陷于自杀性的无能为力的境地……

李恂看不下去了，把书合上，扔开。这种宗教式的呓语毫无意思。财富引向自杀？荒唐！财富在章家俊、天狗这般人手里，他们就会花天酒地，浪掷光阴，这倒真的是慢自杀。财富如果在他的手里，他就会寻求机会，范铸自己成为对人类有用有益的人。不过他没法思考什么。报纸上那条消息在敲打他的神经。对了，为什么不到卢雁的学校，去找上官来的信呢？要想离开这个壳子，必须等上官回来。他急于知道她的事进行得怎样。是的，应当立即行动。

他急急地赶到卢雁的学校，这时快八点了。校门口的传达室里正有一盘象棋在厮杀。除了对垒的两个，还有几个观阵的。没有人理他。他问学生的信是不是都经过这里。连问了两声，才有一个人抬头，不耐烦地看看他。他说明了来意。那人告诉他，来的信都分发到各系，放在走廊的信架上。

他和卢雁来过学校，那时根本没有留意方位。现在在夜幕下，在影影绰绰的灯光里，他好不容易才找到外文系的教学楼。不错，走廊里确实有一个分格子的信架，里面也有十多封未被取走的信。他一封封检视了，没有卢雁的信。他的心下沉，在信架前面站了好久，似乎希望有什么奇迹会出现。转念一想，会不会卢雁的同室同学代她收去了呢？是的，很有可能。

他又深一脚浅一脚地找到女生宿舍。

听到敲门声，为他开门的是一个厚边近视镜，手里拿一本打开的书。厚镜片里的小眼睛疑问地看看他，问他有什么事。

“有一封寄给卢雁的信……”

“啊，信，不清楚。卢雁到南京去了。”近视眼冷冷地说。

“这我知道。路局不发车，他们是步行去的。”

“你是她的什么人？”

“我……她是我的妹妹……表妹。”他本来要说是朋友，怕发生误会。

近视眼上下打量一下，见他腼腼腆腆的模样，怀疑他和卢雁是另一种关系。“对不起，你等她回来吧。信也许是别的同学收去了。”她微微一笑，向后退了一步。一直站在门外的李恂只好说声再见。门在他的身后关上了。

校园里十分昏暗。从稀疏的树枝桠里漏出闪闪烁烁的灯光。在这寒冷的夜里，不会有人闲情逸致的在外面走动。只有他一个，孤独而且无可告者。他很想仰天长啸，可是没有声音。天空晴朗。密密匝匝的星星好像冻得聚拢在一起了。银河静静地流过穹宇。

他不想回学校，就回了亭子间。他轻手轻脚地走上楼梯，很担心那娘姨听见，来打搅他。他蹑起脚尖进了房门，也不开灯。就着前楼映出的灯光，他仰在床上。稀里哗啦的竹牌声使他烦恼加烦恼。但愿这些婆娘不再吵闹，谢天谢地。

他双眼凝视着黑暗，头脑里是杂乱的空白。

九九　事实证明国可卖而不可爱

自从九月十八日以后，李恂天天都看报纸。南下以后，奔奔波波，自己不订报纸，看的自然少了。看了去京请愿的学生被阻的消息以后，他又每天到阅览室。两天之后，又有一条令人更加气愤的新闻。各大学的抗日会开会时，忽然有武装警察来破坏。学生据理力争。一个女生被绑架而去，因为她仗义执言。另有两个学生被打伤。学生们气愤填膺，结队到市政府请愿。市府门前则有重兵守护，不允学生入内。学生则坚持要求市长出面接见，至凌晨三时尚未散去。在同一版上，还有一篇时评，热情地声援学生的爱国行动。李恂很为这家报纸捏一把汗。封门、停刊、罚款，都是意料中的事。时评里的几句话深深打动了他“……目前学生之奔走宣传，其情则可嘉，其行则可敬，其艰苦卓绝之泣血呼号则可歌可泣……”

他读到最后一句的时候，泪水模糊了他的眼睛。

“黑暗，黑暗!”他连声说，一面抹抹眼睛，急忙离开了座位，没有注意别人正用惊奇的眼光看着他的身影。“一九三一年的秋天和冬天，是中华民族奇耻大辱的日子!”他心里说。

这几天，卢雁的身影一直浮现在他的眼前。现在，看了今天的报纸，他更为她的安全担心。“无敌国外患者国恒亡”，这话只适用于奋发图强的国家。他已经看得清清楚楚，这个国民党，这个国民政府，只是祸国殃民，媚外苟安的党和政府。中国向何处去？我向何处去？这个一直困扰他的问题更加沉重地压在他的心头。

他出了阅览室，经过走廊。教员备课室出现在他的眼前。备什么课，教什么课？难道要把学生教成任人宰割的羊群？他推开门，看见男女教员都在低头看书或者写字。这么专心和安静。要照他从前的心意，他会由衷地赞叹。现在他可是十分反感，竟然不顾礼貌了。

“喂，你们看报纸了吗？抓学生了……”

“唏？”一个戴眼镜的教员向他做一个手势。别的人仍然埋头在桌子上，有的好奇地瞄他一眼。很显然，他在这里不但得不到共鸣，反而招来反感。

他退出备课室，砰一声带上门。他想要去找刘南芳，问问同学们有什么反应。走廊里正有人喊他，是文书。胖文书笑眯眯地说校长有请。

他回到校长办公室。只校长一个人在。文书没有回来。

校长客气地请他坐下，先告诉他校刊出来，送给校董和有关的人士，很得他们的好评。有人说，文字简洁犀利，颇有气势，似乎有点儿梁任公的笔风。李恂默默地听着，不明白校长为什么当面夸他。

“有一件小事，是训育主任要我说的。”校长收起了笑容，板板正正坐直了身子。“他要我提醒你一句。目前学生激于时局的动荡，不能安心读书。既然为人师表，最好劝导学生，让他们安心学业，特别是中学生，正是打基础的时候，更不可荒废光阴。你说呢？”

李恂已经听得很不耐烦了，只可强自忍着。“不错，不错，课一定是要上的。我还准备上最后一课呐。”

校长的嘴角微微一弯，没有笑出来，倒皱起了眉头：“不至于那么严重吧？”

“当然，当然。东三省比法国大。丢了一个法国，我们还有十几个法国可以慢慢地丢。”

这一次校长笑了。青年人嘛，不免有些过激，这无足怪。“好吧，好吧，国家大事我们无能为力。我们办教育的只能尽教育者的天职。”

“学生爱国总不是有罪的。”

“是的，是的。学生也应当遵守校规，不能自由行动。”

这时文书已经进来，坐在他的位子上。他听李恂这么和校长争论，连连向他使眼色，意思是要他不说。李恂根本不理睬。他长长地叹息一声：“从历史上看，凡是强敌压境的时候，总有两派，有主和的，有主战的。主战派往往受到压制，甚至于被杀害。当然，这要看是什么样的当局而定……”

校长的脸上阴了，很怕这小青年说出有辱今上的话。他站起来：“好吧，咱们以后再谈。我还有事。”

校长一离开办公室，文书就埋怨李恂：“你怎么可以和校长这么没高没低的。我一直给你递眼色，可你就是不理。”

“怎么，我在他面前还得三折腰，大气也不敢出？”

“话不是这么说……哎，有一句话我索性告诉你，你别多心，也别见怪。”

“你说。”

文书压低声音：“有风言风语，说你和刘南芳……”

李恂跳起来，瞪着文书，喷出粗气：“怎么样？”

“我是不相信，我知道你是正派人，可是人言可畏……”

李恂气得涨红了脸，跟着又放声笑了：“我正大光明，什么都不怕。”

“当然，当然，你不怕，可是一个女生……”

“可恶，可恨！是不是训育这个老东西说的？”

“不是不是。这种流言蜚语，到哪里去找根儿。”

“我立刻辞职不干了。”

“别，别，千万不要。我是一片好意。你这样岂不是把我栽进去了吗？”

“与你无关。”

“你请坐，请坐，息怒，息怒。你听我说。你们念大书的，都是有家底的，不靠学校这几个钱吃饭。我们这些人可不一样啊。你看我天天埋头苦干，捧这个饭碗不易啊。再说，你一走了事，上官先生的人情面子往哪里放？”

李恂已经听明白了。这人确实是好意，可是又怕辞职使他受到牵连。一个小职员的胆小怕事也是很自然的。他当然应当一口气忍下去，善始善终，等上官回来。在这数百万人的大城市里，没有一个可以推心置腹的人商谈商谈，果真是要谙尽孤寂的滋味。

学校这个教育人的所在竟然也是是非之地，这是他万万没有想到的。不过他也从中悟出一点道理。学校也是一个小社会，不是极乐净土。大社会有的小社会岂能没有。他不懂教育，但是把学生教成俯首帖耳的动物，他是万万不能同意的。既然去意已定，他就豁上去，试着在课堂教学里渗进一点离经叛道的东西。

第二天上课，照例讲解了课文之后，提问的时候，他故意离开课文，问学生“打倒日本帝国主义”的英语怎么说。

学生都不知道。

他说了，发现学生很有兴趣，只重复一次就记牢了。啊，这样看来，凡是学生关心的，有兴趣的事物，再难的外语他们也学得快。于是他又教了“中华民族不可侮”，“天下兴亡匹夫有责”，学生也很快学会了。他又十分愉快地问他们是否学过裴多菲那首有名的诗：“生命诚可贵……”回答是语文课学过。但是不知英语怎么说。他在黑板上写了。学生们很快地抄完，也很快就会背诵了，还要求他再教几首好诗。他答应下一课教他们拜伦的《哀希腊》，但是说他怕他们误了正课。学生们异口同声，说一定不放松正课的学习。

下课了。他好像打了胜仗的将军一样浑身松快，原来教学也自有乐趣。传授知识固然很难，最难的还在于找到通向学生心灵的路。晚上一定得给贞月去信，详详细细讲讲这些日子的所见所闻所感。

他再也不会想到，他在课堂上的作为很快传到了高年级。三四天以后，他看完报纸，刚刚离开阅览室，走在校园里。刘南芳和她的同伴迎面拦住了他，告诉他学生会已经定了，三十一日下午和新年一日的上午，在学校附近的街市上活动。传单都已经印好了，内容是自从九月十八日以后，日军节节进逼到山海关，华北已经岌岌可危的情况。他们希望教员们和他们一起行动，向民众演讲和宣传。还有一项是搜查日货，不论是布匹百货，搜出来当众烧掉。

“为什么要烧掉？”李恂沉思地问。他现在觉得有些宽慰。胖文书说的那流言，刘南芳显然还不知道，不然她不会这么神情坦然地和他交谈。而且他每次见她，都有别的同学在旁边。

“不烧不能惩治那些奸商。”刘南芳说。

“我有一个意见，希望同学们考虑一下。不烧，把搜查出来的日货交给市抗日会，或者救济东北的难民，或者献给东北义勇军。”

“不是君子不饮盗泉之水吗？”刘南芳扑扇着美丽的眼睛。

李恂笑了：“盗泉的水不是盗贼，为什么不饮？日本人在中国赚了大钱，做枪炮子弹，再来打我们。你们都学过数学，请算算，打死中国人的子弹里面有多少中国人自己的血汗。”

两个女生都笑着摇头，同声说：“这可没法算。”

“无数，无数，无数！”李恂咬牙切齿地说：“我很想算出来，公布出去。那些买卖日货的会大吃一惊。”

他终于说服了女生。她们同意不烧日货，把日货变成打日本有用的东西。

和学生分手以后，他步履轻快地回到宿舍，想即刻把愉快的心境告诉月姐。他振笔疾书，很快写满两张信纸。但是当写到和学生交谈以后，他忽然写不下去了。他问着自己，如果在这个壳子里待久了，他会不会也变成教育油子，像校长和训育主任那样呢？他会不会也找一架梯子往上爬呢？不能！可是有什么根据？“五四”时期，那些扛着大旗，奔走呐喊的英雄而今安在？他们当中不是有不少人飞黄腾达，或是钻入故纸堆吗？校长说有人以为他的文字有点儿梁任公风格，是真的吗？他读过他的《少年中国说》，其中有些语句，他至今还能背诵：“……若我少年者，前程浩浩，后顾茫茫。中国而为牛为马为奴为隶，则烹脔鞭箠之惨酷，惟我少年当之。中国如称霸宇内，主盟地球，则顾盼指挥之尊荣，惟我少年享之……”当年傲视寰宇的这个人，后来不也老朽不堪，退出历史舞台了吗？看来少年气盛之时，有一番雄心壮志是不难的。躯体四肢，随着岁月的推移，当然要变得衰老，那么头脑和心灵怎么样才能永葆青春呢？这里面的奥秘是什么，法则是什么？他想不清楚。那么人的感情呢？他现在这么眷恋着月姐，这热情会随着日月的流逝变冷吗？不能！可是又有什么根据，有什么保证？这想起来多可怕。

他和学生之间的愉快交流只维系了三天。从南京方面传来了不祥的消息。他正在编辑下一期的校刊，其中除了为一学年的教学自唱赞歌之外，还有校长一篇《新的一年展望》。如果前一期他还多少有兴趣的话，这一期可是兴味索然了。他痛恨自己在帮助学校讲假话。全是假话吗？也不。好比一个苹果，有红的部分，有青的部分，还有一部分有了烂疤。如今只把红的给人看，而且夸得像玫瑰的颜色一样，这不是假话又是什么。校长要求这一期于元旦之前印出来，这用意再明白不过。李恂私心里却想拖到元旦之后，为的是可以把学生会的活动加进去。他估计校长不会同意这一点，那他就先斩后奏，清样打好，往校长写字台上一摆，看你敢把学生会的活动划掉，除非你下决心公开和学生作对。如果校长有异议，他就立即辞职。人只要把个人的得失置之度外，勇气和智慧自会沛然而生。

最后一节下课铃响过。文书离开了。李恂还留在办公室，修改稿子。冬季天短，这时窗外已经暮色沉沉。他开了灯。因为没有火，他必须时时把手抄在袖筒里暖一下。正当他聚精会神的时候，有几个人进来。

“李老师，你看号外……”

他一惊，抬头，见是课代表和三个同班女生。

“号外？”

“是的。南京学生出事了！”

他猛地站起来，不由得说了一声：“啊，卢雁……”他接过这张八开的纸。令人愤怒、恼恨、窒息、担心的大标题冲击他的眼睛。

各省市学生昨在京总示威

学生五千余人齐集国民党党部门外

军警纷纷出动鸣枪驱散学生

沪一学生中枪毙命

被追学生数人堕入河内

六十余名学生被捕

详情续报　请阅明晨本报

眨眼之间，李恂好像呼吸停止了，心脏也不跳了。

“李先生，你看这情形，会怎么样呢？”

“怎么样？”李恂气恼得说不上话来。“这不明摆着吗？开杀了！”

他哽塞了。热泪蒙住他的眼睛。为了不在女生面前掉泪，他双手掩面。“天晚了，你们谁是走读的，快回吧，免得家里人牵挂。看看明天一早的报纸再说。我想本市和全国的学生决不会忍气吞声……”

学生去了以后，他一下子瘫软在椅子上。死掉的是不是只有一个？这一个是不是卢雁？照她那种喜欢打头阵的性格……他不敢往下想了，也没心改什么稿子了。“有生如此，不如无生”，这句话又一次涌上他的心头。他抱起头，狠狠地揪自己的头发。没法排遣的愤懑。没法！他想起一句古话：“时日曷丧，吾及汝偕亡！”现在的中国，看来又到这节骨眼上了。不如无生，但是既已有生，那只有誓死抗争吧。他在办公室待不下去了。

入冬以来，这两天是少有严寒的日子。他除了一件驼绒长袍，一条毛围巾之外，没有更多的御寒的衣物。他手里的钱已经不多了，但是决意不支领上官的薪水。帮人家几天忙还要钱，他伸不出这手。为了撙节，他已经在和自己的肠胃计较了。他不想回宿舍，宁可在夜风里让自己受冻。校园里没有一个人。北风吹着电线，铮铮地响。星星都冻得藏在灰云里了。脱光了叶子的树木在风地里哆嗦，发出凄凉的呜咽。一个沉重的影子一直压在他的心上。卢雁，啊，卢雁。皇天后土，但愿你能安全归来。他走了很久，直到两耳冻得发木，两腿也冻得发酸的时候，才进了屋子。

一夜昏昏沉沉，噩梦缠绕。天刚刚放亮他就起来，急忙来到街上。他想早早看到当天的报纸。街灯还在冷雾里放出清冷的光。没有行人。第一个馄饨担从他身旁过去。他叫住，要了一碗。吃完，身上顿时有了暖意。他走了很久，才碰到第一个报贩子。街灯熄了。他打开了报纸。

记者做了很详细的报道：

南京、上海、苏州、安庆等地学生五千余人，于前日上午十一时，结队由中山大学出发，各持小旗，沿路高呼口号，要求政府立即与日本断交，迅速出兵，收复失地，支援东北义军，南北夹击日寇。同时散发传单，市民争相传阅。十二时半，到中央党部。斯时铁门紧闭，有武装军警多人在门外守护。部分学生想冲入，未果。相持至下午二时。

此后学生分十二队，于三时左右到达中央日报门前，要求主编答话，因该报屡屡发出斥责学生爱国行动之言论。报社门窗业已闭牢，无人出面与学生相见。学生遂破窗而入。后有持木棍兵一队，尾随学生。又有持枪兵一队，先向空鸣枪。有八名手持传声筒者先被追逃，门外学生闻枪声亦四散。已入报社之学生一一被拘，当即有七人跳后窗到河边。二人跌入河内，幸有市民救起，则已冻僵垂危，由某医院医士抬去救治。又有一上海英语专科学生，头胸有刀伤，亦落河中。获救后抬至省医院，医院拒而不纳，抬回学校即死去。报社内被打被拘之学生共二十五人。

昨晚京卫戍署召记者多人，谓学生中有共党捣乱。该署参谋长云：学生请愿，固属爱国，但扰乱治安，且被少数共党利用，实应制止。现国际上因近日学生肇事，对我国抱无限悲观，影响国际地位甚大，某国公使且有秩序可虑，无任骇异之语。政府深感学生超越常规，万难再忍，从明日起即不许示威游行云云。

同一版又有日军分数路进逼锦州的消息。李恂气愤难忍，把报纸扯得粉碎。中国的国际地位低落，不是由于政府节节退缩，将大片河山拱手送人，倒是由于学生请愿。外国人对中国悲观，不是因为数十万军队不抵抗，也是由于学生请愿。学生冒寒风，迎暴力，向世界宣示中国不可侮，不是出于爱国热忱，倒是受了共党的煽动。是非颠倒！亘古以来，还有比这更荒唐的吗？

可是报纸本身有什么不是啊。他向前跑着，追上那个报贩子，把他剩下的十多份报纸全买了，天色已经大亮。过往的行人也多了些。有些商店开始打开门板。他把报纸一张张送给从身边经过的人。有的人惊奇地看他一眼，拿着报纸走了。有的以为他在卖报，向他摇摇手。他没好气地把报纸硬塞给人家，一面说："不要钱，不要钱……”

卢雁的影子又压上他的心头。死的那个学生，既然是专科学校的，显然不是她。那么被打被捉的有没有她呢？照她一马当先的性格，难保。他很想即刻到南京去，可恨没有可能。一者他要上早八点的课。二者他已经没有钱了。他很不想回学校，但是当然要回去的，而且必须很快回去，否则要耽误上课了。很后悔没有留下一张报纸，上课时先读给学生们听听。他忽然想起了刘南芳，想起了学生会正在准备的游行和宣传活动。难道也要被禁止吗？怎么办？

正当他急急地往回走的时候，忽然一个几尺见方的大“当”字扑入他的眼睛。没有路费，不可以把能送入那个黑洞洞的门口的东西送进去吗？

一〇〇　大受褒奖，成为及格的男人了

午饭以后，李恂急急地回到市内的住处。刚进外门，迎面碰见洪元珍。她身旁有一个青年，看面貌就知道是她的弟弟。

“噢，你回来正好。”阿洪嫂说着，指指身旁的青年：“我介绍一下，这是我弟弟洪元星。这位就是我讲过的李先生……”

两个青年握手，含笑互相打量着。

“久仰久仰，我姐姐讲过多次了。今天真巧，碰见你真高兴。”

李恂见他面色白皙，眉眼儿清秀，一件灰蓝色绸面长袍划出柔软的曲线，倒有些像个女孩子。大概苏州男人都是这样吧？吴语绵绵，声音可不及他姐姐的好听。

李恂也向他表示了见面的愉快，希望有机会倾心而谈。元珍见这两个青年都有点儿拘束和腼腆，很想从中缓和一下。她说要和弟弟外面走走，难得今天这么好的天气，希望李先生能和他们同行。李恂说学校里有事，立即要回去，婉言辞谢了。他目送姐弟二人出了外门，看见姐姐挽着弟弟的手臂，感觉到他们是十分亲爱的。他不由得想起贞月。虽然不是同姓，他可是要傲视普天下所有的同胞姊弟。元珍虽然有江南佳丽的娇媚，各方面是远比不上贞月的。这样想，他自己一点也不觉得有主观的成分。

他很快地回头，跑上楼梯，进了亭子间。春、夏、秋三季的衣

服，凡是暂时用不着的，他挑好些的包扎在一起。很庆幸娘姨没有来打扰他。他挟起包包，很快溜下楼梯，来到街上。

他一鼓作气地来到当铺门前，却犹豫起来了。跑当铺了，和唐旻一样地跑当铺了。真是别有一种滋味在心头。明明知道身边没有熟人，入门的时候还要左顾右盼，很怕别人看见。

高高齐头的砖砌柜台上还有铁栏杆。防范得真够严密呐。饶是这样，报纸上还时时有抢当铺的消息。他从头上把包包推进铁栏里，一面向上看着一个戴瓜皮帽的四方脸。这人把包包打开，兜底检视了一番。

"当多少？"瓜皮帽居高临下，冷冷地看李恂一眼。

"十元怎么样？"

瓜皮帽什么都不说，嘴角一撇，把包包推出铁栏。

"你说多少？"

"两元。"冷冰冰的两个字像冰雹一样打在李恂的心上。这么多衣服只当两元，他们这不是吃人吗？正当他迟疑不决的时候，一个苦力推一辆独轮木车，想要推进门口。

"出去，出去！你干什么？"柜台上面大声地斥责。

"我当车子。"苦力说，一面用力把车子推进了门。

"不要，不要，出去，出去！"

"行行好吧，老板。我急用钱给儿子抓药。"

"你当多少？"

"两元。"

"去去去！"

"你说多少？"

"最多五角，这还是破格呐。"

苦力也和李恂一样，犹豫起来了。他嘴里喃喃："五角，五角，一剂药也不够，不够……"

李恂见他确实有难处，满心同情他。"你那车子值多少？"他问。

“噢，先生，新的二十元也买不到。这八成新，也值十多元。这是我一家人吃饭的本钱呐。不是有急需，谁舍得当它。难啊……”他又转脸向上：“老板，一元五怎么样……一元……”

瓜皮帽板起脸，眼睛向门外的马路上张望着，不理他。

李恂气不过了：“喂，当铺的伙计，你听着，我这个，四元行不行？”

他的声势倒打动了瓜皮帽。从上面下来一声：“三元。”

“好，三元！”李恂又一次把包包推进了铁栏杆。

从铁栏里推出来一张纸和两张钱票子和一些银角子。李恂收在手里看看，是一张当票和两元七角钱。啊，是了，先扣一个月利息！

又有什么人来当当，已经引不起李恂的兴趣了。他把七角钱塞在苦力的粗硬的手里。“唦，拿去，你再用车子当五角，救救急吧。”正当这人先是一愣，然后急忙弯腰要道谢的时候，李恂已经三步两步跨出门去。他把气恼和悲伤的眼泪咽下去，却喷出这么几个字：“中国人，中国人呐！”

他生平第一次品尝了特殊形式的高利贷的滋味。变相地杀人呐！他把当票和两元钱票塞进衣袋，急忙往学校走。如果不是那个苦力在旁，他不会把一大包衣服当掉。他分明知道这两元加上他原有的，连路费的一半都不够。他想起离开贞月的时候，她给他的金镯和金耳环。这是他的生死纪念品，可惜不能带在身上，只能带在心里。他饿死也决不变卖这些无价品。现在他想拿出来当低价，过些日子想法赎回来。

他先回到校长办公室，看看有什么急事没有。这个时间校长照例不在。文书告诉他，校长问校刊的文稿什么时候能齐。他漫应了一句，说很快。文书又说，刚才有你的电话，是一位卢女士打来的。

“是谁？卢女士？”李恂不敢相信自己的耳朵。

“没错。”

“啊，她还活着，她还活着……”他从椅子上跳起来，不管文书惊奇地瞅着他，他马上冲门而出。

他回到宿舍小屋，好像有什么东西应当带给卢雁。没有。带上唐旻的信吗？早撕碎了。那么简短，特别是没有一句话存问卢雁，不撕，她见了也会生气的。

他不顾一切地飞出了宿舍，飞出了校门。

他推开女生宿舍的一扇门，气喘得心跳到嗓眼里。

这是卢雁吗？他眨眼之间不敢相信自己的眼睛。没错！她正靠在床头，靠着高高垒起来的枕头和棉被。

“你还活着，你还活着……”他情不自禁地，几乎是不期然地，不自觉地张开双臂，把卢雁的双肩紧紧地箍在自己的怀里。

卢雁的头依偎在他的胸前。少女的心被这种纯真、深厚的感情打动了。她这个从小蹦蹦跳跳，像男孩子一样的女孩子，好像除了妈妈那没边的温情以外，再未经受热得要融化人的感情。她从上官那里得到过，不过她是一个女的。她极希望从唐旻得到，不幸从来没有。想不到这种热情来自唐旻的同学，这使她的心里既发热，又发酸。

她忽然觉得有热水滴落在她的脸上，抬头看看，猛地把李恂推开：“别，别婆婆妈妈的……”

李恂后退一步，醒悟了，一下子脸和脖子都红了。“对不起，我高兴得失态了。”

“没有的话，你坐，你坐。”卢雁微笑着，大眼睛闪闪地温柔地看定他，“这一次，凶残和暴力我看见了，流血和死亡我看见了，可是我一个泪珠都没掉……”

这时李恂才看清了卢雁。她显然瘦了一些，眉梢儿好像挑得更高了，两眼因为有些眍瞜显得更大，身上是天蓝色厚毛衣，高高的胸脯，留长了的头发像瀑布一样倾泻在肩头。她转身把枕头更堆堆高，仍然靠上去。“来，你坐近一点儿。”

这间女宿舍对门是窗子，窗下有一张书桌，窗子两旁各有一张床。门旁有个洗脸架。卢雁对面床上的同学可能是上课去了。小姐们的屋里免不了有香粉香水的气味。李恂本来坐在空床边，听了卢雁的召唤，他拉一张椅子到卢雁的床边，坐下。

“哎，你把我的肩膀都箍痛了。”卢雁嘴角一掉，翻他一眼。

“对不起，我忘形了。”

“没事。我的肩膀给那些混蛋扭坏了，脱了臼，扭伤了筋……”

“是吗，你早说就好了。”

“还说呐。”卢雁又深深地翻他一眼，“像猛虎扑羊一样，谁招架得了。看你平日那么腼腆。可真是守如处女，纵如脱兔。”她咯咯地笑起来。

一句话又说得李恂脸上发热了。他只能讪讪地赔笑。

“没事。好心人到处有。脱臼接上了。现在不碰就不痛。”

“谢天谢地。”李恂长长地吐一口气，平静下来。他告诉卢雁，唐旻的信很短，说详情在上官给她的信里。给卢雁的信其实也不详。她从床头的褥子下面抽出信。李恂接在手里，溜了一眼。果然也没讲明白事情的原委。只说困难是始料所不及的。困难主要在于没有留下成文的遗嘱。父亲死的时候，她还小，不懂这些。生母更是受气包，不但不懂，即使懂得也不敢吭声。究竟根本就没有，还是有了，因为对大夫人她们不利，被偷偷毁掉了。现在只有一向存在的习惯法可依。她和唐旻要到北平一行，找熟悉的法律专家问问。年前可能回来，也可能回不来，看事情进行的情况而定。

李恂请卢雁讲讲南京的情况。

“你不是看报纸了吗？那记得很详细。我没兴趣再讲了。我对国事抱悲观的态度。大学生已经没心读书了。人家的枪口已经对准胸膛，念书有什么用。昏庸、无能、骗人、凶暴、装腔作势、对内高压、对外磕头，这就是当今的国民政府。我看透了。我很后悔，不应当放弃体育，不，应当学军事……”

李恂看她说得认真，倒笑了：“梁红玉没能挽救南宋，秦良玉也没能挽救晚明。”

卢雁明白他的意思。上面昏庸，再有本领，兵权在握也毫无可为。她叹息一声，摇摇头。“我恨，恨极了。那天晚上在铁路上，路局不肯开车。交通大学有会开车的，想自己开。老司机不让，说他砸了饭碗事小，你们线路不熟，要是车毁人亡，几百个学生，事就大了。有些女同学哭了。我气得骂她们，日本鬼子用眼泪冲不走的。夜里可真冷啊。在铁轨上，在野地里，仰望天空，只觉得心往下沉，沉，沉。‘秋风秋雨愁煞人’，我从前很不理解秋瑾的心情。现在理解了。她那时面对一个腐败的皇朝。我们现在面对强大残暴的日本，外加一个腐朽而残暴的政府。天气的冷是能抗拒的，心底的冷是难于忍受的。真冷啊！大伙儿凑在一起，背靠背凑成一堆堆，唱起歌来。我从小第一次感受到群体的力量。这时灵魂好像净化了，任何杂念都没有，甚至于忘了上官，忘了唐旻，也忘了你……”

“很好，忘记得好。我很后悔没有跟了你们去。那天我到车站去了。这人，海了！武装的军警排成一道墙，进不去。”

“哦，是吗?”卢雁的眼睛发亮了，“你怎么知道我们没有走成?”

“报纸上说的呀。说你们第二天黎明徒步出发的。”

“不错，一直过了无锡才分小批陆续搭上了火车。”

同屋的女生回来了，想不到有客人，又见他们那么亲密，不由得脸上微微一红。“对不起，我回来取书。”她慌忙从床头拿一本厚厚的洋装书，立刻要走。

“你别走，我们没有秘密事儿。”卢雁说。

“丁老师找我。”她出了门，又回头：“快中午了，你怎么办?”

“不劳费心。我们也许出去。”

女生走了以后，卢雁向门口一努嘴：“好人，死啃书本的，还没毕业就愁职业了。噢，对了，你身上带钱了吗?在南京，我的钱包也不知是挤丢了，还是被掏去了。我已经给家里发了信，要钱。你知道，我不想向别人开口。”

“我有我有，不过不多。”李恂说着，急忙从衣袋里掏出他原有的几元和从当铺得来的两元。一张纸片落在地上。他没有留意，可是卢雁眼尖，看见了。

“那是什么？”

李恂低头，这才看见是当票。他急忙弯身抓在手里。“噢，废纸。”

“给我看看。”

“废纸有什么好看。”他不由得脸红了。

“给我！”卢雁向他伸出手。她已经看明白是什么。这种纸她的同学里有过。薄薄的，一揉就会碎，在木板印的扁扁的大字中间，有毛笔写的鬼画符一样的文字。大概是几百年、上千年传下来的样子。为什么用这么薄的纸？很可能用意在于当当的人不经心揉碎，或者失落，那么就是死当了。而且，唐旻手里也有过。

李恂只好给了她，红着脸。

“你这是玩什么把戏？”卢雁犯疑了。

“我看了昨天的报纸，怕你有闪失，想到南京去找你，可是路费……”他语塞了，好像做了错事的小学生，用求告的眼光看定卢雁。

卢雁心里一热，也一酸。夸口不流泪的姑娘这时也泪眼蒙蒙的了。这个人，这个人……多么可贵的让人心醉的友情。

“你为什么不支领工薪？”

“学校欠薪三个月，刚刚发十月份的。”

“不管哪个月份，是上官的工薪你就应当支领。他们没给你吗？”

“我不想动上官姐的钱。”

“我问你，他们给了没有？”

“没有，我是十二月才去的。”

“死人，白痴，书呆子！”卢雁心里这么骂着，却说：“他们故意这样。你不支，他就不给。如果以后上官不问，这笔钱不定到谁的口袋去呐。”她又心痛又心爱地盯住这个大孩子。这样的老实人世上可难寻咧。可拿他怎么办呢？他一定是囊空如洗了。“告诉你，上官不缺那几个钱，我们都不缺那几个钱。”她说着，把几张钱票子推给李恂，可是留下了当票。“你别死心眼儿，那钱你不去支领我就去了。”

李恂只得低头答应了。他要当票，可是卢雁塞进了毛衣的领子里面。

“这个世道，你得学会争，争！”

“我不会争，只会让。”

“让，让！你的爱人如果别人爱了，你也让？”

“我啊，反正不和人家去决斗。”

真是又好气，又好笑。卢雁伸手，在他的额头上戳了一头。“但愿全世界的女人没有一个爱你……哦，戳痛了吧？”

她这是双关语。可是李恂却回答：“不，不痛。”

卢雁忍不住咯咯地笑了：“你和唐旻真是一对宝贝，看来不一样，骨子里一个样。”

“请你别怪我好不好？我有自己的想法，有自己为人处世的方式。”

“我不怪你。我也有自己的一套。我不想影响你，也不会受你的影响。”

“哎，不受影响不可能。看受什么影响，受谁的影响就是了。”李恂说着，又把几张钱票子放在床上。“你先用，我另有办法。”

“你收起来，要不我不理你了。”卢雁看着他，有点生气了。

李恂扑扇一下眼皮，看看这个拉长脸因而更动人的姑娘，乖乖地把钱收了起来。

“你下午有何贵干？”卢雁问他。

“下午听你的吩咐。晚上，我想回亭子间。房东太太的弟弟从苏州来。我想到苏州探望蹲监牢的老师。不知那位弟弟地方上有没有熟人，能不能助一臂之力。那位弟弟娟娟如女子，我不敢贸然说探监的话，也许会把他吓得昏过去。”

“该死的唐旻，到了北平也该来封信呐。你说影响不影响，我看你很会受他的影响。不是学会跑当铺了吗？”卢雁又开心地笑了。“中午我们就在学校吃点。下午，我想外面走走，散散心。难得的好天气，果真是冬日可爱。好多天不看电影，不知有没有可看的。当然得叨你的光了。晚上，请便。”

“一切听命。”李恂愉快地说。

话音未落，门开了。三个女生笑嘻嘻地进来，捧着盘子碗筷和冒着热气的饭菜。同屋的那个说：“我们优待伤号，就请你的朋友作陪。我们还要去打球。”

她们像来的时候一样快，笑嘻嘻地走了。出门的时候，另两个回眸，向卢雁一笑，眼风却是向着李恂的。

“谢谢！”卢雁仰脖子向她们的后影喊。

走廊隐约传来她们的说话声：“好体面的小伙，是谁？”

“还用问，不明摆着吗？”

“别胡说。人家卢雁早意有所属了。我见过的。”

“什么样？”

“三头六臂，青面獠牙。”

“嘻嘻嘻……”

李恂陪卢雁用了简单的午餐，等她梳洗打扮了一番，心里虽然着急，脸上却只能装成悠然自得。卢雁好像故意磨他的性子，穿上大衣又换了一件，穿上皮鞋又换了长筒靴。临出门的时候，又对着镜子匀了一次验。出门以后，原说找一家电影院，她又变了主意。天气这么好，应当公园里走走。经过一家百货公司的时候，又要进去看看。明明不名一文，偏要这也看看，那也问问。售货女郎见是这么一位有气派的小姐，很殷勤地为她拿东拿西。还赔上亲切的笑脸。临走的时候，又故意问李恂你需要什么？需要就买上。不要？你看你，在家里说要这要那，出来又什么不要……李恂什么也不好说，心里别扭得很，却只能赔上诚心诚意的笑脸。他以为这是这位小姐活泼多变的习性，不足为怪的，却不知道，这位女士在进行心理测验。唐旻要是这样有耐心有多好，如果是他，早皱起眉头，连连地唉声叹气了，说不定会一甩袖子走人呐。

一走出百货公司，卢雁忍不住放声笑了。李恂翻着眼珠子，不明白她为什么忽然这么开心。

“好，好，你及格了。”卢雁抬眼，看定一脸疑云的李恂。

“及格，及什么格？”

“这还不明白？及男人的格啊。”

李恂眨着眼睛，更不明白了：“请你说明。”

“不，等你付足了学费再说。”卢雁说了，径自往前走，又回头看看呆在当地的李恂。“走啊，搭车。”

到了公园，卢雁也像蜻蜓点水，一会儿又要走。据李恂猜度，她一定是为唐旻心绪不宁，很同情她，却又不好说破，只能加倍地赔小心，百依百顺。这更使卢雁心里生出无限感慨，却又不能表露，只能以嬉笑出之。她很高兴有了李恂这样一个忠实可靠的朋友，同时萌生一个意念，想在女同学里物色一个能配得上他的。

回到学校，卢雁要李恂试试学校的食堂。他当然只能从命。

他回到亭子间的时候，听见前楼的竹牌声。已经是晚上七点多钟。他不想去前楼看洪元星了，很怕看见那些奶奶太太们。且等到明早再说吧。正当他开了灯，动手清理房间的时候，提着开水瓶的娘姨和元星来了。他谢过娘姨，请元星坐。娘姨在门边站了一会儿，笑眯眯地看看这个，看看那个，看够了才转身。听见她说：“真是一对好人儿……”

“请你三十号下午一定回来，我姐姐说的。”

“啊，多谢盛情。不过我有一个朋友，在南京扭了胳臂，我得照看她才好。”

“是吗，能行动吗？”

“是的，能。”

“那就一起请来。我们欢迎。请你务必带话过去。”

“好吧。当然我不好强她。”

“我和你一起去请，好吗？你要是肯赏光，新年之后，我很想请你去苏州看看，正是腊梅吐香的时节，只可惜很不容易下雪。”

这正中李恂的下怀，他一口答应了。

一〇一　别了，动荡不安的 1931 年

果然从市教育局下来命令，不许学生上街游行，也不许结队到党政部门请愿。这是校长在全校早操的时候宣布的。李恂一向不上早操，所以没听见。他一进课堂就觉得学生不像往日那么活跃，有一些女生更是垂头丧气的模样。他问有什么事吗？几个女生忽然掩面啜泣起来。男生班长说了校长宣布的禁令。

啊，原来是这样。一点也不算意外。

李恂听了禁令，当然气愤。为了不加重学生的悲伤，他竭力忍着胸中的怒火。他劝同学们暂且安心，期考考出好成绩。学生的爱国行动压是压不住的。活火山总要喷出烈焰。谁要是想阻止火山的喷发，只会葬身在火海里。他说了一句外国的谚语："有愿望即有道路"，相当于中国的"有志者事竟成"。他明明知道自己的话有自相矛盾的意味，但是此时此地，又有什么别的办法。一些转瞬即逝的影像在撞击他的头脑。

讲着讲着，他忽然发问："搜查日货，没说禁止吧？"

学生们一时跟不上他的思路，竟然无声地抬头望着他。

课代表反应上来了："没说禁止搜查日货。"

"我想他们也还不敢公开地袒护奸商。散发传单大概也没说禁止，是吗？"

“是的，没说禁止。”

“这么说，不还是大有可为吗？我希望你们学生会商量一下。不许游行，不许请愿，好，我就搜查日货，散发传单。不过话就说到这里，我们还是先讲复习的事……”

这天下午，会计室发工薪。说是年底发薪，其实还欠着两个月。去不去领呢？若不去领，卢雁会说他死脑筋或老脑筋。但是从接受代课那天起，他已经下了决心，只为朋友尽义务，不要报酬。他不想改变自己的初衷。

为了学生当前的处境，李恂心里既压抑又愤懑，可是无法排遣。中饭以后，他躲进宿舍的小屋，想写完给贞月的信。正当他竭力收拢脑子里的野马的时候，有人敲门。

进门的是卢雁，带着一身寒气，怀里包一个包包。李恂一见就脸红了，因为这正是他送入当铺的衣服。他忙着去接，可是卢雁扬手把包包扔在床上，拉下大围巾，向他翘起红鼻子头。“你和唐旻，真可以说是难兄难弟。他当当，上官取；你当当，我取。啊，啊，啊嚏……”她刚要脱下大衣，打了一个冷颤，又忙裹上了。

“对不起，不敢劳驾，我自己去取就得了。”李恂嗫嚅地说。

“哼，现在说，不是马后炮吗？没有信吧？我想着就是没有。”

“你放心，我相信他们会顺利的。”

“用不着你宽我的心，顺利不顺利与我何干。什么遗产不遗产，我看全是多余。又不等那几个钱下锅。他们两个啊，这个年头，别让人家吃掉，能囫囫囵囵地回来就是万幸。”

“看你说的。”

“你一个人关起房门修道是不是？告诉我，你明天怎么安排的？”卢雁向他扬起眉毛。她不就座，却在就地踏步。

“上午，学生要去搜查日货，散发传单……噢，已经宣布了，明令禁止游行请愿。你知道吗？”

“怎么能不知道。教育当局都是一个篮子里的泥鳅。”

“下午呢？”卢雁又问。

“下午约好了到房东太太家去。她弟弟从苏州来，要和我谈谈升学的事。阿洪姐也请你大驾光临。”

“我才不去呐。我和那些太太们有什么可说的。”

“我求求你，去吧。我一个人去了话也不会说，噤若寒蝉多不好。你去了武马长枪，能打开局面。”

一句话把卢雁招笑了。“你这是激将法，我不吃。我已经和几个同学约好，玩他个通宵。这一阵子快把活人闷死了。”

“我求求你，还是去吧。咱们只待不多一会儿，然后我送你回校。你如果赏光，我也跟你们玩一个通宵。我早就闷得喘不上气来了。”

人家这么诚心地求告，姑娘能不心软吗？卢雁轻轻地慨叹一声，装作不屑地撇撇嘴唇：“还是个男子汉呐……噢，对了，学校应当发薪了，你领了吗？”说着，又连连打两个喷嚏。

李恂脸上微微一红，摇摇头。

“你呀，可怎么好！是你分内的。”卢雁拖着长腔说，一面无可奈何地剜了他一眼。

“我求求你，别过问这事好吗？”李恂讷讷地说。

“我才不想撬开你那个死脑瓜呐。”卢雁嘲讽地弯弯嘴角。“你和唐旻，你们两个很不一样，可有一点是一样的。人家有千方百计，你们有一定之规。都是锤子敲不开的死脑瓜。可恨！”说着，她又连连打两个喷嚏。“不好，你这里比我那里冷，我得快走。”

“到校医那里弄点药好吗？”

“没事，别忘了我是大体育家。”

李恂送卢雁出了校门，看她跳上一辆人力车，目送她远去，才转身回来。他坐在书桌前面，想继续写信。他的脑子和手已经不能互相配合。下笔就错，乱纷纷的思想理不出个头绪。表面的事迹多说少说都无所谓，他应当告诉月姐的是他的心迹。他第一次痛苦地觉得，他当前的心迹是不能如实地向她倾诉的。他对自己有了深刻的怀疑。他原来的设想显然已经落空。在这个时代，在这花花绿绿却又一团漆黑的地方，根本没有读书求学的条件，而最主要的，是他的心安定不下来。他已经不得不数着铜圆过日子。写信向家里要钱？不！他宁可饿死在荒郊。只能等唐旻回来再从长计议。中国向何处去？我向何处去？这个日夕萦绕在心头的问题是他苦思不得其解的。他寄一切希望于同洪老师的会晤。看来他必须打定主意，当掉月姐的金首饰。除了路费，他总得为洪老师买些必需的衣物和食品，说不定还得给看守人一点好处。拿月姐的首饰去当铺？卢雁的奚落他不怕。他自己的心很难通过。黄金，这是他一向鄙视的，但那是月姐佩带过的，是纪念品。怎能把这圣洁之物送入那肮脏的魔窟。

这一夜，他辗转反侧，不知此身为何物。半夜起了风。门窗格拉拉响个不停。他应当快快入睡。明天一早他要上街，参加学生们的活动。可是脑子里奔驰的野马收不拢缰绳。天快亮的时候他才蒙眬地进入梦境，是迷迷乱乱的噩梦。他醒来的时候窗上照满冬天的阳光，快十点了。

他急忙爬起来，抹一把脸，急忙来到街上。照例是熙攘往来的人，有的拱肩缩背，有的昂首阔步。照例是弯腰奔跑的黄包车夫。照例是大减价的大广告和吹吹打打的洋鼓洋号。一切安堵如常。不见一个搜查日货和撒传单的学生。他们终于被吓退，不敢出动了吗？又不好向行人打听，更不能问商家。他心里纳闷，一面信步往前走，也不管是什么方向。在一家百货店的门前，正有店员从门外往里搬东西，一面喃喃地骂着。好奇心驱使李恂走到跟前，问出了什么事。

一个店员翻眼上下打量他一下：“你是干啥事体的？”

“学校的。”

店员直起身子，怒气冲冲对着他：“啊，学校的？很好！你们都是白相人。为啥格不好好管管学生？进店就乱翻。你，你看，哪里有日本货？无法无天，无法无天！这还有个好吗？不亡国才怪呐……”

一口气憋在李恂的胸口。亡国倒是因为学生爱国！他不好说什么，急忙离开这个恶声恶气的店伙。既然从上到下都是是非颠倒，任何道理都不必说了。

他没精打采地回到学校宿舍，不知要干什么好。近几年来，每当岁末，他总要为自己订一个下一年的读书计划。当然，这计划从来也没有完全实现过。今年他连想也不敢想了。他好像一叶孤舟，在大海里一任风浪的簸弄，不知何处是彼岸。也许颠簸就是人生，人生就是颠沛流离。他想起一篇小说里的话："希望本无所谓有，也本无所谓无。"像宗约瑟那样，坚信死后还会复活，会跟随圣子进入天国。那么他们是不是由此而生出不断的希望？他饭前祷告，睡前也祷告，是否真的得到灵魂的安宁。可惜自己已经不能相信，那蔚蓝的穹宇上有一个上帝，否则他宁可接受培真的好心，从祈祷获得慰藉。人生苦恼读书始。看来世界的事知道得愈多，愈是追根究底地探查人生之路，苦恼也就愈多。但是现在什么都不能改变，他只能在自己选择的路上走到底。

他磨蹭到黄昏时分才赶到卢雁的宿舍。这位大体育家姑娘没有经住寒冷的侵袭，正蒙着被子躺在床上。她烧得两腮发红，眼神儿蒙眬，倒比好的时候艳丽多了。李恂要打电话辞掉房东太太的邀请，但是卢雁立起眉毛，催他快走，免得受传染。她说所有来看她的同学都被她赶走了。她已经服了药，要安安静静地休息，不许别人打扰。

"不，我不走。我不怕传染。别忘了我是大海泡出来的。本来说玩一个通宵的，现在也好。你安心休息。我陪你坐一个通宵，直等到你的同学回来。"

卢雁忽然一掀被子，坐起来，向李恂瞪起眼睛："你走不走？不走，我就下床，到外面去……"说着，真的就要下床。

李恂急忙走上一步，按住她的双肩，要她躺下，替她拉上被子，塞塞紧，一面央告："小姐，小姐，我的好小姐，别发火，我走，我走就是了。"

卢雁索性拉被子又蒙住脸，不理他。姑娘的娇嗔实在动人。李恂情不自禁地弯下腰，嘴唇轻轻碰一下她那蓬松的头发，小声喃喃地说："好吧，恭敬不如从命，我明天上午来看你。"

卢雁听见李恂开门，从被子里探出头，看他的后影出门，又随手轻轻地带上了门。泪水蒙住了姑娘的眼睛。她感觉到了李恂那轻轻的一吻，她敞开心胸接受这种友谊的抚爱。这种温暖没有来自她心心念念的人，倒来自他的朋友，这使她的心酸楚。她刚才的任性的确出于好意，现在却有些后悔。对这个温文尔雅的人有点太粗鲁了。很希望明天能好起来，那么他来的时候可以陪他外面走走，一起度过元旦。在这里，男同学是不少，可以一起走走谈谈的却一个都没有。有两个男同学向她献过殷勤，她那往下一掉的嘴唇把人家吓回去了。

李恂孤零零地回到亭子间，想先清扫一下积下的灰尘。电灯一亮，娘姨就来了，笑眯眯地说太太和少爷早在等他了。

书店老板回家了，过年嘛，当然要应个景儿。他的笑，他的寒暄，他的礼貌，李恂都觉得像他的西装那样板板正正。如果不是因为两姐弟那么真诚的热情，他很想坐一下就告辞。

晚餐是丰盛的。主客整整坐满一张大圆桌。在这些油光的头、粉露露的脸、旗袍、长袍、西装中间，在一片笑语喧哗中间，在挥动的匙箸和叮当的杯盘中间，李恂勉强自己装出笑脸。如果不是元珍和元星姐弟为他添菜添汤，他是筷子也不想动的。幸亏太太们急于抹竹牌，一餐晚饭没有占用太多的时间。

洪元珍让丈夫招呼客人打牌，她要弟弟陪李恂进了小书房。

"机会难得，元星。你不是盼了好久了吗？你们好好谈谈吧。恕我不奉陪，我得去照应客人。"

洪元珍笑盈盈地说了，轻盈盈地走了。娘姨为他们送来两杯茶。

元星眉眼很像姐姐。姐姐是那么娇小玲珑、袅袅婷婷，弟弟也显得文弱和清秀。他说话比姐姐有更重的吴音。据他说，现在苦恼着他的是上什么学校，学什么科系。国立大学比较难考，可是费用比私立大学低得多。他的家境一年不如一年，不能不考虑费用的高低。

从客堂间传来梅兰芳的唱段："看大王，在帐中，和衣睡稳……"夹着骨牌的稀里哗啦的响声和男女的嬉笑喧哗。

元星皱皱眉头："他们大概要玩一个通宵，闹闹嚷嚷，旁若无人。走，咱们到你的屋子去，好吗？"

两人来到亭子间，各据一床。李恂拾起刚才的话茬儿："你到上海来就读不好吗？这里可以考虑的学校多。你姐姐在这里，必要的时候，也可以从她得到帮助。"

"哎，不瞒你说。我高中刚刚念完，忽然患了肺炎，连治病带疗养，整整耽误了两年，功课也都荒疏了。我是庶出，生身母早去世了。大母待我只是面子情儿。按她的意思，最好别上学了。早点找事做，不是省了家里的费用吗？我们原来算得上一个小康人家，一天天衰败下来了。"

"这不奇怪。我周围的中产之家，没有一家不是年年衰落的。大概还要衰落下去。那么你姐姐是什么意见？"

"不是为了姐姐，我来也不想来。姐夫的为人，你不清楚，我也不想多说。一句话，纯粹是一个锱铢必较的商人。姐姐当年错走了一步，现在懊悔也晚了。高中完了，她是想进大学的。父母做主，要她嫁了人。她现在生活过得去，心里可是没有幸福。她现在唯一的安慰是她的小女孩。她是主张我继续求学的，不过她想的和我却不一样。上医科，或者学法律，是她对我的希望。我不说你也能想到，这都是从谋生方面着眼的。这很自然。我要是能自立，她会大松一口气。她当然愿意我来上海，这样她精神上会更愉快些。我呢，医科我怕。整天和病人打交道，多烦人呐。我也天生不是当律师的材料。穷苦人有冤没处诉，哪个有钱寻律师？凭金钱打官司，有什么公理好说。法律如果真的管用，世界就不是这样子了。况且我口才也不行。国际贸易倒是可以试试。听说你外语好，是学海外贸易的，我很想听听你的意见。”

这一番推心置腹的话使两颗心接近了。元星可真问到点子上，使得李恂有苦难言。他自己的经历不能证明学海外贸易是可取的。据他观察，元星也不是在商务战场上决胜负的人。他觉得两难，既不好说不赞成，也不能表示赞同。怎么办呢？他心里犯踟蹰了。只得绕弯子说话。

“阿洪姐赞成吗？”

“她一定会顺着我的心意，可是她心里最希望我学医。如果怕做手术，学内科，学口腔科都行。她会说我心地单纯，不是干商业的材料。她也知道，没有一个律师不是靠敲诈勒索发财的，可是她希望我做一个正直的律师。”

李恂不禁笑了：“能做一个正直的律师，为什么不能做一个正直的商人？正直和发财是水火不相容的。”

“是呀，不错。”元星也笑了，“从小，姐姐就为我操心。姐姐和我是相依为命的。只要能使她愉快，我学什么都行。”

这个青年的理智和感情的矛盾是很明显的。他不想学医，却又想让姐姐高兴。李恂更觉得难于置词。纯正、善良的心和当今的世道也是不相容的。怎么办才好呢？只能以诚心对诚心。他说学海外贸易也不是他的本意。他学了，也干了一年多，越干越没有兴趣，越证明自己不是那块材料，好处是多少掌握了一种外文工具。现在他的兴趣正转向哲学、社会科学、文学，这些学科都是饿肚子的学科。他最后的意见是，不妨先进国际贸易系，头一二年把外语的底子打好。如果有了兴趣，就学下去，否则改系也不迟。

元星听着，眼神亮了，嘴角笑了。跳下床，来到李恂的跟前：“我也正是这么想的。你这一说，我心里定了。求你一件事好吗？”

“只要我能办到的……”

“能，能。我姐姐可喜欢你呐，说你心细、可靠、真诚、坦率。她说得一点不错，我也是这么看的。求你和我一起去和她谈。你说比我说还更顶用。”

李恂被他说得脸红了。知道一位美丽女子的好感，这是很愉快的，但是这样在她面前更难于措辞。他知道自己的这个弱点。

“你过夸了，我不敢当。我很愿意从命，不过今天是不是太晚了。”

“不晚，到天亮都不晚。咱们现在就到前楼去。我姐姐一向不打牌。”元星拉起李恂的手。李恂也只好就势下了床。

他们经过热气烘烘、烟气弥漫中掺和着粉香、骨牌噼噼啪啪的前厅，回到小书房。元珍看见他们回来，立刻跟了来，让他们等着吃夜宵。前楼很暖。元珍只穿一件大红毛衣，茶色的起花缎散腿裤，薄底黑丝绒花鞋。因为热了，她的脸色红润润的，比平日更显得娇媚。李恂瞥一眼，想起刚才元星的话，不免有点儿心跳，很怕不能明明白白地表达自己的想法。

“你们谈得很投机，是不是？一定是的，我看得出来。”她的眼光从弟弟脸上移到李恂的脸上，含笑的眼仁儿停留了一刹那。李恂感受到这温柔的目光，心里更有些发窘了。

“是啊，是啊，李兄有话要和你说，阿姐。”

“是吗？好极了。请等几分钟。我去和客人打个招呼，立刻回来。”

她轻轻盈盈地出去了。李恂轻轻地舒一口气，竭力使自己松弛下来。在这种场合，这可是很难咧。

一〇二 从绝望中生出希望，这希望会更强烈

新年过后，学生到校，李恂才得知学生查日货的遭遇。学生出来的不多，有的因为听了校长的禁令，不敢行动了，有的则是家长不许出来。南京的事件早已传开，家长们当然很怕子女出事。中学生究竟不像大学生，行动受到大得多的限制。上街的学生刚散发传单，就有警察来干涉，来驱散，说是妨碍交通。也没有查出什么日货。有日货也早转移或收藏了，摆在台面上的也都改成中国牌号。

已经有一些不要版权的小曲在流传，什么“中华民国民不国，如今的世道怪事多。怪什么？祸国殃民的享大福，奔走爱国的受折磨……”各种救国经如雨后春笋，应时而生：读书救国，体育救国，和平救国，文艺救国，统一救国，习武救国，跳舞救国，娱乐救国，布衣救国，素食救国，尊孔救国，恋爱救国，祈祷救国……总之，各种牌号，各种标签，应有尽有。只差一样：卖国救国，不过这是只可身体力行，不可做口头或文字宣传的。

中学生受到的这点点雨丝风片，和南京那大风暴相比，简直不算什么。李恂听了只是轻轻地叹口气。让心变冷吧，让神经变麻木吧。

他给贞月的信一直没写完。使他特别高兴的是接到了贞月的长信，信是前五天的深夜写的。他看一遍又一遍，只是不忍释手。

这些日子，我每天一早醒来，心里问，恂弟今天会干什么呢？当然猜不出。只能想你一定过得很充实。你一向不虚度时光，这是姐姐深知的。我不希望你多劳鱼雁，不过说实在的，你的来信多少使我心中不安。姐姐当然愿意知道你的心迹。可是你的事迹呢？为什么总是略而不详，那么含糊其辞？不具体、不详细，反而使我犯疑。我知道你喜欢简练，不喜欢啰嗦。可是对于你的信，我倒不怕啰嗦，巴不得你啰嗦。我不喜欢工笔画，这你是知道的。再细的笔也不能如实地画出头发和眉毛。可是你的信我宁愿你用工笔，不要写意，更不要米点和大泼墨。

我又读了一遍《项脊轩志》，大概是第三四遍了。

每次读到“妪每谓余曰：‘某所，尔母立于兹。’妪又曰：‘汝姊在吾怀，呱呱而泣。娘以指扣扉曰：‘儿寒乎，欲食乎？’吾从板外相为应答……语未毕，余泣，妪亦泣。”

读到此处，我总止不住眼中含泪。为什么这么动人？因为有真挚的感情，而这感情是借极具体的景物、事物、动作、语言表达出来的。从这里我多少悟出一点道理：以心含物，以物呈心，心物交融，此情乃深。不知你是否同意我的胡诌。如果你不能从这番话里看出姐姐对你来信的要求，你可是枉读十数年书了。姐姐相信你会看出来的。因为具体的事你讲得太少，我甚至于犯疑，你是否在借贷度日。

姐姐知道，你在那边，无论遇到多大困难，也不会回来的。我有时很希望你回来。特别现在这动荡的时局，使人不能放心。可是我又不希望你回来，虽然在日夕地牵念。普天之下，哪里有安宁之土？贾宝玉出家，似乎是一了百了，其实是百无一了。好即了，了即好，其实是了也不好，好也不了。不了了之，其实还是不了。现在我时常想，咱们这一代不必希求康乐安宁了。你常常说：有生如此，不如无生。男子汉尚且如此，女流之辈该怎么处呢？

现在我和梅姐天天练习体操，在她家的院子里。也常常去爬山。当然不敢远去，只在山顶的大庙近处。想改改弱女子的风范，当然也无意于当花木兰。

说起梅倩，我该告诉你，我们两人约定了。阳春三月，群莺乱飞的季节，将结伴南下。她想看看早已记不清的故乡，就便访访亲旧，看看故居还能不能栖身。这里我要插说几句：前一阵子日寇登陆，全市一日数惊，惶惶然，惴惴然，有如天地末日之来临。日兵退去以后，又平静下来了，还不如说，麻木起来了。都有一种侥幸心理，他们大概不会再来了吧。人不能习惯于惊恐，却能习惯于麻木。据我看，他们未必不再来，毋宁说他们一定要再来。那时全市一定加倍的惊慌，这是可以想见的。

我和梅倩想的是，趁着还没有当亡国奴，先以四百神州我为主的气概，涉足大江南北，饱览大好河山，登临长啸，一吐满胸的郁结，一死也可瞑目。我特别想看看龙盘虎踞的金陵，吊吊六朝的遗迹。还记得我们一起背诵《哀江南》吗？‘那乌衣巷不姓王，莫愁湖鬼夜哭，凤凰台栖枭鸟。残山梦最真，旧境难丢掉。不信这舆图换稿……’那时的舆图换稿和当今的舆图换稿可是大不相同啊。你是否以为我的心情太颓唐了？感时伤世，不能不尔。从绝望中生出希望，这希望会更强烈。当然我们也要去看看你和你的朋友们，盘桓数日，叙叙衷曲，也是人生一大快事。

梅姐是你深爱的。每次见了我，她总要讲你，向我询问你小时的情形。说到你拿我的金耳环扔在地上，她又笑又高兴，说从这件小事可以推想一个人一生的行径。这话有些道理，然而不可作为定论。谁能想到蔡中郎会接董卓的官职，且伏其尸而痛哭呢？这我扯到哪儿去了。我看出来，她深深地眷恋着你。我忽然有一个念头。如果她不是比你大三几岁，你们倒是天造地设的一对儿。你可千万别生气，我这是随便说说而已。

大哥很少来信，来信也只报个平安。在那边究竟是否顺利，则不得知。据我想，强敌压境而节节败退，这样一个国家的国民，在外国能伸直腰吗？他还是按时寄钱来，很难为他的孝心了。自从大哥走了以后，湘文又做起了刺绣活儿，家里其实不用那几个钱。妈妈不让她干。她白天不干了，晚上却熬夜。我告诉了妈妈，只好由她去了。难得她白黑地操劳。我这当小姑的很不过意，却不能插手。她不许我动。她整天和颜悦色，心里自然是悲苦的。如果大哥不是在家信里顺便提一句，而是单独给她来信，她心里会更踏实些。可是大哥偏不，实在可恼。要照我，有这么一个丈夫，不如没有。湘文有自己的想法，名分定了，她就可以安身立命，默默地独守空房。为了减少她的悲苦，我常常陪她熬夜，跟她学学刺绣，有时就读书给她听。小姑为嫂嫂画眉，你说这是有幸呢还是不幸。

那位章家少奶奶在南方的时候，姨妈常常到我家来。两姐妹有说不完的话。章家少奶奶回了家，姨妈来得也就少了。听起来，她很不喜欢你那位章婶，却又不敢得罪她。

我这么啰啰嗦嗦，大概引起你的厌烦了吧？这里一连下了两天大雪，处处是银装世界。风声和海声一起震撼着这个城市。房檐下已经结下很长的冰溜。这些冰块化尽的时候，燕子就快到了。姐姐巴望春天快到，那时我会看见你了。你是否又长高了？你在家里，姐姐看你已经得仰脸，现在是不是要仰脖子了？你可以为姐姐放心。国运如此，个人能指望什么好运？想当年韩世忠、岳飞辈尚不可为，而今像我与梅倩辈只能忧心如焚而一筹莫展。‘生当作人杰，死亦为鬼雄’，李易安之浩气也不过吟咏笔墨，即使字字掷地有金石声，也无补于北宋的衰亡……

信还没有读完，泪水已经模糊了李恂的眼睛。他把信纸贴在胸前，心里呼唤着：月姐，月姐，生我者父母，知我者贞月。我现在虽然没有借贷，可是只靠大饼度日了。我当然不会回去，虽然我也是日夕牵念着你。你放心，处境再坏，我也不会去投江，我宁可像托钵僧那样去云游四方。你嫌我的信不具体不详细，这样的情况怎么能让你知道。我若是让你为我忧心，我就是十恶不赦。你说我只讲了心迹，其实我最隐秘的心迹也不能向你吐露。你是我性命中的性命，灵魂中的灵魂。人生就是这么奇怪，愈是亲密的人越不能不向他隐藏起自我的一部分。

正当他因为贞月的信而满心喜悦的时候，一件极可恼恨的事发生了。午休之后，他来到校长办公室。这时照例只有胖文书一人。这人不像弥勒佛那样向他笑，却板着面孔，指指桌子上的一封信。李恂拆开信封，抽出一张八行书。

上官先生之假期已过，而此一教席本校不可长期空缺。兹已由教务处另聘教师，来校执教。先生代课一事可不必继续。应得之报酬请即向会计室领取。

李恂看完，冷笑一声，把信纸扯碎。

“您别生气。”文书站起来，小声说，“这是训育主任的意思。校长说最好等上官回来，训育主任说向党部不好交代。什么党部，我看是他胡扯。你是不是什么地方得罪了这老头？我想你是不是和他谈谈……”

“我，和他谈谈？”李恂仰天大笑，“我和一条狗有什么谈的。”

他径自走出了办公室。

在这种情况下，他更不想去会计室。训育主任的意见？笑话！骗什么人呀。你校长不同意，他训育主任能决定吗？一丘之貉！还不就是因为他和学生站在一边吗？应当去和学生告别一下，特别应当向刘南芳她们说明情况。不等上官回来，校方就毁约，在他看来是不合情理的，甚至是含有侮辱意味的。但是学生正在上课。等到下课吗？不！一分钟也不想呆了。他急急地回了宿舍，把随身替换的几件衣服装入小提箱，又用了将近一小时把屋子清理好。所有上官的被盖、用具、书籍都照原样摆摆好。最后他站在屋子当中，四下看看，长长地吐口气。别了，这为他避过风寒的小屋。

他原来是想等上官回来，就去苏州。现在好了，可以提前去见洪老师了。他要立刻回亭子间，找洪元星，和他商量。如果他能立即同行，很好，否则一个人行动。中国向何处去，他自己向何处去？一直苦恼着他的这两个问题，他相信能从洪老师那里得到满意的回答。至于怎样才能见到洪老师，在满心愤懑的时候他根本没有想。直到他回了亭子间，坐下来休息的时候，才想起来现在正囊空如洗。一文钱难死英雄汉。他现在所缺的可不是一文。心里一急，他全身出汗了。怎么办？

告贷无门。再去当衣服？照上次的情况，当不出几个钱。他打开唐旻的箱子，也只几件旧衣服。被盖？不行。天还太冷。月姐的信提到金耳环。这是小时候鲁莽行为的证物，是无价的纪念品。那么金镯？是的，只有金镯。卖吗？能多得几个钱。但是不能卖。这是月姐沾过手的，不能让任何一个女人再沾手了。月姐是不会在意的，可是他自己的心通不过。那么只好送入当铺。为了一个正当的目的，把月姐的饰物送入那肮脏的地方，她知道了也会谅解的。

他从娘姨那里得知，元星和姐姐上街去了。他从一对金镯里拿了一只，立刻离开了亭子间。当金镯等于掏他的心，但是顾不得了。

当天晚上，洪元星热情地答应同行，而且明天上午就可动身。

李恂早已拿定主意，学校的事先不告诉卢雁。她知道了很可能到学校去质问。不能不为上官考虑，她回来也许还要回校任教，如果闹僵了，她回来不好处。他从前楼和卢雁通了电话，说这几天学校特忙，过两三天一定去看她。为了良好的目的，他又一次说了假话。卢雁说她已经完全康复，请他不必担心和为她奔波，只管忙自己的。因为没有接到唐旻和上官的信，电话里传来她狠狠的诅咒声。嗬，听这声势，不是健康的人是呼喊不出的。

第二天一早，两青年告别了洪元珍，动身了。李恂没能为洪老师买衣物，只顺便买了两大盒好的糕点。到了车站，元星抢着去买了两张车票。李恂只好接受了。好在到苏州用不了几个钱。

从车窗望出去，李恂很觉得凄凉和失望。这哪里是他向慕已久的江南！即使是冬季，一定该有茂林修竹，有潺湲的流水。没有，任何让人赏心悦目的景色都没有。向后退去的是稀拉拉、光秃秃的树，是荒凉的大地，是泥泞的田畦。时时有破落的小村子出现在眼下。那破烂的茅草顶，那颓毁的小土屋，那像老太婆额头皱纹一般弯弯曲曲的细路。这些像坟场一样荒凉死寂的村落，唯一使人觉得有生气的是那一缕缕炊烟。青烟冉冉升起，似乎很不舍得离开主人，还依依凝聚着不肯散去。

李恂长吁一声："这就是江南？"

"嗯？"元星不明白他的意思，正面看定他，等他说下去。

"远远不是我想象中的江南。"

"你想象中的江南是什么样？"

"至少也该有点竹子嘛。"

"竹子？呐，呐，那不是竹子。"

在一处往后退的村子外面，果然有稀稀拉拉几小丛矮矮的竹子。李恂撇撇嘴笑了："那叫竹子么，北方的恐怕还要高些呐。"

元星也笑了。"到了苏州，梅、竹、松，岁寒三友，我请你看个够。苏州的园林，我想你一定会喜欢的。各不相同，各有风格。有的幽深，有的轩敞，有的小巧玲珑，也有气势昂然的。还有虎丘山、灵岩山、天平山，风景也好，古迹也多。我很希望你多住些日子。再过两个月，你看吧，满眼杜鹃花。秋天也好，一下火车，扑鼻子是桂花香。冬天嘛，也可以。我请你看看各式各样的建筑和各种风格的雕塑……”

元星的热情很使李恂感动。他虽然满腹心事，也只好装出兴致勃勃的模样说：“可惜我在苏州只能呆两三天。”

“为什么？你不要怕麻烦我。你多住些日子，反正学校马上要放假了。说句笑话，你如果以为是叨扰了我，不妨为我补习功课。”

“是吗？很好。是等价交换还是不等价交换？”

“反正是一笔糊涂账，算喽。”

两个人都笑了。

李恂告诉元星，两个朋友回原籍去办事，他正急等他们回来。他今后的行止要和他们商量了才能定下来。元星以为他既然能教书，不妨留在苏州。他可以求人在教育界活动一下。

“哎，你还不知道，我给人家代课，都是面子情儿。我没有大学文凭。正式教课没人肯要的。”

“文凭算什么？并不代表真才实学。冒牌货有的是，假文凭也满天飞。”

“文凭可以是廉价的，可是人呢？人本身可以是廉价的吗？”

谈话只能中断。到站了。

火车徐徐驶入城市的时候。李恂吃惊地看见破破烂烂的木板房，东倒西歪的茅草棚，大大小小的垃圾堆，泥泞和肮脏的小巷子。啊，这就是地上的天堂！李恂到的地方很少，但是至少经过四个火车入口处，都是这般模样，都好像衣衫褴褛、匍匐在地的老乞儿。这就是我们五千年文明的泱泱大国。也很好，可以让有心人瞧瞧，这个国家已经穷困破落到了什么地步。可是当今的有心人有几个？

一〇三　不恨我不见古人，恨古人不见我

啊哈，这地上的天堂！碎石铺的狭窄的道路，弯弯曲曲的小巷子，歪歪扭扭的石桥，东一条西一条黑色的死水，说不上是河还是沟渠，临水的湫隘的小屋，屋基上斑驳的苔藓。这就是李恂眼下的姑苏，一个破烂、拥挤、肮脏的城市。这远远不是他想象中的苏州。

两辆人力车送他们到了元星的家。旧式的四合院，带廊檐的瓦舍，室内阴暗。洪妈妈热情地接待了他。从见面的寒暄中，李恂知道元星的小妹妹上学去了。看来这家是人丁不旺的。

稍稍休息以后，李恂要立即去探望洪钟。元星很想陪他同往。李恂怕有第三者在场，谈话不方便，婉言谢绝了。

李恂不知监狱的地址，只好借助于人力车。他答应多给钱，要车夫快拉。寒风掠过他的耳边。愈往前走，他的心绷得愈紧。想要和洪老师谈的话太多，应当好好利用有限的时间，讲明白最重要的事。这时他蓦然想起来，洪老师是在牢房里学德文的。原先和阮令之讲过，要为他买德文字典，一来二去，竟然忘得干干净净了。这无论如何不能原谅自己。现在怎么办？只好向洪老师道歉就是了。他很难想象在监狱里还能读书，这不知要有多大的毅力。

原来监狱在市郊。车轮在冻硬的、坎坷不平的土路上跳动和歪扭。车夫早已脱去棉衣，脊背上的破褂子已经湿透了。李恂觉得很

不人道，要下来走一程。车夫不肯，说还要回城揽别的生意。他于是和车夫讲定，要他拉回程，这样免得他跑空车。

到了。啊，这就是让人失去自由的地方。这不是他想象中的，也不是他从小说里读到的监狱。没有铁丝网，没有高高的岗楼，没有汪汪的警犬声。砖墙却是砌得很高，不大的铁门外面有两个岗亭分立左右，岗亭里各有一个兵，或武装警察。

一个兵听了他的来意，上下打量他一下，见他长袍革履，像个先生，没有说什么，只是按一下门上的电铃。过了许久，门上的小门开了。一个矮墩墩穿黑色中山装的人站在门口。

“你有啥事体？”这人干巴巴地问，一面上下打量李恂。

“来探望一个人。”

“哪一个？”

“洪钟。”

“他是你的什么人？”

“他，啊……是我的舅舅。”他不敢说是老师，因为异姓的至亲无过娘舅。这是非常正直的假话。

“什么时候进来的？”

“哦，不清楚，好像有大半年了吧。”

“没有这么一个人。”这人说完就要关门。

李恂心急智生，急忙一只脚插入门内，顺手摸出早已准备好的五元钞票，悄悄地塞在这人手里。“长官，我是几千里地来的……”

这人似乎动了恻隐之心，阴云密布的脸上开了一丝缝儿。“真的，确实没有这个人。”他说。

李恂的心沉落了。莫非钟老师……这时紧接着又听这人说：“好吧，你进来一下。”

李恂的另一只脚踏进了这地狱之门，跟这人进了一间小屋子。这是传达室，看来这是鬼门关。

“你先坐下，等我查一下。”

李恂不敢僭越，只毕恭毕敬地笔挺地立着，希望这样能引起这人一点好感，一面看他从桌子上翻开一个大黑皮本子，一页页翻过去，一面喃喃地念着，一面微微摇头。随着这人的摇头，李恂的心一点点往下沉落。难道洪老师真的不在这里？阮令之讲得确确凿凿嘛。又转移了？再不，改名字了？再不……他不敢往下想了。

这人砰一声合上本子，大摇其头："告诉你不信，查不到不是。"

李恂的眼前一阵发黑，不由自主地坐在一条长凳上。洪老师可能真的不在人世了。

"你再等一下，我问问里面。"

他拿起桌子上的耳机，要了一个号码。接通以后，他喊，要查一个叫洪钟的犯人。李恂瞪起双眼，盯住这耳机，心怦怦地跳，希望那个黑筒里能传来好消息。

"啊，唔，是我……怎么样？有？"

李恂松了一口气，眼睛湿润了。

"啊，嗯……是这样？……好吧。"他放下耳机，转身向着这个脸色忽然发灰的青年。"问明白了。不错，你舅舅在这里关过。一个多月之前，有人保他出去了。我刚接这事，所以不清楚。"

泪水滚下李恂的脸腮。不只是失望，他完全不能相信这人说的。洪老师一定被他们杀害了，是为了掩人耳目这个坏蛋才这么说的。悲痛和愤恨窒息了他，如果有一颗炸弹，他就和这人间地狱同归于尽。他不知怎样走出的牢门，也不知怎样上了人力车。他双手掩面，让泪水直流下来。他头脑的旷野里走过一个可怕的身影，蓬乱的头发，破碎的衣服，赤着双脚，锒铛作响的铁镣拖在脚下。完了，永别了，今生今世不能相见了。

人力车在一道小沟上猛地颠簸了一下，差不点把他掀出车外。他从幻想里醒悟过来。灰蒙蒙天空里有一个寒冷的太阳。荒漠，空寂，寒冷！很好。这正是他空漠的心所需要的。他喊车夫停下来，给了他约定的车钱。车夫很觉得奇怪，说到城里还有五六里地。李恂说他要在野外走走。

车夫的身影消失之后，荒凉的大地上只有他一人。“从绝望中生出希望，这希望可能更强烈。”这是月姐信里的话。他对于这个人世是绝望了。有什么美好的愿望和美好的感情不被摧毁？他蓦地想起了《新约·启示录》里的话：“……揭开第四个印的时候，我听见第四个活物说，你来。我就观看，见有一灰色马，骑在马上的，名字叫作死，阴府也随着他。有权柄赐给他们，可以用刀剑、饥荒、瘟疫、野兽，杀害地上四分之一的人……”他现在心里只有一种情绪，愤恨。为什么只杀害四分之一的人？要杀，就把所有非人的人杀掉，有一个杀一个，毫不留情！

他漫无目的，在坑坑洼洼的郊野里深一脚、浅一脚地走着。太阳西斜的时候，他走近城市，却不辨方位。正当他梦游似地走着，觉得有人碰他一下。他转身。一个高身量的人站在面前。这是谁？这不是景岳先生吗？是真实还是梦境？

“你怎么到这里来了？”景岳看着李恂茫然若失的眼神。

“我？我来看洪老师，他死了！”李恂竭力忍住冲上喉头的哽咽，可是泪水又直流下来。

“是吗？”景岳心里一震：“从哪得来的消息？”

“我刚刚去探监了……”

“哦，是这样……”

这里正好是阊门外距虎丘不远的地方，街上的行人多了。景岳左右看看，觉得不便于谈话，就拉起他的手，意味深长地说：“你的洪老师是不死的。”

李恂以为他说的是洪钟精神不死，也说：“千真万确，他是不死的。”说了这一句，他忍不住满胸的呜咽了。

景岳不再说什么，只拉着他很快地走出人多的街市，来到一处僻静的小巷子，进了一家小茶馆。这种地方一早一晚人多，这一阵子正是一天中最清闲的时刻。他拉着李恂走到角落，在一张方桌旁边坐下，又伸出两个指头，向跑堂的要了两盖碗茶。

“师生之间很少有你这种真挚的感情。”景岳长叹一声，小声对李恂说：“你听我说，你的洪老师没有死……”

李恂瞪圆眼睛，惊奇地看定这个神秘人物，张开嘴，却说不出话。怎么能相信呢？是不是为了宽他的心，他才这么说呢？

景岳做一个苦笑：“我先要关照你，你在这里不能久住……”

李恂不知究竟，只点点头。

“你先说说，他们是怎么对你说的？”

“说有人保他出来了，这不是骗人吗？根本不可能有人保他。”

“你怎么知道？”

“我……”李恂语塞。

景岳笑了。在李恂看来，这笑也很神秘。“只有死人是不能复活的，此外没有什么是不可能的，只看有没有条件和办法。”景岳更加放低声音，却故意地大声呷茶。“我说的，请你相信。我不说的，请你别问，好吗？”

李恂莫明其妙地点点头。

“洪，好好的，到外省去了，有人帮助他。我也是到此地看朋友的，过些日子也要到那边去。以后你看报纸的时候，多多注意江西、湖南方面的情况。别的你慢慢会明白的。”景岳说着，喝干了茶，站起来。

李恂也站起来。

他们来到街上的时候，已经是黄昏时分。行人很少了。李恂只能相信景先生的话，只是觉得迷惑不解。这位景先生既然有言在先，他不好再问什么。景岳看看前后都没有人，又低声说：“我可以再对你讲得明白点。洪，他是到江西去了，苏区，明白了吗？当前是全中国、全民族大搏斗的时期，当然也是大灾难的时期。只有浴血苦战才有希望。”他说完，紧握一下李恂的手，向前走去。李恂站在当地，看他的身影隐没在远处的寒雾里。

知道洪老师还活着，而且已经到了……啊，苏区，李恂的心境从悲戚里超脱出来了，但是又陷于无限的惆怅之中。他想望已久的会面落空了。他以为自己正彷徨在歧途，总不能大哭一场就回头，像杨子那样。要寻一个引路者的想望也落空了。看来人生之路只能靠自己去探寻了。

他在灯火初上的街市瞎走了一气，最后还是靠人力车才找到洪家。元星正在大门外东张西望，见了李恂，大大地松了一口气。“我真怕你迷了路，回不来。”

“幸亏我记得街名，不然我只好到火车站去了。”

元星让李恂进来，关好街门。“见到老师了吗？”

“他早就出来了，到外地去了。”

元星听他感慨和惆怅的语音，急忙安慰他：“两座山碰不到一起，两个人总能碰到一起。来日方长嘛。”

两个人来到堂屋的时候，李恂看见已经摆上一桌热气腾腾的饭菜。元星的妹妹元琼已经回家。一家三口热情地招待客人吃晚饭。洪妈妈不住地往李恂面前的碟子里搛菜。小妹妹也学妈妈的样。这小姑娘看来是个人来疯，眼珠子不住地滚在李恂的脸上，一面向他提出这样那样的问题：“你有姐妹吗？”“只你一个，那多孤单啊。”“唔，有好多异姓的姐妹？那究竟不像同胞姐妹那么亲，不是吗？”“比同胞姐妹还亲得多？我才不能相信呐……”

“琼儿，你让客人安生吃饭好不好！”洪妈妈干涉了。

“我这个妹妹的舌头有五寸半长。整天不住地说话，梦里还喋喋不休呐。”元星说着，亲昵地用筷子头点她一下。

“哥……”元琼一撅嘴巴。

满桌子都笑了。

李恂收缩了一整天的心敞开了。这种天伦之乐深深地感染了他：“那不就是一个史湘云了吗？”他凑趣说。

“你喜欢史湘云吗？”元琼正面直盯住李恂。

“喜欢，非常喜欢。”

“我也喜欢。”元琼的眼珠忽然发亮，因为和这个很可亲近的生客找到一个共同点而非常高兴。

饭后，元星陪李恂来到他下榻的屋子。元琼不顾妈妈的劝阻，也跟了他们来。看来她在家里是任性和撒娇惯了的，妈妈和哥哥都拿她无可奈何。她又向李恂提了一连串问题。他的故乡，他的学校，他爱的功课是什么，他最喜欢什么样的人，一直问到他有没有女朋友。

怎么能和这么一个活泼饶舌的小姑娘当真，李恂只能逢场作戏，以诙谐出之。他的故乡是秦始皇到过的地方，还留着御马的蹄印呐。他的母校是美国人办的，可是不在美国。校长和老师都不是中国人，可都取了中国名字。他说不上爱的功课是什么，只能说不爱的是什么：神学课。他最喜欢什么样的人吗？除了史湘云，还有一个，请她猜，猜中了他背诗一首，猜不中她也背一首。

想不到这个人这么有意思，不像哥哥那么干干巴巴。元琼兴奋得两腮涨红，笑得连整齐的牙根都露出来了。“那，你得写下来，交给我哥哥。要不你改嘴谁知道呐。”

李恂照办了。

“我一猜就中，林黛玉。”

李恂摇头。元星笑着，伸一个指头划划自己的脸腮。“背诗一首。”

“我不信，字条我看。”她扑向元星。

元星高高地举起手。

“那你得解释，为什么？”她又转向李恂。

“因为我不是贾宝玉啊。”

元琼笑得弯了腰，又强忍住。“我求求你，三猜一中，好不好？哥，你帮我求求情。”

“只要你不耍赖。”

“耍赖的是巴儿狗。那我再猜，是……探春。”

李恂摇头。

“解释。”

“我不想变成一个怕老婆的人。”

元琼笑得捧起肚子，强忍住。背诗她不怕，她可不是甘于失败的人。她的眼珠子转向屋顶，又转到地上。“哎，是谁呢……哦哦，想起来了。这一次一定不会错，薛宝钗，一定了。”

李恂又摇头。

“为什么?”

“我的爸爸不是翰林啊。”

这一次元琼顾不上笑了，满脸疑惑地扑向哥哥。元星伸开手。小姑娘看一眼字条，呆住了一会儿，忽然跳起来。“不对，不对，怎么是她?”可是白纸上的黑字是抹不掉的。

“是我问你，不是你问我。来，背诗三首。”李恂笑着看定她。

“那么你是柳湘莲?”

“姓柳的没有爱过她，她是单相思。她死了，姓柳的才后悔的。不过我倒很想变成一个柳湘莲，可是不出家。”

“干什么?”

“有那么一身好本事，打日本啊。”

这话没有引起元琼的什么反应。她在想，这个人为什么单单喜欢尤三姐呢?“好吧，我认输。我背一首李白的古风顶三首绝句，行吗?不过，你得先解释清楚，为什么?”

“她脱俗、深情、专一、豪爽、刚烈，可敬、可畏、可爱。”

“那么那么，她和贾珍……”元琼不好意思说出口，脸更红了。

“她是清白的，她的心，她的灵魂、她通体上下，从里到外都是清白的，像冰雪一样的清白。书上也说得明白。”

元星拍掌笑了:“输了，输了，快背诗吧。”

妹妹狠狠地剜了他一眼:“谁教你幸灾乐祸，等客人走了和你算账!”于是她收了笑，站在当地，两手拢拢额上的短发，又抄在背后，转着眼珠想了一下。“我本楚狂人，凤歌笑孔丘……”她流畅地一字不差地背诵了《庐山谣》。

三个人说说笑笑，很融洽，也很欢乐。李恂一天的悲伤和惆怅都为之一扫。按李恂的本意，第二天就要离开。元星苦劝他留下，看看苏州的景物。元琼更是不住嘴地为哥哥帮腔。明天是星期天，她正好可以跟上痛痛快快地玩一天。直到洪妈妈在窗外催他们休息，三个人才依依不舍地散了。

李恂躺在床上，很久不能入睡。经过父亲破产的熬煎，加上他处处自寻烦恼，他时常患失眠病。愈睡不着，头脑愈清醒。这时似乎上下五千年，东西八万里的事都纷至沓来。苏州人可能是很好客的。他们有那么多的著名园林和文物古迹向客人献宝。他想最多再逗留一天，很希望回去的时候能见到归来的唐旻和上官。他已经到了山穷水尽的地步，看来车到山前未必有路。他已经养成独立不羁的性格。路要自己探寻，可是目标和方向在哪里？回想起与景先生的邂逅相会，他有些后悔。景先生虽然不允许他多问什么，可是为什么不向他提出要求，跟他一起去洪老师去的地方？这位景先生显得胸有定见，行有定则，从他清亮的眼神和言之凿凿的语气可以看出来。他很可能和洪老师是一回事。他们一定有很多志同道合的人联合在一起，所以决不会感到孤独和无能为力。

洪元星是母老妹幼，好不容易结识这么一位声气相投的朋友。他为李恂安排了至少是五天的日程。苏州的大小园林、玄妙观、寒山寺，都是应当看的，此外还有灵岩和天平。不料他的设想与李恂的相左。元星想的是由近及远，李恂的要求是由远及近。昨晚上的相聚，李恂很有风趣的谈吐博得了元琼的欢心。她怂恿哥哥同意李恂的意见。

第二天用完早点，元星喊来一辆马车。洪妈妈听他们要去游山，很觉得奇怪。大冷天去野外，不是疯子吗？碍着客人，她不好说什么，只叫元琼抱出两张毛毯。元星让李恂和妹妹坐了正座，他对面相陪。幸好是个大晴天，太阳送给他们一丝温暖。一路上没什么可看，但是也不寂寞，因为元琼又向李恂提出这样那样的问题。

她已经从哥哥知道李恂是学外语的，故意挑冷僻的字问他。先是问地狱、鬼魂、阎王、佛爷之类，接着又问花名。李恂样样都能回答，这使她大为惊奇，而且佩服得五体投地。只有一样他没有答出来：石竹花。他不知道外国是否有这种花。他告诉元琼，怪字他不一定不知道。小时候同学们都好奇，专门翻字典，找冷僻的字互相诘问，还打赌呐。于是元琼又问他，最喜欢的花是什么？

“狗尾巴花。”李恂故意一本正经地答。

元琼瞅他一眼，一撇嘴唇：“你这人就是怪，唏！”

“怪在哪里？”

“有喜欢荷花的，有喜欢菊花、梅花的。水仙、兰花、牡丹、茶花什么的，也有人爱。狗尾巴花有什么好，最贱。哥，你说呢？”

元星含笑不答。他知道李恂逗妹妹玩儿，乐得听他们两人斗嘴。

李恂故意地正襟危坐，装出凛凛然不可侵犯的模样。“人有贵贱之分。当然，贵人多半是绣花枕头，贱人里可是英才辈出。百里奚给人家放羊，张良为人家提鞋子，韩信爬别人的胯下，诸葛亮是种田的。花可是不分贵贱呐。”

“得得得，你尽是强词夺理。狗尾巴花一不好看，二没有香味，好在哪里，哪里……”小姑娘猴急了。

李恂故意不为所动：“狗尾巴花一不要你浇水，二不要你施肥，三不要你修剪，四不怕风吹日晒雨淋，从春天一直开到秋天，一丛丛，一排排，临风摇曳，楚楚有致，笑靥迎人，好像一队队村姑在跳舞，可惜你不是武则天……”

“是武则天怎么样？”元琼不胜惊奇地瞪大眼睛。

“我就要三拜九叩，求你封狗尾巴花为王。”

元星拍手大笑：“好啊好啊，小妹的舌战败下来了。”

元琼握起两个小拳头，弯腰重重地捶打哥哥的膝头。“叫你取笑我，取笑我，看我不回去告诉妈妈。”

李恂也忍不住大笑起来，心里的郁结松动了。

灵岩山已经在望。他们先到木渎镇的小店里吃了些热食，然后上山。

上山有宽宽的石级，虽然残破，究竟可以驻足。据说这是乾隆皇帝南巡时修下的御道。

一路上山，元琼为李恂指指点点。天工夺物，这里那里立着和卧着许多怪石，不知何人为之巧立了名目：石龟、石鼠、石髻、僧点头等等。这样的嶙峋岩石，李恂在海边和山间看多了，所以并不太留意，只是不愿败小姑娘的兴头，才装出蛮有兴致的模样。高踞在山巅的灵岩寺也没有什么特别，建筑和塑像可能和家乡的不同，因为不懂，他也说不出有什么特色。那大海灯他是第一次见的，那檀香的香味也特别馥郁。

出得庙来，举目四望的时候，他紧缩的胸怀才第一次敞开。尘烟迷离的苏州城，在寒雾浮动中竟好像海市蜃楼。元琼指着远处云影波光的地方，说是太湖。山下有一道笔直的小河，带着明明暗暗的倒影，一直流到苍苍茫茫的地方。据元琼说，这是当年吴王夫差专为西施开凿的，为了从太湖里的象山取香。李恂问她，当年范蠡拐骗了西施，是不是从这条小河偷跑到太湖的？

“说得多么难听！”元琼向李恂一翻眼睛。“怎么是拐骗和逃跑？为什么不是他们两个人相爱呢？”

“你有什么证据？”

元琼没法回答，转眼看着哥哥，希望他帮腔，可是元星只抿嘴而笑。恨得妹妹打了他一拳。

“你读过苏轼的《范蠡论》吗？”李恂问。

元琼摇头：“他怎么说？”

“勾践灭吴之后，范蠡给文种一封信，说越王长颈鸟喙，只可共患难，不可共逸乐。这事你该知道。”

元琼点头。“那又怎么样？”

“苏轼说范蠡也是长颈鸟喙，据我看，这是胡说。但是无商不奸。姓范的泛舟五湖，说不定他是拿那个美人当幌子才大发财的。你看现在好多广告，还有商品上的商标，不都是拿女人当招牌吗？还有咖啡店、酒店里还有少女伴舞呐。”

兄妹俩都大笑起来。李恂却故意绷住脸：“这有什么可笑？”

“你真坏！”元琼笑着向李恂眨眨眼睛。这是一个少女刚刚动情的温柔的眼波。

一种像海潮激荡的声响引起李恂的注意。这声音来自山下一片茂密的松林。在南方，不是竹林而是松林，正所谓“松风撼壑疑狂雨”，这提起了李恂的兴致。元星告诉他，就在山下，在松林深处，有韩蕲王的石碑。既然如此，更不可不看。

韩世忠的碑埋没在齐腰深的荒草里，上面的文字好多已经不可辨识。人亡物在，经过八百年的风雨剥蚀，这物也显得衰败不堪了。李恂看着看着，忽然握起拳头，在碑上重重地砸了两下，訇訇然有声。

“你这是为什么？”元星十分诧异。

“我恨这个韩世忠！”

连元琼也惊异地抬眼看看李恂。这个怪人！什么事都和别人不一样。“他是抗金名将，你恨他什么？”

“我恨他不能泼上性命，保住岳飞，铲除秦桧。他是明哲保身，大概还有点嫉妒岳飞的才能。”

元星没有说什么，显然怀疑他的论断。元琼却频频点头，很佩服这怪人的怪论。

因为还要赶到天平山，他们不能在这里逗留了。

比起灵岩，李恂对洪家兄妹说，他更喜欢天平。这里高树参天，都脱光了叶子。那苍苍凉凉的气势，更适合李恂当前的心境。如果说灵岩有不少人工雕琢的痕迹，天平却更趋向自然。在悠悠的高天上，有几只苍鹰在盘旋。“草枯鹰眼疾”，可不清楚他们从高空下瞰，看见的是怎样的人世沧桑。元琼自任向导，引他们步过曲折的石桥，石桥下面的池塘里还有残水，也有一些残留的荷梗。元星说来燕榭是当年唐伯虎、文徵明、祝枝山的书房，李恂听了没什么兴趣。元星又说秋天时候，高义园的桂花可以香飘十里。这倒是很迷人的。李恂最有兴趣的是爬上几十磴石阶，侧着身子穿过巨石相夹的一线天，忽地豁然开朗。在垒垒然如狮、如虎、如驼、如牛的巨石边，正有一丛丛绿色氤氲的冬青。

"妙！妙！"李恂高兴地叫道："这真是万山丛中一片绿，别有一种景色入眼中。"

客人兴致好，是主人巴不得的。元星和妹妹脸上顿时拂过一阵春风。他们的故乡可非比寻常，有献不完的自然和人工之宝呐。

冬季天短。站在山上，看见地面正升起沉沉的烟雾，要吞没西下的太阳。他们急忙下了山，来到高义园的石坊跟前。石柱上苔藓苍黄，斑斑驳驳。想起范仲淹的一生，苍凉落寞的情绪又袭上李恂的心头。"先天下之忧而忧，后天下之乐而乐。"这一代英豪忧是忧了，他可是何曾乐过？"将军白发征夫泪"，李恂想到这里，不禁抱住石柱，唏唏嘘嘘地哭起来。他明知自己失态了，可是一时不能抑制满怀的悲痛。其实他悲痛的不是任何古人，只是他自己。

元星和元琼不知底里，惊慌地来到李恂身边，一人拉住他的一只胳臂。"你这是何苦来？"元星拉他离开石柱，"既不必为古人抱不平，也不必为古人大放悲声。"

"对不起，对不起，我不过是借题发挥。"李恂不无尴尬地笑着，又说："不恨我不见古人，恨古人不见我。"

马车夫催他们动身了。太阳已经落下地平线，灰蒙蒙的云雾吞没了最后一抹红光。元星拿一条毯子盖在李恂和元琼的腿上，另一条为自己盖好。元琼对身旁这个怪人又好奇又颇有好感。随着车子的颠动，她的肩膀时时碰在李恂的身上。她索性更向他靠靠紧，把一只冻得冰冷的小手伸到他的手里。李恂握住她的手，很想给她一点温暖。

“你呀!”元琼微微歪头，瞥视着李恂说：“真怪，也真傻……”

“我还要发疯呐，你可离我远点。”李恂感觉到她亲切的眼光，可是不看她。

元琼却更向他挤挤紧。“我才不怕呐。有个问题想问你。”

“请。”

“你学外文的，怎么知道那么多？你一定读过不少书，是不是？”

这话正好戳到李恂的隐痛。他长叹一声，紧握一下元琼的小手。“哎，我好比是一条鱼，渴望游到大海里去，可是游啊游啊，没有离开小水沟。我是站在小土堆上傲视世界的英雄，是在洗澡盆里弄潮的健儿，是学富五罐头盒的大学者。”他又紧握一下元琼的小手：“小姐你看错喽。”

“你过于谦虚了。”元星说。

“我看啊!”元琼也紧紧握一下他的手，“不是谦虚，是要求高。对不对？”她抬眼看定李恂的眼睛。在苍茫的微光里，她看他好像泪眼蒙星的。

李恂没有回答，只是用力握一下元琼的手，竭力压下吻吻她的额头的冲动。他不由得想起宗培真，心里一阵隐痛。培真只是敞开自己的心来接受，身边这个聪明的小姑娘却要扒开他的心看看。

元琼的手被他握得生疼，可是她只有高兴，似乎这个人的心灵通过紧握的手传送给她了。“你还住几天？”她问。

“我明天应当走了。”

“不不，哥，你别让客人走，一定。还有好多地方没看呐。”她也用尽一切力量握一下李恂的手，似乎这样就能把他留住。

“你放心，他走不了。今天夜里我把他的手脚捆住。”元星笑着说。

小姑娘真诚的心意，她的热情，也通过紧握的手传给了李恂。他本来是决心明天一定走的，可是现在……

一〇四　意想不到地见了意想不到的人

两兄妹的盛情难却，李恂只得又留了一天。他们陪他游览了留园、西园、虎丘、寒山寺，折回来又到了沧浪亭。在李恂的心目中，大自然的变幻无穷总是优于奇巧的人工。留园虽然玲珑小巧，迂回曲折，可是引不起多大兴趣。元琼成心要逗他发表议论，他也乐得讨小姑娘的欢心。他说留园是非常精致的盆景，如果有一根杠杆，他就能找到一个支点，把园子整个搬回家去。站在虎丘千人石上的时候，他把吴王夫差大骂了一气。他说他听见了埋在大石坪下面的人的呻吟声了。这其实是落进剑池的滴水声。干将是个无能之辈，离了老婆的头发就铸不成剑。一湾浊水上破败的寒山寺更是他大发感慨的所在。没有“月落乌啼霜满天”的诗句，谁会留意这个破庙，可见世上有名无实的事物多的是。他是有意地在玩弄反论法，只想博得元琼的粲然一笑。

元琼不但聪明，而且大胆。在哥哥面前，她丝毫也不隐讳对李恂的好感。李恂自己也觉得奇怪。他一向是讷于口舌的，不知为什么紧闭的话匣子被她打开了。她几乎心心眼眼都在李恂身上，似乎把哥哥忘在一边了。李恂很怕冷落了元星，可是看他笑眯眯的眼神儿，才明白哥哥是多么宠爱妹妹。妹妹的愉快很自然地映现在哥哥的脸上。

李恂说着说着，忽然发觉自己太过分了。在好客的主人面前，怎么可以贬抑人家的珍宝呢？于是他又大大夸赞起寒山寺苍凉中的古朴美，剑池的幽深奥秘，云岩寺建筑构造的巧妙，西园罗汉堂里的雕塑是多么多样里见和谐统一，那济颠和尚是多么栩栩如生，完全忘记了自己的前后矛盾。沧浪亭破格的受到他的称赞，因为是倒霉的诗人苏子美修建的。只在看五百名贤祠时，他冒出一句："孔老夫子弟子三千，贤者七十二，这里不得了，多七倍呐。"元琼眨眨眼睛，不明白这是褒呢，还是贬呢。她问苏子美的诗他记得多少。李恂拍拍脑门，说一首也不记得。只记得两句："晚泊孤舟古祠下，满川风雨看潮生。"他说很喜欢这意境。

"哟，多颓丧啊。"元琼说。

"是吗？我没说要你喜欢啊。'枯藤老树昏鸦'，没法再颓丧了，不是千古绝唱吗？"

"你呀，真能强词夺理！"她一撇嘴，装出生气的样子，可是跟着又笑了，于是左右挽起李恂和元星，并肩向下坡走，穿过一带翠绿的竹林，来到水边的石桥上。这桥是入园出园必经的。

这天晚上，这三人又一起闲话了很久。元琼很想问李恂，他最爱的姐妹是哪一个，可是不好直白地出口，只请他说最佩服的一个。李恂明白她的心意。这灵巧的小姑娘在探查他心中的奥秘呐。他不愿捧出贞月，就说了梅倩的家世，她的多才多艺和性格刚强等等。他不能不带着极深的感情讲她的受枪击，以及全市的学生为她游行示威等等。元琼一会儿惊叹，一会儿惊叫。眼眶里的泪珠在灯光下晶晶发亮。

"这么好的一位姐姐，我要是有机会见到才好呐。"

"机会有。她不久要到南方来。"

"是吗，是真的吗？能给我介绍吗？那么好，一言为定。"

又是洪妈妈在窗外叫，他们才散了。元琼恋恋不舍地从她坐得暖暖的椅子里站起来，临出门的时候，回眸向李恂娇羞地一笑，眼圈儿一红。

她悄悄地跟到哥哥的房间，一劲儿地怂恿他向李恂进言，敦请他留在苏州，找个学校教课，或者干别的。兄妹二人想到一块儿去了。妹妹走了以后，元星又来到李恂的窗下，小声问他睡下了没有。李恂正有话要和他说，开门请他进来。他很感谢洪妈妈和他们兄妹的盛情接待，不过明天一早得走了。唐旻和上官可能已经回来，他急于和他们商量今后的行止。况且，住的时间多了会影响元琼的功课。元星也想到这一点。这个一向绕膝转的小妹妹如今长大了，不能再拿她当小女孩了。她的少女的柔情和对李恂的好感，元星当然看得清清楚楚。他相信李恂也相信妹妹。发自本心的纯真的感情是美好的，可是他也不愿意妹妹学业上分心。李恂和他约好，天亮就走，不惊动洪妈妈和元琼了。元星只能同意，约定在姐姐家再见。

在回程的火车上，李恂望着窗外，可是什么都没有看见。有两个小姑娘的身影出现在他的视网上，一个是元琼，一个是宗培真。元琼那剪得短短的头发和额发，从侧面看那宽宽的额头，那圆圆的脸儿，那清亮的眼仁儿和秀气的眉毛，都很像培真。可是两个人又多么不同。一个爽朗，一个含蓄；一个大胆，一个怯生生的；一个敢于表露自己的感情，一个很怕透露自己的心声；一个受着娇宠，一个受着管束；一个在自由地呼吸，一个在默默地忍受，总之元琼是外向的，培真是内向的。他相信，过些日子元琼会渐渐把他扔在脑后，培真却一定是把他长久地印在心上。

完全出乎他的意料，唐旻和上官不但没有回来，也没有任何信息。他眼下还不敢去看卢雁，怕她为学校的事去和人家闹。他一个人待在寒冷的亭子间里，加倍地觉得凄凉和孤寂。他不想见任何人，可是不能不到前楼去，向元珍报告洪妈妈和元琼的平安。

元珍见了他，温柔地笑着从藤椅里站起来，随手放下编织的毛线。她拖另一张藤椅到火炉旁，请李恂坐下，听他讲苏州之行的见闻。李恂自己也觉得奇怪，同一景物，回忆起来倒比身临其境的印象好得多。他极口称赞苏州的美，这美是典雅的、秀丽的、清远的，人工和自然融合得那么巧妙，处处使人觉得身在图画中；也十分感谢洪妈妈的热情接待，再加两兄妹的体贴入微，他真的在天堂里过了两天神仙生活。都是由衷之言，没有奉承的意味，却得到了元珍的欢心。姐姐比妹妹含蓄、深沉得多，心里的欢乐并不完全倾注在脸上，只在微微含笑的眼神里流露出来。她也不像妹妹那样多话。她只是偶尔插问一句，时时停下手里的编织，眼光一直停留在李恂的脸上。

灵岩的松声，天平的苍鹰，沧浪亭的修竹，剑池里虹桥的倒影……李恂眯起眼睛，似乎听得见得更清楚。昨晚上元星去了以后，他整理好包包，脑子一直是亢奋状态。不能照这样生活下去了。这徒然浪掷光阴的生活不是他想望的生活。宁可忍饥受寒，不能不日有所进。必须和朋友摊牌。为了未来，要重新安排，否则只好和他分道扬镳。那么新样的生活究竟怎样呢？他说不明白，而这正是他最苦恼的。他曾寄希望于洪老师的回答，如今落空了，唉，落空了。他辗转筹思，一夜没有睡稳。现在坐在炉子旁边，暖气使他眯着眼睛不愿张开。他说着说着，不知不觉地睡着了。元珍没有惊动他。

娘姨提着菜篮子进门，刚要开口，看见女主人向她做手势，又赶快退了出去。在烟筒呼呼响的火炉旁，一边坐着李恂，一边坐着元珍。在这大城市里，在嘻嘻哈哈的太太们中间，元珍的心是孤独的。有这么一个似乎懂得女人心理的人在身边，即便是睡着了，也是一个良伴。她怕他冷，站起来，顺手拿一件毛衣，轻轻盖在他的胸前，又坐下，拿起毛线和竹针，却不编织，只静悄悄地端详着他。他的头仰在藤椅的靠背上，双手交叠在胸前，并伸开双腿。使元珍觉得奇怪的是他的眼皮在微微地跳动，这说明他心里很不安稳。这个小青年有什么难言的心事吗？

李恂蒙蒙眬眬，十多分钟就醒来了。他睁开眼睛，正碰上元珍默默的温柔的视线，不禁脸上微微一红。他急忙起来，为自己的失礼表示歉意。元珍相反地表示了歉意，因为很喜欢听他讲，没想到他是刚刚下了火车，劳累了。请他索性到老板的床上休息，可以一直睡到午饭的时候。李恂说要去看卢小姐，婉言辞谢了。

向元珍说假话不是他的本心。他来到街上，当然没有去看卢雁。他漫无目的地游荡了一会。想起这样乱走，不如索性去逛书店。他似乎忽然花了眼。书籍的封面五颜六色，都好像是不可理解的现代派洋画。打开书，字迹也都模糊一片。不像往常那样，书已经不能解救他心灵的饥荒。何况为了物质的食粮，他不能不克扣自己的精神食粮。

中午，他在一处小饭铺吃了些东西，又晃晃悠悠地搭一段电车，来到江边。太阳很高，赐给人间的热却被江风吹散了。处处都闪烁着炫目的金光。各式各样、大大小小的船只拥挤在江水里。汽笛时时传出闷人的嗡嗡声。这里也像家乡一样，所有的大轮船都是外国的。他曾梦想过，搭上远洋的“蓝烟囱”，也像大哥那样远涉重洋，领略一番异邦的风光。这是遥远的梦。也许自己的梦想太少了。在这一点上他自知不如唐旻。老同学拉他脱离了家乡的蜗牛壳，来到这十里洋场。究其实际，这里也不过是一个大蜗牛壳。如果全中国都是一个蜗牛壳，那么全亚洲，全世界呢？仰首天外，啊，这里可不像家乡的大海之滨。视线都被大大小小的货仓和厂房剪断了，啊，蜗牛壳，蜗牛壳！

他一直浪游到霓虹灯光照红夜空，才马马虎虎吃了晚饭，才回到亭子间。想给贞月写信，却不敢动笔。这样颓丧的心情必然会流露在字里行间，这是万万不可的。为了不扰乱月姐的心境，他除非是谎报“军情”。

他怕前楼的人来打扰他，开了灯又关了。前楼窗子的灯光映入小屋。还好，今晚上没有太太的嬉笑声和麻将声。孤独使他想起在苏州的欢乐的两天。现在倒有些后悔，早知唐旻没回来，不如在那里多住几天。笑着的亮闪闪的眼睛，娇柔的喋喋不休的吴音，回想起来多么醉人。由此，他不由得想起了珍珍。珍珍的性格有不少方面与元琼相似，可是她比元琼俚俗得多了。要不要再去看看珍珍，听听珊珊有什么消息呢？

他借着窗外的微光，一会在小屋里转磨磨，一会儿仰面躺在床上，这样一直磨蹭到十点左右，才又开了灯。他一再警告自己，不应当无所事事地虚耗光阴。他随意从书堆里抽出一本，是英译的《罪与罚》。已经读过两遍，没兴趣再看了。他扔开，又抽出一本，是鲁迅的《而已集》，买了却一直没有翻阅。打开书，看看目录，有两篇的题目引起他的兴味，一篇是《卢梭和胃口》，另一篇是《文学和出汗》。他先看了后一篇，一路看，一路笑，鞭辟入里而以幽默出之，是很难企及的文章风格。看第二篇的时候，眼下的字迹好像一片模糊。他的注意力不能集中了。

他和着全身衣服仰在床上。走疲劳了，一合眼竟然睡着了。直到梦见沉没到海底，透心凉的时候才醒过来。已经是凌晨四时多，离天亮还有好一会儿。

当他第二次站在姨奶奶家大铁栅门外的时候，他向里探望，觉得这宅邸更加死寂。他按了电铃。等了好一阵子，才有看门人出来。这不是前次那一个，可能是换了班。这人不开门，却从铁栅里上下打量他。

“你有啥事体？”

“我来看珍珍。”

这人奇怪地眨眨眼皮：“你是她的啥人？”

“我……啊，姨太太带她到章奶奶家，我们从小认得的。”

“哦，啊，从小认得。好格好格！你不晓得她出了事体？”

李恂一惊：“啊，啥格事体？”

“跑了。”

李恂不明白这两个字的意思，但是很清楚是不祥的字眼，不由得心跳起来：“跑了？跑到哪里去了？”

“鬼晓得！”这人扔下这一句，转身要走。

李恂请他留步，忙从衣袋里摸出几只银角子，塞在他的手里，请他讲明白究竟是怎么回事。

这人睥睨地瞅瞅手里的钱，显然是看不上眼，不过还是收起来了。“这种事体哪一个能讲明白？轧姘头，哈哈，眼下叫自由恋爱，×他格娘，捉对儿飞喽。”他说完这些，以为足够几角钱的代价了，又转身走开了。

李恂心里一急，冲他的后影叫：“喂，经理在吗？”

这人一听，急忙转身：“你认得？”

“认得认得。”李恂急急地说了，又补上一句：“很熟。”

这人登时笑得脸上的皱纹都跳起来了：“你怎么不早说。”他连忙打开铁门。“经理一会就回来，请里面坐。”

“谢谢，我改日再来看他。劳你费神，请告诉我，珍珍跟什么人，什么时候跑的，在家里受挫磨了没有？”

“挫磨？和男人上床，嘻嘻，哪个女的不情愿受这挫磨？和这里一个摆台的，都是半夜里干的事，哪个知道他们啥辰光摸索上的。跑嘛，大概有五六天了。这种贱女人，你问她怎的。人家玩够了，不把她卖掉才怪。”

李恂觉得自己的心冻结了。他再没话可说，默默地向看门人点头致谢，转身离开了。大铁门关闭的哐啷声好像是砸在身上的铁棒。他这才想起来，应当问问姨太太什么时候回来，那就可以见到珊珊了。回去？不！

他的心因为痛楚、懊恼、悔恨而麻木了。离开宅邸，他向前走了十几步，身软无力地靠在一棵光秃秃的梧桐树上。红红的圆圆的面孔，又圆又活的大眼睛，一个缺牙齿，高高的胸脯，一个活灵活现的少女的影子浮现在他的心上。下贱吗？不！他只为她的前途担心。那个男人是真心爱她，还是只拿她玩玩？李恂最不能原谅自己是对珍珍太不关心。如果多来看她几次，让她精神上心灵上有所依托，正如她说的娘家人，她也许不至于走这危险的一步。当然，如果珊珊在，也不至于。这个连自己的身世都不清楚，从小受人役使的小姑娘从来没有得到人世的温暖。如果有人给她一点温暖，不管是真的假的，她能不没头没脑地投入人家的怀抱吗？她太需要人的抚爱和怜惜了。他想起第一次在宅邸里和她会面的情景。珍珍那依恋的眼神，那亲密的话音，那信任和指靠的心情，都是十分明显的。是自己该死，没有看重这些。虽然从来没有把她看成仆婢，却总以为她是无知无识的。该死的是没有觉察和珍珍之间的平等是虚假的。人身是平等的，但是精神上、心灵里不平等，敏感的珍珍能不多少有所察觉吗？这该多么伤害她的心！也许因为自己没有给她应有的关心，她才狠着心肠走了这一步。

无法自解的负罪感深深地刺痛他。他愈想愈觉得珍珍是被拐骗，不会有好结果，一定的。今生今世很难见到她了。这样想的时候，他眼眶里噙满了泪水。

无法排遣的悲伤。很想有一个人诉诉衷曲。无可告者，无可告者！

两条腿抬着一颗麻木的心，信步所至，他时时碰到行人的身上，招来白眼和咒骂。这是噩梦还是真实的人生？扑面而来的这花花世界，这蝼蚁一般拥挤的人群，都好像扑入无感觉的真空。劳其筋骨，饿其体肤，困乏其身，啊，到头来他仍然是一个无所作为的人。对于珍珍、冬月、明秀、玲玲一干小姐妹，已经陷入不幸的和将要陷入不幸的，他没有丝毫的用处。

一连两天，李恂都是一早离开亭子间，孑然一身，漫无目的地在人海里机械地走着，直到很晚才回来。已经有两天，他只能靠几分钱的花生米和一两个大饼维持这不能不维持的生命了。第三天一早起来，搜索了所有的衣袋，所有的桌子抽斗，以至于床头，床下，被褥底下，没有找到一个铜板。这就是说，他必须枵腹出行了。

当当？当什么？耳环，金手镯？万万不可！饿死也不再把月姐之物送入肮脏的贼窟。借贷？无门。有门也不想启齿。最后他打开自己的和唐旻的箱子，挑出几件略有价值的衣服，打一个包包，抱在胸前，偷偷地溜出了亭子间。

一个多小时之后，他空空如洗的衣袋里多了一元八角钱，这将是他的生生之资。他一向厌恶华丽，崇尚朴素，只是头发梳得平平滑滑，衣服穿得整齐清洁，这两天他竟然头发散乱，长袍皱皱巴巴，眼神也滞滞呆呆。他有几次想到卢雁那里，或者和她通电话，想想，又压下了自己的冲动。他不愿去搅扰她，也不愿受她的搅扰。在他确定自己的行止之前，他不想见任何人。

经过一家电影院的时候，他看见广告上是《美利坚惨史》。他知道这是根据德莱塞的作品改编的。这是那种轮放的影院，花两角票钱，看多久都可以。午前的观众照例不多，乐得进去歇歇腿脚。这种下等影院倒是自由的天下。有禁止吸烟的红灯，可是有些人照吸不误。他很庆幸左右位子都是空的，可是前排有一双男女，看不清是华人还是洋人，正互相勾着脖子亲嘴。他厌烦地走开，在最后排的角落里找到一个四边皆空的位子。银幕影像扑入他的眼睛的只有一片混乱。因为连夜都睡得很坏，他眼睛一闭就张不开了。

他走出影院的时候满眼灯光，这使他吃惊。啊，一睡竟然大半天，这倒省下了一餐午饭，无论如何应当爱护自己，他优待了自己两只小角子一碗的排骨菜饭。这么一睡一饭，力气又回到他的身上。到哪里去呢？马路！只有似乎永远也走不完的马路。他走了一段，这才发现正是最热闹的地方。马路的一边是豪华的电影院和大餐馆，另一边是回力球场和赛狗场。隐约地传来人群的呼喊声，有点像是家乡的海潮。满眼是红红绿绿的霓虹灯。一明一灭，跳动着闪出字样的是按摩和蒸气浴的广告。寒冷的冬夜也没有阻止男男女女的寻欢作乐。什么人的一句名言蓦地涌上心头：“一边是严肃的工作，一边是荒淫和无耻。”严肃的工作，他想严肃的工作而不可得，只能在街头上流浪。他很快离开这人肉市场。岔入一条稍稍僻静的马路上。

他不是工人，可已经成了无产者。除了满心的悲苦，他的确不怕失去什么了。在百无聊赖中，他一个个读那商店的招牌。商店在一个个关门，大概时间不早了，可不，腕表告诉他是十时零七分。回去吗？不！但是两条腿已经有点拖不动了。前面不远闪出一家小咖啡馆的霓虹灯。他想饮一杯热咖啡，歇歇腿也不错。

原来不只是小咖啡店，也是小舞厅。没有乐队，只有留声机里传来嘭嚓嚓声。舞池里，其实没有什么舞池，只在小台子中间留出一块空场。正有两对男女在旋转。他皱皱眉头，想退出去，看见一个胖女人，满脸堆笑地打招呼。他只得停步。他不想在舞池周围的小台子旁落座，径直走到最里面的柜台前面，坐在高凳上，向站在柜台里面的一个女招待要一杯咖啡，不加牛奶，还要一块点心。女郎像木头一样戳在那里，瞪大眼睛，呼吸紧迫，忽然失声大叫："啊，是你！"紧接着一转身，跑到柜台内部的小门里去了。

与其说是从相貌，不如说是从声音，李恂认出了是谁。他愣怔一下，几秒钟过去，全身的血液冲上头脑，他不顾一切地拉开柜台的小门，要冲到里面去。胖女人已经挡在他的前面，双手叉腰，虎虎地向他瞪起眼睛。

"啥格事体！"

"我找那个小姑娘。"他用力推开胖女人。正和她撕扯的时候，从小门里走出两个男人，和胖女人一起揪住了他。他一面挣扎，一面大叫："放开我，放开我！"

"她是你的啥人？"

"她……我的妹妹……"

"胡说，这里没有你的妹妹。流氓！"

他像发了疯一样地使出全身的力气。正当他挣脱两男一女的撕扯，刚要挣扎到小门口的时候，有什么东西重重地打在他的头上。

他的眼前黑了。

一〇五　无师自通的侦察活动

家乡为什么变成这样子了？大海已经完全冻结。一座座冰山拔海而起，放出晶莹的寒光。从冰山之间吹来刺骨的风。流动着的冰山互相撞击，发出嗤嗤的巨响。这哪里是家乡？不就是北极吗？啊，北极光！看到五颜六色的北极光是幸福的。可是冰山正在破碎。寒气好像实体之物，从四面八方挤压在身上，压得喘不上气来。有零散的冰片儿落在脸上……啊，这是什么地方？冰川不见了。面前是朦朦胧胧的光，雾蒙蒙的看不清周围的一切。灵魂还没有苏醒。是幻是真？那个女孩子那惊奇的眼光，那张大的嘴唇，那扬起的眉毛，那披散的长发，这哪里是宗向真？可是那声音，那姿容又确实是宗向真。微微睁开眼睛。这是什么地方？他正半坐半卧在石阶上，靠在什么人家的门板上。稀稀落落的雪花飘落在脸上。远处的霓虹灯在夜雾里好像彩色透亮的绒球。

一定是被打昏了，又被拖到这里。头顶还微微作痛。他要挣扎起来，可惜浑身瘫软。他把衣服裹裹紧，又闭上眼睛。听见皮靴子的声音。这声音渐渐近了。他的下部被踹了一下。他睁开眼。站在前面的是一个安南人。去，又是安南人！这人没有讲法国话，只是挥手，意思是要他走开。他不理，仍然闭上眼睛。忽然响起尖啸的汽车喇叭，一辆警车急驰而过。啊，捉人的。会不会也要捉他呢？

他吃力地扶着门板站起来，又扶着墙壁离开了。

完全清醒了，回头看看，安南人已经走远。满街上没有另一个人。冷极了，十字路口那绿色交通灯冻得凝结了。神智又慢慢回到他的身上。这是命运吗？是什么样的命运？头晚上的情景又一点点回到他的记忆，清清楚楚。他摇摇头，一切都不可相信，可是又怎么能不相信。可是向真怎么会在那种地方？她怎么来到这个城市？来了，为什么不找他？见了他，为什么要惊叫？为什么不出来，反而向后面跑去。那个胖女人为什么阻拦他？那两个男的，显然是流氓，为什么动手打人？一切又都是迷离恍惚，不可解释的。

他的第一个冲动是回到咖啡馆，拼上命也得弄清楚。他回头走了几步，又猛地站住了。他只一个人，而他们是几个人。向巡捕房去报案？巡捕房在哪里？有什么证据？胖女人会矢口否认，也许还要诬赖他。

天渐渐放亮了。街灯还没有熄灭。零零星星雪片儿在灯影里一闪，不见了。正是黎明前最冷的时刻。他已经冻得上下牙齿在相碰。街上有了最早的行人。远处响起电车铃的叮当声。他也更清醒了。应当守候在咖啡店的左近，看看有什么动静。不，不妥。他们现在一定把向真拘禁起来，暂时大概还不至于加害于她。他如果追得紧，他们把向真转移出去呢？是的，他必须不露任何痕迹，向真也许更安全些。

难忍的寒冷和疲劳。他好像一下要倒下去。最重要的是保护自己，千万不能成为路倒。他又一次成了第一个馄饨担的第一个顾客。天已经大亮了。他回到住处时正碰见娘姨在清扫楼梯，她几天没见这人，好像见了宝贝似的笑成了一朵花，及至看清他的狼狈相，又不禁惊讶地问："你怎么了，为啥这样子，病了是不是？"李恂敷衍了一句，急忙回到亭子间，刚想脱衣躺下，娘姨又跟来了。"告诉你，昨天下午那位卢小姐来了，留下一句话，请你给她去电话。"

糟心！如果被她缠住，什么事也没法进行了。一切都没法向她讲清楚，徒然会使她生出种种疑心。而且，这件事也不能指靠她的帮助。他谢了娘姨，请他送一瓶开水来，又请她不要让别人来打搅他。他要好好睡一会儿。

再也想不到，娘姨去了不久，元珍来了。“娘姨说你病了，啊，这两天你怎么瘦成这样了，眼睛也眍瞜了，要不要去看医生？你别客气。常言说，远亲不如近邻。”

李恂只好编谎言，说碰见一个老同学，要他帮助准备毕业论文，天天熬夜，现在回来休息一下，下半天还要去的。谢谢阿洪姐的关心，身体好好的，只是有些疲劳，休息一下会好的。元珍见他头发散乱，满面尘垢，也就相信了他的鬼话。她说既然如此，她让娘姨弄些热水，他可以到洗沐间洗一下，最能消除疲劳，又告诉他，元琼来了信，说李兄在苏州的时候，她过了很愉快的两天。她正忙于期考，放了冬假要和哥哥来住几天。李恂不能不装出极有兴趣地听着。

他在热水里泡了一下，确实去了疲劳和寒气。他已经想好第一步的行动计划。元珍热情地请他用午餐。他第一次毫不腼腆地大嚼了一番。

回到亭子间的时候，他急忙打开唐旻的两个皮箱，找出一件旧的鹿皮短衣，一条灯芯绒马裤，膝盖部分已经磨平，从床下拖出一双长筒皮靴，后跟也早已磨歪了。他必须快快装束停当，很怕卢雁会不期然地闯进来。感谢上帝，他在鹿皮短衣的内口袋摸出一把零碎钞票，有五六元，显然是唐旻忘记了的。这可是大有用处，天呐，幸亏没有拿去当掉。他必须好好睡一会儿，贮备精力，于是在门外挂一张条子，说本人因事外出，很晚才回，有事请留言。然后关好门，和衣躺下。

天黑以后，他悄没声地溜出了亭子间，转到大马路上。他向来不戴帽子，现在则把唐旻的法式贝雷帽扣在头上，往下拉得盖住大半个额头。他在一家商店的橱窗前站了一下，照照自己，与他穿长袍的时候判若两人了。他不由得发出一个苦笑，同时泪水盈眶。变了！经过一家小眼镜店的时候。他买了一副茶色的养目镜。为了防身，不能没有一件武器。在一家剪刀店里，他选了一把锋利的蒙古刀，带花皮套的，大约有五六寸长。这很像日常用的刀子，而不会被视为凶器。他决意冒充准洋人或华裔的洋人，这样会抬高几分身价。在做着所有这些准备的时候，他一刻也没有忘记向真那惊慌的模样。真刺心呐！他揣度，推理，猜测，没有理由做出任何判断。她莫非是日本人登陆的时候逃出来的吗？不对。按贞月的来信，当时日本人只是耀武扬威，却没有采取军事行动。也许是她跟别人一起出来的，却被什么坏人冲散了。那么她又怎么会在那个咖啡馆，而且打扮成那个样子？那是一家真正做生意的咖啡馆吗？会不会是一家“半掩门”？想到这里，他全身哆嗦，不敢再往下想了。但是他心里清清楚楚，他现在碰到了他一生中最大的危机，如果找不到向真的踪迹，解不开这个斯芬克斯之谜，他会悲痛得发疯的。

他来到小咖啡店附近的时候，大约是下午六点多钟。雪没有下下来。现在正是这不夜城开始活跃的时刻。名媛、闺秀、公子、富商、白相人、偷儿、流氓、野妓，各从其类，各行其是，各得其所。灯光和霓虹灯逼退了夜色。彩色的光映照彩色的人影。李恂尽力避开明亮的地方，只在阴影里慢慢踱着，夹杂在行人里，一面留心前后左右。他发现这条马路上不通电车，也没有大商店。马路两边拥挤着小店铺的门脸，出出进进的顾客还不少。他向前走了一程，又折回来，经过小咖啡馆门前的时候，听见里面跳舞的音乐。他装着在看咖啡店旁边的橱窗，一面侧目留意进出咖啡店的人。他依稀记得柜台里面那两个流氓的模样，可惜不能记得确确实实。他怕站久了引起人的怀疑，又走开，仍然留意过往的人。

他至少已经在咖啡店门前经过了五次，没有看出什么迹象。他已经走得十分疲劳，难道毫无收获的撤退吗？不！他想这么溜溜达达不会有什么结果，必须冒险。不入虎穴，焉得虎子嘛。不知哪家商店的钟打了九点。同样的钟声从远远近近传来。他又走了一程，然后下决心回到咖啡店，推开门。

几张小台子都没有坐满，可见生意是清淡的。留声机响着，可是没有人跳舞。柜台里有那个胖胖的女人，没有宗向真，这是他当然想到的。他从茶色镜后面扫视了一下，没有那两个男的。正有一个女郎从角落里的一张台子旁边站起来，笑着向他打招呼。他大模大样地不理，在门旁靠街的小台旁坐下。那个女郎这时已经来到跟前，满面含笑，问先生要什么。

他用英语要一杯白兰地，一杯苏打水，一碟巧克力糕。原来这女的会说洋泾浜英语，似乎是跟洋船的水手学的。听这位先生讲英语这么流利，她笑得更加灿烂了，酒、水、点心，她很快用托盘送来。

“先生跳舞吗？”她用英语问。

“我很乐于从命，不幸左腿的踝骨扭了筋。”

“哦，是吗，愿你早日康复。我想先生一定跳得很好。”

“谢谢。”

“先生从哪里来？”

“我么，哈，远喽，从弗爱里兰来。”

“噢，是吗？好极了。”

李惆压下打她一记耳光的冲动。他说的这个地名是世界上没有的，只是英文“神仙境界”的音译。

“先生，你是少有的和善。我可以在旁边坐一下吗？”

“请。”

李惆现在才看清楚，这个女的不过二十岁左右，眉毛画得长长的、高高的，是流行的嘉宝型，眼窝涂得深深的，嘴唇抹得很红，尖尖的鼻头向上翘着。她颇有几分姿色，只是那装出来的娇声娇气使人厌烦。李惆虽然满心憎恶，却又乐得她坐在这里。也许能从她的嘴里掏出点什么。一面心里又在盘算，应当给她多少小费呢？按他这身打扮，装阔吹牛是不行的，却又决不能显得寒酸。他又要了两杯白兰地，把一杯推给女的。女的高兴地接受了。李恂一向不喝酒，现在要装得善饮，口袋里却又十分羞涩。他是生平第一次懂得了钱的重要。他看着女的耳朵上晃晃悠悠的耳环，金的，嵌着宝石，不知真假。他忽然萌生了抢劫的念头。

胖女人叫了一声什么。姑娘应声站起来，说失陪，回到柜台里面去了。在这段时间里，进来的客人只有两三个，出去的倒有四五个。舞池里有一对男女在旋转。不论是从音乐还是从舞步，他都分不清是狐步舞，还是华尔兹。看来自己单单装扭筋还不够，还得另外想出不跳舞的借口。形势逼着老成持重的他要花招，不过他的乔装打扮是成功的。他已经从眼角看见那个胖女人在注意他。他心里一动。她是看出了什么破绽，还是打什么别的主意？他很想冲上去捅她一刀子。

过了一会，浓妆艳抹的姑娘又回来，托一杯热咖啡，请他提提神。这一次不经他的同意，她就大模大样地坐下了。他向她道了谢。“小姐，我看你说英语有点吃力，请你随便讲中国话好吗？”他用洋腔洋调的中国话说。这样的腔调是他从小听惯了的，他的几位老师就是这样说的。

他已经感觉到，这个女的已经不像刚才那么端正，正用两肘支架起两手，捧着脸腮，用挑逗的目光逼视着他。这种场面是他从来没有经历过的，心里既恼恨，又有些慌乱，很怕应付不当，露了马脚。他极力搜索自己的脑子，想从外国小说和外国电影里找到应急的处方，不幸脑子里空空如也。他想他唯一的办法是不能胆怯，而且要装出满不在乎的模样。“嘎选木依特西姆斯艾姆阿毕特钟克（该死，我好像多少有点醉意）。”他像美国水兵那样打个榧子。“我睡得太少了……啊啊……”他假装打一个呵欠。

“哦，是吗？先生有何贵干？”

“他们拉我打牌，我最讨厌这东西。”

“哦，是吗？先生喜欢什么？”

“我？游水、滑冰、打猎、骑马。”这些都是可以吹牛而不必实行的。

“哦，是吗？那么跳舞？”

“依次则温艾来克蓦斯特（这是我最喜欢的一项），勃特恩佛池欧特利（但是不幸……）”他拍拍自己的膝盖，摇摇头，长叹一声。

“哦，是吗？请先生好了一定来，若不嫌弃……”

他打断她：“噢不，我相信你跳舞像你人一样漂亮。”

女的说谢谢，脸上笑开了花。凭她的经验，她觉得眼前这个人有些怪。人长得这么体面，可以说是少有的英俊，穿得可这么随便，简直有些破烂，英语说得这么好，似乎是从国外回来的，可是多少显得有些装腔作势。看不透。这家伙究竟是一个吊儿郎当的阔少，还是一个落魄的混混儿？最重要的，他口袋里究竟是不是实在的？

随着时间的推移，李恂的心在沉落。十一点已经敲过了，这种滑稽戏不能再演下去了。最痛心的是看不出一点破绽，没有任何收获。他们究竟是把向真拘禁起来了，还是转移出去了？

只剩下三五个迟客了。

“你这里客人好像不多……”他喝干咖啡，装着要起身。

“不，一阵一阵的，有时多得不可开交。冬天总归少一些。”

“你们人手好像也很少？”

“是的，我和我妈妈，忙的时候请人帮忙。怎么，先生，你要走？时间还不晚嘛。”

这时胖女人也走过来了，笑的两腮成了两个肉球。“先生，请你多多光顾。我为你准备巴西咖啡，法国柯奈克，沙利文的点心，好吗？”

李恂来到街上的时候，长长地吐了一口浊气。商店都已经关门，行人也寥寥无几了。前面的交通灯向他瞪着寒冷的绿眼睛。怎么办？再在周围转悠不会有什么结果。远处，安南巡捕的皮鞋跟敲着冻硬的地面。

这一夜，他睡得很沉，因为已经累到了骨髓，而且饮了三杯酒。

天不亮，他醒了。瞪着黑暗，他在思考下一步。咖啡馆一定还要去，可是这身衣服……

天一亮他就忙不迭地起来。听见娘姨在楼梯口活动，他开了门，请她来一下。他问老板在不在，太太起床了没有。太太早已起来，只一个人在家。她对娘姨说，有一个老同学举行婚礼，请他去做傧相。临时做衣服来不及了，请她转问太太，老板有没有空闲的衣服，可不可以借一下。他从来不麻烦人，这一次是不得已，说着，随手塞了几角钱在她的手里。可叹这个老成的人现在变成扯谎专家了。

娘姨笑嘻嘻地去了，过了大约半小时，又笑眯眯地回来，捧着一叠衣服，放在床上，又一件件抖开，让他试试合不合身。不合，她可以回去换。

这是一套三件头的藏青色礼服呢西装，半新，还有两件白府绸衬衣。感谢元珍不但大方，想的也周到。还有两条不同颜色的领带，一枚领带夹，一对螺钿袖扣。娘姨热情地催促，他只能从命。

“啧啧……”娘姨打着舌尖，又拍双手：“乖乖，好漂亮来唏……”

衣服长短可身，只是上身似乎宽松了些。他这时没有穿毛衣，他想穿上毛衣差不离了。娘姨不住地上下打量他。似乎要用眼睛把他吞下去。忽然看见他一双破旧的靴子，急忙跑回去，又捧来一双半新的黑皮鞋和一顶呢礼帽，一定要他穿戴上试试。鞋子大些，可还跟脚。礼帽正好。

他刚刚穿扮停当，元珍来了。她刚刚梳洗过，清新、甜润、芬芳。李恂很不好意思，腼腆地向她道了谢，说最多穿两次，一定小心，不弄龌龊。他十分感激，又颇有些尴尬。

“哟，都很相知，你还这么见外。还需要什么，你只管说好了。你的朋友在啥地方举行婚礼，女方是哪里的？”

“啊，哎，我这位同学是土老财的儿子，一向着三不着两的。他对我这是突然袭击。害得我措手不及。他的女朋友我见过一次，听说吹了，不知怎的又和好了，又急着要结婚。”他编这一套瞎话的时候心里想的是天狗。

“哦，年轻人这算什么，但愿他们姻缘美满。”

“谢谢，我替我的朋友谢谢。”

为了避免元珍的询问。李恂说立刻要到朋友那里。出门的时候，他没忘记把蒙古刀装入裤袋。

他来到街上，迎着还没有在楼房上露脸的阳光。为了晚上装阔，他必须节省每一个铜圆。他甚于想，能拾到一个钱包才好呐。而且真的一面向前，一面注视着地面。

他不知怎样磨蹭了一整天。夜幕一下，他又来到咖啡店附近，前前后后地漫步，一面观察着周围。在他自认为适当的时间，他又推开咖啡店的门。暖气和酒气立即扑在脸上。

随着开门关门声，几十只眼睛投向他。今天小店里几乎坐满了。有几对舞伴在嘭嚓嚓。他这个人本身，再加上这套西服，很自然地引起人们的注视，特别是女性。老板娘和女儿当然也早已看见他。姑娘今晚上是一身红，蓬松的头发上扎了红缎带，绛红色丝绒旗袍罩一件开司米毛衣。她穿过跳舞的几对，急急地迎上前来，眼光里是欣羡、娇媚，略带惊讶。

“请，先生，请，为什么来得这么晚？我为您留了位子，请……”

反射到李恂的茶色镜里的色彩要更浓些。他只含笑点头，装出矜持的模样。他以为绅士派头大概应当是这样，没想到这样的派头在这样的小店里是不协调的。不管怎样，女的显得比昨天更亲热，她满以为自己在迎接一位小财神。她引他来到房间的最里面，靠近柜台。李恂跟在后面，没有忘记时时扶一下椅背，装出腿脚不太灵便的样子。这里是灯光最暗的地方，正好便于观察。一张小圆台旁只有两张椅子，也许是女的故意安排的。很好，各有各的目的。他为女的热情接待道了谢。女的笑得露出满口整齐的牙齿。客人像他这样和气、客气、有气派，又显得有才气的，她一向少见。这可真是天上掉下来的漂亮肥角儿。她转身回到柜台里面，向老板娘讲了两句什么。李恂看见为客人们奔走的多了一个男的，可是不像那晚上两个中的任何一个。

姑娘很快把早已准备好的饮料和食品送来，一面放在台子上，一面向他送笑眼。李恂脱下礼帽，她接了。

“还没请问先生尊姓大名呐。”

“约瑟宋。请问你。”

“何玉斐，人们都叫我斐斐。”

“啊，美丽的名字。一位法国大作家的小说里有这个名字。”

“噢，是吗？先生，你太好了。要是先生今天能跳舞有多好。”

“医生说我三四天以后可以开禁，但是不能超过一小时。今天的客人好多啊。”

“周末。忘了？贵人多忘事。”

忽然有人大声地敲盘子，同时大声叫：“斐斐，斐斐……”

“讨厌！”女的向那边瞥了一眼。

李恂的目光追踪她的身影，见她飞到一张桌子跟前。

“你答应和我跳舞的，势利眼……”一个下巴刮得像青梨的中年男子大声嚷嚷，抬起一只胳臂，抓住斐斐的肩膀。

眨眼间看见他的手腕上刺了蓝色花纹的锚。不用说这是一个水手。

“唏，你喝多了。没看见我忙不迭地接待客人吗？”

“看见了，臭娘儿们，你看人下菜碟！”他拿起一只盘子，往地上一摔，哐啷一声，同时站起来，伸手要揽斐斐的腰。斐斐推开他，又拿一个空盘子送到他的鼻子下面。“你摔，照价赔偿！我马上喊巡捕来。”

这时店里嗡嗡然。有的站起来，准备看一场闹剧。跳舞的也停下了。

柜台里的胖女人大声喊：“女士们，先生们，请安静。我已经给捕房去了电话。”

客人都坐下。水手狠狠地骂一句什么，重重地向柜台那边吐了一口，摇摇晃晃地向门口走去。

“钱，钱，跟上他！”老板娘大叫。

那个跑堂的闻声，跟上去。水手掏出两张钱票，随手往空里一扔，出门去了。客人安静下来。跳舞的又旋转起来。

刚才老板娘讲到打电话，这触发了李恂的灵机。为什么不打电话给卢雁，问问有没有上官的信，同时稳住她呢？

斐斐回到他的身旁，若无其事地笑着。“小姐，我很为你抱不平。你受气了。”

“没事，常有的。这还是个有良心的呐。有的钱都不给。这一行，不受气才怪。”

刚才的情景引起李恂很深的感慨。她们把向真弄到这种地方，不许她和亲友见面，又把她弄到不知哪里去了，为这，他真想炸平这黑暗的地方。而她们也还是常常受气，受欺压的，为这，他又对这个年轻的姑娘有几分同情。她那娇娇娆娆的外壳里装的是怎样的灵魂？

“噢，是吗？请坐，请你饮一杯，消消气好吗？”

“谢谢，多谢。”

“我借一下电话好吗？”

“当然，当然，请。”

她引着李恂走到柜台前面，拖一张高凳请他坐下，又把电话机推到他面前。李恂说话的当儿，斐斐一直没有离开他的身边。他先要了卢雁的学校，要转到女生宿舍，又请接话者找找卢雁小姐。他等着，心怦怦地跳，想着卢雁一定会责骂他。卢雁那边一听是他的声音果然发了火，大声斥责他不该这么久不照面，电话也不通一个，找又找不到他。李恂赔礼，赔笑，赔小心，又把编给元珍听的童话重复了一遍。那边气消了些，告诉他上官有信来，什么实质性的事都没说，只说不久可以和唐旻一起回来，再面叙一切。然后又提高了嗓门，限他两天之内必须到她的学校去，否则她不再认得他了。李恂辣辣地挨了一顿冰雹，无可奈何，又有些宽心，因为唐旻快回来了。

他回到小圆台。斐斐用小托盘捧来两杯带冰块的香槟。

“你的女朋友好厉害唏，你将来会怕她的。”斐斐笑着瞄了他一眼。

“误会，她是我老朋友的未婚妻，明年夏天大学毕业。”

“哦，是吗，对不起。可不可以问，先生住在哪里?”

李恂说了姨奶奶的地址。

“噢，是吗?这是最好的地方，离这儿不算远。”

李恂心里一震。他实在不知道方位和远近。“是的，是的，来来去去都方便。你去过吗?”

“那地方我们怎么能随便去，除非你先生……”她第一次向他飞一个媚眼。

“好说，好说……”他含混地说着，向她举起酒杯。

这女人的笑脸和媚眼都使他厌恶。整整两晚上毫无所得，他已经万分心焦，不得不极力压制自己。“小不忍则乱大谋，小不忍则乱大谋。”他默默地重复着。有什么出奇制胜的办法?苦啊!想不出来。这个斐斐显然对他很有兴趣。能不能从她身上打开一个口子?他想必须不惜代价地孤注一掷。

客人三三两两地陆续进来。小店里满了。斐斐不得不让出位子，而且加一张椅子，让给一对男女，这两个都有些拘束，显然很少到这种地方来。他们只要两杯咖啡，别的什么都不要。斐斐站在一旁睥睨着他们，伸两个指头向柜台那面做了手势。

李恂装着打呵欠，站起来。

“怎么要走，先生？再过一会儿人就少了。”

那个男客人连忙说：“我们喝完咖啡就走。”

“是啊，你听。”

“我还得帮同学开夜车。”

斐斐的眼睛是会变的，一下子灰暗了，显得依依不舍。“噢，是吗？那么明天请早。”

她送李恂走出店门，一起来到街上。“我送送先生。”斐斐说着，把手插入李恂的肘弯。他的心跳起来，有些紧张和慌乱。这是一个机会，应当好好利用。可是从哪里入手呢？

“你不穿外衣，冷吧？”

“和先生一起走走，很愉快，不冷。”

“我看你太忙太累，应当有一个帮手。”

“原来有一个的……噢，不谈这些。我希望你每天都来。三天之后，不是可以跳舞了吗？”

“啊，不错。我是读书不成，学剑不就，跳舞也是半瓶醋，还得请你指点。”

“先生太客气。”

旁边有一家甜食店。李恂和她进去，买了一盒精装的巧克力送给她。“原来有一个”这话使李恂心里一震，身子一抖，但是竭力稳住了神儿。他不敢贸然再问什么。有什么办法使她不自觉地吐露真情呢？看来她心里有一道防线，是很难攻破的。出了小店，他说必须快走了，于是向她道歉，告别。

他急急向前走了一程。“原来有一个”这话一直粘在他的脑膜上。他回头，女的已经没影了。他又在灯阴里折回来，在每一根灯柱的黑影里站一小会儿，逼紧目光，观察着咖啡店出入的人。为了不引起人的怀疑，他小心地时时变换方位，有时就到小商店里串一下，一直到咖啡店门口的灯熄了。

又白费了一天工夫。

第三天也毫无所得。两个夜晚他都不能成眠。

第四天，他下决心要冒险。斐斐已经送他两个晚上。只能从她身上打主意。必要时他就用曹沫劫齐侯的办法，要她吐出向真的实情。他又换上头一天穿的衣服，这样便于动作，而且免得把人家的西装弄脏。他很早离开亭子间，但是很晚，大约九时左右，才走进咖啡店。

店里的客人很少。又是只有胖女人和斐斐在应客。斐斐见他进来，登时笑着迎上来，小声说她等得心急了，一面很亲昵地拿眼睛勾他。他说朋友拉他去看拳击，他还是偷偷地溜出来的呐。又说拳击场的医生为他检查了腿腕，说应当多散步，可不能做剧烈的动作。

“噢，是吗？那好啊，我陪你多走走。”

“谢谢，今儿晚上我想多饮两杯。”

“我奉陪……”

现在李恂已经知道，她和胖女人是母女，父亲已经去世。咖啡店是母女二人共同经营，忙季添一两个临时工。

这天晚上，她好像是包给他了，一直坐在靠柜台的小圆桌旁，陪他饮酒闲话。她时时用挑逗的目光看他一眼，因为摸不透他的底细，还不敢真正使出手段。她和妈妈研究过这位漂亮的客人，觉得他有些奇怪而且神秘。英语讲得那么好，这是不能佯装的。一会儿穿得那么整齐，一会儿又那么随便，这也许是公子哥儿的怪癖。看他很大方，可又摸不透他是不是一条上钩的大鱼。妈妈爱钱，女儿也爱钱，却也更爱俏。一举两得不是更好吗？按妈妈的意思，应当立即和他动真的。女儿却不想在这青年面前露出真相。如果不是露水珠儿的情缘，而是长久的拴住他，岂不大大惬意来唏。她有恃于自己的貌，可惜不相信自己的才。她必须纵纵收收，免得人家瞧不起她。

“唔，先生，不敢动问，先生有女朋友吗？”

“啊，有，多，很多。”

“噢，是吗？”女的心里打鼓了。

“是的，不过大的大，小的小。”

“这是啥格意思？”

“大的五六十，小的四五岁。可叹我上不着天，下不着地。”

“先生真会说笑话……”女的开心地笑了。“那么你的父母？”她又问。

“哎，可怜天下父母心呐。他们给我定了一位小姐，要我成亲。”

“祝贺你。”女的心往下沉了。

“啊哈，请免。我溜了。”

“那你的父母就能放手？”

“我说了，要是逼我，我就远走高飞。我不怕，有姨妈站在我一边。”

“这么说，你的姨妈是新派人物了。”

“她嘛，新而又新。嫁了一个法国人，法国人升天了，给她留下一大笔财产。”

“噢，是吗？你姨妈有子女吗？”

“没有，所以特别爱我，也娇宠我。”

“噢，是吗？你真有福气。”

李恂云山雾罩地信口开河。姑娘可是愈听愈入迷，脑子里愈紧张地盘算，用什么妙计张开她的网。他一连吞下了三杯酒，有了一些醉意，胆子也壮了些。他说遵照医嘱，他想多走走，说的时候眼光直直地落在斐斐的脸上，这脸因为血流加速而更加红润润的。

好啊，这可是自投罗网，她高兴地想。

他们终于来到街上，女的把手插入他的肘弯。他紧紧地夹住。女的更向他身上靠靠紧。他忍受着。没有风，但是相当冷。一部分店铺已经打烊。阴沉沉的夜色衬托得灯光更加辉煌。他们的影子在橱窗上时隐时现。行人稀少了。李恂想走到更加僻静的地方。脚步加快了，他一时忘记了扭筋的谎言。

“哦，先生，你的腿不痛吗？”

“有点。我得苦练啊，否则怎么能和你跳舞。”他掩饰了过去，同时也放慢了脚步。

“先生，蒙你抬举，我很感激。”斐斐的头一歪，靠在李恂的肩膀上。

李恂忍受着：“这话说远喽。”

“像我们这样的，先生怎么能瞧进眼里。”

“这是什么意思？人人都是平等的。”他站定，压下推开她的冲动。他一直在观察着前后左右，想找到一个合适的地方，然后……这时他忽然瞥见在他们身后，大约相距四五十步，有一个男人的身影。这是偶然呢，还是有人盯梢？他警惕起来，索性伸胳臂，抱住斐斐的肩膀。女的受宠若惊，几乎全身都靠在他的胸前。这样，他们走慢了。后面的身影也慢了。

“哎，先生，我是贫寒人家啊。”

“啊不，茅屋出英豪。再说，天赋人权，不管是什么人，生在世上的都有同等的权利。”

这时他们走进了小马路的暗处。

“哦，是吗？那么，先生，我们可以成为朋友喽。”女的抬起的眼睛里好像跳动着火花。

“当然可以。”

“哦，是吗？”斐斐忽然拉他站住，抬起双臂，抱住李恂的双肩，抬起脚尖，给他送上了红艳艳的嘴唇。

李恂不能再忍受了，忘记了“小不忍则乱大谋”的名言，挣开身子，同时双手推了女的一下。因为他用力过猛，女的向后趔趄了两三步，惊叫了一声，竭力想站稳身子，可是终于仆倒在地上。一直跟在后面的身影向前跑来。眨眼间李恂明白了这人的确是在盯梢。他也撒腿往前跑，一面从裤袋里抽出他的蒙古刀。他现在觉得自己有杀人的勇气，也有自杀的勇气。

他跑入十字路口的拐角。正好有一条没有灯光的小巷子。他侧身隐了进去。那人追到路口，不见他追逐的对象，四下探望了一会儿，又沿着马路向前跑去。脚步声渐渐远了。

李恂在这个阴暗的角落站了很久。刚才急奔，出了一身大汗，现在又觉得刺骨的冷。他一时还不敢离开这个安全的角落，十分悔恨刚才的鲁莽。再也不能进这个咖啡店了。是自己的小不忍造成了无法改变的恶果。如果他稍稍缓和地对待那个女的，很可能从她身上挤出点什么。哎，太不会权变了。难改的天性哟！

街上已经完全没有人声。远远近近的钟敲了两点，嗡嗡声飘荡在静悄悄的夜空，余音久久不绝。他的手脚已经冻僵了，难于忍受的寒气正侵入他的肺腑。他觉得晕眩，很想就地倒下去。不，不能倒下，必须挣扎。他竭力抬起僵木的腿，忽然一阵恶心。一股酸水冲上喉头，压不住，他呕吐起来，似乎胃肠都要吐出来，幸亏神智还是清醒的。不能成为路倒，不只为了自己，更重要的是为了朋友们，特别是为了向真。啊，向真，向真，你在哪里？你究竟是怎么回事？你还活在人世吗？

一〇六　喜剧、悲剧、正剧、无法归类的戏剧

在唐旻与上官重新朝夕相处的日子里，两个人的精神上和心理上都经历了一场危机。

回到上官故乡的当天，演了一出令人哭笑不得的喜剧。来到上官家的大院的时候，唐旻被让到客堂间。这时死者早已入土，但是为了某种原因，屋子里还烧着香，摆着供品。唐旻不认得那些男女老少，有的穿着重孝，有的只戴一顶白帽，或穿一双白鞋子。总之，映入眼睛的还是一片丧事的气氛。他不懂得此地的风习，以为这一切都是合乎常规的。

上官已经被邀入套间，从那里传来和这丧事气氛很不调和的笑声，有的且是大笑。唐旻很纳闷。后来才知道，他和上官一进大门的时候，就有小孩子跑到里面报告，说姑姑和姑父到家了。这出乎人们的意料，也有些吃惊。他们处心积虑地是对付一个孤单的女人，如今有了一个为她撑腰的姑父，显然对他们是不利的。及至听上官说明，唐旻是她的同事和朋友，是怕她路上不安全才陪来的。人们放心之余，不禁失笑，大笑。以笑代哭，亡母的娘家人所苦心布置的悲哀气氛一下子消散了。

亡母的娘家人显得对上官十分客气。他们的代言人是亡母的堂兄，六十多岁，干巴瘦，显得十分精明。上官早已认得他，一向称

他为三舅。大排行的大舅、二舅早已升天，这个三舅就是最长最有权威的了。

按照不成文的习俗，亡者的娘家人在丧葬和排场、礼仪，以及善后诸事都有不可驳回的发言权，说白了，死者的娘家人可以大闹特闹，恶言恶语，横挑鼻子竖挑眼，摔盆砸锅，愈闹得凶愈显出气魄。在这场合，一切无理都是有理。任何的不同意或不满意，更不要说反对，都只会火上加油。乡里的舆论都支持这种闹丧，因为祖祖辈辈是这么传下来的。如果上官是一个男人，就必须俯首帖耳，和和顺顺地承受这一切。便宜了她是个女的，是上官家的姑奶奶。正是她，亡者的女儿，不论是不是亲生的，才是名正言顺、无人能代替的正宗姑奶奶。正是这位姑奶奶才有权为母丧大闹特闹的。所以那些舅爷、舅奶奶、按五服更远一层的舅爷、舅奶奶，老舅爷、老舅奶奶，以至老老舅爷、老老舅奶奶，没有任何根据和理由来闹上官这嫡亲姑奶奶。

上官的仪态大方，举止稳重，话语不多而句句落地有声，也起了震慑的作用。她一见面就声明，她几年来朝夕怀念故土，今天回来，不是为了父亲的遗产，而是为了敦睦亲戚之间和乡邻之间的情谊。富贵荣华不过是过眼烟云，只有故乡的土，故乡的人才是与天地共长久，生生不息的。唐旻听着的时候，心里暗暗叫好。真是身手不凡，一开口就先声夺人，掌握主动，光明正大。

上官到家的时候，已经是下午三时。见面礼过后。她要立即去上坟。大家劝她等到明天，她不肯。这当儿，姑奶奶的话就是法令。人们只得草草准备，然后男女老少，跟在姑奶奶后面，出门了。已近黄昏，冷得煞脱。唐旻也跟在众人后面。他很想走在上官的身旁，搀扶着她。想到关于姑夫的误会，只得放弃这念头。上官家的祖茔离城大约有十里。一行人走到的时候已近薄暮。一个个坟头上荒草迷离，只有亡母的是新土。坟前立了石碑，碑前有石雕的香炉。墓场周围的高树在晚风里抖动着枯枝。归巢的乌鸦正在树梢头哑哑地叫。寒冷而且凄凉。

上官点上香，跪在坟前。除了死者的长辈和同辈，也都跪下。唐旻站在人们的后面，好奇但是厌烦，冷眼瞅着这一场活剧。

上官要用手扒土，添在坟上。土早已冻硬。她于是扑在坟上，放声哭起来。所有女的也都陪哭，有的有声有泪，有的无泪有声。这是礼。唐旻既为上官伤心，也觉得好笑。他心里清楚，上官哭的不是坟中人，而是亲生母的不幸和她自己的坎坷。这坎坷里也有他自己不情愿可是毕竟添上去的苦水。不管怎样，上官的这一行为在一部分人中间博得了同情和好评。大夫人对她的苛刻是众所周知的。

这天晚上，众人散去以后，唐旻在上官的屋子里待了很久。虽然生了木炭火盆，这高大、老旧、因为出厦而不进阳光的屋里还是很冷。上官住的是上屋的套间。唐旻下榻的是东厢的里间。整个宅邸里因为人丁稀少，真正是“夜寂静、寒声碎”。上官催他去休息，他说再待一会儿。上官自然不好当真地撵他。两个人都有很多话，都不想说，这时也不便于说什么。这像坟墓一样的宅邸是令人窒息的。

上官回家这半天的言谈、举止、风度，更使唐旻迷恋。为了打破这死一样的岑寂，两人时而交换一两句毫无意义的话。上官给他定了一个时间的限度，不得超过十时。人们会注意他们，不检点会引起非议。过了十时，唐旻还要磨蹭几分钟，不能自已的哀怨的眼神扫在上官脸上。上官很明白这是一个危险的局面。若是她的眼光稍有犹疑，而不是保持冷冷的神色，唐旻会立刻扑倒在她的膝下。不假任何辞色，上官的内心是痛楚的。生命活跃的人实在没有必要这样，没有任何道义上的藩篱隔开两个单身。他们应当是自由的，何况他们过去曾那么亲密过。此时此地的上官宁死也不能赓续前缘。她心里十分清楚，如果稍稍放松自己，卢雁就完了，虽然她不敢期望唐卢两人的必然结合。她已经答应了卢雁为她玉成，她必须把许诺贯彻到底。她现在很同情卢雁，也喜欢她感情上的坚执。事情明摆着，没有她，卢雁的愿望会比较易于实现。

事情出乎上官的预料。不想独占，合理地分配，她向有关的人讲得清清楚楚。那位三舅，说不上是真的老好人，还是貌似老成而内藏奸诈，说上官的母亲临终前，说丈夫已经立下的有文书，已经交在上官手里。上官恨透了这个恶毒的女人，临死都不放过她，却像毒蛇一样地咬她一口。上官很难推断，父亲是否真的留下了遗书。是留下遗书，因为对大夫人不利，因而被毁或被隐藏呢，还是关于遗书之说纯属捏造。上官向三舅恳切地说明，她从来没见过也没听说有这份遗书。三舅嘿然，默然，悽悽然，频频摇头，说是不好向族人交代。上官原来是想依仗本支的族长的，不幸这人已经作古，而本支的族人伶仃萧条，一些远房因为没有什么可以染指，也都淡淡漠漠地作壁上观。

所以上官不得已才有北平之行。唐旻当然也乐得旧地重游，寻寻旧梦。

上官熟悉的律师早已离去。她转弯子找到一位法学教授。经教授一问，上官才明白自己手中空空如也，没有遗嘱，没有证据，一句话，关于不动产和动产的一切凭证，都不在上官的手中。她也没法估计不动产和动产的全部价值有多少。她只能苦笑。她从来没想这些东西是有用的，甚至于不屑于询问有关的一切。她从来只想完成自己作为人的人，从来不想从前辈得来一分一文的利益。现在她只想把这份有限的遗产派到有益的用场，决不肯让不相干的人瓜分和浪费掉。

教授有学生挂牌当律师。上官持一纸介绍信见了律师。律师听了上官的陈述，沉思默想了一会儿，建议两条。一是先在有影响的报纸上登一则声明，说有关其父的一切产业，除了上官本人作为合法继承人之外，任何人采用任何手段做侵权之行为，继承人均将追究法律责任。二是授权本律师调查、追查、核算、处理所有账目、契约、文书、凭证及有关的一切事宜。然后买几十张报纸，寄回老家，给所有有关的人，先让他们死了心，然后一步步办各项事宜。这是没办法中的好办法，上官同意了。律师还建议，他偕同上官回乡，先把房地产抵押出去，契约由他出面承担法律的责任。这意思是把能拿到手的钱先抓到手里，以绝后患。

上官为了使唐旻分散注意，鼓励他访访故旧，看看旧地。唐旻从堂伯那里弄到两百元钱。堂兄一如既往，仍然过着纸迷金醉的生活。日本兵占领锦州，逼近山海关的时候，北平曾经一夕数惊。眼下日本人正在全力进攻东北的义勇军，巩固他侵占的城市和交通线，还看不出进入华北的意向，麻木的人们又在麻木中寻欢作乐。云山堂兄说又有一朵与沈茜茜不相上下的新花儿。唐旻冷峻地斥责了他，告诉他沈茜茜失踪，现在也许不在人世了。

唐旻心里最矛盾的是见不见宫婉宜。见嘛，她会高兴的，但是见了以后，她会像揭伤疤一样的痛苦。肉体的伤痕会愈合，心灵的伤痕是永世不能平复的。不见嘛，也将是他今生今世没法弥补的憾事。几经萦回，他下了决心：见！

小巷依然。房舍依然。门庭依然。只是小巷外面的树木长高了许多，当然掉光了叶子。当他提着为南南买的一包包文具和糖果，心怦怦跳着，敲响后小院的木板门的时候，他心里颤动得好像要眩晕过去。为他开门的不是别个，正好是婉宜。木木然，惘惘然，她不相信自己的眼睛，凝立的塑像一样站在唐旻面前。婉宜，婉宜！她似乎有些发福，但是眉宇间有明显的风霜的痕迹，眼角也已经有了惆怅的纹路。婉宜当然一见就认出来了，但是来得太突然，她一时不敢相信。这是她梦魂不忘的人，似乎高了些，瘦了些，潇洒的英姿里多了几分洋气。她笑了，竭力忍住幸福和酸楚酿成的泪水。唐旻伸手紧握了她的手。他们一起步过小院。依然是清洁和幽静的小院。他们进了客堂间。唐旻放下手里的包包。婉宜全神贯注地看定他，竟然没有看见他带来的东西。

“南南呢？”

“正忙着期考呐。快放寒假了。”

“一定长高了，见了该不认得我了。”

“怎么会。常常……”她要说常常想念你，但是不好意思出口，脸上微微泛红。在她生平唯一的心上人面前，她只能认命，不能不立上一面无形的屏风。“你请坐，快坐……”

“宫姐，婉宜，我一刻也没有忘记你，我很想念你。”

“我知道，知道，不说这个，不说这个……请等一下……”

她很快地走出客堂门，走入灶间，要烧开水，却把一个空铁壶放在炉子上，捅开煤火。热泪已经流满了她的前怀。她拉出手绢掩面呜咽着，一面用力咬自己的指头，竭力要使自己镇静下来。烧得发了红的空铁壶帮助了她，她慌忙垫着手绢，拿下铁壶，慢慢地灌满水，又放在炉火上。

婉宜回到上屋，吃惊地看见唐旻正把包包里的东西放在方桌上。大铜墨盒、毛笔、钢笔、象牙裁纸刀、仿玉的镇纸、精装的笔记本，还有五颜六色的糖果和巧克力盒子。

“这不好……”

“宫姐，我什么都没有给你买，怕你说我骂我。这都是南南的。”

既然这么知心和贴心，她除了心里甜酸交融，还能说什么。“好吧，既然是南南的，让南南谢谢叔叔好了。”

正说着，小院的门砰一声开了。随着脚步声，一个女孩叫道：“妈妈，妈妈，我可考完了。”她跑到正屋门口，愣住了。啊，有客人在。

“南南，南南，你好。”

不是模样而是声音使她认出了唐旻。“啊，叔叔，叔叔，你怎么这么久不回来？”

南南来到唐旻的身前。唐旻拉了她冻得冰冷的小手。他很想揽入怀里，紧紧地抱她，尽情地吻她。可惜不能。南南长大了，已经是一个不脱童稚之气的少女了。她只顺从地让他吻了一下前额。这圆圆的脸面，这善良而温暖的眼神，这轻轻盈盈的动作，活脱是一个小婉宜。但愿她顺顺利利地长大成人，得到美满的幸福，不像她的妈妈那样。他这样想着的时候，不期然有一个阴影压上心头。北平能免于铁骑的蹂躏吗？

婉宜很高兴女儿回来。没有她在跟前，她很怕自己不能自持。眼前这个她诚心诚意爱着的人，如果拉开她的无形屏障，她没有勇气也不忍心推拒他。命运，或者是渗入血液的某种观念，使她不得不扑灭炽热的爱的火焰，心里浪潮滚滚而脸上强作镇静，压下真诚的千言万语而只说毫无意味的谈话。关于他，她什么都想知道，正如他住在此地时知道得那么详细，可是她什么都不问。让他来时自来，去时自去吧。她没有理由让他知道自己的心意。命运已经造成她一个极平常的女人，她没有能力也没有意愿来改变自己。女儿是她生命中的生命，感谢上天，这已经足够了。

她留他吃晚饭，问他想吃什么。他什么都不要，只想她亲手包的馄饨。

“噢，这容易，一会儿就好。南南，你好好陪着叔叔，看叔叔的茶凉了就换热的。别问天问地地缠着叔叔，懂吗？”

婉宜出门去了。唐旻拉南南坐在身旁，和她一样一样看那些文具。

“叔叔，你买得太多了，我不能要。妈妈会说我的。”

“放心，不会。我已经和妈妈说过了。要照她本意呐，我把一个文具店全搬来。”

“真有意思。往哪里摆啊？叔叔，你来北平，不走了吗？”

“南南，你的课本里有《鹊桥仙·七夕》这首词吗？”

“有啊。”

“你会背吗？”

“怕背不全。”

“你记住两句就行了。‘金风玉露一相逢，便胜却人间无数’……”

婉宜在外面喊南南，要她帮忙端盘子。

在唐旻出去看朋友的当儿，上官忙着和律师商量好，带上印有声明的报纸，立即一起回去，当众宣布她的意见，介绍受委托的律师与大家见面，由他全权处理一切事宜，然后马上离开，不给任何人以可能纠缠的机会。

唐旻回到住处的时候，上官已经准备停当。三个人搭下午的火车离开了北平。

他们当晚到了上官家，已经九点多，所以几乎没有人知道。第二天一早，上官派人请来所有有关的人，满满地挤在上房的堂屋里。上官先介绍了律师，说明已经授权给他，由他负责处理一切有关父亲遗产的事，然后宣读了报上的启事，并拿一叠报纸分发给大家。在场的人好像受了电击，都显得瞠目结舌。谁也不曾想到上官有这一手。大城市的律师，在县城的人看来，简直就是权势的化身。他们更想不到的是上官当众讲的三条意见：一是不论全部遗产的最后结算是多少，她都要分成三份，一份捐献给抗日义勇军；一份由律师保管，存入银行，用来资助学有高才，有志深造的子弟；她自己保留一部分，作为她求学的费用。她说完，律师出示了上官签名盖章的意见书，又说明这份意见书已由他认可，是法律上有效的。

这些程序一完，上官立即向大家辞行，说南方的时局紧张，她当天晚上就要离去。她说的是实话。正当她风尘仆仆的时候，日本浪人在上海的闸北一带暴动，烧工厂，砸商店，杀市民，要求日本的海军陆战队武装保护日本的居留民。

所有这些程序，唐旻都是在回程的火车上听上官说的。当时他听而不闻。他在回忆和婉宜的见面，婉宜没有出之语言的，她的眼神、姿态、动作都说了。她的眷恋和惜别，正如她见面时的又惊又喜一样，是永远不能忘记的印象。婉宜如果对他冷淡，他也许会好过些。不料一次鲁莽行为造成她一生的苦恼。他伤害了她，甚至可以说杀害了她。现在徒然自遣，又有何益！

现在他才听见了上官讲的一切。他心里暗暗叫好。这真是出其不意，攻其无备， 阵雷电之后，大家还没有清醒过来的时候，她已经和唐旻坐在南下的列车上了。

一〇七　一时还找不到一条坚实的路走下去

二十多个小时的火车十分熬煎人。上官和唐叒出了站，都觉得十分疲劳。他们先到一家饭店用了晚餐。天色黑下来。他们要了出租汽车，先送唐叒，再送上官回校。他们都以为李恂还住在上官的宿舍里。上官想看看他，向他感谢代课之劳，然后到相知的女教员宿舍里挤一夜。她要唐叒回到住处的时候，先到房东家，借电话和卢雁取得联系，如果她明天能离得开，请她上午九时左右到唐叒那里会齐。

唐叒一进亭子间，觉得很奇怪。往日这小屋总是很整洁，这是李恂的生活习惯。现在却是满眼的乱糟糟。几乎所有的箱子都张着盖子，床上的被子也翻得乱成一团，这光景倒好像遭了一次抢劫。正当他满心狐疑地动手清理，前楼的娘姨来了，一进门就说："先生，你可回来了。李先生病了，住医院了。"

唐叒一惊，不敢相信这是真的。李恂除了时常有失眠的毛病，身体一直好好的，怎么会病到住院的程度呢？他刚要问问详细，洪元珍也来了。她看房间这么凌乱，请唐叒先到前楼，这里让娘姨好好清理一下。

"你不要着急，不要担心，你的朋友不会有什么问题。你刚刚下火车，是吧？一定很疲劳了。请你前边坐，休息一下。你朋友的情况我详详细细告诉你。”

元珍的热情难却。唐旻说他本来立刻要到前楼看她和先生，这突如其来的事情使他连感谢的话也不会说了。他跟元珍到了前楼。这里一台麻将正厮杀得热闹。老板也在作战，见了唐旻，只含笑点点头，顾不上说什么。元珍引唐旻进了小书房，正是李恂和元星谈心的地方。

元珍请他坐，为他捧来一杯热茶，然后坐在他的对面。

据她说，前天早晨，娘姨清扫楼梯的时候，看见亭子间亮着灯，觉得奇怪。为什么大白天还亮着灯呢？李恂一直住在学校里，很少回来，有时回来也是白天。四五天之前回来一次，要娘姨替他借衣服，说要去参加一位老同学的婚礼。过了两天，衣服送回来，人又走了。娘姨想着也许他是夜里回来，早起走时忘了关灯。她推开亭子间的门就尖声叫起来。元珍听见，急忙跑来，也大吃一惊。李恂躺在地上，床上和床下都有呕吐的东西，还以为他在同学那里喝醉了呢。想搀扶他起来，上床，一拉他的手，这才觉得他烧得像火炭一样，已经不省人事。喉管里咕噜咕噜，好像有什么堵在那里，憋得喘不上气来。幸亏老板还没有出去。他急忙打电话，要书店一个伙计叫了出租汽车，送病人到了德国人办的医院。医生检查的结果是急性肺炎，很重，但是不到危险的程度。想想他此地的朋友，只有那位在大学的卢小姐。电话打到教务处，求告他们给找一下。还好，总算找到了，卢小姐正忙着考试，说今天下午来，问问情况，然后到医院去。

唐旻为元珍和老板的关心深表感谢。元珍说邻里互相帮助是应当的，何况李恂和她的弟弟已经成了好朋友。

这一阵子正是电话线路最忙的时刻。唐旻要了三次才接通。卢雁一听是唐旻就大发其火。耳机里传来她的尖啸：“啊，唐先生，谢谢，多谢！还记得地球上有我这么一个人。奇迹！信都不来一封。不敢动问，贵体是否多恙……”

唐旻无可奈何，只能在电话里赔笑，用讨宥的口吻说：“好了，好了，小姐，火大了伤肝。打板子也得先问问案情啊。事情的曲折和变化，不说你不会知道。我向你三跪九叩，说明情况还不行吗？”

央告的口吻给卢雁消了火。“你别和我油嘴滑舌的！上官呢？”

“回校了，一会儿就来。”

“你已经知道了李恂的情况，是吧？”

“知道了。多亏阿洪姐和先生的关心。我已经知道你要来，可是不敢不先向你报到，那不更是罪该万死了吗？”

卢雁哧地一笑，却又忍住：“不看上官的面子，我很不想理你。”

唐旻回亭子间的时候，一切已经清理就绪。李恂的病使他心里焦灼不安。要不要拍电报给他父亲呢？他想还是先到医院，问问大夫的诊断再说。娘姨为他送来开水瓶，传太太的话，请他们回来吃中饭，一切都是现成的，务必不要客气。

唐旻以为卢雁会先到，先到的却是上官。

“这个怪人，你的朋友，人也不知去向，该领的工薪也不领。”她一进门，劈头就这么说，一面从手提包里取出一个鼓胀的纸袋子，放在桌子上。

“他病了。”

“病了，人呢？”

“在医院。”

“啊……”

唐旻只能照元珍说的学说一遍，还没说完，听见楼梯上的脚步声。卢雁来了。她斜了唐旻一眼，故意不和他打招呼，却走到上官身前，抱住她的双肩。

“上官姐，你去了有一个世纪，把一只孤雁扔在这里，真难受，真难受。事情办的是顺利还是不顺利？”

卢雁的真情发作很打动上官。她亲爱地看着卢雁冻红的鼻子头和两腮，替她拉下围巾，伸手拢拢她那散乱的头发。“这说来话长，一言难尽。咱们还是先去看病人吧。”

李悔一直还没有从高烧的昏迷中清醒过来。他已经不是他自己。他正在地狱里受熬煎。烈火烤得他唇干舌燥，口鼻冒烟，五内成灰。一会儿火山变成冰川，有冰山压在他的身上，冻得他彻骨的冷，就要和冰雪融为一体。狂风又裹着他扶摇直上，撕裂着他的肢体。无边的黑暗。他狂呼，声音闷在胸腔里，憋得呼吸都停止了。有人救他来了。是贞月？梅倩？不是！珊珊？不是！啊，是珍珍。原来她没有跑？多好啊。可是她在哪里？没有了。啊，是向真！她为什么满身的血迹？向真，向真，向真……

正当李悔发着寒热，昏迷不醒的时候，唐旻和上官、卢雁正站在病床旁边。李悔的头上敷着冰袋，脸烧得火炭一样的红，没有汗，双目紧闭，眼角的青筋在跳动，嘴唇已经烧得起了水泡。唐旻见朋友病成这样，很心痛，很愁苦，也很担心。他屈一条腿在地板上，曲身扶着床边，一声声呼唤李悔。病人似乎听见了。这声音多么遥远又多么熟悉啊。他的眼皮微微跳动，好像竭力要睁开。一阵猛烈的咳嗽震撼了他的全身，使他蜷缩起来。冰袋从额头滑下来。一个护士跑来，打开镇咳用的喷雾器。一种类似胡椒的香味弥漫开。

病人大咳了一阵之后，稍稍平复了。他在张口喘气，喉管里咕噜咕噜响着。这时卢雁已经跑去请来了大夫。这是一个高身量的德国人，很瘦，头发花白，这相貌使人觉得他是有经验的。他大弯下腰，用一个短喇叭形管子听了病人的胸部，又要护士和唐旻把病人侧翻一下，听了他的背部。

唐旻用英语问他，他不懂，却用磕磕绊绊的中国话说，病情来得很猛，应当说相当严重，但是如果不发生其他并发症，不至于有什么危险。“我们当然要尽一切努力，你们也要有精神准备。是的不是？”

当然是的。唐旻问他，现在有没有必要通知病人远方的父母。

医生说可以缓一缓，如果二十四小时内病情有转机，哪怕是很小的转机，就可以放心了，不然的话……他耸一下肩膀，摊开双手，表示那就有危险了。

唐旻再三地向医生道谢，满心指望他能使朋友回春。医生去了以后，三个人又在病床前站了一会儿。病人的痛苦使他们揪心。当然，都没话可说。唐旻环视这病房，又高又大，像一个厅堂。白布的屏风和帐幔分隔开一小间一小间，有双床的，有单床的。李恂的病重，住了单床的。唐旻很有歉意。按他目前的经济情况，只能让朋友住这六角一天的简陋病室。治疗费和医药费当然是在外的。

探病的时间有限，他们只能离去。已经过了中午，他们就近找到一家饭馆。要了饭菜，可是三个人都没心吃。上官向卢雁说，回乡的情况要单独对她说，因为唐旻已经知道全过程，不会有兴趣再听了。卢雁问她眼下有什么打算，是否还留在中学校里。

上官深深慨叹了一声："我的一切行止，要看我能拿到多少遗产而定。至于学校，眼前我有个问题还摸不透，要等李恂好了才能弄清楚。学生们都喜欢他，不光因为他教课认真，也因为他和学生们合得来，可是不明白他为什么忽然辞职了。今天一早，我只来得及和校长打一个照面。李恂给他的印象很好，说办的两期校刊颇得好评。好好的，他为什么辞职？学校为什么接受他的辞职？我当然不好当面质问校长，所以得问了李恂以后再说。"说到这里，上官转向唐旻："你该能说说，他的行事怎么这样出乎常规？会计室通知他领工薪，他不理。人家只好结算出来，交给文书，请他转交，可是文书却不知他的去向。你看，呐，这个怪人……"

"我也说不清楚。"唐旻只能苦笑。

三个人都沉默了。各人有各人的心事。

沉重地压在唐旻心上的是同学的命运。是他敦促同学离开故土的。万一这个独子……他将怎样面对两位老人？转院吗？不敢。虽然住的是下等病房，医生看来是有经验的，医院的医疗水平也是众所周知的。“二十四小时以内”，啊，这是生命攸关的二十四小时。他宁愿失去自己，也不愿失去李恂。他的这种心情也不便向上官和卢雁和盘托出。她们各有自己难念的经，不能再增加她们的精神负担。

卢雁最关心的不是上官的财产，而是她究竟向唐旻施加了什么影响。看不出唐旻有任何变化，还是那么不冷不热不咸不淡的。当然不能排除他为朋友的重病而焦心。寒假期间，她回不回家呢？家里来信要她回去，说有特别重要的事要商量。哼，什么特别重要！无非是终身大事之类。说不定已经给她物色好了一个世家子弟，等她去过目和点头呐。家，她是很想回的。照时局的变化，有可能是最后一次。她宁可死去，也决不在东洋鬼子的铁蹄下苟延生命。究竟是否回家过冬假，主要以唐旻的态度而定。如果他能靠过来，不回可以，回也无所不可。如果能同他一起回去，当着爹妈的面让他们的未来女婿亮亮相，那就更好。让人焦躁不安的是目前什么都不能定。

“我说两位，”卢雁瞟一下唐旻和上官，“你们是不是忙得报纸都不看？”

“差不多是这样。”唐旻说，“有什么所闻吗？”

“日本浪人在上海暴动，当然是在华界，你们知道吗？”

“知道一点，不是平息下去了吗？”上官说。

“表面看，是这样。现在大学生谁还有心读书，不过敷衍几个分数，为一张毫无意思的文凭。我们私下里议论，估计上海还要大闹。温故知新。万宝山事件是序幕，正戏是唆使韩人大肆排华。接下来也是一样，中村事件是序幕，大演出是‘九一八’。日本浪人暴动是序曲，说不定接下来是大打出手。学生会的一位同学甚至有这样的推测：在长江口摧毁吴淞的防御工事，观测一下英美的气候，然后沿江而上，炮轰石头城，逼迫南京，订城下之盟，把东三省割让给他，造成既成事实，堵住国际联盟的嘴……”

唐旻和上官一面听，一面频频点头。

“这分析得很有见地。”上官说。

“是的，明摆着的。”唐旻也说。

饭后，上官要了出租车，先到了卢雁的学校。看看唐旻那神不守舍的样子，上官劝他先回亭子间，好好休息，明天一早到医院，看看朋友的病情是否有起色，再作计议。汽车载着唐旻一人去了之后，她轻轻叹一口气，挽起卢雁的胳臂，到了女生宿舍。卢雁的同室女生认得上官，笑着寒暄一下，出去了，这是约定俗成的。凡是来了客人，同室的总要回避一下，给同学方便谈心的机会。而这种谈心常常是彻夜的。

这时离晚饭还有一段时间。太阳的余红映在窗子上。室内很冷。卢雁建议到校园里走走。天空灰蓝，没有云影。空荡荡的校园里静悄悄的，只有远处篮球场传来的奔跑声和呼喊声。高树的秃枝像乱发一样伸向天空。两朋友呼着清冷的空气，都不说什么。心灵只有在夜深人静的时候才能自由地敞开。她们在学校食堂胡乱地用了晚餐。

这天晚上，卢雁的同室女生说隔壁空出一个床位，不回来了。卢雁从学校的小店里买了些零食，准备熬夜。她们梳洗了之后，一起仰在卢雁的床上。上官讲了她回乡和到北平的情况。她知道卢雁关心的不是这些。

卢雁听完，只说了一句：“哎，没想到有这么许多文章。”

上官知道她迫切地要听的是什么，可是怎么讲呢？

直性和急性的卢雁终于忍不住了：“上官姐，我看唐旻出去一趟，好像没有什么变化。”

上官深深地发出一声叹息：“我应当如实地告诉你，可是说实在的，又不太敢说。你要是听了一蹦三丈……”

卢雁忽地坐起来：“我怎么会……我保证不能……”她听上官有弦外之音，心里开始打鼓了。

“那好。你想到么，咱们俩的想法正好和唐旻的想法相左。”

“什么意思？”卢雁直问到上官的脸上。

“你躺下，别急。”上官拉卢雁倒在自己的身边，抄一只胳臂勾住她的脖子。“你这姑娘是外粗内细，我想你早已感觉到，最初他对你是有点冷淡的，他把你看成一个任性的娇小姐。后来他的看法改变了，特别是南下以后。他说他现在很看重你，喜欢你，说你最大的特点是爽朗和纯真……”

“得得得，”卢雁的脸热了，心跳了，“你怎么净说好听的！”

“你看，急了不是。你耐心听呀。说好了的，别蹦起来。”

“你说，你说。”

“唐旻说，像你这么纯真和纯洁的女性，他认得的只有一个。”

“谁，谁？”

“我刚才不是说了吗？他想的和我们想的相左。我是想向他施加影响，说服他，重视你的感情。这也是你希望我做的。他呐，他是想离开你一段时间，让你有机会和那个躺在医院里的人接近起来……”

“该死，小挨刀的！”卢雁一轱辘翻身下床，刚要发作，想起自己的诺言，又颓然坐在床边。

上官亲爱地拉起她的手：“难道你竟然没有想到这一点？”

“爹妈给我的是一根直肠子，我怎么会绕那么许多弯儿……”卢雁竭力忍住涌上眼眶的泪水：“我手头不缺男人。男同学向我献殷勤的很有几个，有的也是人才出众……”她又倒下，翻身伏卧在床上，晶晶的两眼看定上官。上官微微眯起眼睛，躲避吊灯的光。两个人都沉默了一会儿。

上官很高兴她的话没惹得卢雁大喊大叫，看来她比在北平时期成熟得多了。关于唐旻的真实情况，有一句话她是宁死也不愿讲出来的：她虽然竭力使自己在唐旻面前装得冷淡，在卢雁和唐旻之间成为障碍的却正好是她自己。怎么办？一走了之。这是她不热衷于出国却又想要出国的重要原因。

两朋友又沉默了一会儿。

“上官姐，人的生命只有一次，那么人的一生，是不是只能有一次真正的恋爱？不知为什么，我好像是中了他的毒。也许少女的初恋都是这样，最初动了真情，一生再也改变不了。”

“除非是这人伤透了你的心，你会竭力从自己的心里把他刨出来。能做到吗？能！当然不容易。”上官这样说，是出于自己的切身经历。心的伤口也像皮肤的伤口，可以愈合，但是疤痕常存。

卢雁点点头，在咀嚼上官带苦味的话。看来甜头和苦头间不容发。

“我们这一代人啊，真可以说是生不逢辰。”上官慨叹地说：“只有两种选择。要么与世浮沉，这很容易。像你，家庭条件那么好，让父母为你选一个如意郎君，不是可以平平稳稳地过一辈子吗？要么就得拼上去，走出一条自己的路，干出一番事业。这当然又困难，又危险，一定是荆棘满途。我们这一代青年的悲剧在哪儿，你说？”

“在哪儿？”

“已经深知自己和周围的环境不调和，可是一时还找不到一条坚实的路走下去。”

“不可以苦苦地寻求吗？”

“我正是要寻求一生。”

“上官姐，我和你一起。”

上官抱住卢雁，吻吻她的脸腮，觉得她的脸上是湿湿的，这才大睁开眼睛，看见姑娘的双目里泪光莹莹。“你和我不一样，雁儿。你还很年轻，没有经历过什么坎坷。我已经不想追求个人的幸福，我够够的了。你不知道，心理的平衡对于我是多么重要。我只想潜心学术，干点于人有益的事，别无所求。你呐，人生的酒一定要喝，不管是甜的、辣的、苦的。我的好妹妹，你一定听我的意见，好吗？”

“当然，我什么时候都重视你的意见。除了你，没有第二个人。”

“我建议你不要自己苦恼下去。你索性和唐旻摊牌。我始终相信，他是爱你的，会爱你的。他总认为自己有不可弥补的缺陷。有什么缺陷是不可弥补的？你帮他弥补就是了。”

“我不敢相信，上官姐，我不敢相信……”卢雁紧紧抱住上官的双肩，脸贴在她的脸上。她哽咽，她的热泪也勾起了上官的辛酸。

直到下半夜，两朋友都没有睡意。她们不再谈这个话题了，但是青年女子的话题是没完没了的。

一〇八　有一个叛逆的头脑，却又有一颗怯弱的心

李恂发高烧整整有两天多，从第三天开始，才渐渐退下来。从昏迷和半昏迷状态清醒过来之后，他的意志力在起作用，“我要活，要活，不是为了自己，是为我深心里的亲爱的人。当前，也特别为了宗向真。”不弄个水落石出，从不测的危险里营救她，他是死不瞑目的。到了第五天，他完全退烧了，平复了，只是十分虚弱，一坐起来就头晕目眩。这期间，唐旻天天来，向那位德国医生讲了许多求告和感谢的话。他为朋友的真诚打动了外国医生。卢雁和上官也不时来看看。洪元珍也来过一次。她告诉李恂，元星已经放假，过几天要和元琼一起来。

按李恂的本意，想立即出院。医生的意思是再等两天，确实稳定了再出去也不迟。

第六天，唐旻告诉他，问过医生，明天可以出院。李恂恢复得很快，已经可以靠床头坐起来，可以绕床而行。唐旻以为他病得突然，不明白诱因是什么。李恂简单地讲述了与宗向真有关的经过。唐旻听了，也觉得这事蹊跷，也很难猜想宗向真为什么出现在南方。家乡的时局虽然也动荡不安，可还没有到出外逃难的地步。就算逃难，也不可能她一个女孩子只身跑出来。谜！

唐旻想了一下，说不妨先在报纸上登一则寻人启事。知情者如

果来报信，一定重重酬谢。如果向真看见了，或者别人看见了告诉她，她至少可以寄一封信，或者求人送个口信。李恂以为这是一个好主意。唐旻说事不宜迟，要李恂讲了宗向真的相貌特点，马上离开，找报馆去了。

唐旻去了一会儿，卢雁和上官来了。问唐旻为什么没在。李恂只得又简述了宗向真的事和他生病的原因。上官听说登寻人启事，低头沉思了一下，觉得不妥。他们心急，只想到登启事有利的一面，没考虑不利的可能。如果把宗向真抓在手里的人见了报，把她转移出去，不是更难办了吗？她以为最好是向咖啡馆的老板要人，以报告巡捕房和法院相威胁，实则花钱把人赎出来。现在既然已经追不回唐旻，只好看事情的发展再说。她的考虑一点也没有吐露，免得在李恂心上投下阴影。

为了明天可以出院，李恂高兴得眉宇开朗，眼仁儿放光，似乎是一个好人了。这时卢雁从手提包里取出一件东西，放在李恂的怀里。黄灿灿，亮闪闪，是一只赤金手镯。李恂认出来，脸登时红了。

“很好，你比你的朋友还高明，一而再，再而三，可以当专家了。”卢雁讪笑地说，相信李恂有足够的健康受点奚落了。“从你脱下来的破烂衣服里找出来的，幸亏洗涮之前那娘姨掏了掏口袋。我想是你妈妈给你，以备不时之需的吧？”

糟心！这样，不是连洪元珍都知道了吗？李恂的脸更红了，腼腆而口吃地说：“噢，谢……谢谢，多谢。”

“要谢就谢她吧，赎金是她出的。”卢雁指指上官。

“不用谢我，谢你自己好了。”

李恂眨着眼睛，不明白这话是什么意思。

“我问你。”上官微笑，不免感慨地说，“为什么该领的工薪你不领？”

原来是这个，李恂放心了。“我只是帮几天忙，工薪是你的。”

“哦，是吗？你的我的，你倒分得清楚。意思是我应当加倍酬谢你，是不是？”

“不是，不是，我绝没有这意思。”

看他这么认真，上官和卢雁都笑了。

“好吧，我再问你，”上官又说，“既然为我代课，为什么不等我回来，你就辞了？”

“什么？”李恂不胜诧异，“是学校辞了我。”

“是吗，真的？”

“千真万确。”

上官竭力压下心头的气愤，为的是不使病人受刺激。“原来是这样！我听学生们对我说，他们对你的印象很好，所以我本想你病好了再回去。看来校长没和我说真话。他说明年开学，还请我任教呐。我想，学生既然喜欢你，你不妨正式教下去。哪里知道是这样。他们辞退了你，等于是辞退了我，正好……不过，为什么辞退你，知道吗？”

李恂摇摇头：“不清楚。据文书说，是训育主任的意思。”

“哦，这就对了。这个老乏走狗！你是不是和学生一起上街了？”

“不错。”

卢雁插进来：“你这个怪人！你为什么不告诉我？我不把那老东西的马子盖揪了才怪。”

李恂看她勃然变色的模样，忍不住笑出声来，一笑又咳嗽起来。

“好了，好了。”上官急忙制止卢雁，“不说了，先不提了。病人休息第一。”

但是李恂还是说了一句：“我正是怕你这穆桂英去打擂台才不说的。”说完又笑着咳了两声。

卢雁急忙捧起开水杯，让他润一润。

两天以后，唐旻租了汽车，接李愔回了亭子间。

这亭子间，李愔当初觉得多么狭小，多么闷人，现在却觉得亲切、温暖、舒适了。大病初愈，似乎处处都是生命活跃的景象。正是一年中最冷的季节，玻璃窗上的霜花说明这一点。他多么想立即跑到外面，继续去寻找宗向真，哪怕是大海里捞针，他也要捞下去。现在他当然是连床也不能下，唐旻禁止他行动，只许他拥被坐在床上。一切安顿好了之后，唐旻要去为他买一个热水袋。房间里没有火，也不便生炭火，怕引起他的咳嗽。

李愔闭目静坐了一会儿，其实脑子静不下来。一闭眼就是向真那蓬蓬的头发，那惊惶的眼神，那失声的叫喊。未知数是最使人灵魂不安的。忽然有脚步声。李愔睁开眼睛。进来的是两个人，一个是卢雁，另一个是新礼帽，新呢大衣，金丝边眼镜的时髦和阔绰的人物。这人正向他笑，唇边露出一个龅牙齿。李愔先是茫然地眨眨眼，终于认出来了，啊，天狗。他怎么会和卢雁双双进来？

不等李愔开口，天狗先咬人了："你这家伙，真够意思！这里的地址不告诉我。打电话去学校，说你早离开了。我是见了寻宗向真的启事才找上门来的。"

卢雁接了话茬儿："这位先生找门牌号，我见了，才……"

原来他们不相识，李愔急忙为他们做了介绍。天狗和卢雁握握手，已经好像是认识了多年的熟人了。他接了卢雁的大衣，自己也脱下大衣，露出笔挺的西装和金灿灿的领带夹。在卢雁的眼睛里，这位先生虽然阔气和洋气，言谈举止间不免带有土气。她也是个见面熟，毫不拘束地接受了天狗送过来的椅子。天狗就势坐在李愔的床边。

"这么说，上帝没有留你在天国。"

"上帝不喜欢我这号人，赶我回来了。"

"启事，宗向真，糊里糊涂，是怎么回事？"

"我能讲清楚不好了吗？"

于是李恂又简述了事情的经过。当他说着的时候，卢雁站起来，想到前楼去看阿洪姐。在门口迎头碰见抱一个热水袋的唐旻，她又退回来。

唐旻见了天狗，自然又是一番惊讶，一番说明，一番调笑。男女问题上颇有学问的天狗，不出三言两语，从卢雁盯着唐旻的眼睛上早已明白了。他心里不免暗笑，他原以为这位小姐是李恂的意中人呐。嘿，乱点鸳鸯谱！

见面的寒暄和嬉笑过后，天狗一本正经地说，登寻人启事这一步走得不妥。为什么呢？做贼的有不心虚的吗？这一下，不是打草惊蛇了吗？你想，咖啡店的女老板能不是个狐狸吗？狐疑狐疑，她能不疑心重重？好，启事给她送了消息。她有的是办法使你找不到线索。

正当天狗发表高见的当儿，上官轻轻地走进来，做手势不要大家动。她悄悄地坐在唐旻的床上，把堆在上面的大衣往旁边推推。听到这里，她插话了："这位先生讲得在理。我也是这么想的。"

天狗讲在兴头上的时候。知道有人进来，却没有注意是什么人。听了上官带南音的京腔，那么悦耳，他一转脸，映入他的眼睛的是一位倩丽、飘逸、清新、睫毛那么长的女性，大有梅倩那种飘飘欲仙的风度，只是略微清瘦些。他急忙站起来。他是不缺礼貌的，特别在女人面前是这样。

唐旻为他们做了介绍。上官也急忙站起来，握一下他伸出来的手。她一眼就看出这是一个纨绔子弟，不知是哪个土财主的儿子，不过看来他有不少鬼聪明。

是这么一位女性同意他的意见，天狗心里飘飘然了，一面却在掂掇，他的老同学，这两个家伙真是生来的艳福。太不公平了！为什么他们身边总不缺少出色的美女？不过他不能确定，这一位雍容大方，颇有身份，年纪显得大些的，不知是谁的意中人，或者谁是她的意中人。

“很好，谢谢。算我是愚者千虑，必有一得。”他确实颇有得意之色：“这么说吧，我呢，放了寒假，本来是想回家的。老同学碰到难题，我能拍拍屁股走人吗？我能不挽起袖子出一臂之力吗？”

他的热情招来四个人的掌声，这掌声更激发起他更大的热情。他表示，救人如救火，他要马上行动起来，而且已经有了一个行动计划。

李恂相信他的热情，也相信他的鬼点子，这在救冬月的事件上已经充分证明了。况且，不少的舞场里他有熟人，蛮有把握布置眼线。像他这样一个阔绰的大少爷，和捕房打交道也会有几分硬气。此外，他原来是看中了向真的，为她出力也颇合乎常情。李恂高兴得热泪蒙蒙。他甚至于想，如果天狗不嫌弃向真的一番沦落，还有意于她，他将竭力玉成他们。他过去嫌弃天狗的念头一点也不剩了，现在充满在心中的是天狗的一切长处和优点，甚至他的龇牙也是一种风姿。

洪元珍知道李恂出院，特地来看他。看见屋子里这么多人，在门口站下了。除了李恂，都站起来，请她里面坐。她进了屋，请大家落座，自己则来到李恂的床边，端详着他。

“哎，病瘦了，精神可还好。我真羡慕你，有这么多好朋友。”

“我们也都是阿洪姐的朋友。”卢雁接上说。

“太荣幸了。我哪里配得上，你们都是大学者。”

天狗的眼睛一直没有离开这位娇小玲珑的江南佳丽，心里不只羡慕而且嫉妒李恂，真奇怪，好人儿都到他的身边来了。

元珍转眼看看屋子里的每一个人。李恂那么清秀，唐旻那么英俊，上官那么飘逸，卢雁那么爽朗，这位有一个龇牙的先生那么阔气，都是风华正茂的人物。卢雁说他们都是她的朋友，她相信，觉得是一种福分。她很希望弟弟能多多和他们接近。她满面含笑，约请他们到前楼用午餐，先生不在，只好由她做东。李恂可以不用动，自有娘姨为他送来清淡的食品。大家辞谢。元珍说既然是朋友，不要见外才好。

中饭以后，天狗即刻要走。他的步骤是先到巡捕房备个案。如果能买通一个巡捕帮忙，那就更好。然后到咖啡店泡一个晚上，看有什么动静，有什么破绽。李恂把地址告诉了他，也讲了何玉斐的特点，又讲了自己临时捏造的姓名和住址。

“这个何玉斐蛮漂亮，是个不错的舞伴，可惜我不会跳舞。你倒可以大显身手。当然，她的肉是可以论斤称的。”李恂第一次有了开玩笑的兴趣。

“对不起，我一向不买咸肉。”天狗穿上大衣，满有信心地让两位同学听他的好消息，出门去了。且等他大施神通的结果吧。

这天夜里，唐旻拉一张椅子，坐在李恂床边，紧紧握住他的一只手，注视着他因为消瘦而更加清秀的脸。两朋友很久没有促膝谈心了。李恂因为给朋友添了麻烦和负担，心里很不过意。唐旻则因为拉朋友离开故乡，抛弃稳定的工作和生活，自己却不能对他有多大帮助而内疚于心。这些心里话他们都不讲。他们的友谊和相知早已超乎这些利害的考虑之上了。

唐旻长吁一声：“活过来了。”

李恂深知这句话的内涵意义。他也说：“活过来了。”

“你可知道我曾经多么担心。”

“我可不为自己担心。”

“怎么说？”

“人呐，只要灵魂深处有未了的事，就有强烈的生的愿望，就生出免疫力。”

唐旻点点头。这听起来是怪论，却也不无道理。

两个人沉默了一会儿，听着窗外的寒声。唐旻抄手到李恂的被子里，热水袋还是热的。“你累不累，早睡好不好？”

“这么坐着，聊聊天，是很好的休息。”

“那么我问你。我和上官北上，你和卢雁接触多吗？”

“多，也可以说，很多。”

“印象如何？”

“好，也可以说，很好。”

“只是很好吗？”

“什么意思？”

“你是真糊涂，还是装糊涂？”

“你要说什么，痛痛快快说好了，别绕弯子。”

“你不记得我老早以前说的了吗？我苦心安排，跟上官离开，给你们两个人一个机会，你却不好好利用。”

李恂想起来，也明白了。原来他用这办法撮合两个毫不相干的人。可真是苦心，可恨可恼的苦心。“你靠近我一点。”他说。

唐旻以为他要剖心而谈，急忙俯身向前挪挪椅子。李恂忽然抬起手，照他的脸上打来。幸亏唐旻躲得快，打空了。

“这是干什么？”唐旻惊奇地瞪着李恂。

“我要重重地打你耳光！”

唐旻更是愕然，听李恂又气咻咻地补了一句：“打耳光还是轻的，应当和你断交！”

唐旻听出这语音是认真而且庄重，不是开玩笑，更是惊愕得张口结舌。

李恂也已经觉得自己气头上的动作太鲁莽，竭力使自己平静下来，调匀了呼吸，才又心平气和地说：“你去了这些日子，我观察，体验，思考，以为卢雁是很难得的女性。她当然不是绝世美人，可是有她自己的特色。你总不能要求世上每一个女的都像梅倩那么出众，何况梅倩也不就是十全十美的。难得的是那么坦率、真诚、热情，更难得的是对你那么专一，甚至于是死心眼儿。最可贵的是这真诚和专一……”

“你评价这么高，不是正好？”

“你的心是自由的，我不是。”

“哦，我明白了。”唐旻深沉地点头。

“你明白什么？你以为我心有所属……”

“我当然知道。”

“得了，你知道什么？你什么都不知道。你以为我说的是我的表姐，或者梅倩，或者这个不远千里而来的宗向真。错了，大错特错。我的经历给我心理上造成多大痛苦，你知道的。我的决心决不动摇。不找到我自己的路，什么成家立业的想法我都没有。我已经看清楚自己，我有一个叛逆的头脑，可又有一颗怯弱的心。多么不协调！这是我的悲剧。”说到这里，李恂不禁唏嘘长叹。

“这我知道，或者说，应当知道。”

“你说我是理想主义，超时代，随便。你说我是虚无主义，也随便。我很想抱住一个主义，好像在浩渺的大水里抱住一根枕木。那么，且问，阁下是什么主义？”

“我什么主义都不是。”

“再说人生是梦吗？”

“迷梦，噩梦，荒唐梦，滑稽梦，反正没有美梦。”唐旻用一只拳头在自己的额头上捶了两下，好像要把自己捶醒些。

“哎，天下本来有憾事，而且很多。能减少一件，也好。”

“说具体些。”

“我说你从梦里清醒一下好。你走向一个方面，可那是一条死胡同。算了，走不通的。”

“你怎么知道？”

“你和她北上的时候我就看清楚了。”

“鬼，你这个鬼！”唐旻以为李恂已经看清了他的心思，不禁有些失措。脸上发热了。

“卢雁对我说，他的父母要她回家过寒假，大概不仅仅为了寒假。当然，我不知底细，不能瞎说。你能不能听我一句话？”

“你说。”

“你和她一起回去……”

“我真有点怀疑……”

“怀疑什么？”

“你和上官是不是同谋，朝一个方向挤我，逼我。”

李恂轻轻一笑，带一点嘲讽意味：“我知道你迷一个人，现在还迷着。”

“谁？”

“上官。”

唐旻不语，过了片刻，才问：“你怎么知道？”

“你的眼睛告诉我，你在上官眼睛里的眼睛告诉我，你停留在上官脸上的眼睛在我的眼睛里告诉我。”

“鬼！”唐旻只说了这一个字，不吭声了。

李恂睡不宁静，他眼巴巴等着听天狗的消息。他听见唐旻在床上翻腾。让他去翻腾吧，如果他不回头，他会害得两个女性的灵魂翻腾，一生都不得安宁。

一〇九　大时代中小人物的悲欢离合

第二天刚刚放亮，有人敲亭子间的门，敲得很急。李恂和唐旻因为睡得很晚，都刚刚蒙眬过去。唐旻急忙起来，开门。是天狗，一只腿迈进来就大喊："孩子们，有门儿！"

一句话好像有千钧之力。李恂一下子直坐起来，高兴地披上衣服，却找不到袖子。唐旻也急忙穿好衣服。

天狗告诉他们，一个晚上就和姓何的小妞儿混熟了，小妞儿是个机灵鬼，可是再机灵的妞儿也经不住灌米汤。已经灌得有点儿忽忽悠悠地了。舞跳得到家，酒量也可以。跳舞的时候胸脯贴得紧紧的，似乎要化在你身上，不过耷拉着眼睫毛，眼神儿蒙蒙眬眬，装得像个良家妇女的样子。塞给她五元小费，要她帮着找一个初出茅庐的雏儿，要非常漂亮的，有文化的，没经过人手的。她说有是有一个，只是人有点傲气，身价也高。身价多高都可以，得亲眼看看才信得过。她说这得和妈妈商量一下，今儿晚上听回信。

李恂先是很兴奋地听着，愈听心愈往下沉。这算什么有门儿？意图端出来得那么快，不要引起人家的疑心吗？如果她们随便找一个女的来搪塞，又有什么办法？不过他只能感谢天狗的热心和辛苦，不好说别的。

唐旻也觉得天狗有些冒失。一个棋子走错，不是全盘都落空吗？“你是不是底牌亮得太早了点？”他说。

“不错，是早了点。”天狗同意。“你可知道，我怕时间一拖，有什么变故。既然李恂已经打了草，惊了蛇，不火急下手，蛇不溜了吗？”

这话也不无道理。李恂和唐旻都在沉思，都苦于拿不出良策。

天狗又说，捕房他去过。他们听了情况以后，一时也不好说究竟是怎么回事。如果我们这边能多少提供一点证据，必要的时候，他们可以搜查咖啡店。这当然是送空人情。即使搜，也不会搜出什么结果。不出钱，他们有力气也不会使。但是钱出得太痛快了，等于是白扔，而且等于是提高他们的胃口。所以最好还是从姓何的小妞那儿打开一个缺口。

李恂只能装得很有兴趣地听着，一面眼睛看定唐旻。唐旻也正看着李恂，两个人都是疑问的眼神，却也只能心照不宣。

“你们有什么意见？没有？”天狗从一进门就站在当地，也不坐，也不脱大衣，显得十分匆忙。“那好吧，我明天一早再来。别急，包在我身上。”他转身就走，刚出门又回头，向李恂笑笑：“有一件事我想不通。这位宗小姐千里迢迢，她的动机是什么？”他颇有意味地向李恂挤挤眼睛，走了。

两朋友一时都没话可说。不管怎么样，天狗的热情是可感的。唐旻来到楼梯口吸烟，免得引起李恂咳嗽。他离开学校之后，再没有和天狗接触，满心里对他是不信任，却不好向李恂直白地讲出来。他还不知道李恂当前最痛苦的是自己不能有所作为。不只因为病还没有全好，主要因为那天晚上对何玉斐太鲁莽，如果当时虚与委蛇，再进一步买通她，时至今日，也许会弄出点眉目。在混水里捞鱼，又想保持一身的清白，自然连蝌蚪也捞不到一个。

情况不同，但是同样陷于困境的是卢雁和上官。卢雁早已应付完了考试，结果当然很不理想。她本来也不想成为高材生。学校刚刚放寒假，外地的学生已经陆续离去。行乎止乎？她不能决定。李恂正病着，又出了什么小姐的事。这事不弄个水落石出，唐旻无论如何不能撒手而去。况且，在这样的情况下，所谓“摊牌”只是不识时务。这时女宿舍空出了不少。她要了一间，要上官移来住下。两个人整天出出进进，连她们自己也说不清每天怎样打发时光。

上官也同样处于困境。她不想再回中学任教，但是还没有明确地向校方表示。心思绵密的她不得不留一条退路。按她的本意，愈早离去愈好。遗产的事没有结果，她是有翅难展。现在回忆起故乡和北平之行，实在是可笑可悲。为几个臭钱钩心斗角，她从来没想过。这实在是降低了自己，也违背了自己的初志和夙愿。但是这一步已经走了，又不得不走到底。她需要这笔钱，不只为了维持生计，重要的是为自己开辟一条路。什么路？最啮心的痛苦是经历了这么多风风雨雨，还没有为自己确立一个目标。没有明确目标的生活是空洞的生活，也是最难忍受的生活。这一生已经是残破的了，不再追求美满了，只想努力不至于虚度一生。能演戏，可是不想当演员。业余的串串，另当别论。外文有些根基，可是不想当翻译。咀嚼别人已经说过的话，这不是一个喜欢独立思考的人干的。说要深造，深造什么呢？在这岌岌可危的国破家亡的局面下，能安心去钻故纸堆吗？当一个不问世事的学究？可悲！可以成家？真的吗？什么家？可笑！她貌似豁达、平静、宜人，其实是一肚子难言的苦水。有苦水而不能倾吐，既不能向卢雁讲，更不能向唐旻讲，实在是苦上加苦。她因此而十分羡慕卢雁。这个姑娘近期的目标只有一个，单纯而且明确。她因而更爱卢雁，更同情她，满心想帮助她。当然，照目前的情况，一切都还不能见诸行动。

上午十时左右，两位女友来到亭子间。李恂和唐旻惊奇地看见她们提着抱着大包小裹，原来是面包、牛奶、罐头、麦片、西式火腿，外加一个酒精炉和两个不大的铝锅。她们想的是在愁闷中增加一点生活情趣，也为这小屋子添上一点暖气。她们听了天狗活动的情况，都没话可说。只能等着最后的结果就是了。

酒精炉点起来了，铝锅冒蒸汽了。小屋里的确暖了许多。两个男友心里可是一点也没觉得温暖，只能讲些没要紧的。四个人各有各的心事，现在谁也不能讲什么。都觉得有些别扭，可又只能说说笑笑，造成一种虚假的欢乐气氛。

第三天，李恂和唐旻从早盼到晚，天狗没有来。是碰到了挫折？是进行得顺利，因而破浪前进？没法猜测。不知天狗的去向，除了枯坐死等，没有别的办法。李恂心里的不安在一分钟一分钟增加。

第四天早晨，天狗来了，一进门就叫："有门，有着落了，你们先看看报纸。"

他把一张报纸送到李恂面前。唐旻也忙凑过来。天狗指给他们一条消息。

昨晚十一时左右，某巡捕正于江岸值勤。忽有一女子急奔而过，呼之不应。斯时又有一男子在该女身后尾追，频呼停下。捕见情状，颇滋疑惑，亦急步追之。遥见男子甫将追及该女时，女子忽扑向江边，跳入水中。

男子见捕追来，仓皇遁去。女子则于水中挣扎，顺流而下。天寒水冷，意其必死。幸有一小舟过其身边，舟子急以篙竿救之出水。某捕赶至江边时，小舟已向彼岸驶去。娟娟女子，何为轻生，尚须进一步察访云云。

李恂一面看报纸，一面心突突地跳，看完，半晌吐不出一个字，只痴痴呆呆地听着唐旻和天狗的交谈。

唐旻沉思地微微摇头："有什么根据说明这个跳水的女子就是宗向真？"

"我也没说一定就是。但是有可能，很有可能。"

"且不说登的寻人启事咖啡店的人是否看见，上一次李恂的行动是露了马脚的。他们一定严加防范，人怎么能逃得出来？"唐旻沉思地摇头。

“是啊，是啊，”天狗接上，“我也正是这样想的。但是一转念，狗急都会跳墙，何况是人。李恂，你说呢?”

李恂在出神，好像灵魂出窍了，听天狗问他，才说：“我嘛，什么也说不出。什么娟娟女子，显然是记者的渲染。那么晚了，谁能看得那么清楚。”

“这么说，你是不相信这种可能性喽。”

“可能不可能，先不说。既然有这么一个线索，我要亲自去查访。哪怕不是呢，不查访清楚总是放心不下。”

他说着，下了床，想立即出去。唐旻和天狗都阻止他，说他这时出去毫无益处。三个人商量的结果，要李恂留下静养，等上官和卢雁。她们午前一定会到的。为了弄清这条新闻的真相，天狗要先到报馆，找到写这条消息的记者，再找当时的目击者巡捕，问明白出事的地点，再想法打听那个救人的船夫。最难的是这一点。江上的小船数以百计，来去无常，到哪里去找？要是那个巡捕能讲出一点有关小船的特点就好多了。唐旻呢，应当立即到那咖啡店去，看看里里外外有什么动静。如果他们那里有人逃跑，跳水，不可能没有一点可疑的形迹。

剩下李恂一个人在亭子间里。朋友们要他静养，他可怎么能静得下来。他像困在笼子里的动物，烦躁不安地在小屋里转悠。他反复推敲，总觉得跳水不像是向真的行为。按她的性格和心智，既然有第三者在，她一定会和追赶她的人撕打、呼救，决不会轻生。转念一想，这种推理只是神志清醒者的思维活动。如果她当时心情慌乱，陷于手足失措的境地呢？这样想，也未免荒唐，似乎这个落水的一定是宗向真。不管怎么说，天狗是有理的。必须找到这个船夫，才能弄清楚他救起的究竟是谁。是的，是的，这是最重要的一点。他不能枯守在这个笼子里，他必须有所行动。他还有些头晕，他想这是卧床太久的结果。为了救助宗向真，他想他能支持，即使累死也甘心。

他穿好衣服，围好围巾，刚走出亭子间的门，迎面碰见结伴而来的上官和卢雁。

“你这是要到哪儿？”她们同声问。

李恂只叹一口气，没说什么。他知道她们不会让他单独行动的。他转身回来，颓然坐在床上，把那张报纸推给她们。等她们看完，他说了唐旻和天狗各自的去向。

上官问明白李恂的意向，劝他耐心等唐旻和天狗回来，听了他们各自的结果，再进一步想办法。她们又带来一些食品，还想像昨天那样弄午餐。

出乎李恂的意料，随着一阵笑语声，洪元琼和哥哥进来了。他们刚刚到本地，元琼还没坐稳就拉哥哥来看李恂。她没想这里有生人，而且是两个女的。她转着眼珠子看看这个，看看那个，想两个之中必有一个是李恂的什么人，当然是那个看起来年轻的。李恂急忙为他们做了介绍。生人一下子成了熟人了。

“李兄，姐姐说你生了病，可真是瘦了不少。你们这是做什么？真好玩，多有意思。”

元星告诉李恂，前楼已经为他们准备了午饭。

“噢，不。”元琼说，“谁稀罕那些鱼啊肉啊。这个多好，让我也参加，好吗？”

“元琼！”哥哥制止她。

她却翻了哥哥一眼：“不用你管！”

在这个活泼天真的女孩面前，什么愁闷也会化为喜笑。她上身穿一件翻毛的上衣，鼓鼓的，下身是紧腿裤，倒很像一个土豆下面插两根筷子。元星和大家寒暄之后，知道不能左右妹妹，先走了。元琼不理他，只顾蹲在酒精炉旁边，一面看上官往锅里下通心粉，一面特别注意地看卢雁在开罐头，一会又转眼看看呆愣愣坐在床上的李恂。这可不是她认得的李恂了，不但憔悴而且眼神发呆。这是为什么？她过分活跃的想象已经把李恂和卢雁系在一起，同时觉得女的有点配不上男的。敏感的人碰上敏感的人。卢雁也已经注意小姑娘一次次向李恂瞟去的目光，心里不免暗笑，小女孩人小心大，已经会用眼波传送情意了。

可能是元星回去说了妹妹的任性，元珍来了，说已经为他们准备午饭。上官和卢雁辞谢，元琮也说别打乱别人的兴致。姐姐没法，只得请两位小姐原谅妹妹的不懂事。上官和卢雁都说很喜欢这一见如故的小妹妹。元珍回前楼不久，让姨娘送来一碟素什锦，一碟白切鸡。一餐简单的午饭准备好，除了元琮，都在焦急地等唐旻回来。元琮说饿了，等不得，又回前楼去了。

下午一时左右，唐旻才回来，一进门问天狗有信儿没有。

"先别管他。你看见有什么动静？"李恂急切地问他。

"咖啡店门上贴一张条子，说室内清扫，暂停营业，晚间照常，敬请光顾。我不管，闯进门去。里面的椅子都翻放在台子上，确实是在清扫。"

"是些什么人？"

"一个胖胖的女人，一个半老的女人，还有两个男的。"

"没有一个年轻的浓妆艳抹的女子吗？"

"没看见。我说渴极了，想喝点什么。一个男人说现在不营业。胖女人对我倒满客气，说热的没有，只有冷的。我要了一杯威士忌，一杯苏打水，一碟巧克力糕，一包骆驼牌烟，故意在柜台前面多磨蹭一会儿。胖老板娘站在柜台里边，和我对面，不住地打量我，和我搭讪，说是第一次见。我说我很少到这一带来，不知道还有这么清爽的咖啡店。她当然不讨厌恭维之词，请我晚上一定去，给我介绍一个极好的舞伴。我说我有舞伴，是舞台明星。我指定一张台子，问她要不要预付定金。她说不要，又一次请我晚上一定去，那时候她的女儿会在。我看不出什么破绽，一切都好像很正常。唯一可疑的是她的女儿为什么不在。我问她有没有今天的报纸。她说订的只有晚报，还没送来。我走的时候她客客气气送我出门。我想我晚上应当去。最好卢雁同我一起去。"

卢雁一听就冒火了："什么？叫我陪你到那种地方！"

“哎，别发火啊。不是为了一定的目的才去吗？”

李恂不好说什么。上官急忙打圆场：“好好，先吃东西，晚上的事再商量。咱们的思路千万别被一些偶然的现象所迷惑。现在都还是一个未知数。等你们的朋友，他叫什么名字？啊……狄安国回来，听听有什么进展没有。”

但是天狗一直没有回来。从中午直等到傍晚，时间一分一分地过去，李恂的心也一分一分地往下沉。唐旻一次一次下楼，到马路口张望。没有天狗的踪影。天黑下来，亮灯了。李恂要出去，大家都安抚他。唐旻为了宽朋友的心，又一次下楼去了。都忘记了用晚饭。奇怪的是唐旻也一去不回头。上官和卢雁也来到街上，看见唐旻正站在路口，引颈瞭望。行人已经很少了。远处的交通灯在夜雾里泛出绿色的光晕。她们要他回来，总不能空着肚子在寒风里老等。唐旻说他宁愿留在外面，很怕看李恂那又焦急又隐忍又绝望的眼神。

到了大约八九点钟，李恂也悄悄地走出亭子间，来到街上，隐身在楼角的阴影里。空气凝固了。时间凝定了。他一直凝目望着前面空荡荡的马路。大约半个小时之后，从远处的交通灯那边，驶来一辆汽车，来到楼前。唐旻和上官、卢雁见了，急忙迎过来。车门开了，天狗走下来，见了他们。

“快，快，扶宗小姐下来……”

这时李恂看见了，也听见了，竭力忍住冲上心头的酸楚，扑上前来。

上官和卢雁已经从汽车里扶出宗向真。从蒙蒙的泪眼里，李恂看见她穿一件破棉衣，围着破旧的围巾。这是她吗？不错，是她，只是黄瘦得不成人形了。宗向真也看见了他，不错，是她差一点为他送了性命的这个人。太突然，简直不敢相信。她竭力想笑，可是没有笑出来。泪水模糊了她的眼睛。太意外，太兴奋，已经到了不能承受的程度。“先生小姐们费心了。”她只说了这一句，再也不能自持了，眼前一阵发黑，不由自主地倒在上官和卢雁的怀抱里。

一一〇　小人物也涌入时代的洪流

“见到了，见到他了……”这是向真走下汽车，在昏黄的路灯光里，一眼认清了李恂，心里的第一句话。是梦？是真？真不敢相信是真的啊。在这么奇特情况下的相见，几天来她经历的苦难、凄楚、疑惧、悲痛，一股脑涌上心头。她的灵魂和肌体都承受不了。

她的昏晕是暂时的。上了楼，进了亭子间，被搀扶到床边的时候，她渐渐清醒过来，只是身软无力，头也还是昏晕。在人面前，她无论如何要撑持住。眼前这些青年男女，除了李恂，她只和龅牙齿的有一面之识，其他都没见过。这是些什么样的人物，那么齐齐楚楚，风姿翩翩，又那么洋气，她只觉得无地自容。很想仔细看看李恂。在刚才的一瞥中，她已经看出他的苍白和消瘦。一定是为她熬煎的，这还用说吗？可是当着这许多人，她不好意思抬头。

上官知道，这姑娘在人面前不会躺下休息，应当很快离去才好，可是又怎么能撒手不管。她一眼已经看中了这女孩，虽然困顿里透露出羞涩，虽然衣着土气，可是掩不住眉梢眼角的英飒之气。饱经忧患的上官，眨眼间想起自己当年离家的狼狈，不由得对这女孩满怀同情。她暗暗地掂掇，这姑娘一定是为李恂来的。也许事先他们有什么约定吗？又不好问的。按上官的细密心思，她首先想到的是怎么安置她。让她一人住亭子间，那一对同学怎样安排？让她住卢雁那里？太远，也不合适。上官一面暗自思量，一面示意卢雁，帮她把两张床上的棉被抱到一起，让向真靠在上面。敏感的卢雁早已从向真那羞涩而深切的目光里看明了。她断定这个姑娘的意中人是李恂，也断定她是为他而来。凡是想象的都是真实的，她一向如此。不过她现在很是郁闷，又插进这么一折子戏，她该怎么办？眼前走也不是，留也不是，因为还不清楚唐旻怎样安置这一对儿，也许她可以帮一手的。李恂已经倒一杯开水，递在向真的手里。他现在是全心麻木。当着这许多人，当然不好问什么，也不好说什么。不明不白，不清不混，似乎从天外飞来的这件事很使他尴尬。

天狗凭他的才智，办成这一件大好事，好像得胜的将军，平地高了三尺。凭他的鬼聪明，他已经断定，这个宗向真和这个李恂，都是心有所属的了。说不定早已……要不，她干吗千里迢迢跑出来呢？无怪乎当初她拒人于千里之外，已经抱定一个漂亮的小伙了嘛。好吧，君子成人之美，我狄安国成全你们。现在，看见几个人都围着宗向真转，都用关注的目光看着她，他自己却被冷落在一边，似乎他这盖世英雄已经消失在天外，他心里很不是滋味，只可一走了之。

李恂送他下了楼，出了门，来到冷风嗖嗖的街上，紧紧握住他的手。“幸亏了你，真真幸亏了你法力无边，要不……”

“得得得，不说这，不说这。吉人天相。你们两个珠联璧合，很好，很好……”

李恂麻木的心里一震，刚要开口却说不出什么的时候，天狗已经撒开手，转身很快地走了。李恂怔怔地站在当地，目送天狗的背影渐渐消失在灯影里。

他回到亭子间，很奇怪地不见了唐旻、上官、卢雁，只有向真坐在床上，床边却有洪元琼。元琼拉着向真的手，正不知在向她提什么问题呐。

“啊，元琼，”李恂竭力掩饰自己的尴尬，“让我给你们介绍。”

“我们已经认识了。”元琼的圆眼珠一转，似乎什么都看明白了。“请你快到前楼去。他们在等你商量什么。”

原来向真一到，唐旻立即想到住处的问题，急切里怎样安排？真是一筹莫展。幸喜洪家姐妹打破了这局面。

李恂来到前楼的会客室，看见大家都站在那里。

“哦，你来得正好。”元珍微笑说，“请坐，哎，看我，失礼了。小姐们先生们都请坐啊。失陪一会儿，我去和娘姨说句话。”她飘然而去。

上官明白她离去的用意，免得李恂当她的面不好说话。她告诉李恂，阿洪姐的盛意，说如果不嫌弃，前楼楼下客堂间旁边有一间空屋子，原来是存放家具用器之类的，可以清扫一下，权且请宗小姐住下。李恂这才恍然，一面恨自己的麻木和疏忽，一面感激元珍的热情和周到。他除了表示感谢，还有什么好说。元珍又飘然而回，请大家跟她去看看屋子。

这屋子比亭子间略大些，放着一些桌子、藤椅、木箱之类。娘姨包着头巾，已经清扫过了。大家一起动手，把杂七杂八的往一起归置。李恂也要动手，元珍拦住她，要他先回亭子间，免得宗小姐一个人孤单。

有元琼陪着，向真才不孤单呐。李恂刚走到门口，闻到麦片的香味。这才想起来，由于焦心的等待和刚才一阵忙乱，大家连晚饭也忘记吃了。元琼正和向真在酒精炉上煮麦片粥。

“你呀，怎么一去不回头，让客人一个人……”元琼假装不高兴，可是她的眼睛正亮闪闪地笑呐。

“怎么是一个，不是还有你吗？”在这天真的小姑娘面前，人只能满心畅快。

“我算什么。”

“从天堂来的呀。”

“这位小妹妹真是快乐的天使。”向真凄苦的心里第一次有了笑意。

“得得得，你们两个吹一根笛子。”

正说笑着，泡沫沸出来了，撒了满地。元琼急忙吹灭炉火，扬声大笑起来。

唐旻和卢雁正好回来。

“呀呀呀，好香！”卢雁说，“看咱们这些大活人，晚饭都忘了。哎呀，我肠子饿断了。”又转向向真，“你也一定饿坏了。”

“不，我一点也没觉得。我好像……好像还坐在船上。”向真深深看进李恂的眼睛，竭力压下心头的酸苦。

娘姨笑嘻嘻地进来，捧一个大托盘，里面是两小碗银丝挂面。她请客人用宵夜，同时请先生和两位小姐到前楼去。元琼说留下陪客人，也只好由她。

大家草草地吃了挂面，已经十点多了。上官和卢雁急急地告辞而去。元珍要弟弟送她们，回来随手关好街门。她就和唐旻、李恂来到亭子间，要帮助向真移到楼下的小屋去。

旧木桌、旧木椅、旧床架，但是都擦洗得干干净净。除了床上的被盖，还有洗脸架。毛巾、香皂、雪花膏之类也色色俱全。感谢阿洪姐想得这么周到。

只剩下向真和李恂的时候，她靠床架倚在床上，李恂坐在木椅上。向真九死一生，如今在一盏孤灯之下，默默地看着这个人，心里一直翻滚儿，可是一句话也说不出。培真那病恹恹的影子压在她的心上，如今是死是活还不清楚。她一开口，忍不住要痛哭一场的。愈是她心爱的人，她愈是不愿当他的面显出脆弱。她见李恂形容消瘦，眼眶眍瞜，知道他为自己受了熬煎，当然也还不知道他病得死去活来。她很不想拿自己的悲惨遭遇加重他的煎熬。

李恂轻轻地长吁一声，站起来说：“夜深了，先休息好吗？一切明天再说，好吗？”

向真深沉地点点头：“我出来这么多天，也没给家里去信。”

“信太慢。先拍一封平安电报，再写信，好吗？”

向真点头。

她目送他的身影出门，听他的脚步声消失了。两行无声的热泪滚下面颊，滴在衣襟上。早就听说的繁华洋场原来是这样。她没看见什么繁华，看见的和身受的是黑暗、残暴、人吃人的兽行。看他住的那小屋，不见天日，只见墙壁。不管房东太太多么好心，他和朋友总是寄人篱下。那两位漂亮时髦的小姐是他们的什么人？只是朋友吗？自己在她们面前，不等于是秃毛鸡比凤凰吗？还有那活泼可爱的洪家小妹妹。向真似乎也注意到她溜在李恂身上的一对圆眼睛。比不上，比不上，和她们差得太远了，太远了。不是一样的人！按她的本性，她明天一早就问明白李恂，然后……培真，你小死丫头，别痴心妄想，死心吧。哪怕心上插三把刀子，忍受就是了。主啊，你创造了人，为什么给人的全是痛苦？她抹一把泪水，可是泪水更多。是一鼓作气出来的，可是明天见了他，话可怎么出口，怎么出口……

房间有些阴冷，因为很久没有住人。她把棉衣紧紧裹一下，这才觉得锁骨上面隐隐作痛。这才又想起来，她离家时缝在棉衣里的金首饰。摸了一下，还在。她扯起衣襟，用牙齿咬断线，掏摸出两个金戒指和一只金手镯。她现在倒觉得奇怪。在船工家里，换下棉衣烘烤的时候，竟然忘记了这些东西。回家的路费不愁了。她原来随手带的小提箱，替换的衣服和银圆都在里面，早已因为扔出去打人而没影没踪了。

李恂离开向真的屋子，走过前楼前面的狭小的院子，出了角门，来到通亭子间的过道。他站定，想在冷空气里清清脑子。仰视太空，可真像是井底观天。几颗星星在高处不胜寒的地方抖动着。直到现在，一个实在的实际问题才清清楚楚地摆在他面前：向真来的目的是什么？怎样安排和对待她？

他慢慢地蹭上楼梯，来到亭子间门口，推门。门从里面插上了。认错了门？没有。里面传出他听惯了的唐旻的鼾声。这家伙什么意思？平时都不插门，为什么今天偏偏要插门？他轻轻敲了几下。没有反应。又重重敲了两下，一面担心前楼的人听见。

听见唐旻睡意蒙眬的声音：“你回来干什么？”

“开什么玩笑，开门！”李恂压下踢门的冲动，竭力忍耐着。

灯亮了，门也终于开了。酒气扑在李恂的脸上。

李恂没好气地砰一声关上门，和着全身衣服仰在自己的床上。唐旻钻入自己的被窝，点起一支烟：“你呀，可真不开窍。人家不远千里的送来了，你让人家受孤单。”

李恂忽地翻身，直坐起来：“你是当真，还是开玩笑？”

“有什么玩笑好开？”唐旻也撩开被子，坐起来，拿衣服披在肩上说：“不是明摆着的事吗？”

“你再说一句，我马上离开！”李恂忽地站起来。

朋友发这么大的火，很出乎唐旻的意料。看看李恂额头上的青筋跳动，不敢再说冒犯的话了。他长吁一声，嘴边浮上冷笑：“Odd fellow（怪物）！”看朋友没什么反应，又说：“那么好吧，冷静点，说说你的打算。”

“我能有什么打算？”李恂也长吁一声，拉椅子来到唐旻床边：“事无不可对人言，特别是你我之间。我没有任何瞒你的事。直到现在，我还不知道她为什么出来。”

朋友的诚恳态度打动了唐旻。他深深吸一口烟：“难道你没有问？”

“她九死一生，刚刚活过来，我怎么好提这个头。没有万分必要。她能离家远出吗？难道你不知道我，不相信我？我和她接近过，帮她补习功课，除此之外，两方面都是清清白白的。得让她好好休息两天，精神上平静下来。她很要强，也直爽，我不问她也会说的。”

唐旻深沉地点点头，又换一支烟。“是，你说的是。”

“你现在困吗？”

唐旻摇头。“那好。像咱们小时候那样心碰心谈谈吧。”李恂把椅子更向前挪挪说：“得想想实际问题了。阿洪姐虽然热情，但是……”

唐旻打断他：“得，这我早想过了，你不用愁。我在北平弄到一点钱。天狗那里，卢雁那里，都可以再想想办法。上官还有一大笔款子在后头呐。”

“好，你想的周到。我想的可不单单是眼前。在家乡的时候，我的自我被压抑，我不能挣脱我自己。姓宗的用每月几十元买了我的一切。亲戚朋友反而看中我，说我有出息。父母也是一样。在他们的心目里，我是个好儿子，因为我每月用牺牲自己的自由意志换来数十元银洋，白花花摆在他们面前。我的确是一个斯耐尔（蜗牛）。斯耐尔先生应你的召唤，冲破壳子，出来了。怎么样呢？我现在仍然觉得自己是一个斯耐尔，背上仍然有一个壳子，当然是一个大得多的壳子……”

唐旻一支接一支猛吸香烟，烟气熏得他微微眯起眼睛。朋友的话也正是他自己心里的话，不过不能这么明明白白地说出来。听到这里，他说：“这么说，我也是一个斯耐尔。”

“你先听我说，好吗？”李恂受不了烟气，把窗子打开一道缝隙。“不能这样下去了，不能这样下去了。现在我什么都不是，文不文，武不武。像这样一天天无所事事地混下去，我要发疯的。我们都不满意现状，叫骂只管叫骂，现状依然如此。车到山前没有路。想不到又来了这个宗向真。她单身出来，我估摸必定和他的叔叔有关……”

“怎么讲？”唐旻一直低头听，这时抬头看定李恂。

“宗约瑟把自己的女儿关在家里，也不赞成侄女上学。宗向真有上进心，不听叔叔那一套。叔叔一向嫌恶她。近来她参加学生的活动，上街游行，搜查日货等等，一定更引起叔叔的忌恨。她的父亲现在替弟弟管账，捧弟弟的饭碗。很可能是弟弟逼着哥哥，也把女儿拴在家里。宗向真当然不会屈服，所以……”

“你是说她出来想求学？”

“可能。”

“她此地有本家，有亲戚？”

“没听她说过。”

“这么说，是扑你来的？”

“这得问她。”

唐旻盯视着李恂，李恂也盯视着他。唐旻当然不能不相信朋友，同时也生出更大的好奇心。如果是这么轻描淡写，人家姑娘受点子委屈，怎么单单扑你来呢？他当然不好再追问什么，只说：“你呀，你呀。”

“怎么样？”

“二十世纪三十年代的柳下惠，很好，你当去吧。”

李恂狠狠地盯住唐旻，半晌说：“好吧，我明天搬出去，给你腾地方。”他站起来。

“为什么？”

“你给我乱点鸳鸯，一会儿是那个，一会儿是这个，我看你是想演西厢记了。”

“好好，不提了，一切明天再说，关灯。”

李恂一向睡不好，碰到这事，更难入睡。他的习惯，睡不着也静静地躺在那里，脑子却翻江倒海。他听唐旻在床上翻了几个个儿，心里不免暗笑。一向倒头就睡的竟然也辗转反侧了。“自己心里打架了吗？好吧，活该！”他心里说。听唐旻擦火吸烟，黑暗里火星一闪一闪。李恂憋不住了，故意长吁一声：“唫……庄生晓梦迷蝴蝶，望帝春心托杜鹃……”

“鬼，你没睡？”

“我一向失眠，你知道的。你一向不失眠……”李恂故意把话咽住。

“你这个鬼!”

李恂故意不理，看他怎样。唐旻长吁一声，披上衣服，开了灯。“索性不睡了，怎么样?”

“随便。”

唐旻拉椅子，坐在李恂床边。“你听我说，咱们从小一起，可是很不一样。我影响不了你，你也影响不了我……”

“不对，我已经受你的影响，我也很想影响你。”

“好吧。你可知道我正在悬崖上，下临深渊……”

李恂知道他夸张成性，不接他的话茬儿。

“你什么事都能保持冷静，瞻前顾后……”

李恂心里暗笑：“这家伙，高帽儿捧上来了。”只是不接话茬儿，等他说下去。

“你是很知道我的，难道你看不出来，我一直很痛苦……”

“我知道。苦恼呀，徬徨、虚无呀，幻灭呀，是世纪病。你苦恼一辈子好了，阿门!”

“你别冷嘲好吗?”

“好，不冷嘲，我热骂。你自寻烦恼，完全是活该，活该!”李恂说呛了气，连连干咳两声。

唐旻摸不清朋友的心意，只见他嘲讽的嘴角向下，倒有点像卢雁的表情。他狠狠地扔掉香烟，一脚踩灭，忽地站起来说：“你不想好好和我谈，是不是?”

“谈，怎么不谈?该说的我都说了。好话只能讲一遍，讲二遍是涮锅水，三遍是裤裆里出气儿。”

唐旻说苦恼啊，深渊啊，倒绝不是夸大其词。他已经走到节骨眼的一步，他心里的矛盾如果不立刻解决，他将无时无刻不在苦恼中不得安宁。朋友说得不错，不能这样下去了。可是不要说长远打算，眼前已经是自缚手足。斯耐尔先生，不错，自己就是一个。他又沉重地坐在椅子上。

“再最后谈一次不好吗？我听你的好了。”

“人家姑娘，不说别的，单是慧眼识人这一点，颇有点红拂的意思。你又何必一定不演那个李靖。”

“我不敢。”

“奇怪。”

“我那些事，怎么和人家说。”

“唏，有本事厚着脸皮干，没本事厚着脸皮说？”

唐旻嘿然默然。

“我教你，听不听？”李恂欠起身子，一本正经地说。

“你说。”

“要一辆出租车，到她学校，接上她，一起到火车站，买两张北上的车票。到她家里，演一出凤求凰，一定皆大欢喜。你那些事，好办。你开个头，含糊其辞，什么不像她那么善良、坦诚、纯洁啊什么的，拣好听的说呗。她要是不追问，你就过了关。她问，你就竹筒倒豆子，和盘托出，也过关。”

唐旻低头听了，长长地嘘一口气，又点起一支香烟说：“我无论如何，宁可死，也不能伤害一个人。”

“你的心病，我清楚。”

“你，这个鬼！”

“那一页，你把它折起来好了。”

唐旻只长吁一声，不置可否。“谈何容易！”他心里说。

一一一 灵魂和灵魂之间没有硝烟，只有橄榄枝

朋友也好，恋人也好，在扰扰攘攘的人生道路上，都走到一个门槛或沟堑，非越过去不可，非下决断不可。宗向真急于弄明白李恂的心意。李恂当然也焦急地要知道向真出来的目的。卢雁，不用说，也急于按上官的授意，向唐旻摊牌。结果不可预计，这是最使她灵魂不安的。她相信上官的话，唐旻对她的态度不像在北平时那样僵冷了，但仍然是不即不离的。甚至小元琼也得迈过一个人生的门槛。她要和哥哥一起留下，姐姐不同意。元珍很不愿意老妈妈一个人受孤单，而且加重丈夫的负担也违反她的本心，却又没法向妹妹明说。她想请李恂帮着说服妹妹，知道妹妹对这位大哥哥又喜欢又佩服。想不到来了一个宗向真，在纷纷忙忙中还不得便向李恂讲。最安定的是上官，最焦心的大概也是她。为几个朋友焦心是她情愿的，为她自己的事焦心则是不得已的。总之，每个人都有一本难念的经。

李恂和唐旻一直谈到天傍亮才睡下。直到阳光照到对面墙上，两个人还在梦乡。

忽然响起砰砰的砸门声。这是卢雁。她在门外听见鼾声，气得重重地捶门，一面大叫：“你们真是好样的，日上八竿还不起来。”

李恂急忙披上衣服，开了门，看见卢雁冻得两个红脸腮，怀里

抱着两大包东西。

“哈，真会享清福！”她瞥一眼唐旻：“还得姑奶奶揪耳朵啊。”

唐旻还仰面躺在床上，悠悠然喷出烟圈儿：“怎么是你一个，上官呢？”

“我没有兴趣告诉你，做你的美梦吧。”卢雁说着，把一包东西扔在桌子上说：“早知这样，不给你们带吃的就好了。我先去看看那位宗小姐，给她带来的衣服，不知合适不合适。”她抱着另一个包包出门，刚迈出门槛，又转过身说：“告诉你们，上官拍电报去了。北平的律师来信，说事情有些棘手，希望她再次北上。她不想把自己纠缠在里面，所以打电报，请律师自己或是派人来面谈。哼，本来不应当告诉你们。”她又瞥一眼喷着烟圈的唐旻，两个嘴角往下一掉，转身下楼去了。

听她的脚步声，简直好像是滚下楼梯的。

“多么好的女孩，水晶一样的透亮，梨花一样的纯洁，那么热情，像夏天傍晚的火烧云，岩石和冰山也会融化……”李恂故意卖弄辞藻，调侃地瞥瞥唐旻。

“得得得，你爱上她了，你去好了。”唐旻坐起来，张臂伸伸懒腰。

“君子不夺人之美，我留给你。要是换一个人，我非和他决斗不可。”

“去去去！”

卢雁走到前楼小院的时候，听见洪元琼清朗的笑声。她推门进来，看见宗向真站在床前，身上是一件半新的湖色绸旗袍，太短，刚刚过了膝盖。元琼就是为这笑的。她见了卢雁，劈头就问：“雁姐姐，你看我多糊涂。我姐姐穿着还有点长呐。你看，这么短，怎么办？”

“好办。”卢雁打开她的包包，抖开一件绛紫色驼绒旗袍，要向真换上，一面帮她拉拉袖子说：“哦，还可以，只是显得宽松些。

先将就几天，你别嫌弃。”

向真很不好意思，羞羞怯怯地红着脸。按她的本性，她才不情愿穿别人的衣服呐，可是人家的盛情难却。“太让姐妹们费心了，太麻烦姐妹们了。”她喃喃地说。

唐旻和李恂进来。唐旻把卢雁带来的一包食品放在方桌上，打开。原来是面包、香肠之类。

“哟，”元琼双手一拍，“等你们送吃的来呀，人家早饿断肠子了。”

“这么说，你们吃过了，好吧。”唐旻抓一个圆面包，扔给李恂，自己也拿起一个。

卢雁这时见了唐旻，不知怎的忽然心跳耳热。命运如何，且看今朝。她觉得唐旻的眼光似乎在躲避她，不知为什么，也许是自己的神经过敏吧？

元琼的圆眼睛亮闪闪地盯住李恂：“李兄，我有一件事要请你帮助。”

“请说吧，我无力不出。”李恂只以为她又要出什么好玩的点子。

卢雁为了压下心里的不安，故意模仿元琼的腔调：“唐兄，我也有一件事要和你商量。”

唐旻一进屋门的时候，看见卢雁正帮宗向真换衣服，不自觉地心里忽然有点儿寒颤。他和女士们之间的那道屏障，好像都是很自然地不经意穿过去的。眼前这位女士他很熟悉，似乎她眼睫毛一眨他就能猜中她的心意。现在他和她都走到一个关口，与今生今世生命攸关的关口，他精神上不免有些紧张。为了掩饰这种紧张，他就用玩笑的态度出之。

“我正像凳子腿那样直挺挺站在这里，恭听小姐的吩咐。”卢雁知道他改用《第十二夜》里的台词，不由得嘴角往下一掉。“我不是来向你宣战，也不是来要你臣服。我手里拿的是橄榄枝。我的话里一定是和平之音，当然也包含人生的真谛。”这也是改用台词。这一来唐旻全身松弛了。“我是自由的，请小姐放心。也绝不会妨碍小姐的自由。”

元琼瞪起圆眼睛听着他们两个。“你们怎么好像在背台词。”

卢雁笑嘻嘻地拍拍元琼的圆脸说：“不错，是背台词。人生本来是一个大舞台。每个人扮演他应分的一个角色。你这个快乐的天使，注定是演一辈子喜剧的。”

“我才不快乐呐，我的肠子都快气断了。”

“哦，是吗？这不好。快请李兄帮你接接吧。”唐旻说着，瞥瞥卢雁：“咱们应当退出这个小舞台，继续去背咱们的台词。”

卢雁巴不得这一声，不过听他话音的调侃意味，她的心在往下沉。是凶是吉，天哪，横下心接受就是了。

元琼要李恂和她一起到姐姐那里。李恂没法，不管心里多么熬煎，也只得从命。元琼向向真告了失陪。

剩下向真一个人。眼前这几个人的言谈行事，简直是另一个世界的人。是戏剧的人生还是人生的戏剧，她茫茫然了。倒也好，回味着他们的语言，倒暂时忘了心头的悲苦。隔窗子听见小院里李恂和元琼的谈话声。

“等等，你得先告诉我，什么事，我好有个精神准备啊。”

“姐姐太不公平，太可气！”

“什么事不公平？”

“为什么哥哥能留下上大学，我不可以留下上高中？”

“哦，是这个。阿洪姐怎么说？”

“她要我回家陪老妈妈。”

“是啊，洪妈妈离不开你啊。”

“她更离不开哥哥。那老屋子，你见过的，黑咕隆咚，像个监牢，我才不甘心埋在那里呐，走，快走，姐姐喜欢你，能听你的。”

“不过，我看阿洪姐是对的。”

“啊，你偏向元星是不是?”

“不，要说偏向，我可是偏向你。”

“那好，太好了，走!”

李恂的袖子被元琼拉着，跟她一起走出前楼的小院。他心里想的是怎样帮着阿洪姐说服这个受娇宠的任性的小妹妹。

向真听他们去了，自个儿呆坐了一会儿，也蹭到小院里。这么狭小！大都市大概都是这么拥挤。多么闷人啊，只能看见巴掌大的天空。灰沉沉的。传来的是嘈嘈杂杂的街声，却不是那从小听惯了的，时而澎湃时而絮絮的海声。人在这地方生活，不正像大海之鱼进了小水盆吗？这是万万不成的。

洪元珍正在为妹妹的任性伤心。她个人生活上无所求，一天天与女儿一起打发时光。她当然关心丈夫的事业，也只不过从衣食住方面着想。还有女儿将来的学业和深造，能存下一笔钱才有保证。钱，哎，谁知道丈夫拿多少去填外面女人的口袋。女人万万不该靠男人生活，可是她现在不能不靠。即使降低自己，到什么公司去当花瓶，这样的资格也没有了。最违心的是周旋于丈夫和那些交易的朋友和朋友的太太们中间。人们愈夸她持家有方，她心里愈悲凉。眼下能为几个可爱的青年尽尽心力，也是人生一大快乐。她没有闺中的良伴。李恂的温文尔雅最中她的心意。见他在人面前那么拘谨和腼腆，也就不好常常打搅他。现在看妹妹和他来了，心里暗笑也暗骂：“小死丫头，搬兵打擂台来了……”

卢雁跟唐旻来到亭子间的时候，一进门说冷，立即扑到唐旻的床上，踢下皮鞋，拉棉被盖上腿脚，欠身靠在床头上。为了掩饰心里的不安，她弯腰探头看看床下。不多，只有一个酒瓶。“嗬，大有进步。”一面骂自己：“事到临头，慌什么神啊!”

“你看时局如何?”她不知怎的冒出这么一句。

“明摆着嘛。”唐旻掏出香烟。“不喝酒，吸烟行不行?”他故意装得轻松。

“你什么时候听我的意见？别装样！华北岌岌可危，是不是？”

唐旻点头，深深地吸烟。

“我呀，真的有事和你商量。家里来信催我回去，这你知道。我想也应当回去一下，说不定前途如何……”这是双关语，指国事也指自己。她目光炯炯地看定唐旻。

唐旻似乎听出她的话外之音，避开她的目光，低头不语，等她说下去。

“所以我想听听你的意见。”

唐旻抬头，看见卢雁期待的眼神，嘴唇微微张开着。这时他才注意，卢雁的唇上淡淡地涂了唇膏。她一向是只喜欢本色的。人家是真诚的，坦直的，可他，他蓦地想到沈茜茜的唇膏。由李恂鼓动起来的决心有点动摇了。

“听我的意见？哈，还不及听听我朋友的意见呐。”他觉得这样绕个弯子，心里会轻松些。

“朋友，哪一个？”

“李恂。”

“他说什么？”

“他教我要一辆出租汽车，送你到火车站……”

“怎样？”卢雁忽然心跳，坐直身子，瞪大眼睛看定唐旻。

“你能不能听我说完？”

“说！”

“送你到火车站，买两张车票……”

“为什么两张？”

“你看，你就是没有耐心。”

“好吧，我不说，听你的。”

“如今路上不平安，得有一个侍从陪着小姐，为小姐保驾……”

卢雁一口气憋在胸口，想跳起来。唐旻按住她的双肩。

“谁和你嬉皮笑脸，开什么玩笑，人家心里都快急死了。”不意气头上暴露了自己的心底，卢雁的脸发烧了，眼睛里蒙上泪花。

唐旻握住她的双手。她想挣脱，但是握得更紧。她抬眼，惊慌地看见他温柔的目光。这是姑娘从来没见过的，是她希望得到可是从来没有得到的目光。她忽然心跳，全身软了。

“他还说什么？”卢雁殷切地接住唐旻的目光。

“说的可多呐，多好的女孩，水晶一样的透亮，梨花一样的洁白，那么热情，像夏天傍晚的火烧云，冰山和岩石也会融化……”

卢雁听得涨红了脸，娇嗔地挣脱自己的手。“这是哪一出戏里的台词？我看你今天是诚心和我过不去！”

“你瞧你，又急了不是。我们那里的规矩，新媳妇抬到门口，得先让她在花轿里闷一会儿，这叫憋性。我看你也得憋憋性才好。”

“哦，对不起，不打断你。”

“我说，给小姐保驾，不知在下可不可以入选。他说，天助自助者。我说我一身污泥，不配。他说你把你的污泥亮给她，求她帮你洗洗干净……”

“得得得，什么污泥不污泥，你那些事，当我不知道。”

唐旻的心跳了：“什么事，谁？”

卢雁的目光紧紧逼住他：“上官！”

在卢雁的逼视下，唐旻的脸上发热了。半晌，他说：“她告诉你了。”

“她什么都没说。”

“你怎么知道？”

“你的眼睛告诉我，上官的眼睛告诉我，上官在你眼睛里的眼睛告诉我……”

不等卢雁说完，唐旻扑哧一声笑了：“啊，我本来以为上官和你是同谋，想不到和你同谋的是李恂。”

“胡说，他什么也没对我说。”

“真的？”

“皇天在上！”

唐旻深沉地点点头，一时心乱，竟不知道说什么好。

卢雁看出他有点发窘，轻声说：“你坐在床边上好吗？”

唐旻从命。

“那么是真的？”

“什么真的？”唐旻一时反应不上来。

“买两张？”

“真的，真的，真的……”唐旻抱住卢雁的肩头。

卢雁看见的是稳定的、真诚的目光。喜悦和酸楚同时涌上她的心头。出乎意料，摊牌的不是自己而是对方。这是她不敢想的，又是极想望的。她高兴得有些头晕了，身不由己地靠在唐旻的肩膀上。唐旻伸手为她拢拢散开的头发，长吁一声。

“一个靠得住但是丑陋的男人，多么幸运地占据了一位少女的心。”他这还是改用《第十二夜》的台词。

“像你这样一个恶魔，我甘愿被你拖进地狱。你拖吗？”

“一切誓词我都坚守在心中。”

《第十二夜》的台词帮助一双男女轻松地表白了各自的心意。

卢雁向后一仰，头靠在床架上，在快乐的眩晕中微微张开嘴唇。她希望也相信他会弯腰下来……她等着。没有。她睁眼，看见唐旻的眼光里是和暖和真诚，但是没有她所想望的火一样的……她忽然觉得一阵心寒，眨眼间似乎看清了自己的一生。她会有他，他会属于她。但是属于她的会不会是灵魂的全部？她原来有信心，只要他靠过来，她足能把握住他。现在这信心有点动摇了。她开始怀疑，世上有没有永无间隙、永远心贴着心的配偶。

向真在小院里站了一会儿，又回到屋里，拿起面包却吃不下。她靠床架坐在床头，目光定定地、呆呆地看着窗外，在等李恂回来。看这里的人来人去，像走马灯似的，不知忙些什么。她的心凉透了，为培真，帮助培真的心也更坚定了。不论是什么结果，她一定很快离开这里。

李恂回来了。

刚才元琼拉他来到阿洪姐面前，死说活说总算找到一个大家都可以接受的办法。元星留上海，元琼回苏州。哥哥在此地可以考名牌大学，将来出路可能宽些，这是元琼没法反驳的。老妈妈总得有人陪伴，这也是无可争论的。那么每次寒假和暑假，哥哥回去，妹妹出来，这样轮流，不是没有好办法中唯一可行的办法吗?

向真一见李恂回来，不由自主地一阵心痛。这个人，这个人，见了他，凉透了的心又在发热。在家里的时候，一天有多少次想起他。知道了妹妹的“秘密”以后，经过怎样激烈的矛盾心情才下决心出来。这人现在就在眼前，消瘦了好多，可是更显得清秀。怎样向他开口，从哪里谈起呢?

李恂拉椅子坐在她的身边。两人默默地相视，一时都不知说什么好。

“你受苦了。”李恂说。

“你也受苦了。”

“我是注定了要受苦，受一辈子苦的，可是你……我真真想不到你会到此地来。”

“我也没想到。我不能不来，我是为了一个人来的，为一条性命来的。”

李恂心里冷丁一惊：“一条性命，谁?”

“宗培真。”

李恂恐怖地跳起来。“怎么，她死……”

“你坐，你请坐。她还没有……”一股酸水充满向真的胸膛，她忍也忍不住了，热泪直流下来。她双手掩面，泣不成声。

一一二　海路历程比天路历程更艰险

下面是宗向真经历的前前后后。

李恂离去以后，宗约瑟经历了两大挫折。一是小豆豆又生了一次重病，一条小命差不点扔掉。对于急性脑炎一类的毛病，老中医却没有多大办法。孩子病势严重了，才送入宗先生一向反对的浸礼会办的医院。小命总算保住了，不幸留下了痉挛的毛病。孩子这一病，宗家老两口也大大伤了元气。宗培真更是熬煎得死去活来。小姑娘的性格让人琢磨不透。只要有一个想法生出来，这想法就会生根，牢牢地盘踞在她的心上。她以为弟弟的病是上帝对她的惩罚。没白没黑地守护着弟弟，为他操劳，身子受的熬煎远不如她精神上的自我折磨。她没白没黑地祷告，好像着了疯魔，悄悄地对向真说，要是弟弟的命保不住，她也活不成了。向真起初只以为这是出于她对弟弟的挚爱，哪里想到有更深一层的原因。

宗先生的第二项挫折是在贸易上的。中国出口的花边、绣花之类，可叹只靠是手工制造。法国和日本机器制造的花边价廉物美，吸引了欧洲、澳洲、美洲的家庭妇女。从一九二九年开始的美国大萧条，到了一九三〇年以后，已经影响到全世界。购买力普遍下降了。中国货也更失去了竞争力。出口货的订单少了，当然也影响及于花边之类的原料市场。一向靠丝光棉线发财的宗先生只好紧缩进口。这一出一进，两方向的生意都软塌塌的。宗先生已经不像从前那么乐观，也不经常出海打鱼了。人好像老了不少，背也弯了，一定是生活上和生意上的挫折压得太重了。可叹宗培真也把父亲的挫折看成自己的罪过。

小豆豆刚刚有了转机，培真却病了。她的病很奇怪。也不发烧，也不头痛脑热，只是身子一天天消瘦，瘦得只有两个大眼睛直勾勾地瞪着，饭也吃不下，觉也睡不着。宗师母为儿子已经身心交瘁了，再加上一个女儿，怎么撑持得了。她要向真搬来和妹妹同住，也做伴，也照抚她。

向真从小觉得妹妹死心眼儿，一条道走到黑，不会拐弯儿。傻、木、犟，这三个字是她常常用来说培真的。小死丫头对宗教那么虔诚，对上帝那么敬畏，真的相信她的每一根头发都是上帝数过了的。一举手，一抬脚，心里的每一个念头，也都是上帝看见的，记下来的。撒旦总是在她的身边，引诱她犯罪。这是上帝不能宥恕，早晚要惩罚的。她相信有罪的人都是稗子，要扔在火里烧成灰。

向真和妹妹住在一起，早早晚晚都尽心竭力地照料她。开始的几天，她只以为培真的病是弟弟的病引起来的，以为她劳累坏了，后来渐渐觉得不完全是这么回事，她不光身体有病，心里也好像有病。白天无数次的祷告，且不去说，夜里，过半夜，天明以前，她也总是跪在床上，眼睛直直地向上望着，嘴里咕咕喃喃，不知在和天父说些什么。哎，天父也真是太苦了，没白没黑听小女孩的唠叨，一点也不得休息。

向真一向睡得沉。自从一天夜里，偶然醒来，看见妹妹的傻样子，叫她，她不应，似乎什么都听不见，这才引起向真的疑心，小丫头是不是患了什么精神病呢？要是那样，人不就废了吗？她自以为这种担心是有理由的，从此以后，也睡不安稳了。差不多每次半醒不醒的时候，总是蒙蒙眬眬地听见培真的喃喃。有时抬头看看，妹妹躺在那里，也是不停地喃喃，好像是说梦话，细听，却听不清她说的是什么。小声叫她，她不吱声。看她躺着，总比跪着祷告省力气，向真也不忍心叫醒她。想告诉婶娘，又怕引起婶娘的忧虑，只好自己先多多留神观察。

一天夜里，向真蒙眬中又听见喃喃声。她索性起来，轻轻来到培真床边，借窗外的微光，看她双目紧闭，确实是睡着了，啊，她在说梦话。向真弯下腰，靠近她的头部，细细地谛听。还是听不清，只一两个模糊的发音传入耳内，好像是“……不……不……不要……回来……回来……”不要什么？什么回来？天哪，只有上帝晓得。

向真给妹妹搅扰得失眠了，一夜不知醒多少次。每次看培真，她祷告的时候声音极细，一个字也听不清。显然她睡着的时候心里也很不宁静，总是不断地梦呓。走近去细听，听见的也还是那几个字音。

这天清晨，向真问妹妹，现在为什么老是说梦话。

“是吗？我说梦话？我不知道啊。我说什么？”她惶恐地瞪圆眼睛，看定向真。

“我能听清楚倒好呐，你梦见什么？”

“噢，我什么都梦见了。我一个人走在荒山野岭上，风刮得站不稳脚跟，要从山上滚下来。我叫，叫不出声音。天是黑咕隆咚的，忽然裂开一道口子，有大团大团的火掉下来。荒山野岭都烧起来了，大概地狱的火就是那样。可哪里有火，明明在大海上。鱼可多咧。一条一条，那么大。爸爸呢，他怎么不来撒网？啊，渔网就在我的脚跟。我拿起网，扔出去。网没有撒开，连我一起扔进大浪里了。冷极了，透心的凉。沉啊，沉啊，沉啊，沉不到底。我想沉到底就是死了，这可比烧死强多了……”

“小傻丫头，梦就是心头的想。你一天到晚想着死呀活呀，还能梦见别的吗？对了，你还梦见什么？”

“梦见的可多呐，一醒就记不清了。等我慢慢告诉你。”

“谁有兴趣听你的梦话。你呀，想活就别胡思乱想，胡思乱想就别想活。”

“姐啊，我不想死，可是我活不成了……”她把向真为她梳好的辫子甩到背后，转过脸来，眼泪蒙蒙，头扎在向真的胸前，哽咽起来。

向真气恼地推开她。“死吧，死吧，你这个小死丫头，净胡思乱想，折磨自己，也折磨别人。上帝是仁慈的，这你要是不信，比什么罪过都大。你忘了《马可福音》里说的吗？耶稣对一个女人说：女儿，你的信仰救了你，回去吧，你的灾病痊愈了。又对管会堂的人说：不要惧怕，只要信仰。懂么，小死丫头，你信上帝，就什么都不用怕。怕，就是不信，这最可怕。”

这么一说，培真好像平静下来，眼睛里有了笑意。一连三个夜晚，她都睡得安稳了些。到了第四夜晚，她忽然从床上跳下来，在黑暗里摸索着去开门，绊倒在地上，惊醒了向真。她急忙起来，开了灯，从地上抱起培真。妹妹在姐姐怀里挣扎。“他病重了，重了，快死了，我一定得去，去看他一眼，死也死在一块儿。”这显然是梦话，可是说得清清楚楚。向真连抱带拖，好不容易把她按在床上。培真还是竭力挣扎，想要起来。“别管我，别管我。你是什么人，你有什么权力管我……”

“好吧，我管不了你。你再闹，我去叫叔叔婶娘来。”这一来，培真不动了，只直直地盯着向真，喘着粗气，样子又可怜又可恨。

向真等她稍稍平静下来，问她做的什么噩梦，谁病了，谁要死。她不回答，只闭上眼睛，喃喃地说：“主啊，主啊……”

向真回到自己的床上，关了灯，可是不敢睡，天傍亮的时候，听培真没有一点声息，起来看看。妹妹睡着了。

向真很为妹妹担心，怕她真的神经上出了毛病，同时也起了疑心。一向好好的为什么会这样？只有死心眼的人才会患精神病。要说她为了小豆豆，那么小豆豆已经大好了，痉挛病也治得有起色。要说她为了父亲的倒运，她一向不关心那些事，而且对他，除了怕和服从，再没有别的。向真已经没心再睡，轻轻起来，穿好衣服，从抽匣里找出梳子。抽匣里很乱，她一向没有留意。因为犯了疑心，她随手在里面翻了一下，看见一个旧作文本，里面夹着撕下来的一页，上面涂满不成语句乱七八糟的字。她刚要扔开，忽然有一行不规则的字扑入眼睛。仔细地辨认，好像是："上帝不会宥恕我，除非你……"向真更加犯疑了。这话是什么意思？这个"你"字指谁？这里面有没有她的病根？她把这张纸折起，藏在自己的衣袋里。怎么办？怎么破解这个谜呢？只有培真自己明白，可这个死心眼儿能开口吗？

向真整天心里很不安，只是不露声色地观察着妹妹。培真仍然是失神落魄，茶饭无心，一会儿兴奋，一会儿恹恹的。

这天夜里。向真要培真和她一起祷告，又翻开圣经，和她同读《约翰福音》第十三章里的一段话："耶稣大声说，信我的，不是信我，乃是信那差我来的。人看见我，就是看见那差我来的。我到世上来，乃是光，叫凡信我的，不住在黑暗里，若有人听我的话不遵守，我不审判他。我来，本不是审判世界，乃是要拯救世界。"

读了这一段，培真长长地吐了一口气："这样就好了，这样就好了……"她喃喃地说，脸上泛出微笑，却有泪珠掉下来。向真暂且不理她，只像平日一样，让她好好休息。培真却不睡，只拥着被子歪在床上。向真坐在妹妹身边，先安慰她，让她不论有什么为难的事，都要放宽心。一个不懂事的小女孩，不管做了什么错事，上帝都不会责怪的。羊羔走迷了路，掉在山沟沟里，牧羊人找到它，会怎样对待它呢？是用鞭杆抽打它，还是把它抱在怀里，抚摸它，看它受伤了没有，加倍地爱惜它？培真目不转睛地盯在姐姐的脸上，泪花在眼眶里打转儿。"姐姐，你是我的好姐姐，没有你开导我，我说不定早死了，那更是上帝不能宥恕的罪过……"她的头蹭在向真的胸前，那服服帖帖依恋的神情很使向真感动。

“你相信姐姐，是不是？”

“相信，从来就相信。”

“姐姐有对你不好的地方吗？”

“没有，从来没有。”

“要是姐姐说错了话，你生气吗？”

“不，姐姐，你说什么我都不生气。我哪能生气，你都是为我好。”

“那好吧，姐姐有一句话问你。”

“你问。”

“告诉姐姐，你究竟有什么心事？”

“啊，没有，没有啊……”培真盯在姐姐脸上的眼睛移开了。

向真已经感觉到她的身子在微微打颤儿。

“这么说，这些字一定是你胡乱写的了？”向真从衣袋里摸出纸页，展开，放在培真的面前。

培真睁圆眼睛，泪水干了，病得黄蜡蜡的脸烧红了。“这，这……”

“这什么？”

培真忽然头埋在姐姐怀里，哽咽起来。向真捧起她的头，眼睛逼视着她，掏出手绢，帮她擦擦眼泪。“好妹妹，你听我说。我知道你心里苦。你可知道，姐姐心里也苦。你有事憋在心里，这么一天天下去，瘦成皮包骨头。你不想想，要是送上一条小命，妈妈怎么活，小豆豆怎么活？上帝也不会宥恕你……”谈到这里，向真心里一酸，泪水也模糊了眼睛。

“上帝不会宥恕我的，我做了错事，上帝不会宥恕我的……”培真的泪水干了，眼神里没有悲哀，没有痛苦，只有恐怖，靠在向真胸前的身子更加颤颤抖抖。

“全能的主看见一切，听见一切，知道一切，也宽恕一切悔罪的人。”

“是的，不错，我知道……可是姐姐，我没法说，我说不清楚，魔鬼钻进我的心里了，我没有脸说……”她忽然双手掩面，又哽咽起来。

向真心里一震。这闪闪烁烁、吞吞吐吐的字句是什么意思？难道小死丫头真的干出什么见不得人的事了？这样一想，姐姐更觉得非弄个水落石出不可。她了解培真。小死丫头貌似柔顺，实则执拗，好像一头一使性子再也拉不动的小牛。看来硬挤对她不行，还得顺着毛摩挲她。

“咱们从小一起长大，你还信不过姐姐吗？没有不透风的墙。你不记得那漂白丝光棉线的事儿吗？”

“噢不，姐姐，不，我可从来没干这样的事。”

“我只不过打个比方。你不说明白，姐姐反而胡思乱想。”

“可是我没脸，没脸……啊，你把灯关了好不好？”

向真站起来，关了电灯，又回到床边坐下，把妹妹搂在怀里。于是培真烧得烫人的脸贴在向真的脸上，断断续续地讲了她和李恂前前后后的事儿。

向真一面听，一面竭力压下心里的激动。她做梦也不会想到，李恂和这小死丫头还演了这么一出戏。她相信妹妹。小死丫头不会讲假话。如今他去了，留下这一个在折磨自己。她不能没有嫉妒心，这很自然，同时也很气恼，很伤心。眼前该怎么办呢？

她开了灯，整理好两张床，要培真休息。培真的脸上仍然发红，羞羞怯怯地低下眼皮，顺从地躺下。倾吐出心里的郁积，她宁静多了，再加上多少天身体的疲劳和精神的熬煎，很快也就入睡了。向真关了灯，也躺下。李恂的影子在她的眼前出现。她印象很深的是他的目光。每次为她补课，他那专注的目光炯炯有神，讲到兴会处，额头当中一条青筋在微微地跳动。她爱他的性情稳重而思想活跃，他的心地宽厚而是非分明。这么一个人，他真的爱她吗？她，这个木木呆呆的小丫头，真的爱他吗？谁能想到？谁敢相信？

可事情明摆着，就是这么一回事。几天不见，这一个不是已经疯疯魔魔的了吗？

她心里燥热，身上也燥热，不能入睡，也躺不住。她起来。又开了灯。看看培真，见她虽然睡着了，眼皮却还在跳动，嘴唇也在微微地张动。她又进入了什么梦境呢？向真坐在桌子前面，端详着圆镜里的自己。无法破解的疑团，无法排遣的惆怅、懊恼、酸楚！她看着自己的眼睛里充满泪水，让它静悄悄地流下来。

“这样下去是不行的，这样下去是不行的。要毁了培真，自己也很难撑持得住。”她心里对镜中人说。“可是怎么办，怎么办？”她像雕像一样坐在那里，心里在一个问题上兜圈子。

傍天亮的时候，培真在床上翻动，从噩梦里醒过来，看见姐姐一动不动地对着镜子，吃惊了。她披衣下来，从后面抱住姐姐。“姐，你怎么不睡？我对不起你……”

向真转身，看她只披一件衣服，怕她受凉，急忙拉她上了自己的床，拉被子盖在两人身上。培真睡醒了，向真却还没有睡意。两姐妹不声不响地互相依偎着，很久。

“我还要问你。”向真说。

“嗯，什么？”

“你要从心里说，说真的。”

“嗯呐。”

“你爱他吗？”

培真的心突突地跳起来。“我啊，我不知道，我说不清楚。”

“小死丫头，他爱你吗？”

“我说不清楚。”

“小死丫头，什么都说不清楚，为什么像中了疯魔一样？”

“我说不清楚。”

向真气得拿指头狠狠戳她一下：“你不说实话。”

培真伸手，紧紧搂住姐姐的脖子。“不是，姐姐，不是。”血涌到她的脸上，她喃喃地低声说：“姐，反正我活不成了。我靠在他的身上，我是他的人了。他扔开我，不理我，我活不成了。我心里老想着他，推不开他，我怕，我活不成了……”她又哽咽起来。

向真又恼恨，又难受，又无可奈何。小死丫头自己说不清楚，别人也没法向她说清楚。没有什么大不了的事，在她的心里却成了性命攸关的大事。对上帝的无边虔诚造成了她不能解脱的负罪感。她也许真的会把自己折磨死，也许会上吊，会跳海，天晓得这小死丫头会疯魔出什么结果。

从这一天起，培真又发起烧来。老中医来看了，说是急火攻心，必得慢慢地疏散，调养。

向真长这么大，第一次碰到一个没法解决的大难题。向婶娘讲吗？不妥。老实的婶娘除了惊慌失措，苦苦的祷告，不会有什么好办法。如果让叔叔知道了，只会更糟。这天下午，她告诉婶娘，要回家拿衣服，离开了。她想好了一个计策，必得和爸爸妈妈商量。

宗约翰两口儿听了女儿的叙述，一时都愁眉不展。这一对夫妻是善良有余，心智不足。当向真把她的想法和打算说出来的时候，两夫妻惊得目瞪口呆。

“解铃还得系铃人。”向真要亲自南下，找到李恂，拉他回来。事情压根不算什么，造成了这样的结果，他不该不管。拉他回来，当面和培真讲清楚。他若是有意，好，是一个说法；没意，也好，是另一个说法。培真心里的疙瘩是任何别人都解不开的。

约翰想想，女儿的话也有理，只是她一人出外，怎么能放心。他现在正为弟弟管账，当然离不开。生意不好，宗约瑟也无心另找账房先生。

向真坚持要按自己的想法办事。她其实也在心心念念地想着这个人。如果他心里的确向着妹妹，好吧，自己苦一辈子就是了。她决不会像妹妹那样疯疯魔魔，使自己人不像人，鬼不像鬼。她从小苦惯了，生活苦，精神也苦。高中念完，深造的机会十分渺茫。前面的路只会是窄路、苦路、险路。再苦、再险，她不怕。她的心也准备好接受创伤。难道生为女子，就只能像小猫那样蜷伏起来，不敢出头露面地闯一闯吗？

约翰一直心疼女儿，因为不能帮她深造，常常内疚于心。向真虽然一向受娇宠，可是从来多一分也不向爸爸要求。女儿的克己更使当父亲的过意不去。现在，既然女儿为救助妹妹要远行，他实在不忍心反对。向真的妈妈当然更不放心女儿，可是爸爸同意了，她也只好将就。

爸爸为女儿找到一个茶商，是常年往来南北的。这人四十多岁，是基督教徒。有这么一个老成持重又有行旅经验的人相伴，尽可以放心。

过分的谨慎往往反而造成疏漏。上船的时候，向真紧紧尾随着茶商。经过船梯的时候，有两个扛着包包的小伙挤在她的身边。都在争先恐后地抢上，特别那些初次出门的人是这样。轮机的轰轰隆隆，船身的颤动，都使他们以为轮船已经开动。向真前面被堵塞，后面被推挤，身不由己了。及至挤到船舷上，她前后张望，不见了茶商的身影。她一时心慌，动也不敢动，相信茶商会来找她。正当她惊慌地四下张望，那两个扛包包的小伙忽然出现在她面前，赔笑脸问她到哪里去。向真看这两个身穿青布棉袍，头戴青缎圆帽，像是买卖人，就说了自己的目的地。问她是一个人吗，她说还有一个伯伯同行，刚才挤散了。

起锚了，开船了。向真还是不见同行的人，心慌了，不知怎么是好。船身颠簸起来。寒冷的海风刺在脸上。太阳已经落下，大海一片苍苍茫茫。浪涛拍打着船身。向真开始觉得头晕，只得向统舱慢慢走去，一面前后张望。甲板上已经没有人。两个小伙却还在她身边，其中有一个伸手要拿她的提包。她竭力抓紧，不松手。另一个小伙就来架她的胳臂。惊慌使向真浑身打颤儿。她竭力挣开自己的胳臂，不顾因为船身颠簸而站立不稳，她跑向统舱的梯子口，跌跌撞撞地下到舱里。这里是全船的最底层，不知有多大的舱房里已经挤满了人。都是就地或坐或卧，当然是在自己展开的铺盖上。向真在一个角落挤着坐下，就昏暗的灯光，看见一边是一个半老太太，另一边是一个戴呢礼帽穿长袍的青年，看来斯斯文文，像一个教员或者是洋行的人员。他见了向真连忙向一边让让，给向真腾出多一点的地方。这看来是一个好人，向真的心放宽了些。这时那两个家伙也已经下到统舱，肩上的包包没影了，眼睛一时不习惯灯光的昏黄，正伸起脖子四下张望。

向真看见了，尽量缩缩身子，一面求旁边的青年帮帮他，指给他舱口的两个坏蛋。青年让她放心，他有办法对付他们。

两个家伙下到舱底，在旅客中间串来串去，终于走到向真跟前。“啊哈，好找，你怎的一个人先走了？”

向真扭头不理。

“你们是什么人？”青年问。

“我们和她是一路的啊。”

“胡说胡说，我根本不认得这两个坏蛋！”向真大声呵斥。

“哟，怎么一上船就变脸啊。”

“胡说八道！”

“你们要是识相，赶快走开！”青年说。

“她是你的什么人？”

“我的未婚妻。”青年答。

“刚才怎么不在一起？”

“我们走散了。”

两个家伙互相使一个眼色，一句不说，只鼻子里哼了一声，离开了。听见其中一个人说：“等天亮再说。”

向真很不好意思，也有些气恼，可是在人家的庇护下，又不好发作，只说：“我和你素不相识，你不该这么说。”

“不这么说能挡住他们？”

向真不敢再说别的，尽量往老太太这边靠靠，不敢躺下，只屈膝支撑着自己，一动也不敢动。这意外的遭遇，加上船身的晃动，使她头晕，也有些恶心。

老太太晕船，不能起身，刚才的一幕她可是看得清清楚楚。她伸手拉一下向真的棉衣。“姑娘，你怎么敢只身一人出门在外？”

“有一个伯伯做伴，上船的时候走散了。他搭的是房舱。我明天一定找到他。”

老太太要向真傍着她躺下。向真不敢睡，只想坐着熬到天明。

这统舱只有船边的圆形小窗子，时时有浪花撞击在加厚的玻璃上。下半夜船身摇晃得厉害，好像一下要翻过来。风浪的嘶吼压过了轮机的轰隆，统舱的舱口封死了，免得海水灌进来，这是向例。万一出了事，这里的乘客很难幸免于难。没有通风设备，再加热烘烘的人味，烟草的辣味，呕吐的馊气味，这里等于是一个海上的牢狱或地狱。向真终于支持不住，昏昏迷迷地倒在老太太身边了。

第二天整天是大风大浪，天旋海翻。向真不食，不饮，不动，横下一条心，要熬到轮船靠岸。大风大浪保护了向真。任何人都不能自由行动了。

夜里风浪稍稍平息了些。舱门打开了。大海那清新的略带咸味的空气流进来，让快要窒息的乘客复苏了。向真仍然不敢动。困得要死，却不敢真的入睡。天傍亮就到达，她准备下船之前先找到同行的伯伯。他大概因为大风浪不敢行动了。原来同他约好的，由他护送向真到李恂的住处。到了下半夜，她蒙蒙眬眬中觉得有什么东西在她的身边趴动，轻轻地，慢慢地，时时停下，又趴动。她清醒过来，这才分明觉得是一只手，正摸到她的上身，伸向她的胸部。她还弄不清这是怎么一回事，但是保卫自己的本能起了作用。她用手指甲深深的插入这只手，狠狠地抓了一下。旁边闷声闷气地哎呀一声。这正是以未婚夫自居的那个青年。身边有这么一个清丽的姑娘，加上旅途寂寞，他动一点凡心，大概上帝也会原谅的。

但是向真不原谅，她可不是好惹的。“坏蛋，你再敢，我和你拼命！”她小声但是威严地说，同时坐了起来，把自己的棉衣裹裹紧。

这一切，旁边的半老太太都听见了，也明白了是怎么回事。她拉向真向自己靠靠紧，又不知从哪里摸出一个梨子，塞给向真，要她润润。向真定定神，尽量离开这个青年远些。老太太告诉她，天一亮船就到。她的小儿子在市里开杂货店。她常常住在儿子那里，每年一次到北方看看她的女儿和外孙。问了向真的地方，说巧了，离儿子的杂货店不远，必要的时候，可以亲自送她去。感谢上帝的保佑，在苦难中碰到这样热心肠的好人。

天刚蒙蒙亮，船到岸抛锚了。舱里顿时乱成一团。人们纷纷抢着往甲板上走，反而堵塞了舱门。在拥挤和叫嚷中，向真看见那两个流氓正站在出口处的铁梯旁，眼睛四下探望。冒充未婚夫的青年走在向真身边，说：“对不起，你跟好这位大娘，那两个家伙我来对付，别怕。”向真没说什么，只把毛围巾围住大半个脸，一手提着小箱子，一手紧紧揪住老太太的衣角。她不是走出了，而是被挤出了舱口。还好，没有遇到什么麻烦。差不多两天两夜没吃没喝没睡，向真上到甲板，只觉得天旋地转，幸亏有老太太扶持着她。天空阴暗。冷雾漂浮在江面上。映入向真眼睛的是奇形怪状、颜色刺目的晃动的影子。她求老太太在舷梯口等一下，眼睛紧张地在纷乱的人群中搜寻，身子时时被别人碰撞一下。啊，没有茶老板的身影。这时两个流氓走出了舱口，正东张西望地向这边走来。向真打了一个寒颤，什么都顾不上了，拉着老太太的袖子，慌慌张张，摇摇晃晃地走下舷梯，来到码头上。

她们立刻被一群人包围了。客栈揽客的，抢上来要搬东西的苦力，卖杂七杂八的，轰轰然，嗡嗡然，嚣嚣然，使已经眩晕的向真更加眩晕。如果没有老太太的帮助，她会就地倒下去，让这些人把她踩扁和吞掉。她已经不是她自己。她这是投到一个什么地方？这不是地狱，哪里还有地狱？

一一三　泼上性命也决不屈服

向真坐在一辆黄包车上，不住地恶心和作呕，终于好像把苦胆都吐在手绢里了。不安和恐惧袭上她的心头。大地仍在颠簸，她比在船上更加眩晕。汽车声、人声、电车声、轮船汽笛声，比海上的风浪更吓人。她的双目发黏，但是不敢闭上。她胆战心惊地瞄着迎面扑来的一切。前面一辆黄包车上是那位善良的老太太，封大娘。她看这小姑娘已经熬煎得不成人形了，又和旅伴失散了，好心地劝她先到她家将养一下。向真满心感激地接受了她的好意。她再也没想到这十里洋场是这样。冬天竟还下起迷迷蒙蒙的细雨。满眼是乱纷纷，满耳是闹嚷嚷。幸亏碰到这一个可信靠的女人。圣父啊，阿门！

封家的杂货店其实只是一个小门脸，在一个弄堂口。老太太的儿子瞪起惊异的眼睛，看着妈妈带进来一个素不相识的姑娘。虽然衣着有些土气，脸色黄蜡蜡的，可是一眼能看出是一个美人胚子。看见妈妈向他做手势，使眼色，他明白了，什么也就不问一切听妈妈的安排。这人短小精干，眼神里透出小买卖人的狡黠。

店铺后面有一间小屋子，有门，却没有窗子。向真看看屋子里只有两张床，一张木板桌。空气阴冷而且潮湿。这不是可以安身的地方。老太太好像猜中了向真的心思，告诉她，只管放心休息，有她和她在一起。她的儿子一向住在前面的店铺里。

向真已经眩晕得什么都顾不上了。有了船上的经验，她必得提防一切男人。老太太让她脱下棉衣，她却和着全身的棉衣倒下去。这床也好像在海浪里摇晃。无法克制的疲劳使她入睡了。

她醒来的时候天地都是黑的，正如圣经的开篇第一句："当初，世界混沌……"外面传来车声和人声。她摸索着起来，摸到门板，开了门。前面店铺的灯光映射进来。她好像有了一点力气，但是脚下的地面还是在晃动。她想开灯，可是不知开关在哪里。她不敢贸然到前面去，同时也不知封太太到哪里去了。她回到床边，不敢再躺下。时间一秒一秒地过去，她的心跳一分一分地加快。借着外面的灯光，她四下寻视，看见开关原来就在床头。她开了灯，从提箱里取出梳子。她的手碰到一件硬东西。啊，是她的剪刀。这是她整理携带的衣物时放在箱子里的。她以为针线、剪刀之类都是女孩子不能离手的。她的心里一动，随手抽出这把不大不小的剪刀，装入棉衣的口袋。在船上的时候。如果身上有这东西。必要的时候她就和那流氓拼搏。前面小店铺的那个男的一直没露面，这使她觉得安稳。

封大娘回来了，捧着一个黑漆大圆盘，放在木板桌上。盘里有一碗馄饨、一碟小汤包、一碟小菜。老太太笑眯眯地让向真用饭。向真的肚肠里早已空了，可也不觉得饿。老太太盛情难却，向真只得从命。

"大娘，你待我这么好，我该怎么报答你？"

"说远喽，闺女。人情，人情，世上最重的是人情。我一见你就从心眼里觉得亲。"

向真请她告诉去找表哥的路，她一定要当天找到他。老太太说已经晚上九点多了。晚上出去，要是碰上流氓地痞、剥猪猡的，反而不美了。明天上午，她一定亲自送她去，帮人要帮到底嘛。

第二天一早，来了一个衣饰阔气的胖太太，眉毛画得弯弯的，嘴唇涂得红红的，一身的香水味。她一进门就盯住向真，上下打量，一面频频点头，笑得龇出白牙。向真不知这是个什么人，只被她盯得头皮发紧。据封大娘介绍，是她的亲戚何太太。她来得正好，真是无巧不成书，她的家正在向真表哥的附近。胖太太问了向真表兄的名字，双手一拍，说巧，她见过的，很体面的一个书生。啊，感谢上帝！笑意第一次浮上向真的唇边，她的眼睛放光了。力和热充满她的全身。

三辆黄包车飞跑在行人不多的马路上。大地早已醒了，这个不夜城还在沉睡。入眼的一切都使向真心迷神乱，惶惑不解。这是中国的土地吗？不，这是异邦，这里没有家乡那晴朗的天空，没有清爽沁人的空气，没有瞬息变化的茫茫大海，没有翠翠苍苍的山峦，没有安闲的、平平稳稳的行人。向真下了决心，见了李恂，一切说明白，掏明他的心意和打算，她马上就离去，回到她安身立命的家乡。

黄包车在一处门前停下。向真抬头，看见门脸顶头还亮着霓虹灯，一亮一灭，一亮一灭："FAIRY CAFE"。向真认得，这是"仙境咖啡店"的意思。她满心狐疑了，为什么是这种地方？

"不，不……"

"小姐，先用些早点……"

向真看看封大娘。和善的脸正向她笑呐。"何太太的好意咱们一定得领，闺女。用了早点，我陪你上路，十多分钟就到。"

既然如此，向真不好推辞。

咖啡店里没有客人，只有两个男佣人在清扫。向真跟两位太太绕过一张小圆台，进了靠后墙的长柜台，穿过一道小门，来到一间布置精巧的屋子。一个年轻的姑娘从梳妆台的大镜子前面站起来，一面拿唇膏涂着嘴唇，一面上下打量向真。向真第一次看见这么浓妆艳抹的女子，很难断定这是美呢还是不美。为了礼貌，向真向她微笑点头。这女子傲慢地不理睬，仰着脖子出门去了。这时何太太已经脱去翻毛大衣，脸上的笑容没有了，变得冷冷的。她要向真坐下。封大娘对向真说，她出去方便一下，几分钟就回来，说完和何太太一起出去了。向真这时什么都顾不上，只等老太太回来，就立刻动身。

十多分钟过去，没有人影。向真开始不安了。又过了十多分钟，还没有人影。向真有些焦急不耐了，而且有些犯疑。她想谁也不等了，自己出门去。叫辆黄包车，径直到李恂的住处。她提起小箱子，刚刚走到门口，迎面碰见何太太。

“你要到哪儿？”

“我找我的表兄。封大娘呢？”

“你先回来！”何太太冷冷地说，拉住向真的胳臂。

“对不起，我马上要走！”向真挣开胳臂，仍然要向外走。姓封的女人这么久不回来，向真不但犯疑，而且直觉地感到有些蹊跷。

刚才清扫房间的两个男人堵在通到前面的小门口。

向真警觉起来，觉得自己上当了，当然，她还不明白其中的奥妙。她不顾死活地往前走，觉得棉衣被人揪住了。她又竭力挣开，冲到门口。两个男的挡住她。

“你们干什么！”向真大叫：“光天化日之下，你们要干什么？”

这时胖女人转到向真面前。“你放明白些，你已经是我的人了。”

“什么，你说什么？封大娘……”向真大叫。

胖女人冷笑一声。“世界上没有你的封大娘。她不姓封，她把你卖给我了。”

眨眼之间，向真惊得发呆了。她不能相信，但这是事实。一女两男正挡在面前。这是实实在在的魔鬼。上帝也无能为力。可是宗向真是宗向真，她宁死也不会屈服。愤怒使她生出力量。她举起小箱子，向三个人砸去。小箱子被一个男人接住，扔到一边，然后三个人都向她扑来。在这千钧一发的时刻，向真从棉衣口袋里扯出剪刀，向扑上前的那个男的刺去。男的抓住她的胳臂。另一个男的上来，搂住她的腰，想要把她拖开，向真竭力挣扎，腾出胳臂，拿剪刀向自己的脖颈猛刺。但是她的胳臂又被抓住，剪刀没有刺中她的脖颈，却刺中了她的锁骨。鲜血流出来，流下她的棉衣的前襟。剪刀已经被夺去了。她又发疯一样地挣扎到墙根，拿头往墙上撞。两个男人一左一右死死地揪住了她。

血吓坏了胖女人。她从来没见过这么烈性的女子。如果出了人命，她不但人财两空，还得吃官司。两个男的由她指使，把向真拖进了屋子。向真在船上熬了两夜，本来虚弱了不少，一阵挣扎又耗尽了力气，她已经无力反抗了。一条绳子把她和一张椅子捆在一起。向真气得浑身哆嗦，只有张大口喘气的分儿。一女二男都到前面去了。向真开始觉得脖子下面痛，血还在一滴滴往下流。她的胳臂和腰部也都被扭伤了。疼吧。她现在只有一个念头，死！

过了一会儿，那个妖艳的姑娘进来，手里有药水和药棉。她一面给向真的伤处涂药水，一面装出笑脸："你何必这样，有话好好商量嘛。"

向真头扭向一边，不理她。因为不能动，只好由她摆布。

"你要放聪明些，你是来路不明的……"

向真忍无可忍。"啐！谁是来路不明的？我堂堂正正，有父亲，有家，有学校。你们一窝子坏蛋才是来路不明的。"她大声吼叫："放开我，放开我！"

胖女人又进来，显然在前面听到了向真的吼叫。她要年轻的出去，自己站在向真面前，两手叉在肥腰上，也装出笑脸："姑娘，你别大呼小叫，没用。听我说，你是那老太太送来的，她说你自己愿意的。"

"胡说！"

"哎，你碰上坏人了。"

"啐，你们都是坏蛋！"

"好吧，大人不见小人怪。你年纪轻轻，还不懂世事。她给我人，我给她钱，公平交易，兑除两清……”

“啐，光天化日之下贩卖人口，你们犯法。我只要有口气，也决不受你们的摆布。”

胖女人冷笑一声：“犯法？谁的法？这里是外国租界，中国人的法不管用。花钱买女孩子的多呐。有卖的就有买的。有钱，什么不能买？我要是有大钱，那个国民政府我还想买呐。噢，你捆紧了，我给你松松好吗？”

向真闭了眼睛，不理她。她如果来动手，向真准备好了要咬她。

胖女人当然不给她松绑，大概站累了，退几步坐在梳妆台前。她话不绝口，一会儿好言相劝，一会儿威胁。然后她扬起脖子喊，叫人送一杯牛奶来。那个妖艳女子，向真心里叫她小妖精的，捧来一杯牛奶，递给老妖精，向向真冷冷地瞥了一眼，出去了。老妖精拿杯子送到向真嘴边。向真呷了一口，狠狠地喷在老妖精的脸上。

老妖精气得脸上的肉哆哆嗦嗦，放下杯子，拿手绢擦着脸。“听明白，你别痴心妄想！攥在我手心里的，你插翅难逃。我把你转手卖出去，自有人降伏你。女人的好心肠干不出来的，男人的铁心肠可是什么都干得出来。你闹，好，闹吧。夜里把你装进麻袋，压上石头，扔进江里，喂鱼鳖虾蟹去好了……”

向真心里打起冷颤。这个老妖精说到也能做到。死是不怕，可是不明不白，连亲人们都不知道下落……活到十八岁，走到这一步，也只能横下一条心了。怎么死都是死。仁慈的上帝拯救灵魂吧。

“你也听明白，反正人只能死一次，我什么都不怕……”

胖女人半晌不出声。向真猜不透她的鬼心思。

“好好好。”胖女人长出一口气：“咱们娘俩算对路了。我当初也是一个硬骨头，到头来又怎么样？好死不如赖活。你年纪轻轻，来日方长。你走到这一步，南海观音也搭救不了你。我也不逼你，你在我这里好好干上一年，干够了我买你的价钱，你松松快快地走人。刚才来的那个姑娘是我的女儿，和你搭班的黄花女儿。她人好，心眼好。我让她陪伴你，谁也不敢欺负你。怎么样，你好好想想。”胖女人说着，长叹一声，立起来，出门去了。碰到这么一个软硬不吃的辣手货，她怎能不叹气。

小妖精又来了，这一次脸上可不是冷冷的。她一进门就给向真解绳子，说不是有意捆她，只怕她寻短见。又说这店是妈妈和她两个人开的，没有别人。那两个男人是临时雇来帮忙的。女的开店，用男工不方便，所以要有个女帮手。又说很佩服向真的硬气，愿意和她姐妹相处。

向真不理她，也不相信她的鬼话，由她把绳子解开。她已经用尽全身的力气，又被捆得通体麻木了，脖子下面的伤口也隐隐作痛。她也拿定了主意：“你们千方百计，我有一定之规。”她现在已经知道这母女二人是开咖啡店的，是将本求利的，还不知道有出高价的，她们也出卖肉体和灵魂。看来这两个女人未必再敢动硬的，多半要用什么软和骗的花招。好吧，周旋吧。先细心看看周围的环境，只要有机会，那就……只要能和李恂见上一面，再死也不晚。没有世事经验的向真，凭她一向大胆、机智、开朗的天性，不能不往宽处想。

胖女人又来了，捧一个红漆盘子，里面是热咖啡和面包圈。她看女儿和向真谈得似乎投机，装出一脸的笑。这时已快到中午。从开着的门，听见前室里的人声。她要女儿到前面招待客人，劝向真吃点东西。向真说可以暂时住下来，粗活、杂活、烧饭、洗衣、清扫房间，什么都能干，唯独不当女招待。如果逼她，她就只有一死，使胖女人人财两空。胖女人答应了，接着就开了衣柜，找出她女儿穿过的半旧衣服，让她换了。向真一向讨厌花花绿绿，决不肯换，只挑了一件天蓝色的褂子罩在自己染了血的棉衣上。她有自己的心计。这一件棉衣她决不离身，夜里也不脱下来。她脖子下面的伤痕，这衣服上的血迹，都是她们犯罪的证据。

女老板自然有她的算盘。女孩子的刚烈，油盐不进，她已经领教过了。她想先把她稳住，慢慢找一个肯发高价的把她脱手，死活就随她去了。

一个星期之后，向真看见了李恂。

她被两个男的死拖活拉到后屋。门从外面反锁上了。向真大喊大叫，拿起椅子砸门。椅子碎了，门却好好的。在气头上，她动手摔打室内的用具，想把一切都砸烂。眨眼间忽然一种恐怖的念头袭上心头。她自己拼上一死，那么李恂呢？他一定不会撒手不管，一会还会来要人。如果女老板买通一伙流氓，真的把李恂装入麻袋，扔进江里，灭迹也灭口，那岂不是铸成大错。况且，她身上还系着另一条生命，培真。这么一想，她竭力使自己平静下来，不再叫闹了。

这天深夜，女老板开了门，开了灯。向真估摸，前面的客人大概散尽了。从开着的门口，她瞥见院子里的灯影里站着两个男人。这自然是防备万一的。向真坐在床上，低头不理她，看她会摆出什么阵势。“那个人是你的什么人？”

“我的表哥。”

“干什么的？”

“大学生。”

“穿的那个瘪三样，大学生？”

“信不信由你。”

“他住在什么地方？”

“住在什么地方是他的自由。”

“你别不识相。这十里洋场，我有的是人，早晚能找到他。”

向真知道她是吹牛。“你也别不识相。你不找他，他也要来找你算账。他也有的是人，可不是你那些地痞流氓。你痛痛快快放我出去，越早越好。要多少钱，我给你。学生不是好惹的，打了外交部长，指着鼻子责问蒋介石，你知道吗？”

胖女人不知道这些事。学生不好惹她可是清楚的。这女子，那人是见了的。当时不该把他打昏过去，如果他纠集一帮学生来向她要人，把店给她砸了，岂不还是人财两空。这个该死的丫头，现在倒是烫手的了。在她身上，整整花了两百元银洋。经官吧，老板娘不敢。她没有得力的靠山。她的相好的只不过一个流氓小头头，只会伸手向她要钱，动真的不顶一个泥塑的火神爷。最好的办法是把她转手卖出去。人不在了，矢口否认有过这一码事，你学生又能怎样。可是急切里到哪里找到一个买人的人？

她不敢让向真露面，每天都锁她在屋子里。向真想得很简单，只以为李恂有朋友，有办法，一定会来解救她。哪里想到李恂现在是一个孤魂，而且生活已经到了朝不虑夕的地步。

咖啡店的营业当然不能停。夜里十二点之前，胖女人和女儿都在前面接待客人。锁着的门外由两个男的轮班监视，以防不测。他们一个姓季，一个姓胡。姓胡的年轻，看上了宗向真，先是隔着门板小声地和她搭讪。向真也正想从他嘴里探听一点消息。前边每天发生的情况，姓胡的都悄悄告诉了向真。那个公子哥的情况他也对向真说了，又说女老板疑心，这个人或许就是向真的表兄。女儿曾到他住的地方打探，大铁门关得紧紧的，里面洋楼里好像没有人。她们母女二人正在想对付的办法，八成是要快快把她转手卖出去。到了最后一晚上，也就是向真投江的那一夜，这人说事情急了，她如果答应和他好，他就偷偷放她出来，和她一起逃走。

向真不相信他说的都是真话。什么大铁门，大洋楼，绝不会是李恂的住处。李恂的地址她是知道的。她们要转手卖她，这一点她相信，而且是她最怕的。她想只要能脱身，往后的事怎么都好办。只要到了马路上，她就跑向第一个看见的警察。只要有第三者在场，她就不怕这个男人。她问他家里有什么人。有父母。住哪里？在江东。她说一辈子的大事，应当先禀告他的父母，明媒正娶，否则她宁死也不答应。男的信以为真。这真是从云彩眼里掉下的一个美人儿，艳福不浅呐。他当然痛痛快快地应承了。

离开囚禁她的屋子倒是轻而易举，因为是星期六，客人多。母女二人忙得不可开交。可是向真再也没想到，半夜里行人很少，而且一个警察她都没看见。她完全不知道租界里没有中国警察。她跟姓胡的跨过一条马路，已经从法租界到了英租界，这一带只有英国的印度巡捕。她是空身出来的，行动很轻便。男的引她很快来到江边，告诉她，必得找到一只划子，要她在一处堆栈的旁边等他。男人一离开，向真撒腿就跑。经过一个头缠红布的黑鬼，而这大高个黑鬼叫她停下的时候，她更是没命地向前跑。她也不知道，那个男的看见巡捕在追她，已经不敢再追了。向真原来没想跳江，这个大黑鬼这么紧紧地追她，保护自己的本能使她纵身而下。她自以为会游水，游开去就可以脱险。没想到江水不似海水，流速很快而冰冷刺骨。

如果不是一个船工救她，她早已不在人世了。

船工和母亲相依为命。他们的家只是江边一间木板棚。向真来到这里，已经冻得像一个冰坨。她本来不想死，现在却觉得心已经凝结，活不成了。死倒不怕，只是非常遗憾，竟然一句话都没有能和李恂说。她是为培真出来的，也竟然没法帮助她了。

所幸天傍亮的时候，她苏醒过来了。船工母子二人尽心竭力地照抚她。她说回家以后，一定好好报答他们的恩情。他们说不是为了报答。如果想要钱，像她这么漂亮的年轻姑娘，在这世界，千儿八百还愁不到手吗？人穷，良心不穷，要她只管安心将养。

三天以后，向真好多了，可以下地活动了。她穿的是船工妈妈的破衣服。这天傍晚，她换上烤干了的自己的棉衣，扔开那件天蓝色的褂子。这时船工进门来，身边多了一个青年人。这人头戴呢礼帽，身穿漂亮的西装大衣，阔绰得很呐。

向真吓得差一点昏晕过去，以为抓她的人来了，接着却又惊奇地张大眼睛，张大嘴巴，不明白眼前出现这似曾相识的人是怎么回事。

一一四　比斯芬克斯之谜更难回答的问题

宗向真在叙述她的经历的时候，竭力保持镇静。要强的她不愿意在这个人面前显出自己的软弱，不过有时不得不停顿一下，或是压下涌上心头的悲哽，或是回忆一些细节。

李恂听着，一直低头不语，不敢抬眼看向真，只是偶尔侧目溜一下。他心里在不停地翻滚，愈听愈感觉事情的严重性。他的灵魂在受烧灼，但是他也竭力保持镇静，很怕由于自己的不克制使得向真难以为继。

当向真讲到培真病倒，她日夜看护她，听她的梦呓，引起疑心，后来发现那小纸片的时候，洪元星来了。他说妹妹要他立刻回苏州，一语未了，元琼追来了。

“好啊，哥，你跑到这里来，你想怎么样？说好了假期你陪妈妈的。”

“我没说不陪啊，我还有事和李兄商量。你先回去。过三五天我换你回来。”

“不嘛，就是不嘛。这位姐姐来了，正好，我陪她到处走走，看看。宗姐姐，你说好吗？”

向真只得说谢谢。

“谢谢是什么意思？同意不同意？”

“同意。”李恂急忙代答：“同意，同意。”

元琼剜他一眼。“谁问你呀。”

元星忙打圆场：“别见怪，我这个妹妹……”

“从小娇宠坏了。”元琼抢着说，“你呢，哪个不偏向你？你是男孩。我就是不服。”真是没理也讲出三分理。

向真即使怀里插着刀子，也不能不笑出声来。李恂也笑了。元星摇摇头，一脸的苦笑。

元琼的圆眼睛放出光彩，笑嘻嘻地约李恂和向真到楼上进午餐。李恂婉言辞谢了，说和向真定好了要出去找人。元琼失望地扑扇眼皮。

兄妹两人去后，李恂长嘘一声。向真也轻轻地叹息。

“没法。”李恂耸耸肩头，“小女孩一会儿一个主意，说不定还要来。我看咱们得躲出去。”

“到哪儿？”

“先到亭子间看看那两位，再说。”

亭子间是空的。桌子上有一张字条，是卢雁的笔迹：“李兄，我们准备北上，先上街买些必须带的东西，然后回学校，看看上官的情况。今天也许不回来。请伴宗小姐外面走走，恕不奉陪……”后面有几个字，涂掉了。李恂仔细辨认一下，是“不要吵架”四字。啊，看来姑娘的心情蛮好。北上，买东西……李恂明白了。一对情侣功德圆满，如今已经是穆桂英当令了。愿红鸾星高照吧。

向真也已经就李恂手里看了字条。

“好极。”李恂暂时压下心里的悲愁。“咱们就出去走走，吃午饭，回来关上门谈，不受打扰。”

“大白天关上门，多不好。”

李恂苦笑一声：“这里和咱们家乡可大不相同。谁也不管谁。人们自由地恋爱，自由地同居，自由地互相抛弃，另觅新欢，还有自由地失学，自由地失业，自由地出卖肉体和灵魂，自由地饿死。

后面这四项倒是全国一样的。”

“我想着也是这样，这不是我久待的地方。”

阳光照满在长街上，寒风却也不宥人。

李恂引她进了常到的小餐馆。从迎门的大镜子里，向真看见自己身上的绛红色旗袍，禁不住涨红了脸。大错特错，实在不应当到街上来。吃饭的当儿她一直不敢抬头，这实在违反她的本性。她觉得似乎所有的眼珠子都射到她身上，其实餐馆里的食客不多。该死的旗袍！这惹眼的颜色，这时髦的式样，要让叔叔看见，准会憋过气去。

他们回到前楼的小院，进了屋子。向真立刻脱下旗袍，换上她的棉衣，从口袋里取出金耳环和镯子，推给李恂。

“这是什么意思？”李恂惊奇地看着这黄澄澄的东西。

“麻烦你，帮我变换一下，买一张船票。我本来带钱来的，在小箱子里，扔掉了。”

“话还没有说完呐。你刚开了个头，我什么都还弄不明白。况且……”

“你会清楚的。我一丝一毫也不会漏掉。”

于是她讲了她的全部遭遇。虽然竭力忍住酸楚和悲痛，讲到她在咖啡店里突然见了他，讲到她和那些人拼死搏斗，讲到她绝路上投江的时候，她忍不住了，掩面啜泣起来。

“我总算看见了，见到了你，死也没什么可悔恨的了。我只要你一句话。培真怎么办……”

李恂听着的时候，一直无声地落着泪水，这时唏唏嘘嘘地握起向真的双手：“你真是受苦了，受苦了。都是我害的，我害的。我死十次也补偿不了我的罪过，也补不了你受的苦……”

“怎么说这话，就算是上帝安排的好了。”

“上帝太不公平，太不公平。受苦受难的都是好人。”

天色已经灰暗了。幸喜元琼以为他们上街去了，一直没有来打搅。李恂的悲苦是双重的。下决心离开那个蜗牛壳，那个壳子的阴影却还罩在头上。而这阴影又是自己造成的。不经意地在一位小姑娘面前铸成了大错，是一生都没法改正，没法消除的大错。按这事情本身，本来没有什么。碰到培真这个具体的人，又真诚，又纯洁，又执拗，又死钻牛角尖，说不定她真的会抛弃生命来换得灵魂的平静。可怎么办呢？看来如果真的有灵魂，她的灵魂也不得安宁。他放开向真的手，从床边退到方桌前面，坐在椅子上，双手抱起头来。一向自信是遇事清醒的他，现在可是迷惘了。车到山前没有路！

向真向他倾诉完，心里松快多了，渐渐平静下来。眼见这个人抱头坐在那里，一动也不动，很清楚她自己的遭遇和妹妹的命运都重重地压在他的心上。她本想把培真的情况讲完，立刻要他说出该说的一句话，那么她活也好，死也好，一定立即离去。她现在是三重的悲苦，为妹妹，为自己，也为眼前的这个人。这个人是她一向眷恋着的，虽然她有过美好的幻想，却也从来不敢真的存什么希望，特别经过海边那一幕之后。这么阴差阳错，奇奇巧巧，上帝可真会安排！人啊，活一辈子，受一辈子捉弄就是了。

冬天微弱的阳光早已从窗子上消失，屋子里暗了。向真要李恂开灯。李恂说最好先不开，主要是躲开元琼。给她缠上会没完没了。他仍然在抱头苦想，搜遍脑子的每一个细胞，也想不出可行的办法，更不必说万全之策。按他现在的处境，他完全没有可能帮助宗培真。经济上不必说，主要是精神上，完全没有可能帮助她剥开她自缚的那个茧子。宗约瑟生了一个女儿，又在亲自置她于死地。而他竟然成了帮凶。

屋子里一点点黑了。借着微微的天光和前楼映出的灯光，向真看见他一动不动，抱头苦思的影子。她等得心焦，可又不好直白地逼他说出该说的一句话。两个人都感到难于承受的沉默。

向真从胸膛深处叹息一声，很轻却很深沉。“我原来有一个希望……”

李恂抬起头："什么希望！"

"我不敢希望的希望。"

"你说。"

"我原来希望你和我一起回去，现在呢，不敢存这个希望了。"

"为什么？"

"这还用问我吗？"她的声音不禁有些发抖。

她坐在靠窗子的床边，微光映出她靠在床架上的轮廓。李恂从暗处蒙眬地看见她殷切的目光。他的心也在发抖。

是啊，问又问出个什么好办法。那么一个天真的、善良的、温顺的、纯洁的小妹妹，很值得抚爱和痛惜的小妹妹，除了一件事，为她做出任何牺牲都是义无反顾的。这一件事就是婚嫁。这绝不可能！他自己已经挣脱那个壳子。培真呢，她的壳子是双重的，有她自己的，有她父亲加上去的更牢固的壳子。他早已领会过她的双重性格，她的弱的方面和强的方面。她太善良了，太纯真了。即使来到她面前，说："走，你跟我，一起走！"她也决不会忍心、悄没声地离开父亲、母亲、小弟弟。环境和教养造成她的性格特点，她可以折磨死自己，也决不会不顾一切地抛开她的壳子。况且他也决不会劝她走这一步。他的面前摆着一个明明白白的谜，比斯芬克斯之谜更难百倍的谜。

他站起来，走到床边，在床架的另一头坐下。"就算我甘愿替她背起十字架，这十字架又怎么背呢？"

"十字架不用背，你只说一句就行了。我千里迢迢出来，就是为了你的一句话。这个小死丫头，死心眼儿，一句话能救活她，一句话……"她要说一句话也能置她于死地，可是咽回去了。

但是李恂明白，也相信。他全身打一个冷颤。

"你也不要为难。"向真说了半句，又停下。她不忍心逼眼前这个人，但是她的心里已经通亮。"话总要从你嘴里说出来，我才好带回去啊。你说了，我马上就回去。”

“我不能让你一个人走，我不放心。”

“怕什么？我什么都不怕，死也早就不怕了。”

“不，我希望你在这里住几天。既然来了，那就到处看看。这里倒是有真的大西洋景呐。”他告诉向真，天一暖，他的表姐和梅倩要来。她们也想各处看看。向真可以和她们搭伴，一起到苏州、无锡等名胜看看，然后一起回去。如果不愿意到外地，住在此地等她们也好。

“回去的时候，买一张官舱的票，衣服穿好些，没有人敢碰你。”

“呀，人的价值不在人本身，倒在衣服？”向真不胜惊讶。

“就是这么个社会，就是这么个世界，见钱不见人，看人的外貌，不看人的灵魂。‘黄钟毁弃，瓦釜雷鸣；谗人高张，贤士无名’，这是两千多年以前屈原讲的。换了几十个朝代，几百个皇帝，什么都变了，就是这一点没变，不，变得更坏了。”

这些话引不起向真的多大兴趣。她的心意只集中在一点上。

李恂在等她的回答，但是她长时间地低头不语。

“你怎么不说话？”

向真抬头，看看身旁这坐得很近，可是又相距很远的人。“我在想，我还是一个人走。”她低声但是语音斩绝地说：“我啊，只希望你有一句话，我带回去。你向培真说什么？”

李恂听出她话音里的斩绝意味。他该说什么，说什么呢？这一句话有千钧之重，关系到一个少女的生死存亡。“To be or not to be（是还是不）”，他眼前所处的困境，比那个丹麦王子不知大多少倍。虽然室内昏暗，他也看清向真紧紧盯住他，在等他的这一句话。这个女孩子的形象忽然在他的心里高大起来，不但高大，而且显出特别的光彩。她不但开朗、活跃、爽直，而且敢于行动。在这一点上，不但胜过培真，而且胜过自己。一种敬意，一种特别的好感油然而生。他站起来，走到向真面前，手扶床架，深深地看进向真仰视的眼睛，眼神里是焦急、期待、痛苦。他压下扑伏在她面前的冲动。

“咱们好好商量一下好吗？”

“有什么不好？”向真看出他心里的熬煎，不忍得再逼他。

“为了良好的目的，说假话也是应当的，对不对？”

“那，要看是什么目的，什么样的假话。”

“不损害任何人的假话。”

“你说说看。”

“你就说我病死了。”

“那怎么成，况且她也未必相信。”

“是啊，是啊。”李恂离开床边，在室内绕了一圈，又回到向真面前。“那么，你就说我结婚了。”

“可以，和谁？总要讲清楚她才相信啊。”

李恂没话可答。实在没有。捏造一个吗，又怎样捏造？他频频地微微摇头。

“你不说，我替你说了吧。”

“说吧。”

“就说和你的表姐。”

“不，决不！”他大声、斩绝地说。这倒使向真心里一怔。

“不是明摆着的吗？”她说，刚才听他讲表姐要出来的时候，她已经想到这一点。

李恂从心底里深深地长吁一声，就势在床边坐下，靠近向真。“话说到这份上，我不能不向你讲明白。我和她从小一起长大，她爱我，我也爱她。小时纯真的爱，不含任何杂质。我想你也有过这样的经验……”

听到这里，向真的心不由得猛地跳动起来。幸喜屋子里暗，否则她脸上的红晕会使她无地自容。不含任何杂质的爱，她的确有过。和谁？和他，就是这个身在咫尺，心隔万里的人。也正是这个人，妹妹为他病得死去活来。难道妹妹的爱有什么杂质吗？也正是为这个人，她自己差一点葬身在江水里。她的爱有什么杂质吗？没有，她敢大声地说出来，没有。她竭力克制这一闪念引起的灵魂的颤动，听他说下去。

"……长大了，周围的人都说我们是很好的一对。这话不错，可是我不能。"

"为什么？"向真不禁插问。

"纯真的爱没有自私的成分。我不敢让她拴在我的破车上。我注定了要漂泊一生，受苦一生，追求一生。有一个问题，我要是弄不清楚，我永世也不得安宁。究竟咱们这个祖国，这个五千年泱泱大国，要走到哪里去？我这个人要走到哪里去。我当然是微不足道的，可是决不能庸庸碌碌，浑浑噩噩，饥哺饱嬉地过一辈子……"

这发自肺腑的话，这真诚的带着很浓的苦味的话，深深打动了向真。这个他，比她原来认识的或想象中的他更深沉，更有头脑。妹妹一味地想着他，可是不会理解他的。她能理解他，可是……眨眼间她已经想定了，不能再逼这个人说出他确实没法说的一句话。他当然不会说是，也不能用一个不字把她打发走。她一定得很快回去。啊，主啊，就算你安排定的好了。她一定得背起救护妹妹的十字架。

"……我不能放心让你一个人走，也不能陪你走。你要知道，我一踏上故乡的土地，等于是自投罗网。妈妈、亲戚都会缠住我不放。我已经扔掉了的蜗牛壳子不能再捡回来，已经得到的自由不能再放弃……"

他冷丁住了口，因为小院里响起脚步声。他怕是元琼，向向真摆摆手，意思是不要出声。

"哟，这两个哪儿去了……"

这是上官。李恂急忙开灯，开门，迎出去。"上官阿姐，你来得正好。我们在商量一件事，怕小元琼来打搅，所以不开灯……"

“哦，那个小丫头很会缠住人不放。”

向真也早已迎到门口，不管心里的悲苦，却不能不赔上笑脸。瞧人家是个什么模样。站在人家面前，不像是秃毛鸡站在仙鹤旁边吗？上官婷婷地进了门，把提的一个包包放在方桌上，拉下淡米色长毛围巾，露出微微蓬松的浓发，脱下黄呢大衣，里面是淡灰色丝绸驼绒旗袍，高领、小袖，从腰部的曲线自然地下垂着，一直到淡黄色纹皮高跟鞋面上。向真不能不惊叹，这么大方、飘逸、淡雅，清瘦可是不枯板，微笑着的眼仁儿那么亮，好像一下能把人看穿，这才算是一个人，算得是一个女人。向真只能眼巴巴看着，呆呆地赔上笑脸，却不知说什么好。

“告诉你一个好消息，你的好朋友答应和卢雁北上了。”上官说着，打开包包，抖出一件墨绿色驼绒旗袍。

“早知道了。”李恂说。

“他们回来过？”

“能那么快回来吗？”李恂这时心情一松，不无调侃地说：“卢雁留下一张字条，没明说，可那口气再明白不过了。”

“很好，好极了。我也了却一件心事。那么你们……”上官看看李恂，再看看向真，看见两人都有点发窘，不由得微微一笑，收住话头。直到现在，她还不清楚向真此来的底细，还以为她是为李恂来的。她以为单从相貌上看，这一对比那一对更整齐，更相般配。“哦，宗小姐……”

向真一听这三个字，脸红到脖子。“请千万不要这样称呼……”

“四海之内皆姐妹也。”李恂连忙接上说，“你就叫她向真好了，叫小妹也行。”

“那好，小妹。”上官把旗袍提在手里，“我知道你不喜欢那明光耀眼的东西。那是卢雁的，你穿也太宽松些。试试我这一件。别嫌旧。那时我还不像现在这样瘦。”

开朗如向真，这时也羞涩得脸上汗盈盈的了。她看见李恂鼓励的眼光，自己也不好推谢，只得接在手里，走到屋角灰暗的地方，一面留心他们的谈话。

上官坐在椅子上。“你大概知道了吧？这两天形势又紧上来……”

“怎么，打过山海关了？”李恂刚刚坐在床边上，又跳起来。

“你没看报纸？”

“这两天我无报可看。”

上官从手提包里取出一张叠成方块的报纸，递在李恂手里。

正当李恂看报纸的时候，向真已经换上旗袍，来到灯前。上官站起来，为她整整领口，拉拉袖子。

“你站好了我看，啊，嗯，好，可以。这颜色老的穿上显老，年轻的穿上更年轻。你先将就穿吧。”

“我哪里配啊……”

“没有比你更配的了。你穿上，真正是，用酸秀才的话说，亭亭玉立。哟，别磨不开啊。可惜短了有半寸。我现在手头有钱了，可以再做……”

她的话被砰的一声打断了。李恂一拍桌子，跳起来。“我……”他要骂一句粗话，马上想到是在女士们面前，话到嘴边改成了：“中国不亡，是无天理！”他说着，把报纸递在向真手里。

向真看那大标题是：

上海日本浪人暴动

北四川路一带烧、杀、砸

日本居留民开大会决议

要求中国政府切实保护日人安全

她一面看，一面听上官说，“为什么不说中国不救，是无天理？”

“谁来救?”李恂大声说，“靠那个草字头将军和他那个‘刮民党’吗?”

“天下之大，总有志士仁人。”上官故作轻松地说，“哎，不是有人提倡美食救国吗？咱们也实行一下好不好?”

他们找到一家食客很少的饭馆，便于谈话。等饭菜的当儿，上官告诉李恂，北平的律师来信，他已经收上来一笔款子，问她如何处理。她已经去信，照已经讲定的分配方案，三分之二暂存，三分之一最好电汇来，因为有急需。

“我正愁手头拮据，这下好了，可以美美地打发那一对北上，还有……”上官瞥一眼向真，又把目光落在李恂的脸上，颇有意味地浅浅一笑。李恂明白她的用意，知道她对于向真之来有了误会，急忙说，要找一个时间和她，和唐旻、卢雁一起讲讲向真出来遭劫的经过。

在这样的地方，在明晃晃的灯光下，穿着这么一身衣服，在这么一位人才出众的大姐面前，这是向真生平第一次。她也多少留意了上官的目光，也多少听出了她的话外之音，心里一直局促不安，听李恂这么说了，才稍稍松弛下来。哪怕是美味佳肴，她也只像咀嚼了一餐木渣。

饭后，上官说要马上回去，看看卢雁准备得怎样了。李恂和向真送她上了电车，然后步行回住处。这季节，这时间，马路上车辆和行人都稀少了。长长的一串绿色交通灯一直延伸到远处，在迷迷蒙蒙的冷雾里闪出寒光。李恂不由自主地把一只手插入向真的肘弯。向真微微一颤，但是接受了。自从她离开家乡，她不敢相信一件件的遭遇是真实的人生，只觉得是一场场连续不断的噩梦。人生大概也就是这么一场场噩梦吧。

他们回到前楼小院的时候，李恂要向真先进屋。他要到房东家打个胡旋，安抚下元琼，免得她来厮缠。向真第一件事是脱下旗袍，换上棉衣，这才觉得呼吸畅快了些。刚才在马路上，是生平第一次有一只男人的手挽住自己的胳臂。她不明白李恂为什么这样，也许在这文明的大都市里应当是这样。奇奇怪怪的环境，奇奇怪怪的生活，奇奇怪怪的人，她实在待不下去了。

出乎她的意料，不到五分钟李恂就回来了。元珍不放心老妈妈，特别因为当前的时局很不稳，又求告又说服，元琼才同意由哥哥送她回去。他们是搭晚车走的，李恂从元珍手里接到一张字条，是元琼留下的。他把字条给了向真。她就灯下看看，写的是：

> 李兄：你们这么久还不回来，我只好不辞而别了。哥哥送我回去，一两天就回来。他打听好报考学校的事，立即回去换我出来。告诉向真姐姐，她一定不要走，我很喜欢她，很想请她到苏州住几天。这一阵子，腊梅花可香呐。“沁梅香可嚼”，苏州的梅花比大观园的可香多咧。不信你们来试试。还有，李兄，你答应我的事可不能忘，忘了要重罚。琼。

这可真是天真烂漫，无忧无虑。向真不由得轻轻叹息。这也是一个女子，像行云流水那样无拘无束。上帝只为她安排了好运和坦途。

“你看。”李恂看着正在床边弯腰折旗袍的向真说：“上官、卢雁、元琼，还有阿洪姐，都不放心你一个人走。”

“大家的好心我都领了。”向真站直身子，深深看进李恂的眼睛说：“可是我一天也不能多待了。家里那一个还不知道怎么样呢……况且，俺们姐妹和这些好心的姐妹本来不是一样的人……我……”

李恂看出她显然有一种自卑的心理，这是很自然的。“你可知道，我看重你们，一向看重你们。月是故乡明，你们是故乡之月。我看重你们，比她们加在一起还更珍重……”

向真相信这是真心话，也正是这真心话烧灼她的心。她抬眼看定李恂：“我求你别拿好话当糖果喂我好吗……”

李恂看着她的眼睛，又想起那天傍晚在海边上，她那怨望的眼神和悲切的声音。他情不自禁地来到她的面前，握起她的双手说："我让你受苦了，受苦了。不早了，你先休息，一切明天再说，好吗？"

向真只好点头。

李恂回到亭子间，忽然觉得这小屋子又空空荡荡，又凄凄凉凉。这个壳子也是没法忍受的。"飞鸟有巢，走兽有穴，但是人子没有立足之地！"他很惊讶地体验到一种从没有过的心情。他的内视觉更加看清楚了宗向真。她的怨望的眼神，她的悲切的声音，在海边，在此地，是什么呢？眨眼间他想起和她接近的全过程：补课，交谈，讲《红楼梦》，她从游行队伍里下死劲往外拉他，最后一课……这时他才分明看见，她穿着墨绿旗袍那亭亭的身影，那俏丽的上扬的双眉，那时而像清水、时而跳动着火星的眼睛。这个爽朗、活跃、坚忍、刚直的女孩，她的美不在外形，而在内涵。这是一种人格力量的美。他好像顿时从无边的迷梦中醒悟过来。他的心灵深处的确埋藏着一句话，这句话却不是向培真说的。为什么不直白地向她说出来？"不，不！"他的理性说。"要说，要说！"他的灵魂在反叛。Be gone，犹豫和徬徨！

他从仰卧的床上跳下来，下了楼梯，来到前楼小院。屋子里的灯还亮着。很显然，向真还没有睡下。他径自推开门。

向真直直地靠床架坐在那儿，似乎要一直坐到世界的末日。

李恂关好门，很快但是轻轻地来到床前，面对向真平静而略有不安的目光。他拉了椅子，在向真的对面坐下。她似乎想到他会回来，可又茫茫然不明白这是为什么。

"我明白了，我想清楚了……"

"你明白了什么？"

"我心里是有一句话要说……"

一直板板正正坐着的向真动了一下。"你说。"

"这句话可不是说给培真的。"

“说给谁？”

“说给她的姐姐。”

“噢，当然，我传给她。”

“是说给你一个人的。”

向真心里一震。这个人的热切的眼神似乎已经把这一句话说出来了。她心慌了，甚至于恐惧了。

“就算是上帝安排的，好吗？”李恂说。

“随便，你说吧。”

“我的破车子，应当，也需要有一个人帮我一起拉，可是我不敢，也不愿意别人和我一起受苦……”

他那倾泻在向真身上的灼热的眼光比语言说得更清楚。向真看见了，明白了，可是不敢相信，只觉得全身发冷。她的心全部敞开了，可是她的身子却在往下缩，缩……

“这个人是谁？”她说出来的几乎是哭音。

这还用问吗？李恂看见她清亮的眸子里又疑惧又期待的神色。她的脸色变得煞白，嘴唇张开，微微地颤动着。她忽然闭上双目，伸一只胳臂抱住床架的柱子，似乎很怕一下子倒下去。

一向以理智自矜的李恂，现在理智让位了。爱恋、同情、敬慕、怜惜，种种情绪打总儿占有了他。他站起来，不能自制地伸开双臂，把向真毛发茸茸的头揽入怀抱。他感觉到她柔软的颤抖的身子紧紧地偎在他的胸前，眨眼间忽然又一挺，用力挣脱他的拥抱。

“不不……这是什么？我，不……培真……”她一时不能形成完整的意念，说不出完整的句子。

“是，是……”向真如此反应，李恂一点也不觉得意外，“我没有理由要另一个人和我一起受苦。”

“我生下来不是享福的，我从来没享过什么福，我也不知道什么是福，我注定了要受苦一辈子……”向真说着，一头扎在李恂的胸前，压不下从心底翻上来的悲哽。

心灵的骚动和心灵的麻木同时压迫着李恂。这就是爱吗？这就是他从来不敢想望又无时不在想望的纯真的爱吗？从这样的爱情里能生出什么力量？这是真实的人生，还是罗曼蒂克的梦境？他一时没话可说。

向真从他的胸前抬起头，竭力忍住眼泪："我不是为自己，我不是为自己……"

"你不是为自己……"李恂双手抱住向真的肩膀，低头看她泪蒙蒙的眼睛。如果在欢乐、在谈笑的时刻，她的美像清风一样使人心旷神怡，现在，在她忧戚和悲伤的时刻，她的美更是使人神摇心碎。一时间他竟然忘记了世上还有贞月、梅倩、宗培真，还有珊珊、玲玲、丁冬月……

"我认命……可是今生今世，我不会宽容，不会宥恕自己。"向真悲痛地说。

"上帝会宥恕的。"

"别打搅那个不公平的上帝吧……可是我怎么和培真说……"

"我和她说，你放心。"

他低下头，碰到向真那冰冷的双唇。

向真全身软瘫了，似乎是熔化了。眨眼工夫，她凝聚起全身的力气，推开李恂："不，不，我死也不……除非是向培真说明白……"

可是一个被对方和自己的双重热情熔化了的少女，她能有多大力气推开眼前这个人？

一一五　安排就绪的一切毁于一夕

一切安排就绪了。这要归功于上官身心交瘁的周旋。

唐旻对于卢雁，是经历了一个长过程，由相识而厌烦，而疏远，而渐有好感，而终于相爱。他第一次体验一个少女别有特色的感情。婉宜是沁入每一细胞的温柔，上官是带着心灵创伤的深情，茜茜是自卑的战战兢兢的眷恋。卢雁呢，则是没头没脑散发出热。虽然答应和她一同北上，唐旻深心里可是一直忐忑不安。去扮演一个入门的女婿，这可以勉为其难，人世何处非舞台。他最怕的是触景伤怀。他始终以为伤害了，无可弥补地伤害了真诚爱他的人。那几页生活史他只想密闭在深心的匣子里，不敢再去触动了。是为自己，也为对方。茜茜已经不知去向，杳无音讯。她和小冬月能找到安身立命的所在吗？当今之世，生命如飘萍的人不是以万为单位数吗？那么宫婉宜，啊，婉宜！到了她生活着受苦的地方，能过门不入吗？不能不去看她，这不等于是在她心的伤口上撒盐吗？还有南南，她一定更懂事了。怎样面对她那清亮、纯真的眼睛？

和卢雁一起买东西的时候，唐旻说应当为原来的房东和她的女儿买些礼品。感谢上帝，姑娘那阳光明媚的脸上没有一丝阴云。正荡漾在快乐之海里的卢雁不但赞成，而且说："多买点，别怕花费。"卢雁固然不知道他和婉宜的底细，因为那晚上"摊牌"，他原是下决心要说的，她打断了他。可是照她那么粗中有细，不会不多少看出一些消息。从这里他更相信上官对卢雁的评价，因而感情上更向她靠近了一步。两个人已经约定，回家见了两老，只说是同台演戏的朋友，让老两口自己观察，得出结论。赞成，很好；反对，也好。总之是应一个景儿，然后急速南下。

上官初见宗向真的时候，一下子喜欢上了她。这女孩飘逸、飒爽、真挚，颇有些像自己十多岁的样子。及至听李恂讲了她九死一生的遭遇，更喜欢这女孩的大胆泼辣，敢作敢为。真是难得的女孩子。李恂讲述的时候，关于他和宗培真，很不好意思和盘托出，只说其中有某种误会。哈，会说的不及会听的。上官是什么人，早从他的腼腆含糊里一目了然了。所谓眼不见心不乱，她没有看见那个妹妹，也不清楚她灵魂的熬煎。她很中意眼前这个姐姐，以为和李恂是天生的好一对儿。一个爽朗，一个深沉；一个俏丽，一个英俊；一个外向，一个内向，正好相辅相成。上官不免暗笑自己，竟然变成一个好当月老的姑妈了。她哪知道人家两个早已交换心声了。

是上官说服了向真暂且留下。她的真诚、热情、体贴入微和娓娓的语声，都是没法抗拒的。她说清明节前，一定得去北平办事。她还没见过，可是非常向往那浩浩渺渺的大海。她可以搭轮船，送向真回家，也在海滨名胜之地盘桓两天。她说还有一个重要的计划，要在给卢雁唐旻送行那天当众宣布。她嘴上说是饯行，心里想的却是为那一对举行婚礼。

上官说的重要计划，其实朋友们都早已知道。这些日子，谁都有摆脱不开的事，再加时局的动荡不安，谁也没心思往长远里打谱儿。她的一些想法，也只点点滴滴向卢雁透露过。卢雁赞成，不过她一心热在唐旻身上，心里没空儿帮她谋虑。中学的教席，上官没有辞掉，宿舍也还保留着，虽然她这些日子一直和卢雁同居。她很想能在卢雁的学校里谋一席地位，如果能成，她就有一个较好的立足之地。卢雁已经讲过，回家，求父亲利用老交情，尽力而为一下试试。

所谓重要计划，其实重要二字是说着玩的。上官一直向往以大学为基地，开展业余戏剧活动。只要有一些经费，结合几个志同道合的人，不求名利，只求开创一个安身立命的事业，在舞台上嬉笑怒骂，借别人酒杯，浇自己块垒。说到安身立命，她又觉得好笑。一个屡遭坎坷的二十六七岁的女子，还安什么身，立什么命。但是刚强而深思的她，又不能不有长远的打算，为自己打开一条人生之路。放眼神州大陆，至今没有一所像样的戏剧学院。因为演过《第十二夜》，她很爱莎士比亚的戏。她内心真正重大的计划，是借业余演出撒下一些种子。自己呢，找机会出国去专攻戏剧，包括舞台演出和戏剧发展史。如果学而有成，回来拉上那些志同道合的，创办一所学校，这才真正可以安身立命。这是幻想，是空中楼阁，所以没有向任何一个朋友透露。这样岌岌可危的国运，一个中国人，一个中国女人，能认真的有什么长远打算？

还有一件小事她也没有向任何人透露。正当她从北平回来不久，一封短笺辗转送到她的手中。信封是英文打字的，只有她的姓名，却没有收信地址，也没有发信地址。信是这样的意思：

> 你的国家正面临巨大的灾难。为了你自身的安全，我衷心希望你尽快做出抉择，或出国旅游一时期，或在那不勒斯、巴黎、日内瓦，或任何你喜爱的地方定居，而不须承担任何义务。经过某某先生即可方便地与我取得联系……

在上官静如秋水一样的心里，这封不期而来的信仿佛投下一个石子。不用说，这信来自那个洋人，此人的姓名她一直不愿向唐旻透露。她看完信，眉头微微一皱，把纸片撕得粉碎。她死也不会重温那翻过去的一页了。如果像杜丽娘死后还能重生，她宁愿立即死去。让过去的过去吧，这话说说容易。肌肤上的伤疤易于愈合，也易于忘记；心灵的创伤则不然，只能用意志力掩盖起来。短笺引起上官强烈的逆反心理。她自己如果无能为力，无所作为，宁可跟中国这古老的大破船一起沉没，死而无悔。她决不甘心，也决不腆颜踩上洋人的方舟。弱女子虽弱，骨气不能没有。

劳心力，费唇舌，为别人忙了一阵子之后，蓦然有一种落寞感涌上上官的心头。她岂不是落单了吗？这种情绪一阵阵侵袭她，也一阵阵被她压下去。落单？哈，多么可笑！难道她还想同什么人成双捉对？决不！她够够的了。一个少女初恋的心一次受伤害，等于一生一世受伤害。和那个洋人是违反她的本性的。没有爱情成分，她只是用自己身心的屈辱报答人家活命之恩。和唐旻的相处是另一种情况。唐旻那方面是痴迷，是突发的带稚气的爱慕。她这方面则是对于一个依恋者的一时迁就。她分明知道自己对这个人的吸引力。只要她说一句："和卢雁吹了，回到我身边来。"他一定会不顾一切地听从。正因为这样，她是真心地爱他和维护他。促成他和卢雁的结合，不是为了什么道德原则，而是出于爱他的本心。既然这样，落寞感是悖谬的，却又是只能强压下去而没法完全排解的。这是她今生今世一直要演下去的心灵的悲剧。

当宗向真告诉李恂，上官姐怎样和她谈好，过些日子一起航海北上的时候，他自然喜出望外。他字斟句酌，帮向真写了一封家信，请父母放心。女儿在此有许多好心人照抚。所有应当与李恂谈的都谈了。女儿必须在这里多住几天，三月间有可靠的姐妹陪她一同回家。同时附一短笺给培真，要妈妈悄悄带给她，怕她昏天黑地把字条失落，所以没有称谓，也不签名，只说当前时局大动荡，个人的得失有如尘芥，应当安心养好身体，求主的保佑，听主的安排，别的事见面细谈。向真写信的时候，一直泪流满面，不停地喃喃自语："我还不及淹死好，不及在江里淹死好……"她已经和李恂讲定，不和妹妹把一切讲清楚，她宁死也不为自己多走一步。不过她也表示得明明白白，她心甘情愿和李恂拉他的车子，哪怕是天涯海角，哪怕是急风暴雨，即使粉身碎骨在车轮之下也决不后悔。

李恂得知上官要为卢雁唐旻饯行的时候，提议也约请天狗。真是得诚心诚意感谢他啊。在电话上，天狗一听李恂的声音就炸开了。“哟！尊敬的李先生，在下向你致敬。还想着地球上有个姓狄的啊。你们比翼的比翼，并蒂的并蒂，我这只折了翅膀的孤雁算老几？敢攀高枝吗……”李恂耐住性子，和风细雨地说是传上官大姐诚心诚意的邀请，又说，除了唐卢两个是成双的，别人都是单蹦的。“你单蹦？骗鬼！那个不远数千里而来的，两个眼珠子跳进你两个眼窝的……”

“别胡说！你不信，请你的主子张开三只眼，瞅瞅是真是假。”这么变法儿骂他，天狗倒笑了，说临时要抓一个长头发戴耳环的一起来。李恂只当他开玩笑，说抓三个，抓半打也行。

送别之宴订在梅岭酒家的一间雅座。上官和卢雁唐旻先到。随后李恂和向真也来了。来不及为向真赶制衣服，她还只得穿那件墨绿色旗袍，只新添了一件中棕色的编花毛线外套。她是生平第一次看见这场面。镂花玻璃的大吊灯和壁灯，明光锃亮的桌椅和茶具，都照得她眼花头晕。命运又安排她和李恂一起来到，这似乎当众宣布两个人的关系。开朗如她也不免羞涩和不自然。红晕染上她的双颊，显得比上官和卢雁艳丽得多。按她的本意，她宁可转身逃走。哎，插翅难逃了。

一向喜欢赶热闹的天狗却姗姗来迟。这位时装架子果然挎来一位女士。这姑娘最多有十六七岁，不是长发，却是短发覆额，也没戴耳环，圆圆胖胖的脸活像一个甜甜的娃娃，还是学生装，蓝色旗袍，大红毛线外套。人倒显得大方，从容不拘。天狗介绍她是同学，名方曼青。天晓得她是他的什么人。姑娘大胆地直眼看看李恂和唐旻，再看看天狗。她心里的天平是怎么个摆法，也只有天晓得。

向真的心情渐渐安定了，因为大家言谈之间，谁也没涉及男女之间的事。

从座位的安排上，天狗相信了李恂的话。上官坐了主位。她的左手是卢雁和宗向真，右手是唐旻和李恂。方曼青和他坐在上官的对面，这样围起一张圆桌。向真只在天狗进门的时候向他问好，此后眼光一直没有落在他的身上。她心里很感激天狗，但是不知怎样表示才好。天狗很有点不痛快，只好拿酒压下醋味。

菜上过两道之后，唐旻举杯，请大家安静，听上官的计划。

天狗急忙为上官和自己斟酒。只有他们三人是酒中敌手。

上官轻轻地叹息，唇边浮上苦笑："什么计划不计划，只有一个可怜可笑的想法。我这么一个书不能成文，射不能中的女流，当今之世，能干什么呢？多少才智勇毅之士都无能为力嘛。我只有一个小小的心愿，在这颠颠倒倒的荒唐世界上占有一方小小的土地，就是戏剧舞台。在那上面，我可以张扬理性，调侃人世，可以颂所当颂，骂所当骂，可以歌唱真诚的友谊和爱情，抨击虚伪、欺诈、邪恶、野蛮、兽性，可以呼唤正义和人性……"

这些话出自一个瘦弱女子之口，天狗听来实在是稀世之音。他颇为兴奋地大拍其手，大家也跟上拍手。

"唏……"上官要大家静下来，说，"请大家保持安静，别引起人家的注意。"

"我还要去登报呐。"天狗大声说，看见唐旻向他摆手，把话咽下去了。

"你的热情使我感动。天下何处无知音。我谢谢你的好意，也特别要谢谢你为宗小姐出了大力。"上官说着，拿起酒瓶，说："我敬你三杯……好，好，好，谢谢，谢谢……为什么说我的想法可怜可笑？这血雨腥风的年头，小老百姓活命已经很难。今天报纸上的消息，日本军队在浦东登陆，说是保护日侨。看来他是拉好了架势，要大干。可怜咱们寄居在洋人肘窝下的安全，有什么戏可以演？命运的悲剧，性格的悲剧，爱情的悲剧，家庭的悲剧，都不是我们要演的。要演，就演时代的悲剧，社会的悲剧，而且是带国际性的社会悲剧。请想想，如果我把日本天皇扮成一个恶棍，向中国伸出大黑爪子，不但日本人要向我开枪，咱们的国民政府先得把我铐起来，说不定还上绞刑架……”

卢雁忽然站起来，拿起酒杯一仰脖子，瞪大眼睛一挥手：“有那么一天，不能让你落单，我陪斩……”

唐旻做手势要她坐下。“让女士们打头阵，咱们男子汉脸上不太没光了吗？李恂，你说是吗？”

“你是个浪漫派，你有你的一套。”李恂稳稳沉沉地眨眨眼皮说：“我啊，要是陪你上绞架，谁来祭奠你的亡灵，谁来昭告天下，呼喊复仇……”

忽然响起啜泣声。这是宗向真。

李恂一惊，可是上官笑了：“我们这是背台词儿，说着玩的，你怎么当真了。”

“我才不相信你们说着玩呐……我看明白了……”

天狗受不了这气氛，他拿起酒瓶说：“来，来，一醉消千愁。不作通宵之饮，如此良夜何……”他敲响面前的碟子。

堂倌进来。天狗要他拿留声机来，说晚餐以后，要腾出地方跳舞。

方曼青活泼的眼睛滚在这个那个的脸上，很奇怪他们在宴席上尽说丧气的话。她还只是一朵温室的花儿，没经过风雨。上官的话她听不入耳，也插不上话，这样冷落在一边，心里很不是滋味，说要早走，怕太晚了妈妈不放心。天狗很扫兴，可又不敢违反懿旨。他一败二败三四败之后，好不容易从低年级抓到这一个“甜心”，因而改变了他寒假回家的打算。他挽起曼青，告了失陪，临走，说改日一定回敬一席，请朋友们赏光。

上官原想和大家欢欢乐乐地团聚一晚上，想不到她的戏言引起向真的悲泣，欢乐的气氛很难形成了。再加能说能闹的天狗一去，桌面上顿时显得冷落。这里不便于深谈，传来的划拳呼叫声也使人心烦。李恂看向真一直很拘束，他自己也厌烦这酒楼的嘈杂，说聋子放炮仗，散了吧。

向真巴不得早散。唐旻酒兴未足，把酒瓶子抓在手里，趁卢雁穿大衣的时候，塞进了自己的上衣口袋，又急忙披上大衣。上官看在眼里，只抿嘴一笑。“说不定是个怕婆子的角色呐。”她心里说。

已经十一时左右，正是不夜城大放光明的时刻。唐旻陪卢雁上官回学校。卢雁已经为他在男生宿舍借到一间空屋。

剩下李、宗二人的时候，李恂挽起向真的胳臂。向真急忙脱开：“别，别，这么多人!”

李恂笑了：“这么多人，等于没有人。谁也不管谁的。”

“我觉得头晕。”

“只不过一杯酒嘛。”

“不是酒。你看那高楼顶上，那一闪一闪的霓虹灯，Light，Heat，Power（光、热、力），可是光明在哪儿，热乎气在哪儿，力量在哪儿?”

“这你可算不开窍了。”李恂的唇边浮上苦笑，“拿光热力给这大都会的是洋大人。咱们嘛，沾光就是了。”

“哟，沾光的人可海了。你看，那么肩膀碰肩膀，那么急急忙忙，他们往哪里奔啊。我很怕撞在什么人身上……”向真说着，倒自己把手插入李恂的肘弯。

“这就是文明，就是开化，就是繁荣。当然都是畸形的。咱们家乡是嘁嘁喳喳的畸形，这里是闹闹嚷嚷的畸形，全中国是你爸爸那大染缸一样的畸形。”

两人只顾说话，真的差不点撞在对面行人的肩上。为了不使心神不安的向真在挤挤擦擦的人流里受难，李恂要了出租汽车。

他们一进前楼的小屋，向真急忙换上她的棉衣，这才长长地舒一口气：“主啊，这是什么生活，什么生活……”

“最正常的生活。”李恂调侃地说，“反正一塌括子都是罪人，等着末日审判就是了。”

向真正俯身在床边，折那旗袍，忽然直起身子，亮闪闪的眼睛直盯住他："在培真面前，你能说这话吗？"

"当然不能。我早已听从你的教导，不打扰她那虔诚的灵魂。"

李恂这么说着，瞥见向真脸上含笑，可是两眼泪花蒙蒙。他知道她为妹妹心里在煎熬。他不敢再说调侃的话了。现在在灯下，被一杯酒染红了两颊的向真显得那么娇艳，使李恂萌生一个愿望。他做一个手势，问："可以吗？"意思是要拥抱她。

"别，求你，我怕。"

"怕什么？在这几百万人的城市，我们等于是处在一个荒岛上。"

"我怕的是我自己的心。"

李恂明白了。他只能克制一时的感情激荡。

两人默默地对坐了一会儿。向真说来了这么久，还没有好好地看他的房间。一个蜗牛壳子有什么好看？蜗牛壳子也应该看看，那里有这个人生活的痕迹。

李恂引她上了楼，开了灯。从前楼传来竹牌噼啪声和男女嬉笑声。李恂请她坐，她却动手整理床上乱成一团的衣服和被盖。单身的男子大概都是这么七零八落的，天长日久，可怎么好呢？忽然从前楼传来尖声的嚎叫。向真住手，侧耳听听，又传来稀里哗啦声。她疑问地看看李恂。

"又是哪位小姐、奶奶输急了，把竹牌扑落到地上了。"

向真长叹一声："我看这里的人都颠颠倒倒的。怎么能这样生活？"

"这不是生活，都是醉生梦死，说穿了，是衣冠楚楚的文明禽兽，在呼朋唤友地互相吞吃，连骨头也不剩。"

向真不由得从心底打一个冷颤。"天长地久，你……"她没有说下去，但是殷殷的目光说明白了。她来到李恂床前，坐在他的身边。手放在李恂的手上。冰冷而微微颤抖的手，这使李恂感觉到她心里的不安。他要怎样才能使她相信，他是不会被这些人吞掉的。

"我求求你，先生，走吧，和我一起回去吧。别让心心念念想着你的人为你担心。你说这是畸形的，那是畸形的，到处不都是一样吗？在哪里不能施展！我是小河里的鱼，吃不惯大江大海的水……”

她的哀求的目光，她的柔和的求告的口吻，她甚至于用尊称称呼他，都深深打动了李恂。他抽开手，侧身用双手抱住向真的双肩。向真颤动一下，但是顺从地没有躲开，殷切不安的眼光向上看定李恂。这是这次见面她第一次这样直直地看定他。他消瘦了多少！眉心之间似乎添了两道皱褶。

“你放心，你不同意的，我一丝丝也不干。人能习惯各种各样的水，只要这水是流动的。咱们家乡的水是死的，是一潭死水……”李恂说到这里，蓦然想起贞月的空前的一封信。“你等等……”他放开向真，弯腰从床下拖出一只皮箱，打开，拿出一个信封，抽出一张信纸。“呐，你先看看。”

向真接了，展开，很快地溜了一眼，又仔细地一字一字读了一遍，低头沉吟了好一会儿，才又抬头。刚才跳动在她的眼仁里的火星没有了，眼色显得灰暗而深沉。“最了解你的是你的贞月姐。”

“是，不错。”

“那……我诚心诚意说给你……你们两个是天生地设的……你两个不好好在一块儿，天地也不容，上帝也不会同意……”她退回到椅子上，心里说：“清醒吧，认命吧，自己是不配有这个福分的。培真也不配，死心吧……”她竭力忍住涌上心头的酸楚。

这出乎李恂的意料。原想用贞月的信向她证明，他不会与世浮沉，不会同流合污。不想结果是这样。

“你说的这话不止一个人说过。”

“你应当听啊，好话应当听啊。”

“不是和你说过了么，不能让她拉我的破车子，她已经够苦的了。这决心是下定了的，是不可改变的。当然，我也不勉强任何一个人。”

一句话使向真定在椅子上了。看了贞月的信，她眨眼间掉进了冰洞。信上淡淡的字句，却是深深的心意，这深意她能体味，却是没法代替。李恂的话说得这么确凿，又使她心里闪烁出火星。她稳稳神儿，站起来，走到李恂面前，拉起他的一只手，放在自己的胸口。隔着棉衣，李恂也能感觉到里面的跳动。

“不是也说过了么，我拉……”她低声说。

李恂一动不动地直坐在床边，他必须竭力克服极矛盾的心情。走向哪里，这个问题不弄清楚，他决不能陷于任何世事的纠葛。这一点向真已经同意。现在看来，她的自卑心理一时还难于摆脱。怎样才能帮助她很快改变呢？两人一时都僵在那里。

为了打破这僵局，李恂站起来，在亭子间的一方之地转了几圈，又回到向真面前。“你听我说，我崇拜那些大学者、大哲人、大科学家、大文学家。我也鄙视那些新公侯伯子男、那些大财阀、大政客、大军棍。我这块材料究竟能锤打成个什么玩意儿，我自己也说不清楚。我好像有一个生活的目标。要问我是什么，我也说不清。经常折磨我的灵魂的是这个。要是真有一个上帝把真理放在我手里，我也不要。我宁可苦苦地自己去寻找。自己找到的路才是最能坚持走下去的路。我从小就不相信全知全能，无所不在，无所不包这样的话。要是相信倒松快呐……”

猛然间响起轰轰隆隆的大声。怪呀，冬天打雷？屋子也在颤抖，又好像是地震。接连不断的轰轰隆隆敲击着他们的耳鼓。两人都惊住了，互相看看。一时不明白是怎么一回事。

楼梯上响起急促杂乱的脚步声。“妈呀，打起来了，妈呀……”有女人的尖嗓子叫着。李恂和向真同时冲出亭子间。正有小姐和太太们跑下楼梯，一面惊叫着。

“先生，先生，不好了，打起来了……”这是娘姨的喊声。

李恂明白了，头发根眨眼间竖了起来，好像有冰水冲下他的背脊。他拉了向真的手，一起跑到前楼。前楼通外的门敞开着。书店老板一家都站在阳台上。李恂和向真急忙走过去。炮声和枪声听得更清楚了。东北面的天空上一片红光。

一一六　人生的真谛是失败了还敢再迈第一步

书店老板是老上海，据他观测，战火是在闸北，在北火车站一带，也许已经蔓延到了江湾和宝山。大火把东北方的天空染红了，此时此刻，这景象好似血海倒翻。“完了，完了！”他说着，第一个离开了阳台。书市本来就萧条不堪，现在，哎，不敢想啊。洪元珍虽然披上了大衣，可还是从心里冷得打哆嗦。

“会不会打到苏州？”她转脸问李恂。她牵挂的当然是老妈妈和小弟小妹。

“不会吧，大概不会。”李恂心里想的却是：“他想打哪儿就打哪儿，全东三省不就是例证吗？”

娘姨从屋里叫太太，说夜宵快凉了。这辰光，谁还有心思吃夜宵。

李恂和向真回了亭子间。两个人心里都沉甸甸，都没话可说。李恂坐在椅子上，两手抱头，伏在书桌上。向真靠在唐旻空出的床上，竭力让蹦蹦跳的心安定一些。她最担心的是回不了家，更担心日本人在那边登陆。轰轰隆隆的响声仍然紧一阵慢一阵。人也能习惯于恐怖吗？

“先生，你想什么？”

李恂抬头。向真那紧缩的眉头，那苍白的脸色，那掩饰不住的惊惶的眼神，都使他的心往下沉。是他害得这天真开朗的姑娘出来担惊受怕的。“我啥也没想。我能想什么？已经到了最危险的关头。世上最大的罪恶是什么？是侵略，是成百上千的杀人，是要奴役另一个国家。可是，你等等，我去前楼打个电话。”

向真站起来，动手整理房间。她想这样心里能安定些。但是不行。说不定家乡的天空也是一片血红。爸爸、妈妈、妹妹、婶婶、叔叔……她忽然想起，那天傍晚，在海边，李恂竟然要给她说合那位少爷，那时心痛得真要跳下大海。那时一死倒干净了，就没有后来这些……

李恂急急地回来说：“不好，电话都断了。唐旻、卢雁、上官他们不知怎样了。”

“他们不是在学校吗？”

“是啊，学校，学校，正在炮火下面，正在炮火下面。”

想象的恐怖也许比真实的恐怖更折磨人。李恂坐下，又站起来，在小屋里转磨磨。向真从来没见这安静的人这么躁动不安。他眨眼间好像消瘦了许多，蜡黄了，双眼睁得大大的，一会儿站定，听听一阵阵更紧的枪炮声，一会儿又转起来。他的性命是和唐旻连在一起的，所以也是和卢雁、上官连在一起的。如果他们有闪失，那么活着还有什么意味，那么向真……

向真明白他的担心，可是找不出一句宽慰的话。在这生死关头，任何好话都没有用。

“我一定，”李恂站定，说，“我一定得去看看。”

“你到哪儿去看？”向真急急地来到他身边，“你不能去！”

“不看见他们，我坐无宁日。”

“要去，我和你一起去。我决不要你一个人去。”

“不，绝对不！”

“我一定去！”向真挽住李恂的胳臂，紧紧地。

两个人都张大眼睛，对峙着，都不想让步。

李恂急了，用力挣开胳臂，从心底吼出一句：“不行，你听我的！”立刻觉得自己太莽撞，出气太粗，又缓和下来。“听话，啊，听话，我一会儿就回来。我打听一下情况，放心，我一定不到炮火跟前。”

他急急地往外走。向真跟上两步，看见李恂转身，用从来没有的严厉眼光盯住她，她只得站定，听着李恂跑下楼梯的脚步声，不知不觉地眼泪流下来。“要是你有闪失，我一定跟了去。”她心里说。

时间凝定了。枪炮声可是一分钟也没间断，似乎越响越近了。

一个人轻轻进门来，直到走近了，向真才从出神里醒过来，是洪元珍。

“我听有人下楼去了。”

“是他，他去了。”向真忍住泪水说，“他和他们是生死之交。”

元珍点头，长长地叹气：“都是多么好的人，前途无量的青年。我们老板说，日本人眼下还不会打进租界，怕的是浪人、地痞、流氓乘机捣乱。他也到书店去了。来，请跟我到前楼，这屋子冷。”

向真婉言辞谢，经不住元珍热情地拉起她的手。正当他们走向门外，楼梯上忽然传来急促、杂乱的脚步声。迎面跑上来的是卢雁、上官、唐旻，每人都提着、抱着、背着大包小裹，滴里嘟噜，气喘吁吁。向真和元珍急忙帮着接拿包包裹裹，一同回到亭子间。小屋里登时满了。

向真急切地问他们是否看见李恂了。唐旻一听就急了，说要去找他。还是上官稳重，那不等于大海捞针吗？闸北的难民正一窝蜂往租界逃，外白渡桥上挤得水泄不通。李恂挤不过去的，况且他一向谨慎细心，不会把自己送到炮口下面。她看看表，已经快到子夜二时。在慌乱中，谁也没留神元珍已经去了。正当大家喘息稍定，动手整顿包包裹裹的时候，娘姨用托盘送来了好多碗馄饨。真是盛情难却。正当他们分吃的时候，向真也只得捧起一碗，吞了一口，好像鲠在喉头。一时静下来。

楼梯上的脚步声使大家一齐拥到门口。上来的却不是李恂，而是天狗。这个一向衣冠楚楚的衣服架子如今一身皱巴巴，没戴帽子，头发乱蓬蓬。一上来就嚷："完了，完了！"一进门，一眼看见那些包包裹裹。"我啥都没带出来，六根洁净，一贫如洗了。"看见桌子上的馄饨，拿起一碗大嚼起来。这时候谁也不在乎礼仪了。

唐旻看他的狼狈相，很觉得好笑。"你这一条价值连城的狗跑出来，足够了。"

天狗一龇牙，点点头："李恂这家伙太死心眼……"

"怎么？"几个人同声问。

"我碰上他了。"

"你怎么不拉他回来？"向真急问。

"我能吗？他非要到前面看看不可。哎，那人啊，海了。要是明天飞机一出动，都成肉酱。你们有什么打算？"

上官见他语无伦次，忍不住抿嘴一笑："什么打算？国破家亡欲何之，西子湖头有我师。"她引的是张苍水的诗句。

天狗不懂，只听明白了西子湖头，大受启发。"西子湖头，好，好极了，我得到拉斐德路去一下，约上曼青。不过我现在不名一文。小姐先生们，谁行行好……"他从卢雁手里接了钱票，说声再见，转身要走。

"等等！"唐旻大声喝住他。"你看李恂去什么方向？"

"苏州河。"

"我现在需要你这条天狗，和我去找他。"

上官还是不许，说一动不如一静，回头卢雁又要去找，没有头。

不用找，李恂回来了，见了这些生命系之的人，激动得一时语不成声："你们还活着，还活着……"

卢雁嗤了他一鼻子："你以为我们葬身火海了是不是？幸亏我们都没睡，还想明天约你去外滩呐。一听到动静，随手抓了点东西就跑。要不是当机立断，晚那么十几分钟……”她没有说下去。其实不用说，隆隆的炮声说明了一切。

天狗打个招呼，急急下楼去了。

一时静下来。都疲劳透顶，但是都没有睡意，神经都绷得紧紧的。事态会怎样，谁也不清楚。每人只能从自己的角度权衡一切。卢雁想的是走不成了，除非是往南往西绕一个大弯。上官想的是本来安排好了的，计划好了的，一声炮响，一切都化为泡影。李恂只为向真噬心的痛。唐旻心里空荡荡的，只觉得心魂不安。他掏出香烟，给上官一支，自己也点燃一支。

枪炮声忽然停了。好像一切都死寂了。不久，又猛烈地响起来。

上官喷出一口浓烟。“咱们的一切想法都落空了。也好，逼着咱们另下决心。可是下什么决心呢？”

“我去参军。”卢雁说。

“我才不相信蒋介石能打日本呐。”唐旻说。

“我也不相信，除非有一股真正打日本的力量。你参军到哪里去？”

“那怎么办？坐以待毙，当亡国奴？你们也算是血性男儿！”

“日本的枪炮不是今天才打的。”上官沉思地说，“打了四个多月了。幸亏中国地盘大。一边炮火连天，血肉横飞，一边丧权辱国，醉生梦死。可也不能全然这么说。义勇军不是个样子吗？还有学生，还有工人。那些日本纱厂的工人不是罢工了吗？可是日本不乘胜进入华北，却在上海大打出手，为什么？”

李恂跳起来说：“这问得好。我看，他要打开吴淞要塞，炮舰直逼南京，要挟城下之盟。”

卢雁嘴唇往下一弯说：“得了，我才不听你们这些秀才言兵呐。我受不了这窝囊气。我到前线去，天亮就走。”

“唏！”唐旻瞥了她一眼说：“就这么高跟鞋，毛呢大衣，赤手空拳？”

“我自有办法。”

“好，好，你们别吵好吗？”上官一脸苦笑，“就咱们几个男女秀才，血气之勇，有啥意思？”

向真一直屏住呼吸在听他们，分不清谁是谁非，听到这里，忍不住插言了：“上官大姐，你说该怎么办，都听你的。”

上官本来坐在向真身旁，就势抱住她的肩头：“凡事都有上中下三策。无所事事，当然是下策。拿血肉之身为国捐躯，应当是上策。可是咱们有枪也不能命中，作无谓的牺牲，可算不得上策。咱们是学界中人。有一个现成的全市学联。为什么不投到那里？和学界一起行动，能干啥的干啥，不好吗？”

卢雁第一个跳起来喊：“好，好极了，马上行动。”

这时大家觉得很静。远处的枪炮声没有了，似乎刚才不过是一场噩梦。都已经疲惫不堪，顾不上追究根由，随意靠着什么，昏睡过去了。不知过了多久，猛烈的枪炮声又惊醒了他们。

已经破晓。没地方梳洗，几位姑娘胡乱理了理头发，不愿去麻烦洪元珍，大家约好到街上的小摊去吃早点。天狗忽然又来了，一脸的没好气。“找女孩子千万别找有爹妈的……”不用他解说，大家也都明白了，那个“甜心”的父母不许女儿跟他出来。

“英雄美人我都演不成了。你们怎么打算，我跟你们一起。”

“行！”唐旻说，“你是一条有用的狗。”

天狗一龇牙。

向真心想，这人好像什么都无所谓，一味的只是好玩儿。

他们来到市学联的时候，已经快到中午了。路上抓到一张号外，得知战争最激烈的地点在闸北，在天通庵车站一带。说是我军固守阵地。能相信吗？但愿如此。有几个女童子军从门廊里出来，一派雄赳赳的气概。虽然天空阴沉，她们脸上却放出阳光，似乎胜利就担在她们的肩上。这触动了卢雁的衷肠。厅堂里挤满了青年男女，大概都认为自己最重要，都放出高八度音。轰轰然什么都听不清。忽然有一个人扯开嗓门叫唐旻。寻声望去，原来是很久以前在四楼上见过的那高个儿。他从人丛里挤过来。

“你们都来了，好，好。上官，我们一直在等你的召唤，总等不来。”

“一言难尽。”上官和他握手，“什么剧团啊，演出啊，一切都成了空话，听到消息吗？”

“传说蒋介石要迁都。”

“好样的，走为上计。”李恂调侃地说，“不过没想到他溜得这么快。”

“先不说这个。”上官打断他说，“怎么光你陈晨一个？小白和胖墩呢？你和这里接上头了吗？”

“也是一言难尽。”高个儿陈晨说，“总干事到工部局去了。副总石秀兰正和她的满朝文武商量军国大计呐。门关得死死的，见不到。”

“为啥关门？”卢雁问。

陈晨向周围一抡胳臂。“看，四万万同胞，不关门，怎么应付得了？”

李恂听了石秀兰三字，心里猛然一动。是不是海上听景岳讲的那一个？如果是，那可真是一大奇迹了。于是急忙问陈晨：“你说的这个石秀兰，是哪三个字？”

大个一耸肩膀。“哈，上国文课啊。十棵美丽的兰花。满意吗？”

唐旻捅他一拳。“少开玩笑。他们开会的地方在哪儿？”

陈晨向上一指。

一行人跟陈晨穿过人丛，上了二楼。在走廊的尽头，有一堆人守候在一扇关着的门前。这里倒没有吵吵嚷嚷，都在交头接耳议论着什么。上官要几个人分开，听听议论的是什么。李恂只想证实心里的一个问题，也不管别人，挤挤搡搡来到门口附近。向真紧紧跟上他。紧紧扣住他的胳臂，只怕丢了他。人们涌动起来。响起嗡嗡的说话声。

门开了。从门里走出几个人。为首的是一位女士。李恂看她神色憔悴，但是掩不住英飒之气。一件毛线外罩的绛紫色映上她因消瘦而显出颧骨的面颊。她站上门槛，用力拍几下手。

“同学们，静静！”她大声叫，声音沙哑，显然因为说话多了。“昨天南京政府明令取消抗日会，夜里日本就开炮了。这是极大的讽刺，也是惨痛的耻辱。同学们，到最后关头了，咱们必须行动起来……”

她要求同学们立刻返校。市学联马上要和各校学生会碰头。乱糟糟一窝蜂不行，应当赶紧组织起来，统一行动。担任募捐的、宣传的、战地救保的、战地服务的、搜查日货的，担任纠察、防止浪人汉奸破坏的……

李恂听着的时候，暗自掂掇，不管怎样，必得弄清楚，如此精干、豪爽、气宇不凡的女性究竟是不是那个史岫岚。机不可失！似乎这是影响他一生的休咎的。这时学生们已经纷纷散去。卢雁、上官、唐旻、天狗、陈晨都来到他身边。正当这位学联女杰要退回门内的时候，李恂什么也不顾，挣开向真箍紧的胳臂，抢上一步。

“石小姐，请留步！”

她站定，看是一个面目清秀的学生，他的身后还有几个青年。

“这里没有小姐，只有同学。”她和婉地微微一笑，“我姓史，不姓石……”

啊！李恂兴奋得好像要爆炸。“那么你可是史岫岚老师了？”

她看这青年殷切注视的眼神，疑问地眨一下眼睛：“对不起，我好像记不得你是……”

李恂刚要说是洪钟的学生，怕不得体，话到嘴边改成了：“我是景岳先生的学生。”

“噢，是吗？很好。我好久不见他了。”

“我不是来找他……”

急性子的卢雁不明白李恂为啥这么啰嗦，抢上一步说：“我们的学校已经毁于炮火，学生会早没影了，所以直接到市学联。我们要上前线。”

上官急忙接上话茬儿：“对不起，看来你忙得不可开交。我们想学联能不能直接指派我们的工作。”

史岫岚看上官与众不同，隽逸、轻盈，又显得庄重、练达，是个一流人物。

“欢迎，欢迎，请进。”她看看手表说，“不过很抱歉，我最多只能有十多分钟时间。”

一行人离开学联的时候，最兴奋的当然是李恂。和史岫岚的交谈是十分有益的，明白了不少内情。在前方抵抗日本的不是蒋介石的嫡系部队，是第十九路军，广东的部队，原来是奉命要进江西剿共的。蒋介石一向以“剿共”为名，削弱甚至消灭非嫡系。迁都的事不是谣言，乃是从英国领事馆传出的消息。蒋氏绝不会向前线派援军，只会向日本退让。所以动员全市，全力以赴地支援前线，能多打一天，多消灭几个日本鬼子也是好的。已经谈定，上官在学联总部，帮助史岫岚工作，特别是和租界当局交涉的事，因为已经知道她是学外语的，而且颇有社会活动的能力。卢雁和向真到医院，干救护的工作。唐旻、李恂、陈晨都去做战地后勤。天狗自认募捐，说要立刻拍电给老子，要他电汇汇丰银行。最使李恂欣慰不已的是已经和史岫岚约好，另外找时间详细谈谈。他相信史岫岚、景岳、洪钟都是一道的。史岫岚的谈吐、举止、风度都使人觉得可亲可敬。

下午的号外已经出来。我军夺回天通庵等处。日炮舰猛攻吴淞口要塞，正激烈地炮战。我炮已重创日舰二艘。闸北已成一片火海，一片瓦砾。

整天都是轰轰隆隆声。即使在租界，也感觉到大地的震颤。

阴云密布，北风呼啸。炮声趁着风声，更沉重地打击在人们的心上，东北天空还是闪动着惊人的红光。已经下午四点多，因为天阴，更显得昏暗。李恂一行人来到马路上，才知道公共交通断绝了，谁也不知是什么原因。这更加重了恐怖的气氛。

天狗还是天狗，说民以食为天，应当办一次最后的晚餐。

一行七人随意走入一餐馆。只有三两个食客。冷静得正合他们的心意。

天狗虽然不名一文，仍然大手大脚，竟然以主人的身份自居，要了丰盛的菜肴和葡萄酒、白兰地。满桌上只有他一个人像没事人，开怀大嚼大饮。他有他的哲学，天生的一切都是供人享受的，何况眼下大难临头，更应当及时行乐。他为女士们斟满葡萄酒，为男士们斟满白兰地，站起来，举杯，向上官深深一躬，请她临别赠言。

上官心想，由他一闹腾，扫扫大家心头的郁结也好。她站起来，举起酒杯。另外五个人也学她的样。

“看来咱们要经历最黑暗，最艰苦的岁月。多长多久，不知道。能亡国吗？我看不能。听！这炮声！播种仇恨的只能收获仇恨。侵凌人国者必遭灭亡。来，让咱们许下心愿，有一分热，出一份力。正义之剑一定劈开黑暗，划出新天。欢乐的话不合时宜，悲伤的话不合咱们的性格。我只祝愿咱们永远一心一意，永远齐心协力，天长地久，永不分离。”

七只玻璃杯碰在一起。叮当！

更猛烈的枪炮声震响着。

图书在版编目（CIP）数据

于敏文集．第十一卷，小说．风雨入华年．下／于敏著．－－北京：中国电影出版社，2018.10

ISBN 978－7－106－04976－8

Ⅰ．①于…　Ⅱ．①于…　Ⅲ．①长篇小说－中国－当代
Ⅳ．①I217.2

中国版本图书馆 CIP 数据核字（2018）第 227399 号

于敏文集　第十一卷　小说·风雨入华年（下）

于敏　著

出版发行　中国电影出版社（北京北三环东路 22 号）　邮编 100013
电话：64296664（总编室）　64216278（发行部）
64296742（读者服务部）　Email：cfpygb@126.com

经　　销　新华书店

印　　刷　中国电影出版社印刷厂

版　　次　2019 年 1 月第 1 版　2019 年 1 月北京第 1 次印刷

规　　格　开本/787×1000 毫米　1/16
印张/22.5　字数/410 千字

书　　号　ISBN 978－7－106－04976－8/I·1249

定　　价　66.00 元